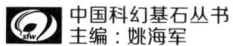

中国科幻基石丛书
主编：姚海军

鲁般 著

四川科学技术出版社

图书在版编目（CIP）数据

未来症 / 鲁　般　著 . —成都：四川科学技术出版社，2020.4

ISBN 978-7-5364-9776-4

Ⅰ.①未… Ⅱ.①鲁… Ⅲ.①幻想小说—中国—当代 Ⅳ.① I247.5

中国版本图书馆 CIP 数据核字（2020）第 046219 号

中国科幻基石丛书

未 来 症

出 品 人	钱丹凝
丛书主编	姚海军
著　　者	鲁　般
责任编辑	宋　齐
特邀编辑	汪　旭　魏映雪
封面绘画	周心语
封面设计	施　洋
版面设计	施　洋
责任出版	欧晓春
出版发行	四川科学技术出版社
	四川省成都市槐树街 2 号 出版大厦　邮政编码：610031
成品尺寸	147mm × 208mm
印　　张	13.75
字　　数	306 千
插　　页	2
印　　刷	成都博瑞印务有限公司
版　　次	2020 年 7 月成都第一版
印　　次	2020 年 7 月成都第一次印刷
定　　价	54.00 元

ISBN 978-7-5364-9776-4

写在"基石"之前

■ 姚海军

"基石"是个平实的词，不够"炫"，却能够准确传达我们对构建中的中国科幻繁华巨厦的情感与信心，因此，我们用它来作为这套原创丛书的名字。

最近十年，是科幻创作飞速发展的十年。王晋康、刘慈欣、何夕、韩松等一大批科幻作家发表了大量深受读者喜爱、极具开拓与探索价值的科幻佳作。科幻文学的龙头期刊更是从一本传统的《科幻世界》，发展壮大成为涵盖各个读者层的系列刊物。与此同时，科幻文学的市场环境也有了改善，省会级城市的大型书店里终于有了属于科幻的领地。

仍然有人经常问及中国科幻与美国科幻的差距，但现在的答案已与十年前不同。在很多作品上（它们不再是那种毫无文学技巧与色彩、想象力拘谨的幼稚故事），这种比较已经变成了人家的牛排之于我们的土豆牛肉。差距是明显的——更准确地说，应该是"差别"——却已经无法再为它们排个名次。口味问题有了实际意义，这正是我们的科幻走向成熟的标志。

与美国科幻的差距，实际上是市场化程度的差距。美国科幻从期刊到图书到影视再到游戏和玩具，已经形成了一条完整的产业链，动力十足；而我们的图书出版却仍然处于这样一种局面：读者的阅读需求不能满足的同时，出版者却感叹于科幻书那区区几千册的销量。结果，我们基本上只有为热爱而创作的科幻作家，鲜有为版税而创作的科幻作家。这不是有责任心的出版人所乐于看到的现状。

科幻世界作为我国最有影响力的专业科幻出版机构，一直致力于对中国科幻的全方位推动。科幻图书出版是其中的重点之一。中国科幻需要长远眼光，需要一种务实精神，需要引入更市场化的手段，因而我们着眼于远景，而着手之处则在于一块块"基石"。

需要特别说明的是，对于基石，我们并没有什么限定。因为，要建一座大厦需要各种各样的石料。

对于那样一座大厦，我们满怀期待。

for Svalbard

目 录

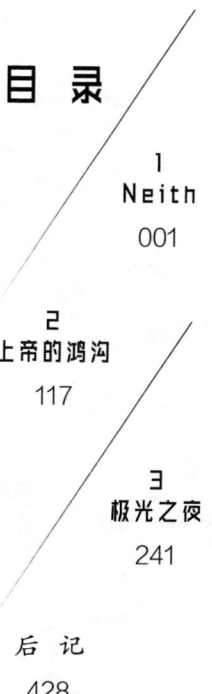

在这个整体里没有我，只有我们。

Neith

：下午好，桐生雅子小姐。

：你好……你是……医生？

：不，那个刚才从这儿走出去，为你注射POE-A3缓释剂的人才是这里的医生。

：那，你是？

：弗洛莉·艾伦。你可以叫我弗洛莉，F-L-O-R-I-E，弗洛莉。

：好的，弗洛莉……我……弗洛莉，我现在在哪儿？

：你现在在新宿区的梅奥医学中心①分部。

：医学中心？我怎么会在这里……我……我怎么了？

：不如你先回答我，你现在感觉怎么样，桐生小姐？

：……我……我觉得很冷……不，也不是冷，只有头是冷的，好像整个脑袋结冰了一样，但是又非常……我好像……想到什么就能

———————————

①世界顶尖的综合性医疗机构，创立于十九世纪末，以不断创新的医学教育和世界领先的医学研究著称。目前尚无任何分部，文中的分部是作者虚构的。

立马说出来……声音,看到的东西,好像一下子就都到脑子里去了,我觉得自己……非常清醒,我好像……我听到你说的每个字,就能立马拼出那个单词,我甚至真真切切地看到了那些单词,我什么时候学过,我都记得……这……这太真实了。

:这样很好。

:很好?

:那说明POE-A3在起作用,它含有占比百分之十一点三的POE硅基凝剂,可以抑制你的病症,但是它的副作用也非常明显,它过度刺激了你的颅内神经,放大你感官的敏锐度。这种作用会在三十分钟之后达到峰值,你会心跳加速、呼吸加快、思维极度敏捷,甚至会产生思想和精神脱离肉体的幻觉。POE-A3的药效会在两小时之后消失,取而代之的神经麻痹症状会从面神经、舌下神经、迷走神经开始遍及全身,DIC[①]表现明显,之后你会陷入九十至一百二十个小时的休克,症状类似脑死亡,不过不必担心,顺利的话你会在一周内彻底康复。

:我到底怎么了……我是怎么了,弗洛莉医生……哦不,弗洛莉小姐?

:你正在新宿区的梅奥医学中心分部接受治疗,桐生小姐。

:为什么,为什么要给我注射那种东西,为什么?

:因为只有这样才可以避开你颅内的Neith芯片,开始我们的谈话,桐生小姐。

:Neith……什么Neith?你不能对我这样,我不想要什么谈话,

---

①弥散性血管内凝血(disseminated intravascular coagulation;DIC),临床表现为出血、栓塞、微循环障碍及溶血等。

我要回到东京,我可是……

: 你是想说,你是日本首相的女儿吗?

: 不,我……我是吗?

: 这一点我可以向你保证,你是如假包换的前任日本首相桐生和也的女儿。

: 不,不……我……不确定我是不是。

: 桐生小姐,现在你右侧屏幕上的,就是你的父亲当选时,你和他的合影。你穿着日本民进党的T恤,那个……那个印花是只螳螂①吗,你T恤上的?

: 这……这是……这是我和父亲?

: 桐生小姐,相信你刚才快要脱口而出的话,那是你的第一直觉,这些没有价值的怀疑,对你自己的怀疑,是Neith强加给你的,是它让你这么以为的,试着抗拒它,桐生小姐。POE-A3只能帮助你抑制它,完全摆脱它的控制,需要你自己的坚持。

: Neith……我脑袋里的Neith?

: 是的,Neith。

: 对……我脑袋里的……那个Neith。

[距离Neith戒断症爆发3624小时]

"Neith?"

"是的,Neith。雅子,这东西在洛杉矶早就玩开了,我在南加州大学的学弟带来的情报是,每个装了Neith的学生都可以轻松通过

---

① 日本民进党的党徽造型独特,酷似两只螳螂。

考试,每个人!而且为了避免分数太高不真实,还可以设置容错率,Neith会为你编造看起来非常逼真的错误。"杏里一手拍了拍雅子的肩膀,似乎在帮助她缓解脸上"明眼人都能看出来"的紧张,"不过现在很多国家的教育署都已经出台了政策,限制Neith在考试过程中的滥用。但是,这并不影响它帮助到你,雅子。"

"帮助我什么?"雅子看着热情得像个保险推销员一样的杏里,这和她东京高等法院法官助理的身份可相去甚远。杏里今天特意请假把她带来这个Neith东京发布会。她从来没见过日本科学未来馆有那么多人,如果不是因为在VIP展厅,她可能都没办法听清杏里说了什么。

"当然是下星期的联合国演讲。"杏里不慌不忙地说道,"你可是代表日本去给那帮外国人上课,主题是什么来着,我想想……我明明那天在你家看到了发言稿。"

"你怎么可能记得,你那时候都已经喝得——"

"噢,是《新青年力量:展望二十五世纪科技与和平的有序发展》。"

"你居然还记得,这么拗口的主题。"雅子有些吃惊地看着杏里,她在想,难道律师的脑子真的比一般人要好使一些吗?那是上个月发生的事情,而且……雅子百分之一百确定,那时候的夏目杏里小姐已经喝下了整整五杯预先加了两倍朗姆酒的莫吉托。

"是Neith帮我回忆起来的。"杏里有些自豪地点了点头,然后端起一旁服务员敬上的香槟一饮而尽,流金的气泡里浸泡着一颗刚刚从新落成的月球牧场采摘而来的樱桃,"当我遇上问题时,居住在我大脑里的Neith,就会帮我检索所有我看到过的画面、听到过的声音和闻到过的味道，为我寻找答案。人可能会健忘，但机器永远不会，有一次开庭之前我喝了足足半瓶灰雁①，连被告的名字都快忘记了，但我还是……完成了我的发言，全靠Neith。"

雅子指了指杏里手里几乎见底的香槟杯，翻了个白眼。这个场景和她接下来要说的话，都已经被重复过无数遍了。"你选VIP厅的原因就是这儿有无限量供应的香槟吧，你应该好好控制控制你的酒瘾了，杏里。你的Neith没有告诉过你过度饮酒有害健康吗？"

"当然有。只是我把那个提醒关掉了，哈哈哈。"杏里用舌尖舔了舔留在唇边的香槟，意犹未尽地笑了笑，"不过今天来这儿可不是为了喝酒，我真的是来帮你的，雅子。我知道你已经把自己关在家里两个星期了，你知道吗，你错过了《忧伤航线》的首映、山本耀司②的春夏发布会和Helix乐队的演唱会，就为了去联合国做一个半小时的演讲。这事说到底都是为了你爸爸明年的连任。"

"我是自愿这么做的，杏里。"雅子似乎有些不开心杏里这么说。每次聊到有关她父亲的问题，甚至只是在话语间提到她父亲的名字，雅子的脸色都会很快沉下去，就像是什么绝不能触碰的雷区。

"我当然知道，我没让你不做这些事情。你爸爸现在是首相，你当然不能在联合国的大会上出糗。我只是说……你可以用一些比较聪明的方法，比如Neith。"

"我猜，这个聪明的方法，也是Neith告诉你的吧。"

"嗯……我向它询问了有什么办法可以帮助你。它说，如果它能够进入你的大脑，就可以帮你完成一场精彩绝伦的演讲。"

---

① 全名法国灰雁，伏特加酒品牌，被誉为"全球最佳口感伏特加"。

② 日本时尚品牌，设计风格以不拘常规、不分性别著称。

"那到底是它在演讲,还是我在演讲?"雅子看着杏里期待的眼神,这感觉非常奇怪。有那么一瞬间她觉得,杏里在看着她的同时,杏里脑子里的Neith也在看着她,同样的角度,同样的方式,哔-嘀-哔-嘀,像安检时的扫描声,精细而彻底地打量着自己。

"当然是您,桐生小姐。"还没等杏里回答,一个声音突然出现在雅子和杏里背后。那是一个非常沉稳的男声,一口流利的日语,非常标准的关东腔①。雅子转过头,看到的却是一个外国人。他的行头和他端庄儒雅的面孔一样,都是会议标配:黑色西装,白色衬衣搭配宝蓝色领带,和一双棕黑色的切尔西短靴②。他梳着精致而复古的背头,嘴角微微地张开,像是随时准备回答雅子的问题。

"你……站在这里很久了吗?"雅子下意识地退后了一步。

"当然不是,桐生小姐。我是罗本,Neith日本区的业务经理。"罗本将手中装满香槟的雪利杯③递给了一旁的夏目杏里,"我只是想来看看是哪位VIP客人企图把我的唐·佩里侬白金香槟④喝光,我在会客名单中发现了元凶——夏目小姐。而您的名字正好跟在她后面,桐生小姐,我曾和您的父亲吃过饭,在迈阿密⑤,那时候他还是那位我已经忘记了名字的前首相先生的内阁大臣。"

"你已经忘记了前首相的名字吗?你的Neith没有帮你想起来吗?"杏里不怀好意地笑了笑,"还是说你是故意的,罗本先生?"

"我只记得需要被记住的事情,夏目小姐。Neith也是这样,虽然

---

① 日本方言的一个分支,主要分布在东京、神奈川县等地区。

② 一种常见的英式靴鞋,是传统短马靴的改良版,常见于商务场合与正式宴会。

③ 一种用来盛放雪利酒和香槟的酒具,英文名为sherry glass。

④ 法国顶级香槟,以稀有和极高品质闻名,被誉为"香槟之王"。

⑤ 美国城市,位于佛罗里达半岛比斯坎湾。

依靠Neith我可以记住全球八十三亿人的名字，可我现在需要的名字，只有，桐生雅子。欢迎您莅临Neith的东京发布会，桐生小姐，想必刚才您的朋友已经为您介绍得差不多了，对吗？"

"我来，只是代表我自己，和我父亲的立场以及日本政治都没有关系，罗本先生。不过……"雅子礼貌地与罗本握了握手，露出了她对着千代田区①卧室的镜子练习过几百次的标准笑容——她会用这个笑容结束所有她不想继续的话题。在这之后，她就会举着酒杯混进宴会的人群里离开，不过在这个宽敞得有些过分的VIP区，她只能硬着头皮聊下去了，"杏里确实给我介绍了很多，她是你们的忠实用户。"

"当然，杏里小姐内置的Neith是第一批北美批准上市的产品。我们的首批用户有两万两千人，她是其中之一。在用户签署的协议允许下，我们对Neith进行了多项重大更新与完善，现在呈现在您面前的Neith Asia②已经做到了针对国家和地域进行非常细致与个性化的定制。今天在孟买、吉隆坡、上海和东京四座城市，我们同步举办四场发布会，为全亚洲的用户奉上这一人类科技发展史上的杰作。"

"看起来，很多东京的粉丝已经迫不及待了。"透过脚下透明的全金属玻璃材质地板，发布会现场的人潮尽收眼底。当然，这种视角并不是相互的，对于那些购买平价票在下面艰难行进着的观众来说，他们的头顶可一点儿都不透明，而是一整块巨大的下沉球幕，循环播放

---

①东京的千代田区包括日本天皇的住所——皇居、日本国会（永田町）、警视厅、最高裁判所（最高法院）与大部分设置在大手町的中央省厅（中央行政单位）等，该区可说是日本的政治、经济中心。

②即亚洲版Neith。

着Neith的宣传广告。虽然雅子丝毫不觉得这种透明地板的设计有任何实际作用，但或许……这样"不实际"的设计只是为了满足能够被邀请来到VIP大厅的人"把别人踩在脚底下"的自豪感。

"那下面少说得有一万人。"杏里接过酒，很快喝了一口。

"是一万四千三百七十二人。"罗本不慌不忙地回答。

"他们的门票都包含了一个全新的Neith吗？"雅子问。

"是的，以及全套颅内注射手术和十二个小时的康复医疗。"罗本指了指他们的正下方，那里有个环形的注册台，几乎每个窗口都排起了长龙，虽然拥挤，但非常有序，"他们只需要在此登记自己的DNA身份资料，就可以领取属于自己的Neith待激活原件，接着就可以预约手术了。在日本我们目前只开放了三个手术点，分别在东京的涩谷区和新宿区，以及大阪市。其他未能参与发布会的日本公民则需要等到第二批次的Neith Asia上市后通过线上预约购买，接着再进行后续的步骤。和这一批用户不同，他们的手术是需要收费的。"

"现在这些……这些人，他们为此需要花费多少钱？"

"十五万日元，桐生小姐。"

听到这个数字，雅子显然有些吃惊，她看了看一旁的杏里，又看了看罗本，"可是……我听杏里说，她花了近三千万日元。"

"您误会了，桐生小姐。"罗本和杏里相视一笑。他认真地点点头，稍微鞠了一躬，看起来非常符合日本人的传统礼节。"购买Neith只需要十五万日元，就算是之后购买的用户，加上手术费和必要的康复费用，也只需要二十万日元。但，他们仅仅是购买了Neith而已。"

"仅仅是购买了Neith？"

"Neith的强大并不在于它本身，桐生小姐。这些购买了Neith的用户，在激活了Neith之后就可以开始享受来自Neith的强大功能，正如我们广告上所说，成为他们的第二大脑。但是，他们的第二大脑只包含一些最基础和最简单的功能，例如规划道路、安排行程、检索资料等，我们只是把一台智能设备安置到了用户的体内。这些最基础的功能，其实在很多其他的终端产品上都已经实现了，甚至已经实现了一百多年。然而……‘让我瞬间记起一个在数月前晚会上擦肩而过的神秘小姐’这样的功能，则需要Neith搭载一项高级别的复刻功能。这项功能属于Neith Pro里的模块组。而这个模块组的收费则高达一千九百万日元。”

"就像那些穷人只购买了一个光着身子的芭比，而你得花钱为你的芭比准备衣服、包包、首饰甚至是配套的白马王子。”杏里哈哈笑了几声，她似乎很喜欢自己的这个比喻。

"看来杏里在你这里买了不少芭比的配饰。”雅子看着杏里，眼前的这位律师小姐显然从这个模块组里获益良多。虽然如今是被称为科学的第三次大爆炸的黄金年代，似乎不管听到什么怪力乱神的事情都让人见怪不怪，而且Neith的"无所不能”早在几个月前就已经传遍了地球的各个角落，但今天雅子亲耳从罗本口中听到的时候……还是难免有些惊讶。罗本的自信，那种从每一个字节和尾音里散发出来的自信，总让她觉得有些不真实，但她在首相官邸受到的训练告诉她，这种讶异，绝对只能深藏在肌肤之下。

"虽然我很想给杏里小姐一些面子，但事实上，她绝对不算是Neith最高端客户名单里的一员。Neith的模块组目前就多达一百二十四种，而且还在陆续开发，包含人脑所能涉及甚至未能涉及的方方面面，记忆虽然重要，却也只是其中之一。我们为Neith搭载的诸多模块能够从各个方面刺激并激发更深层次的脑部运作,你应该知道,人的大脑其实只被开发了十分之一而已,如果达尔文的自然进化论实在有些拖沓,那就让Neith来加快这个伟大的进程。"

"我听说香港有个金融家搭载了六十一种模块。"杏里再次捏了捏雅子的脸,像是背负了多年的罪名终于沉冤得雪一般,嬉皮笑脸地说道,"现在你知道我这儿只是小儿科了吧!"

"六十一种模块?"雅子再也抑制不住自己的惊讶了。

"是的,他一共花费了七千两百万元,而且是人民币。"

"那不就是……"

"十五亿日元。"罗本和杏里异口同声,显然……他们脑袋里的Neith算数一样好。

"十五亿日元,用来改造自己的大脑。"雅子现在脑子里的画面,就是一个光秃秃满是黏液的脑袋上,布满了各式各样的支架、电路板和细密的电线。它们和人体的神经交织在一起,如同一张包裹住整颗脑袋的巨大蛛网。

"试想一下,桐生小姐。"罗本似乎觉察到了雅子那几秒的神游,他稍微提高了一些音量,但音色依旧温暖而稳重,"如果这个世界上每个科学家、艺术家、政客和学者都能搭载上Neith,那些引导人类进步的灵感、创意、思路和想法,经由Neith丰富和演化,他们的创造力将会提升十倍、百倍,人类文明的进步,将会呈现出和现在截然不同的速度。我们开发Neith也远远不只是为了从每个地球公民手里赚取几千美元,我们希望有更崇高而伟大的意义。"

"罗本先生,我都快被你说得流泪了。"杏里不由自主地用力鼓了鼓掌,她总是喜欢搞热气氛,"你应该代替雅子去演讲,让那帮议员也跟着哭一哭。"

"您可以考虑搭载Neith语言情绪化的模块，杏里小姐。考虑到目前刚刚在亚洲上市，这一项模块组现在半价，只需要五百九十九万日元。"

"你们的产品都快要把我榨干了，光是那两千一百万日元的分期，就已经让我把下个月去月球度假的计划推迟到了后年。"杏里有些自嘲地吐了吐舌头，然后她突然抱住了一旁的雅子，"不过罗本先生，我觉得雅子就非常需要这个模块组。自从她的爸爸当上了首相，她就被迫出席了很多这样那样的场合，她小时候饱受过自闭症的困扰，而且她真的非常不擅长在那么多人面前说话，你真的得好好帮帮她。"

"当然可以，能够为桐生小姐解决燃眉之急，是我的荣幸。"

"我……"雅子似乎对这么快就到了自己的环节完全没有准备，像是突然从睡梦中惊醒一般不知所措。她看了一眼一旁冲她眨眼的杏里，总觉得那像是小时候恶作剧整到人之后的幸灾乐祸，"我还没有准备好。"

"两周之后就要演讲了，你当然还没准备好。那可是联合国大会，我是说，如果你再像上次海之日①在那个儿童艺术比赛的演讲一样就完蛋了。"杏里显得比雅子还要着急，不过这也在情理之中，作为从小到大的玩伴，杏里当然知道雅子的性格，她总是这样……到了十三岁都不敢涂口红，到了大学都不敢尝试比基尼，她永远都是那句话——

---

① 日本的法定节假日之一。该节日制定于一九四一年，从一九九六年起成为国民纪念日。在海之日当天，日本国民会举行各类活动感谢海洋的恩典，并祈祷国运昌隆。

我还没有准备好。而且她还有一个如此强势的父亲，就连毕业酒会时在锁骨处文了一个只能持续七十二小时的香槟玫瑰，都被禁足了整整一星期。这种情况在她的父亲成为首相之后变得更为严重，她被迫放弃工作，只能穿首相办公室提供的衣服，每周三下午都要去陪天皇的外孙女练习钢琴……总之，她已经快要活成她父亲的副本了。

"杏里，你说过我们只是过来看看的。"雅子转过头看着杏里，她还没意识到发生了什么，似乎就已经走到了抉择的边缘。

"当然是过来看看，然后帮你找到解决的办法。"

"这对于其他人来说可能是个办法，但是对我来说不一样。"

"就因为你是首相的女儿？"

"这还不够吗？"雅子已经想结束这个话题了。

"你刚才也看到了，Neith 是真的能为日本的公民带来生活上的便利，首相的女儿率先尝试，也是件非常光彩的事情。你看，在 VIP 厅有那么多富人等着买单，他们可都是精明得出了名才混到了上流社会的。"杏里干脆直接站到了雅子面前，是的，每次都是这样，杏里非常清楚，也绝对不会忘记，她是如何亲手帮雅子抹上第一支口红的。

"桐生小姐，如果您是担心费用的问题。"罗本依旧保持着开始时的优雅与镇定，似乎眼前这只是一场姐妹间的争执。但他也非常明白这时候该说些什么来缓解气氛，或者说……推波助澜，"我们可以免费赠送您 Neith 的复刻模块，供您体验。"

"这和钱没有关系，罗本。"这个反驳的声音，来自杏里，她甚至有些不爽地转过头瞪了罗本一眼。现在对于杏里来说，就像牧师驱魔时手持《圣经》念到了最后几句，是绝不能被打扰的关键时刻。

"我没必要那么快做决定，杏里。"

"你只有今天同意注册Neith，才能预约到手术，还有接下来的康复与适应。还有两周就要演讲了，你等不到第二批了，不要错过这个机会，雅子。"

"我……"

"首相现在正在中国的南京出席峰会，这是他最不可能管到你的时候。"

"原来你全都想好了，杏里……是你想到的，还是你的Neith？"

"你只需要试一试，就知道了，雅子，就一次。就和第一次穿上比基尼一样，这样你才会懂得加州海滩真正的意义，你总得为自己做点什么，总得走出第一步。"

"我……"

"如果你不去选择，就只能等着被你的父亲摆布。"

"我们的用户资料是完全保密的，桐生小姐，而且目前世界上的任何安全检查和安保系统都无法侦测到Neith的存在。"虽然有了杏里的警告，罗本还是选择了见缝插针。

"雅子，你不能再被他看不起一次了。"

雅子站在原地，似乎每到这种时候，她都会陷入这样近乎呆滞的状态。她也不知道自己在害怕什么，她能听到各种各样的声音：来自杏里的急促而担忧，来自罗本的镇定而稳重，来自隔壁沙发区的兴奋和肆意，来自荧幕广告里的充满诱惑而挑逗的声线——Neith，你的第二个大脑，给你非凡的智慧与杰出的判断，从今天起，像先贤一样去思考。这些声音交织在她的耳边，但似乎每一句每一字，她都没能听进去，都像是悬浮在半空中无所适从的尘埃。

她当然清楚这种感受，再熟悉不过。

当她想做些什么，却又不敢做的时候的感受。

：这么说，你同意了？

：没有，当时没有。但是，杏里说得没错，我一直以来，都不太习惯那种抛头露面的生活，但我越是这样，父亲越是觉得我不配合他建立良好的公众形象。母亲很早就去世了，他，还有他的办公室，总是希望我可以承担起母亲的任务，塑造一个热衷公益、慈善和社会事业的首相千金的形象。我记得很多事情，是的，这和那个POE-A3的药效无关，我就是记得，杏里说得没有错，那些她列举的事情都是真的。

：你的朋友，夏目杏里，和那个叫作罗本的经理，看起来给的理由很充分，你为什么不接受。

：我……我也不知道，我很害怕，像是某种心灵感应，我的母亲也有这样的心灵感应。有一次她在楼下打扫卫生，突然心口痛，然后开始听到各种各样的声音，但又说不上来是什么，她觉得一定是发生了什么坏事，她觉得是我，跑上楼一看，发现我从婴儿床上摔了下来，头上肿了很大的包，还在不停地流血。那次头部受创，我几乎是从死神手里被救回来。

：看起来像是你内心自发的警告。

：你可以这么理解吧……但，之后，我也没有听从这种警告，不是吗？

：这之后发生了什么，桐生小姐？

：我和杏里分开，回到家，我发现父亲回来了。

：他从中国南京回来了？

：是的。

：他提前回来了？

：嗯，而且他看起来……很不开心，我想应该是峰会不太顺利，这几年我们在很多外交关系上一直都不太顺利。当然，就算是事业顺利的时候，他也从未对我有过什么好脸色，你刚才给我看的，他大选成功时和我的合影，几乎是他唯一一次搂着我的肩膀对我笑。

：你看起来非常不喜欢你的首相父亲。

：我没有不喜欢。从小，他就管着我和妈妈——他还逼死了我的妈妈。

：你的母亲竹达里香，我的记录里显示她死于发生在文京区悬浮高速通道的一起交通事故。而且……你的母亲竹达女士就是肇事方。

：因为我的父亲逼迫妈妈去参加当时的首相先生举办的行政酒会，那时候妈妈刚刚做完心脏手术，还在发低烧，但父亲一直强调"那非常重要，不管怎样你都要做到"诸如此类的话，是他逼妈妈强忍着病痛开车上悬浮高速路，而我还在电话的另一端，执意要听她讲睡前故事……她才以两百千米的时速撞向了……这太清晰了，我甚至能看到当时的画面，我根本没有经历过的画面，它们就这么出现了。为什么我能看见？

：你 Neith 的部分功能仍在发挥作用，它一定是为你检索到了那时候新闻报道里的视频和画面，然后通过你的视神经传导给你了。

：它……它把我妈妈……血淋淋的……全都是血淋淋的。

：这种 Neith 带给你的既视现象很快就会消失的，POE-A3 的效用很快就会达到峰值。Neith 会彻底消失一阵子了，桐生小姐，我们继续吧。

：弗洛莉？

：嗯？

：我能问一个问题吗，弗洛莉？

：当然，请说。

：为什么……为什么你要了解这些？

：因为——正如我刚才所说，POE-A3的药效会在两小时之后消失，之后你会陷入九十至一百二十个小时的休克。

：然后我就会康复，你是这样说的，对吗？

：是。

：但，这和我们现在的谈话有什么关系？

：这次谈话之后，我会给梅奥医疗中心提供一份评估报告，以此为依据，他们会选择在一百二十个小时之后将你唤醒，或者——让你永久沉睡下去。作为一个日本公民你有权知道我们现在正在进行的这段对话关乎你的命运，但我也只能说这么多了。至于之后的结果，主要在于你的陈述，你的每一句话都非常重要，桐生小姐，事关生死。

：我到底——我到底得了什么病？

：你不如问问，你到底做了什么？

：我……我到底……做了什么？

：十三个小时前，你刚刚被超过六十四个国家以故意杀人和反人类的罪名集体起诉。

：我——杀人？我怎么……可能反、反人类？

：是的。

：为……我为什么……

：桐生小姐，冷静。

：这……我不……杀人……为什么是……

：我知道这听起来很奇怪，但POE-A3的药力会限制你产生过度紧张或惊恐的情绪，如果你强行想要表现出紧张或是惊恐，你的语言表达能力就会受损。你现在一定觉得脑袋中似乎有一块儿地方非常酸痛，这是非常正常的现象，就和以前最原始的神经药物，比如笑气[①]或者阿普唑仑[②]一样，它会作用于你的神经和感观。所以，尽量保持心情平和，而且……鉴于我刚才所说，还是请你配合我继续好好进行谈话，因为这对你真的，非常重要，桐生小姐。

[距离Neith戒断症爆发3611小时]

"你又和那个港区[③]的败家小姐出去玩了？"桐生和也的脾气看起来坏到了极点，他把客厅的灯全关了，只留下靠近沙发的一盏落地灯，印花的亚麻灯罩把原本就昏黄的光线割裂得细碎斑驳，光线十分微弱。雅子站在和也面前不到两米的地方，却只能看清他阴沉面容的一小部分，紧锁的眉心和藏着怒火的双眼，其余表情全都隐藏在了诡谲的黑暗里。"你什么时候才能知道，你的每一次抛头露面都应该有点儿意义？你上次去的那个什么，大英帝国航海时刻展，你知道给我带来了多大的麻烦吗？"

"你派人跟踪我？"

"还需要跟踪？那个败家小姐的社交网络上全都是你们的合照，

---

①即一氧化二氮，化学式N_2O，无色有甜味气体，是一种氧化剂，有毒。曾被当作麻醉剂使用。

②即甲基三唑安定，镇定类处方药，常用于治疗焦虑症、抑郁症和失眠。

③东京港区位于东京东南方，紧邻东京湾，是一个聚集着诸多外国大使馆、国际气氛浓厚的地区，也是东京的传统富人区。

从看展到用餐，连地点都标记清楚了。"

"杏里不是败家小姐，父亲，她是正儿八经南加州大学法学系毕业的律师。"

"她的父亲也是正儿八经坐吃山空的穷酸模样，从她外公的逃税案开始，他们家就一蹶不振，你居然还会想要和那种人家做朋友。"

"那种人家，曾经资助你从一个普通军人成了部长。"

"这笔债我早就还清了，如果不是我，他们家现在还在想着怎么才能不把把牢底坐穿。"和也直接站了起来，似乎这个话题他早就已经厌烦了，他决定要直接进入正题，"下周一你就给我飞去纽约，这次参加联合国会议的各国青年代表里有一个刚刚获奖的中国作家，他是在日本上的大学，我会安排你们提前认识，你们一起出去吃个饭，去中央公园散个步什么的，我会让别人来拍的。我需要为一个月后再次造访中国做些文章。"

"为什么我要和他认识？"

"你以为我还指望你通过演讲来获得认知度吗？上次海之日用日语演讲，你都说得比疗养院的晨间广播还要无趣。"

"我只是受邀出席，没人会指望通过我获得多少关注。"

"我会指望，你懂吗？我会指望！我给你安排的那些事情，哪一件不是带着指望。你的爸爸可是首相，你什么时候能看起来稍微有用一点？什么自闭症，我就不信拿枪指着你让你开口说话，你会说不出口？你现在站着的地方，是东京寸土寸金的千代田，站在这个房间里的人，谁不是背负了让人喘不过气来的指望？"

"那我也不要用那么下作的方法！"

"你是不是还什么都不明白，桐生小姐！"啪！一记清脆响亮的耳光落下来,伴随着巴掌扇过的风声,以及从耳根附近扩散开来的嗡鸣。雅子几乎是应声摔倒在了地上,脸颊上很快出现了一块瘀红并扩散开来。几乎是在一瞬间,眼泪就不受控制地滑落了。她觉得此时此刻的自己特别像是当年的母亲,竹达里香。那时,他们还居住在文京区边缘,在一个比这儿足足小一半的客厅里,也是这样昏暗的光,母亲也是这样倒在父亲面前,一样的耳光和声响;区别只在于,那时候的母亲不像现在的自己,她似乎已经不会流泪了,雅子从房门的缝隙里看到了她脸上的表情,她当时还理解不了的一种表情。她只记得那时候的母亲一直闭着眼,紧紧咬着牙,似乎父亲的斥责根本与她无关。"你知不知道,现在这个社会,我们的家庭生活会被放大无数倍,出现在所有人的视线里。你必须要热爱公益、慈善,必须要精通外语,必须要善于社交,你必须要至少看起来像个首相的女儿。你知不知道有多少双眼睛在盯着我们,盯着你深居简出、神情恍惚、一副受尽挫折的窝囊模样?下作?你知不知道什么是下作,下作就是你暴露了一个缺点,别人就把它描述成你的末日。如果你表现得像个废物,那别人就会认为首相也是一个连自己的女儿都教不好的废物!"

雅子跪在地上,抚着自己的脸颊,她终于明白母亲当年为什么一直闭着眼睛,有谁愿意看见,自己的丈夫,或者父亲,像眼前这样张牙舞爪。她不知道该怎么回答,她甚至有那么一瞬间真的觉得,自己就是父亲口中的那个废物。

但,谁又会心甘情愿变成一个废物呢?

"你到底明白了没有?

"非要去交那些下等人朋友,非要去学什么设计,非要去那些我明令禁止，永远不许去的地方。你什么时候才能明白我？

"你只需要照着我的安排去做就行了。

"你是首相的女儿，你得活得像个人样，你懂吗？

"你得像个人样！你懂吗！"

那些谩骂声在雅子的耳畔回荡，她感觉整个人就像被粗糙而厚重的石板按压着，无论如何也无法挣脱，无论如何也无法逃离。是的，二十一年了，怎么也摆脱不了，无论做什么，不做什么，全都摆脱不了。直到……直到……

"还是你想和你的母亲一样，只知道陪着你，哪儿也不去，连对着镜头打个招呼这么简单的事情都不会？"

雅子知道父亲在说什么，那是他成为议员之后第一次在媒体上露面，他准备了最好看的笑容来搭配他那身笔挺的黑色西装，他抱着雅子，搂着妈妈，从家里走出来。那时候的雅子能感觉到那些闪光灯，它们就像是灾难电影里交替不息的电闪雷鸣，伴随着络绎不绝的提问和争先恐后的人群。雅子当时哭得很厉害，而雅子的妈妈，只是做了一个简单的动作，她伸出手，用手掌为年幼的雅子挡住了闪光。那个动作，那个出于保护欲的动作，被媒体写成了企图驱赶媒体和不辨场合的失态，从那时候开始，似乎真的是从那件事开始，妈妈就变成了一个父亲口中的废物。现在，这个称号留给了雅子，是的，废物，做什么，不做什么，都不对的废物。

谁又会心甘情愿被说成一个废物呢？

还是被自己最重要的人说成一个废物。

……

她甚至都不知道该用什么情绪来面对。

悲伤、难过，抑或是仇恨和失望……

但，雅子唯一能肯定的是，这些在她耳畔缠绕不休的声音，那些在她神经末梢发酵的情绪，都像摧枯拉朽的风暴，在逼迫她朝着终结的地方迈进。

是的，在下一声"废物"到来之前，终结它。

那些悲伤、难过、仇恨和失望……那些声音，那些疼痛感和折磨一下子全消失了。

只剩下了一个声音，一个她脱口而出的声音。

"我会处理好这次演讲的。"雅子几乎是哆嗦着说出这句话，每一个字，都像是耗尽了全身的力气。

"你说什么？"

"我会处理好这次演讲的，你不用安排我和那个中国作家见面的事情了。"

"你以为我会相信你能做到？"父亲的怒火并没有因为雅子的妥协和破釜沉舟的承诺而熄灭，"你打算怎么做，去好莱坞找个替身演员吗？"

"我会亲自去，做一场成功的演讲。"雅子用手扶着沙发旁的侧柜，小心翼翼地站了起来，她抬起头，用仍然绯红的脸颊面对着自己的父亲。但这一次，和刚才不同的是，雅子的语气里不再有一丝一毫的情绪，没有悲伤、难过、仇恨和失望，她看起来像是在那一瞬间丧失了所有的感官，像一台对人类无比陌生的机器，逐字逐句地说，"如果这次也失败了，以后所有的事情……我都听你的；但如果我做到了，如果以后我能满足你的要求——展现出一个首相女儿的完美形象，也请父亲你以后，不要再插手我的事情。"

雅子永远都会记得，说完那句话时的感受，那种仿佛从心房经由血脉一直蔓延到全身的轻松，是她这一生也未曾体会过的解脱。像是中国经典武侠片里成王败寇的誓盟，抑或是西部枪手电影中蓄势待发的对峙，最难熬的原来不是漫无目的的蹉跎，而是终于必须去面对的、尘埃落定前的那一秒。

这种感觉，经由一夜的无眠，一直持续到她躺在洁白的手术室的中央。

温柔的灯光，舒缓的香薰，甚至还有专属于VIP手术室的抒情爵士，她看着三个似乎在进行准备工作的医护人员。她们的制服并不是传统的纯白，而是一种近乎铅色的灰，胸口、领口和纽扣上，都印着Neith的标志，那个环绕着实心圆的虚线光圈。似乎是因为罗本刚刚进来特别召集和嘱咐过的关系，她们走路和交谈都非常小心而谨慎。雅子就躺在中心的手术台上，她的头部已经被机械臂固定，但身体的其他部分依旧可以自由活动，她看着手术面板上的监测数据，离麻醉剂注射还有两分钟。

罗本推门进来了，和刚才的西服领带不同，他已经换上了和其他人一样的制服，但他温婉的笑意和声线依旧和昨天一模一样，好像是标准流水线生产出来的一般，精准而优雅。他看了看沙发旁立式酒柜上的那瓶加冰清酒，嫩黄色的酒汁裹在透色的瓷杯里，几乎一口都没喝过，甚至连下面装饰用的竹叶和一旁的热毛巾都原封未动。罗本无奈地摇摇头，"我们特意从山形县运来的十四代①您居然一口都没喝，看起来您确实不太会利用VIP手术室的各项服务。我可是听说，夏目小姐从来都是把这里当酒吧。"

---

① 著名日本清酒品类，出自日本山形县高木酒造。

"我还是不太喜欢喝酒。"

"这是一个好习惯,桐生小姐。您看起来对自己要求非常严格。"

"我只是……我必须得对自己严格。"

"您看起来有些紧张,您的朋友夏目杏里小姐在我进来的时候就告诉了我,她说您一定会紧张,并且会因为紧张错过那瓶好酒。"罗本笑了笑,"她似乎非常了解您。"

"杏里……是的,我们几乎无话不谈。"

"友谊可贵,桐生小姐。现在,放轻松,我进来是有事情要告诉您的。"

"有……有什么事情?"

"不,放松,别多想,一切都非常顺利,刘易斯医生和她的助手们会确保手术顺利,半小时之后,您就能搭载上全新的 Neith Pro。刚刚我已经向总部申请,综合考虑到您的出行需求,我们决定免费赠送您目前仅在北美上架的、能够提升时尚感的麦当娜[1]模块组。我们以横跨两个世纪的流行天后麦当娜命名了这款模块组,它自动收录了全球超过九百七十个品牌、多达十八万种主流服饰搭配,以及过去十七年的流行时尚元素和穿搭策略,它将帮您完美地完成纽约之行。"

"麦当娜?"

"是的,不过还没有确定它在日本上架时的名字,可能会叫……Namie Amuro[2]?"

"你是说……安室奈美惠?"

"或许吧,这似乎是一个很久以前的歌手了,我只是在策划案中

---

① 美国女歌手、歌曲作者、演员。

② 即安室奈美惠,日本流行女歌手、演员。

看到了它的备选名。"

"这么说,待会儿就会有一个女明星在我的脑子里了……"

"不,那绝对是一个比任何女明星的时尚基因都要强大的存在。"

"所以……我现在一共有……"呼吸变得缓慢,开始有了一种酥麻的感觉,雅子觉得自己连说话都有些费劲,看起来麻醉剂已经开始起作用了。

"去除Neith原件包含的基础功能之外,您一共有记忆复刻、语言情绪化和麦当娜三个模块组。"罗本站到了雅子的旁边,看了一眼雅子面前的监控数据,"您目前颅内的各项数据都非常完美,颅内压、血压和神经活跃度都在正常值,是Neith最适宜的栖息地了。哦,现在麻醉剂已经在注射了。"

"是吗?"雅子感觉自己的舌头有些不听使唤,"那……"

"刘易斯,刘易斯!"罗本意识到麻醉剂即将起效,他朝着正在一旁准备材料的主治医生挥了挥手,示意她过来。

"是的。"刘易斯明白了罗本的意思,贴近了精神开始涣散的雅子,但雅子仍旧能模糊地看到她夸张的笑容,"桐生小姐,您现在会逐渐感觉到身体不受控制、意识模糊、畏光等症状,这些都是非常正常的现象,因为我们采用的是颅内精密麻醉,所以时间上会比简单的全身麻醉多花费三到五分钟。我们现在要暂停手术室内的VIP服务,包括音乐、香薰和其他辅助工具,等到您苏醒,我们确认手术成功后,VIP服务将继续。"

"好……好的……"

"如果感觉呼吸吃力,就试着用嘴辅助呼吸。"

"呼……呼……"

"非常好,缓慢地去适应当下的状态,而不是抵触它。感受那种每根神经都放松的感觉,就好像飘浮在云端,或者……在月球的零重力社区。把感观看到的、听到的、闻到的,所有的感觉,都慢慢地收回到大脑。"

"我,我感觉不到……"

"您适应得很好,桐生小姐。麻醉进行得非常顺利,不要去抵触它,而是去感受它。"

"呼……呼……"

"这会是Neith非常理想的着床点。"是罗本的声音。

"等等,神经活跃度在这一块儿有一些数值偏差,我注意到那里似乎有一个,压力聚点。应该是……某种伤口。就在这儿,之前检查的时候没发现吗?"

雅子只能听见非常微弱的声音了。而且所有人的话音,听起来都像是机器沉闷的低鸣。

"呼……呼……"

"那似乎是……她提到过,小时候从床上摔下来过。似乎撞到的就是头骨的这部分。"

"这会造成颅内压力的偏差。如果Neith在那里着床,顶部将会留有一小块天窗。"

"这样会有问题吗?"

"应该不会有很大的问题,Neith可以适应这个范围内的压力值偏差。桐生小姐的这个创口似乎没得到过完整及时的医学处理。我们要停下来检查一下吗?"

"可是麻醉剂已经注射了。要多少天之后,她才能再次接受颅内麻醉？"

"按照她的适应度，八天之后可以再次手术。"

"不行，她安置Neith的目的就是为了一周后的演讲，如果八天后再手术，就太迟了。"罗本停顿了一下，然后凑近雅子的脸，认真看了看她已经放大的瞳孔。她已经陷入了麻醉状态。罗本转过头，认真地问刘易斯，"在刚才的信息确认中，桐生小姐有和你讲述过她存在的大脑创伤吗？"

"并没有。"

"这么小的一个压力点，正常的检查都检测不到，我们……怎么能确保一定发现得了。"

"数值上它确实非常小，但是Neith一旦着床，它一定能感知到。"

"既然是在压力值范围内，它就可以正常工作。"

"那是当然。正常情况下，这么小的压力偏差不会影响Neith的工作，也不会对桐生小姐的健康有害，但Neith运行的时候，一定会把这个数据纳入分析，如果……"

"Neith是我们的产品，我们不想让用户知道的东西，用户就不会知道。"

刘易斯沉默了一下，她似乎完全明白了罗本的意思。"我现在马上开始手术。"

"当然，要确保Neith在桐生小姐颅内安全着陆。"

：你醒来之后，是什么感觉，桐生小姐？

：感觉？

：其实我问过很多Neith的使用者这个问题，我有一份分析案例就是针对一百七十八位使用 Neith 超过三个月的用户。我和他们中的每一个人都见过面,就像现在这样,与你面对面坐着,说话。这通常是我问他们的第一个问题,但是你知道吗,就算是同等配置的Neith,每个人的回答,也都不一样。他们的感觉错综复杂,有的甚至附加了自行杜撰的传奇色彩,到后来,我都懒得记录了。但是出于必要,我还是得再问你一遍,那是什么感觉?

: 其实,其实毫无感觉,我什么感觉都没有。

: 哦,这算是我听到的一百七十九个回答里,非常诚实的一个了。

: 我说的是真的。我醒来的时候,就躺在那个VIP病房配备的休息室里,我以为我会和重症病人一样插满输液管和监控电路,但完全不是那么回事,我身上什么都没有,甚至穿着自己的衣服……有那么一瞬间,我都觉得自己根本没有手术过,只是做了一场梦。我摸了摸自己的头,而且还晃了晃,我甚至有点期待听到类似于警报或者简单的嘀嘀嘀的机器回响声,但是完全没有,什么感觉都没有。

: 嗯,毫无感觉。

: 也……也不能说真的毫无感觉。

[距离 Neith 戒断症爆发 3586 小时]

"感觉怎么样,桐生小姐?"推门进来的,是罗本,他的手里握着两杯香槟,显然他已经擅自做好了要为此庆祝一番的准备,"我听到护士说您已经醒过来了,您应该感谢您完美无瑕的大脑,它强大的适应力让您比隔壁的体育明星都提前了半小时苏醒。"

"看来你的这杯香槟并不是为我准备的。"雅子转过头,笑了笑。

"噢，这都被您发现了，您说过您不喝酒的。那我让护士给您倒一杯蔬果汁，还是新到的中国茶？我们这儿的服务绝对不比任何一家五星酒店差。"

"噢，不。"雅子转过身，从罗本的手里接过了那盏香槟杯。她脑子里似乎还没产生这个想法，就已经做出了回应的动作。不，比这还要快，那个念头，回归到那个念头，雅子甚至根本没有产生这样的念头。这感觉，是的，如果非要说感觉，就是这种感觉。"我，我当然不介意替隔壁房间的那个睡美人先干为敬。我……"

"怎么了，桐生小姐？"

"我，我刚才说了什么？"

"我们一起开了一个关于隔壁运动员的玩笑，仅此而已。"

"仅此而已，不，有什么地方……让我……"

"试着适应这种情绪化反应，桐生小姐。"罗本显然明白了在说这句话的时候，雅子的两声停顿是怎么回事，"这是非常正常的情况，Neith在规范您的社交用语，您的大脑意识到了这是一个交际场合，您的眼睛捕捉到了我手里的香槟杯，您的耳朵得知了我是来为您庆祝的，这是再自然不过的事情，Neith很好地辅助您完成了社交，您接过了香槟杯，用睡美人的玩笑化解了这杯酒不是为您准备的尴尬。"

"是……Neith？"雅子有些不敢相信，这种感觉，这明明是她自己产生的想法，自己的动作，自己说出口的话，可是，潜意识里，连她自己都不敢相信，那是她自己会去做的事。

"是拥有了Neith的您，桐生小姐。"罗本走上前，和她碰了碰杯，"通常这样的话会由专门的辅导师来对您说。但您是如此重要的客户，我当然不介意为您服务一次。桐生小姐，这是您自己的意识，自己的行为。Neith只是辅助您的大脑，做出了一个更符合情境的判断，它顺从您的意识，然后美化表现形式，仅仅是这样。"

"可是我觉得这……非常奇怪，这是我吗？"

"当然是您。很多客人通常会陷入一个不必要的误区，一个对Neith最大的误会，他们觉得安置这款产品之后，会有一个机器人在你的脑袋里，和你对话，甚至整天管着你，教你如何这样，如何那样，这是完全错误的。试着对这个观念说不，桐生小姐。并没有这个机器人，一直以来都只有您。当您在茫茫道路中迷失，不需要查看车载地图寻找方向，也没有什么脑袋里的机器人跳出来指挥您如何前进。当您拥有了Neith，根本不会有那样的时刻，当您需要方向但大脑不能及时为您检索到熟悉的路的时候，Neith就会通过神经脉络帮助您的大脑完成这次规划。那条道路是您自己想出来的，完全靠您自己，那种感觉非常真实，您会聪明到……连您自己都感到不可思议。"

"聪明……是我聪明，还是Neith……"

"您无须去思考这个问题，Neith只是一台机器设备，它不是也永远不会是一个独立的人，就好像电子邮箱会自动帮您规整字体段落、加注页眉和添加签名，Neith只是修缮您的行为，您的初衷也是向我表达友善不是吗？Neith刺激您的神经，让您完成了一次极具淑女风范的交际。您越早适应这一点，Neith就能越快地为您提供更多元化的服务。"

"适应……Neith？"

"就像适应一台，全新的超级跑车。"罗本指了指休息室墙角的落地镜，"看看镜子里的桐生雅子小姐，在您看不见的地方，从大脑最核心的地带，到每根神经的末梢，Neith也正在紧锣密鼓地适应您。"

雅子看着镜子里的自己，真真切切的她自己，和今天早上的她别无二致，向左倾斜的刘海，黑色长直发，素色连衣裙。二十年来，她在穿成这样的时候才是最放松的。但如果非常认真地看自己的话——雅子能感觉到自己的眼睛在审视镜子里的自己，就好像在看待一个陌生人一般，那种感觉非常奇怪。但她又确实还是自己，如此真实，就和呼吸一样自然，她似乎是第一天才认识自己，将自己从上到下打量了一番。雅子甚至能强烈地感到，自己的手想撩拨裙摆和头发，她在观察着自己，镜子里的自己。仿佛此时此刻的桐生雅子，对于她自己来说，是一道需要百转千回才能解答的难题。

不是所有人都会如此长时间地审视自己。

但时间越久，就仿佛越发看不清镜子里的那个自己。

雅子不知道，那真的只是所谓的心理作用，还是，还是别的什么东西……

伫立得越久，她就越发迷失。

她似乎越来越不认识自己了……越来越期待那些，别的东西……

"罗本先生。"雅子突然转过头，看着身后的罗本，"你们，有梳子吗？"

"当然，我让护士现在去为您准备。"

"算了，我转而一想，"雅子不由自主地笑了一下，似乎突然有了一个开心的主意，"我还是干脆去银座的SOFT–TOUCH做一次美容吧，我知道杏里是那里的VIP。"

"那里应该是全东京女孩的梦想之地了。"罗本点点头。

"罗本先生，我昨天真的是穿这一身来的吗？"雅子看罗本的眼神中充满了质疑。

"如假包换，我们对客人的私人物品保管得非常到位。"

"不知道为什么，我非常不想穿着它们离开。"

"您需要我们提供什么，桐生小姐？"

"一些让我看起来舒服的东西，我想……我需要……"

"您需要？"

"我非常需要……"

"说出您的需求，桐生小姐。我们会极力满足您。"

"你知道今年 *VOGUE JAPAN* 四月刊封面，香奈儿[①]以日本樱花为主题设计的五款针织外套吗，你觉得我适合那样素净的绯红吗？"

"嗯……"罗本会心地笑了笑，他似乎刚刚才明白了雅子的"真实需求"，他通过自己颅内的 Neith 检索了一下雅子提到的封面，然后不假思索地点点头，"有所耳闻，您看起来非常适合那样的色系，清新、优雅、如梦似幻。"

"说到优雅，我喜欢那款搭配着樱花腰带的外套，然后是那条华伦天奴[②]的白色连衣裙。"

"不得不说，桐生小姐品味非凡。"

"一双红底的周仰杰[③]，那是必不可少的。"雅子转过身来，再次和罗本碰了碰杯，然后将整杯香槟酒一饮而尽，"我的第一双周仰杰还是我在高中舞会的时候杏里陪我一起去买的，我们在二手打折店里把它搬出来的时候，感觉它随时都要散架了，我们从找到它，到买下

---

① Chanel，法国奢侈品品牌。

② Valentino，意大利奢侈品品牌。

③ Jimmy Choo，美国奢侈品品牌，主营鞋靴。

和修好它,足足花了一下午时间。"

"万幸的是,采办部只需要半小时就能为您准备齐全,毕竟在美国我们有很多客户在苏醒之后都有立刻改头换面的需求。"

"那真是……"雅子感到最后一滴香槟渐渐地滑入舌底。她突然产生了一丝难以描述的清醒,她意识到,自己一生中还从未体验过一饮而尽……可是那感觉似乎早就已经在脑海中演练过千百遍一般,根深蒂固,"真是,这感觉,我到底是怎么了?"

"您没有怎么,桐生小姐。"罗本也喝完了杯中的香槟,缓缓地说,"如果非要说发生了什么的话,那就是,您的麦当娜组件刚刚调适完成,已经上线了。"

"麦当娜。"雅子重新看着镜子里的自己,她从未有过像现在这般的冲动,想要去改变自己,她甚至能够对着镜子,在自己的胸前勾勒出蒂芙尼①项坠的线条,抚摸自己如同火焰般炙热鲜红的双唇。

"您马上就会成为这个时代最具时尚感的女士。"罗本站到了雅子身后,将两只手搭在她的肩上,缓缓地贴近她的左耳,而雅子,似乎只能追逐着这些声音,重复呢喃。

"最具时尚感的女士……"

"您会吸引联合国大会每一位参会者的目光。"

"每一个人的目光……"

"是的,每一个人的目光。桐生雅子小姐,每一个人。"

"每一个人……"

"所有女人,都想成为像您这样的女人。"

"像我这样的……女人。"

---

① Tiffany&Co.,美国著名珠宝腕表品牌。

"所有人都想要和您一样的生活。"

"所有人……"

"全日本,包括首相先生,都会以您为荣。"

"父亲,也会以我为荣……"

"保持这样的想法,桐生小姐。在您心目中您有多优秀,Neith就能据此发挥多大的效用。您所要做的,就只是大胆设想,设想一个高贵优雅近乎完美的自己,剩下的事情,都只需要交给Neith。"

"我会变得,近乎完美?"

"当然。The best you ever①,桐生小姐。"

雅子看着镜子里的自己,那个如假包换却又截然不同的自己,她甚至企图像感受背上的红疹一般去感受Neith的存在,但每每这样做,她能感受到的,都只是原模原样的自己,甚至……她都能切身感受到自己的平庸,从这身衣服,到整颗大脑,仿佛自己所有的缺点,都蜕尽伪装摆在她面前,连一块遮羞布都没有。那些暴露无遗的缺陷就像空气中隐秘的电流穿行在她的肌肤间,她迫切想要切断这些看不见的枷锁,如同一只在庸俗不堪的茧中蛰伏了太久的青虫,她是如此期待,用丰密的双翼划破束缚的那一刻,她等不及了,那种从未如此强烈的平庸感,不能忍受,无法忍受。雅子下意识地紧紧攥了攥拳头,她跟随着罗本的语调,用连她自己都觉得陌生的口气说:"The best me ever。"

"好了,桐生雅子小姐,好好准备您的纽约之行吧。或者,先好好享受夏目杏里小姐为您安排的……新生的晚宴。"

---

① 意思为"最好的你",后文的"the best me ever"意思为"最好的我"。

：我在报道上看到了，那次演讲非常顺利，"来自太平洋西岸的樱花小姐"，《世纪聚焦》是这样评价的，对吧？不管是时尚版还是时政版，你都是第二天的头条。

：是，出人意料的顺利，我站在台上，我是说，那里曾经站过的人全都是这个时代的功臣巨匠。当我想到这一点的时候，我非常意外自己感受到的并不是怯弱和紧张，而是一种，非常真实的……非常强烈的自豪感，就像吉赛尔·邦辰①横穿整个马拉卡纳球场的那一幕。

：噢，看来麦当娜模块组还帮你恶补了世界一百个经典时尚瞬间。

：经典，或许是吧。我由内而外地感受到自己正在缔造历史，我像个伟人一样谈吐，我的每个手势，都贴合着迎来的镜头，我甚至为了考虑全息投影的角度选择了稍微扬起下巴，好让我的五官看起来更加立体。你知道吗，在那一刻，我觉得我就是完美的，每个角度，每句话，每个动作，都是完美的。我甚至……我从来不知道，面对灯光和观众的感觉如此愉悦，当我隔天在荧幕上看到我的脸的时候，我觉得我的脸简直就是为了出现在所有荧幕上而生的，你明白吗？

：嗯哼，你的脸此时此刻，依然在很多荧幕上出现着，希望这可以安慰到你。

：现在……不，早就不了。

：看得出来你非常享受那段时间，我检索了你在演讲之后的社交网络曝光情况，在那之后的七十二小时里你一共参加了十一场宴会，其中还包括美国国务卿的私人家庭聚会。演讲后的第二天你就在第

---

①巴西超模、演员，曾在马拉卡纳球场为二〇一六年巴西奥运会开幕式进行走秀表演。

五大道空中新城的波道夫·古德曼①消费接近两万美元，你甚至还以个人名义捐助了一家为宠物狗研发长效亮毛剂的机构。

：是的，是的，难道这些不棒吗？

：这些是你父亲的授意吗？

：不，不，是我自己，我喜欢这样。

：你看起来像是一个在上东区②住了六十年，获得了终身成就奖的女演员。

：不，我就是我。你知道这件事情最棒的地方在哪儿吗，弗洛莉？就在现在，我从未觉得我的思路如此清晰，而且非常……

：那或许是因为POE-A3的药效达到了峰值，我提醒过你的，三十分钟。

：噢，这感觉，似乎也不赖。我是说……感觉，似曾相识。

：很像你在纽约的那对好莱坞明星夫妇家里尝过的C-P-H，你知道那天你吸入的是C-P-H，对吗？

：我当然知道，那是我第一次这么……

：你知道那是高精密的神经反应剂，它可以模拟比海洛因还要强十二倍的感官刺激。

：我一拿到那个针头，还没来得及看上一眼，Neith就告诉我了。但是它也告诉我了，那不是毒品，C-P-H不仅含有帮助抑制后续不良反应和限制成瘾性的神经舒缓剂，而且对身体的副作用被控制在了最小范围内，只有可能造成心窦不齐和短暂的失眠症，还有呕吐和便秘。如果那些瘾君子们晚出生一百年，他们可能都不会死了。

---

① 美国著名的精品百货公司之一，汇聚诸多奢侈品品牌、时尚品牌。

② 是纽约的传统富人区，许多纽约富豪与名流都居住在此。

C-P-H，天堂之水，他们都这么称呼它呢。

：噢，你可千万别误会，一支C-P-H的售价高达一千两百美元，就算那些瘾君子们活到了现在，他们也享受不起这类富人毒品。不过话说回来，也就是说，在你摄入C-P-H的时候，Neith并没有阻止你这么做。

：……阻止？伴着爵士乐和威士忌，我们还能做什么，难道我们要一起嚼泡泡糖吗？

：也就是说Neith评估了健康风险和社交需求，然后倾向了后者，这是它的自主判断。

：自主……自主什么？我不明白你在说什么？你是想来一支吗？你买得起吗？

：没有必要，事实上是我发明了C-P-H。当然最初并不是为了满足你们这些挥金如土的派对乐趣，而是从神经药理学上挽救重度抑郁症和孤独症患者，如果你颅内的Neith现在没有被抑制住，它应该会告诉你这个产品的意义有多伟大。好吧，桐生雅子小姐，让我们进入一个非常关键的问题吧，关于你Neith模块组的滥用。

：我，滥用……

：你在归国一星期之后，就在新宿的Neith医疗服务中心再次预约了包括精准思维、肢体动作联动、表情生态、听觉优化、视觉优化、嗅觉优化、触觉优化等二十五项Neith模块组的加载，并在三天后完成了加载手术。

：是，这根本忍不住，你能明白吗？

：我想我明白，但你还是得说出来，这是我们本次谈话的规则，桐生雅子小姐。

：我……如果你是我，你也不能接受自己身上还有那么多不完美的地方。那种演讲成功带来的优越感，在我还没有离开纽约的时候就已经消耗殆尽了。在曼哈顿的一个聚会上，我才发现我的舞步是那么笨重，我一边和那个国会议员谈笑风生，一边用脚踩着自己的礼服别扭地转圈，太丑了，真的太难看了……还有那些酒，我根本尝不出它们的区别，那些年份和该死的产地，为什么连一个过气的女模特都能随便品上两口然后点评几句，我却做不到……我看起来像是一个在吧台前摇头晃脑的呆头鹅，一个穿金戴银的下等人，只能附和着微笑，没有比这更屈辱的事情了，根本没有！

：我应该形容你，非常进取吗？

：我只是不能忍受这样的自己，我必须要变得更完美，任何瑕疵都不可以有，任何缺点、任何不足都不应该存在，我无法忍受。

：在这之前你忍受了接近二十年，这对你来说好像也没有那么难。

：这就是Neith的魔力，是Neith让我明白了，真正的生活应该是什么样子，首相的女儿应该活成什么样子。我不能再接受那样的平庸了，手术休息室里，那个镜子里的桐生雅子，是我最后一次见到她。

：嗯……非常充分的理由，桐生小姐，为了自己而改变。那么，你应该知道，为了你伟大的自我完善的工程，我们根据你加载的那些模块目前的市场售价计算出，光是那一次升级，你就需要支付给Neith研发公司接近六亿日元。

：那是非常有必要的投资，不是吗？

：当然，六亿日元，谁会花在没必要的地方。不过我很好奇的是，现在日本首相的待遇已经如此优越了吗，能够让自己的女儿随随便便花出去六亿日元。

　　：不，不是，那是我自己的积蓄，加上一部分……一部分其他的费用。

　　：你知道，在我这儿，是不可能出现"其他的费用"这么模棱两可的回答的，对吗？

　　：呃，是。我付不起那些钱。

　　：这是我可以百分之百确定的。

　　：我和罗本谈过了，关于剩下的五亿五千万日元的问题。

　　：那现在，桐生雅子小姐，你知道我很在意细节。

［距离Neith戒断症爆发3265小时］

　　"那现在，桐生雅子小姐，和我说说细节吧。"安部俊勇用手拍了拍背对着他的雅子，即使是在光线那么暗淡的宴会厅里，他面前的桐生雅子依旧透着一种难以形容的光彩，仿佛是希腊神话里从湖中心浮出水面的宁芙①，带着粼粼的波光和深不可测的秘密。当他的手触碰到雅子裸露在礼服之外的背部肌肤的时候，他能明显感觉到超乎常人的光滑和细腻，那层透白鲜亮的皮囊，有种不属于凡尘的美。

　　雅子转过头，几乎是第一时间堆砌好了一丝明媚的笑意。"嘿，俊勇，刚才我在发言的时候，你可是听得最认真的那一个。我知道你一直都喜欢细节的。"雅子说到这儿的时候，突然停顿了一下，然后看向了簇拥在她周围的其他人，用一种充满挑逗而诱惑的眼神，示意

———————————

　　① 希腊神话中次要的女神，有时也被翻译成精灵和仙女，也会被视为妖精的一员，出没于山林、原野、泉水、大海等地。

他们准备好迎接一个精彩的故事，"俊勇在上学的时候，非常痴迷中文，就连课本选读里的脚注都会认真背诵。我和他认识的八年里，他一共追过三个女生，他都坚持用非常非常传统的书信来表达爱意，最精彩的地方就在于……他会在情书的最后一页，注明每一个引用句的原句和出处，他觉得那样，非常，非常，浪漫。你知道在情书的最后一页看到一排排村上春树和东野圭吾的名字是什么感觉吗？"

俊勇笑了笑。"怎么，像是在读一篇二十世纪的古文？"

雅子没有立刻回答，而是重新把认真的目光锁定在眼前穿着深灰色麂皮夹克的知名作家脸上。这位用一部爱恨交织的《无法回去的东京》横扫世界文坛的新贵，刚刚推出了自己小说的原生纯纸质典藏版，全球限量发售十二万本。每本的售价已经高达四万五千日元。雅子转过身，贴近了面前的俊勇，这似乎让俊勇有些不好意思。"你们知道吗，在他追过的三个女生中，我就是其中之一。他那时非常害羞，非常胆小，但我非常喜欢他引用太宰治《人间失格》①里的那句，'懦夫，连幸福都害怕，碰到棉花也会让他受伤，他甚至会被幸福所伤。'怎么样，大作家，最近有人让你受伤了吗？"

"你记得这么清楚，这让我很意外。"俊勇重新把手收回去，这么近距离地看着雅子，特别是……这么漂亮的雅子，让他觉得手足无措。

"我能说句扫兴的话吗，大作家？"雅子显然感觉到了俊勇的拘

---

① 日本小说家太宰治创作的中篇小说，发表于一九四八年，是一部半自传体的小说。作品中太宰治巧妙地将自己的人生与思想，隐藏于主角叶藏的人生遭遇中，借由叶藏的独白，窥探太宰治的内心世界——"充满了可耻的一生"。在发表该作品的同年，太宰治自杀身亡。

束，但……这对于她来说有个非常简单的处理办法，她直接挽起了俊勇的手臂，整个人侧靠在俊勇的右手边，"我当时根本没有读过《人间失格》，也根本没有看到那些注释，不过……Neith看过了，它帮我记起来了。你知道吗，如果我现在还有那份情书的手稿，我大概能拿去苏富比①拍个好价钱。"

"是Neith？"俊勇有些惊讶地说，"可是你刚才的讲解里说，Neith的复刻功能只能记录搭载之后的感观数据，你看到那封信的时候，根本没有Neith啊。"

"不不不，这并不是复刻功能，而是印象检索。"说出"印象检索"四个字时，雅子的眼中满是呼之欲出的兴奋，她似乎一直在等待这个问题的到来，好让她倾诉对这个三天前刚刚放进她脑袋里的"杰作"无法抑制的赞美，"它能在你需要回想一些很久以前的事情时，试着跟随你的印象进行画面检索和拼凑。人时常会觉得很多事情记不清了，但这不是因为你的大脑真的忘记了，而是它自动选择了遗忘部分参与度极低的回忆，来维持颅内思维负荷的稳定，这是大脑自然进化的自我保护机制，所以那些看起来模糊不清的记忆，其实还存放在你的大脑里，只是你自己无法回忆起来罢了。这就是为什么你会需要印象检索，虽然依赖印象和感观进行检索在精准度上比复刻功能要差一些，也无法完全复刻出当时的情景，但那时候的感觉却会被完美地提取出来。所以……我能够回忆起那封情书里的选段，也代表我当时确实对这封信产生了某种特殊的既定印象，虽然这封信的内容已经模糊了，但是那种印象仍然保存在大脑里，Neith找到了它，就是这么简单。"

---

① 即苏富比拍卖行，世界最著名的拍卖行之一，诞生于十八世纪的英国。

"即使是那么久远的事情,都可以办到吗?"这似乎就是俊勇需要的细节,虽然刚才雅子的演讲已经足够打动这里绝大多数人,但……俊勇有对细节的偏执,对那些他迫切想要得到答案的事物的穷追不舍的偏执,"如果是这样的话,只要那种感觉和印象仍然存在,我就可以找到……任何我希望找到的画面。"

"就像在你的脑海中重新放映了一遍。"雅子依旧保持着迷人而温和的笑意,她一直觉得包下这间在一百二十层的酒吧来举办这次宴会是非常明智的选择。这里的每一处景致,包括做旧的美式沙发和被裱在金属画框里老板收藏的最后二十期纸质《纽约时报》,还有那几头来自斯堪的纳维亚半岛的麋鹿头,都让她想起了自己最热爱的二十世纪五十年代的美国,爵士乐最风靡的年代,迈尔斯·戴维斯①和艾灵顿公爵②,他们的灵魂都属于夜晚。不过此时此刻,她热爱这里的原因还远远不止于此,比起之前总是做一个在靠窗角落喝着轩尼诗、安静听歌的桐生雅子,今天的她穿着二十世纪五十年代风格的复古条纹裙,戴着纺纱面罩和透亮的珍珠项链,在这儿,她最爱的爵士乐变成了她的一件配饰,而现在的桐生雅子,才是这个夜晚真正的灵魂和主角。"说起来,刚才在脑海中重新看了一眼那封情书之后,我才发现那时候我的拒绝实在太过于仓促了。"

"你现在可能会拒绝得更仓促,雅子。"俊勇有些腼腆地笑了笑,他举起酒杯,敬身边的雅子,"你现在是首相的女儿,是东京的公主。"

"相信我,你的崇拜者可比我的要多得多。"雅子一饮而尽,然后冲着俊勇哈哈笑了两声,又突然沉静下来,认真到甚至有些严肃地

---

① 爵士音乐家。

② 美国著名作曲家、钢琴家、乐队队长。

说，"你知道如果我是你的崇拜者，我会非常希望你把那些沉睡在你脑海里的故事写出来，俊勇。那些可能连你自己都遗忘了的故事，或许，我们的故事？"

"我们的故事？"俊勇看着雅子，他不知道该用什么表情去面对她。

"我知道，那天，"雅子贴近了俊勇的耳朵，她似乎是先朝着俊勇的耳畔吹了一口气，然后才慢慢地呢喃道，"那个周末，你来家里找我，是我父亲把你赶走的，那时候……我知道他一定不会让你上来，所以，我还不如装作不知道你来过。这样至少第二天我们再见的时候，都不会尴尬，我们还可以继续做朋友。"

"你知道，"不知道是不是因为雅子靠得太近，俊勇整个脸红得像是大醉了一场，"你知道那天的事情？"

"那不需要Neith告诉我，我永远都记得。"

"雅子……我知道那天是你的生日，我只是来送礼物。"

"噢，拜托别现在告诉我礼物是什么，我希望这个情节出现在你的下一部小说里。男孩成功地在女孩生日那天见到了她，送出了那份礼物，把答案留到我看小说的时候好吗？"

俊勇愣住了，他说不清楚当时是一种什么感觉，那种，被什么东西牵扯着，一步一步走进充满斑驳回忆的花园，越往里走，植被就越浓密，到最后，那些疯狂生长的玫瑰都快要把自己吞噬了。自己只能感受到，快要窒息一般的、记忆里的鲜红。他几乎是呆滞了半分钟，才缓缓地回过神来，点了点头。

但有一件事情，俊勇非常明确了：那就是Neith。

雅子松开俊勇的手，重新回到人群里，她敲了敲高脚杯，再一次让所有人的目光都聚集到自己身上。雅子从未如此热爱这样的感觉，万众瞩目的感觉，仿佛那些目光，有着马里布海滩阳光一般的温暖。"亲爱的朋友们，当然还有我最最亲爱的杏里。有人能帮她从第四瓶威士忌里解脱出来吗？

"你们知道吗，我今天在这儿说的话，比我在纽约四天说的话还要多。我曾经不是那么健谈，我曾经到处都是缺点。所以我非常感谢，非常非常感谢现在可能已经无法听到我说话的夏目杏里小姐，在一个月以前，她也是这样半醉半醒地对我说：'雅子，你只需要试一试，就知道了，雅子。'然后……我就对自己说，那我就听这个疯丫头一回吧，毕竟如果我手术失败了，要告她的话，我还可以请她来当律师。

"其实Neith已经在日本流行了很长一段时间，据我所知，这里的好几位先生的脑子里都已经有了一个最简易版本的Neith，我喜欢叫它，Neith Babe。在日本，已有超过八万人成了Neith的用户，在全球，这个数字是两千两百万。

"我非常理解和支持Neith设计者的初衷，这是一款拥有非凡意义的产品，它应该被用到所有地球公民的身上，用以更好地服务这个生活了八十亿人口的世界。但，正如我刚才所说，Neith真正的魅力，远远不止如此简单；它能够为你带来的，也远远不止规划道路和安排行程。它进入你的大脑，特别是，生活在日本这个国家最顶层的那千分之一的人的大脑，是为了更加崇高的目的，因为正是这千分之一的人，掌握着这个国家百分之九十的财富，掌握着这个国家的文化和经济，掌握最尖端的科技、最前沿的时尚、最先驱的潮流，你们是站在金字塔尖端的命运宠儿，也是这个时代最具影响力和号召力的存在，你们有责任，也有义务，让这个国家发展得更好、更迅速、更辉煌。

"Neith能够为你做的，恰恰就是这些。试想一下，如果你的大脑自身就能进行公式演算和数字分析，一场实验其实会容易很多；如果你的大脑自身就能搜索基于你记忆深层的感知和印象，一次创造、一个灵感其实瞬息便可达成；如果你的大脑自身就能优化你的语言、肢体甚至是感观，你永远都不会说错话、做错事，你永远，都是镜头前最光鲜的那一个……

"诚然，这是一次不菲的投资，但我知道，我相信你们也都知道，这个屋子里的每一个人，都已经摆脱了需要为钱考虑的人生阶段。恕我做了这样的分析和调查，这个酒吧里现在人均银行储蓄数额，是十六亿三千万日元，这还不包含你们的各项置业、投资和收藏品。我听说熊本先生刚刚拍下了凯特·布兰切特①的一套珠宝，是吗？四亿三千万日元。Well Done。

"那么，我就开门见山了。"雅子朝早就站在吧台边的罗本挥了挥手，"这是Neith日本区的经理，他稍后会为你们详细介绍Neith模块组的具体情况，供你们自由搭配和选择，你们可以了解到能协助你们所需领域方方面面的模块组。很快，我是说，快到你从手术室的休息室醒来，看着镜子里的自己的时候，你就会发现一个截然不同的，你自己。"

"先生们、女士们，我是罗本，Neith日本区的经理。"罗本今天穿得格外得体，复古英式双排扣西服，搭配着一条全是红桃和方块的经典领带，他看起来就像是从邦德电影里走出来的一样，"谢谢桐生小姐的推介，正如她刚才所说，我相信Neith一定可以成为你们通往更高成就路途上的灯塔。当然，在此我很荣幸为你们解答任何关于

① 澳大利亚著名演员。

Neith 的问题。"

罗本边说边走近了靠在栏杆一侧的桐生雅子，他满怀笑意地捧起她的左手，然后轻轻地吻了下去。这个场景出现在充满复古风情的酒吧，真是再合适不过了。

"我至少已经帮你说服了著名作家安部俊勇，"雅子小酌了一口重新填满的柠檬朗姆，然后不紧不慢地说，"以及两个时装设计师、一个迫切期待创业的银行家的儿子和你正前方那个总是很多问题的宇航员。你敢相信吗，他只是日本第一个登上火星的人，然后他就成了身价五十二亿日元的富豪。我是说，连他去火星的钱也是政府出的。"

"他现在有三个自己的个人运动品牌，还有十七家在亚洲地区连锁的航天运动体验俱乐部。他号称'太空旅人'，几乎每周都要去月球一次，然后带回来各种在越南生产的太空周边和请人代写的精彩演讲。"罗本不怀好意地笑了笑，似乎对这些名人的做派早已司空见惯，"他刚才已经找我打听了关于合作开发供太空徒步爱好者使用的定位功能模块，我打算明天给总部一个分析报告。"

"看来还有意外收获呢，罗本先生。"

"你不是也有意外收获吗？我看那位作家先生的眼睛一直都没从你的脸上移开。青梅竹马，因为 Neith 再续前缘，你们的故事真的很适合被写成小说。"

"罗本先生，如果我不这么说，他怎么会明白 Neith 的好处。"

"你刚才的演讲，似乎已经点燃了他的爱情之火。"

"那我只能再耗费一些精力去熄灭它了，你说呢？不过我会等到他买单之后的。"

"我越来越喜欢你的聪明了，桐生雅子小姐。"

"看来这是一次非常成功的合作，罗本先生。"雅子转过头，看着罗本，她非常清楚接下来对话的重要性。

"我的 Neith 告诉我，这次保守估计能赚一百四十二亿日元。也就是说，桐生小姐，你可以免去九千万日元的费用了，真是恭喜。"

"你知道，你已经不用'您'来称呼我了，这让我很寒心。"

"我们现在不是合作伙伴吗，桐生雅子小姐？"罗本也转过头，他举起酒杯，轻轻地碰了下雅子的酒杯，"你要为一个专属于客户的'您'字花费五亿日元的话，我也没有意见。"

"只要再办五场这样的活动，我就可以还清这笔债务了，对吗？"

"当然，桐生小姐。像这样如此成功而精彩的演讲，你还需要准备五场。"

"你以前说话没有那么刻薄的，罗本。"

"我们现在不是在二十世纪五十年代吗？可能那时候的我就是如此吧。"

"你知道吗，我下午的时候听说，北美那边预备上架一款叫作 α 的模块组。"雅子认真地看着罗本，像是真正的谈话才刚刚开始，"据说……那是非常……豪华的设备。"

"α 模块组现在只是生产出来了而已，但是我们的老板似乎认为它非常不成熟，一直在阻挠它上市，不过董事会已经在施压了，距离它正式上线应该不会超过一年。α 模块组是协调情感意识的模块组，它会优化你的整体人格和基于这些人格的一切所需，包括思想、情绪、语言动作等，你甚至可以实时切换你预设的人格，你可以变得狂野、沉静、性感、神秘、单纯、可爱……从希拉里·克林顿[1]到亚历

① 美国律师、民主党派政治家，曾任美国国务卿，同时也曾是美国第一夫人。

山大·安布罗休①，只在瞬息之间。"

"一个人在一生中，可以体会到无数人格，这真是连上帝都无法企及的事。"

"当然，除非上帝有一亿美元。"

"它的价格已经公布了？"

"我拿到的产品数据是这样的，它现在已经是成品了。"

"罗本，"雅子沉默了一会儿，她放下酒杯，走到了罗本的面前，她非常精准地将自己的神情设定在温存和妩媚之间，嘴角的鲜亮桃色，衬着她白皙的肌肤，"罗本罗本罗本，罗本先生，如果我有一亿美元的话，你能和上帝说一下，他的预约位置只能排在第二吗？"

"不如，你先把五亿日元的债务结清再说？"罗本看着桐生雅子，其实他们一共也没见过几面，其实他也没有认真看过她几眼，但是……他总觉得每一次看见这位桐生雅子小姐，她的眼睛里，都比之前多百倍、千倍的欲望。但，谁会畏惧欲望呢？特别是像他这样专门为了其他人内心最深处的欲望买单的商人，那瞳孔里的欲望越黑暗越纠缠，他就越期待，"或许，那时候，我能安排你和 α 在洛杉矶见一面，你说呢？"

在给过雅子那悬挂在天际，但似乎又触手可及的希望之后，罗本就再次扎进了宾客堆里。不管那些人是真的在讨论首相女儿和她的Neith，还是只是举着酒杯在互相礼貌恭维，罗本总是会在不经意间无比自然地搭上话，就像雅子第一次见到罗本时一样，真切热诚的眼神，极富感染力的话语，再加上一点点亚洲人学不来的介于骄傲和庄重之间的优雅。雅子也不知道是不是有什么"员工推销专用模块"，

---

　　① 巴西超模，以性感火辣的身材著称。

但显然，能够赚到盆满钵满，也足够刺激他打起十二分精神和这些潜在客户们谈天说地。

虽然瞳孔里倒映着的还是这间一九五〇年的酒馆里举着酒杯四下攀谈的宾客，但雅子的脑子里却已经被那个神秘而诱人的 α 填满了。就像有一条缠绕着她全身的巨蟒，冰冷湿润的鳞片在她的肌肤之上摩挲，瑟瑟震颤的蛇芯在她的耳边低语，让她忽略了伊甸园的美丽与丰饶，所有的感观、所有的神经都聚拢在了那颗悬挂在枝头的鲜红的苹果上。

得到它，雅子，得到它……桐生雅子，你一定要得到它……

雅子的耳边，无时无刻不回绕着这个声音。

在她听闻过 α 之后，她总能听到这个声音，不分时间，不分场合，比起为了逼迫夏娃犯戒而滔滔不绝的毒蛇，这个声音似乎更像是来自于自己的身体，准确地说，是自己的脑袋。有时，她都来不及思考，自己对 α 的渴望是不是真的有那么强烈，强烈到几乎不可忍受。在雅子看来，这绝对不是臆想，也绝对不是幻觉，她就是听见了，她总是能听见。而这几天，她的对应策略都是：让 Neith 暂时关闭自己的听觉神经五至十分钟，就像局部麻醉一样，每次都能奏效。她知道关闭听觉神经简直是最下三烂的自欺欺人，因为那根本不是什么简单的噪音，她明明能感觉到，那个声音，根本就是她自己的声音，根本就是她说出口的。

她当然也知道，在这样的场合里听不见声音的后果，她会错过两首爵士金曲，像个彻头彻尾的傻子一样站在吧台边，怯弱得像从前那样一动不动，不，这是她无法容忍的。

这一次，她决定不再妥协。

于是,她放下酒杯,走下吧台,掠过欢愉的人群,径直迈向洗手间。所有的动作一气呵成,并且干脆利落。当她推开那扇复古的推拉门,在那面雕刻着阿弗洛狄忒与宁芙的漆金圆镜里再次看到自己的脸时——是的,连雅子也没有料想到的画面,那对瑰红的双唇,就在她的注视下,不自觉地开合着,脱离了她的意识、她的控制,不自觉地开合着,像是所有孩子梦魇里勾魂夺魄的魔女,用最深沉而迷离的声音,轻轻地低语着。

"得到 α ,雅子,得到它……桐生雅子,你一定要得到它……"

这是雅子安装 Neith 之后,第一次感到由心生发的恐惧,如此不自然的恐惧。她能感觉到胸口突然鼓噪的气流,似乎一声酝酿很久的尖叫被 Neith 硬生生地压制住了,即使是目睹了自身器官的失控,镜中映出她脸上的表情,看起来依旧光鲜而惬意。她只能通过微微发颤的呼吸和不自觉紧握的拳头,来判断自己真的产生过那样的恐惧与害怕。

她抬起左手,本能地遮盖住依旧在微微开合的双唇,她能感觉到整个手心都用力地按在了嘴唇上,唇彩里富含的杏仁油,黏腻地粘连在唇间与掌心。

这不是她曾经最爱的动作吗?爱哭的女孩,怯弱的桐生雅子,只会用手捂住嘴逃跑的首相女儿,这个动作简直是她的招牌动作,下一秒就是滴落的眼泪和间断的哽咽。

所有这些,都被眼前的镜面一一反射,呈现在雅子面前。

有那么一瞬间,她觉得自己浑身上下的每一根神经,都在歇斯底里地互相拉扯,无数的思绪在她的身体里激荡,仿佛下一秒,她这副皮囊就会像倒地的玻璃一样应声碎裂。

可即使是这样,此时此刻雅子的脸上还是那样的镇定,那样……死寂般的镇定。

雅子会喜欢吗?

以前的雅子会喜欢这副样子吗? 即使在害怕到极点要哭出来的时候,依旧明媚得如同杂志封面上的女郎,优雅而镇定,绝对的镇定。

而与这般镇定截然相对的,则是她内心汹涌袭来的混乱与不安,每一个细胞似乎都在激烈抗议:放下手,桐生雅子! 你不能这样,不能遮住嘴,不能这样!

不能这样,桐生雅子不能这样,用手捂住嘴逃跑的首相女儿,不能这样……

绝对不能这样!!!

雅子能感觉到,这句"绝对不能这样"就快要脱口而出时,她捂住嘴的手,被用力地甩开了。是的,甩开,虽然是被她自己,但那个力道,就像是有人强行勒住雅子的手肘,狠狠地往外推开,雅子甚至能感觉到手腕撞在盥洗池边缘的疼痛。

她看着镜子里,那个口红残缺的上唇,仿佛一个刚刚被搅扰的猩红色的美梦,支离破碎。

不可容忍,不可接受,必须马上修正——这是她脑袋里全部的想法,她甚至已经来不及去思考颤抖的嘴唇到底出了什么问题,她全部的注意力在那一瞬间都集中在了那块映在镜子里被放大了一百倍的残缺上。

她从随身的手包里拿出那支由麦当娜模块精心推荐的口红,机械地抬起手臂,一点一点为自己的双唇重新填补上一层娇嫩的红。这是Neith从七百七十九种红色里,为她选择的那一种红色,完美的红色。

是的，完美，谁会拒绝变得完美，谁又能忍受差一点就足够完美呢？

不可容忍，不可接受，必须马上修正。

当她再一次审视镜中自己的时候，随着丰满的双唇颤动开合，那个声音也终于停歇了。不知道为什么，雅子总感觉，这一次，它是彻底消失了。

"因为，我不会再犹豫了，没什么可犹豫了。"雅子对着镜子，再一次露出了她那经由Neith设计、从嘴角上扬的角度到双唇开合的微距都无比精确的笑容，她已经准备好了，再次加入那场觥筹交错的欢愉里，再次举起酒杯，再次成为焦点，再一次，变得完美。

：你还清了吗？

：什么？

：拖欠Neith Japan的款项。

：现在算一算，像是这样，利用我的关系网，甚至是我父亲的人脉的聚会，我为罗本筹谋了不下十场。开始的时候还需要我自己去联系，后来基本上都是朋友的朋友，甚至到了最后我都懒得打招呼了，反正有Neith在，有必要的话看一眼就知道是谁、叫什么、从哪儿来、是做什么的。通过我加入Neith不仅能保护那些富人的隐私，而且价格也更低，我确定罗本也在其中赚了一笔私利，因为他搭配销售的很多东西，其实都应该是免费提供给术后用户的。

：你还没有回答我的问题，桐生小姐。你还清债务了吗？

：没有，怎么可能还完。

：可你说你已经办了不下十场聚会，按照既定的收益，你至少已经为罗本带来了一千亿日元的收入了，如此可观的盈利，就算是单纯的提成，也远远不止五亿日元。

：可事实就是没有还完，而且，我觉得我永远都无法还完。

：看起来让桐生小姐直接承认这一点还蛮难的。事实上，我看了从你颅内Neith中提取的调查报告，你在那段时间，我猜应该就是你还债的期间，平均每周新增五个左右的模块组，而且还有类似于摩根模块组、情绪模拟模块组以及第六感生态模块组这样平均价格在四百一十七万日元的核心模块。也就是说，你不仅没有通过这些社交聚会盈利，而且你拖欠罗本所在的Neith Japan的款项越来越庞大。

：第六次集会的时候，就已经达到了八亿日元。

：这就要求你必须无止境地为罗本安排这样富人云集的集会。

：他早就料想好了，他早就知道要怎么做，他通常都是以新产品、免费体验的名义把我约去他的办公室，他也知道我根本抵御不了那些诱惑，是真的无法抵御。那些全新的功能，每一个我都想拥有，每一个我都想尝试，仿佛我的大脑就是那些模块的引力场，不得到，就不会罢休。罗本让我签下了一个又一个借款协议，然后，每次我从那间手术室里醒来，每一次，我睁开眼睛看到的都是他，都是他那副充满算计的笑容。他总是说，你变得更加完美了，雅子，你变得更加完美了，雅子……永远都是那副样子。

：那么，你觉得你更加完美了吗？

：当然，当然如此，但是和第一次我看到镜子里的自己相比，那种仿佛是灵魂高歌般的愉悦一直在递减，越来越少，越来越短暂。有时候我盯着镜子看着自己才几分钟，就立刻又厌倦了，我觉得那些小修小补根本没办法达到我内心中的完美,我开始期待更好、更强大的模块,我开始无比期待α。罗本在这件事情上倒是不遗余力,他使了很多手段,才从洛杉矶弄到了α原件,我听说距离α正式发布还有至少一年的时间。我根本等不及了,我一刻都不能等了。

:当然,你的α,你的颅内栖息着这个世界上唯一一个被激活的α。

:装载α,我就能获得无数种人格、无数种感官,我可以自由切换、自由选择,每一天都可以是一个崭新的自己,每一个都不同。你能想象吗,我只有一个肉身,却可以拥有成千上万种不同的灵魂,我想是谁,就可以是谁;我想成为什么,就可以成为什么。

:你把它们称为"灵魂"吗,桐生小姐?

:当然,那不然呢? 它们应该被称为什么?

:我没有反驳你,我只是在提问。

:你根本不会了解的,你没有体验过,你就不会了解,α可以带给你愉悦感,可以左右你的喜怒哀乐,左右你全部的情绪。你不需要笑话就可以大笑;不需要等到天黑就可以有困意;不需要男人就可以反复体验高潮;不需要真的恨谁,就可以恨;不需要真的爱谁,就可以爱;不需要真的脱离地面,就可以感受飞行。只要你愿意,只要你想感受。

:看起来你乐在其中,桐生小姐。

:如果是你,你也会乐在其中。

:这个有待商榷,毕竟我不想欠下一亿美元的巨债,让你心爱的罗本彻底奴役了你。

:当然,当然是这样,为了成为最完美的自己,这是一点点小代价。唯一一点微不足道的不完美。

: 我喜欢你用"代价"这个词来形容。

: 难道不是吗？你知道吗，弗洛莉，你的药剂让我第一次如此清晰地认识到了这是一个代价。我可以保证，在这之前，在签下那份一亿美元的借款合同的时候，我的脑子丝毫没有这么觉得，我和我脑袋里的 Neith，应该都觉得无比荣幸吧。仿佛我们就是那些冒险童话里披荆斩棘、万死不辞的勇士，终于要把心爱的人从地狱恶魔手中解救出来，然后永远和它幸福地生活在一起。

: 它给你带来的满足感，持续了多久？那种想是谁，就能是谁的感觉。

: 很久很久……很久，很久，那时候我觉得每一天都和一生一样，你知道，很多人说痛苦的日子才会显得漫长，而快乐的时光往往短暂。不，不是这样的，有了 α，每一天都和一生一样漫长，如此幸福的一生，从开始到结束都无比开心的一生。

: 经历了这么多人的一生，你还觉得桐生雅子的一生有意思吗？

: 有意思吗？我就是桐生雅子，我的人生当然有意思！这是，当然的。

: 那你的朋友呢，还有你的父亲。

: 朋友？桐生雅子的朋友？

: 不如来说说那个带你上道的夏目杏里吧，你和她，后来怎么样了？

[距离 Neith 戒断症爆发 47 小时]

"雅子,雅子!"杏里摆脱了足足五个保安的拦阻,才冲进那个招待新加坡商团的高级宴会厅,这好像是她脱离校园以来第一次穿着牛仔裤和平底鞋就冲进聚会现场,也是她第一次听到挤屋乐队①的 *Don't Dream It's Over*② 却没有跟着摇摆,甚至应该是她第一次无比清醒地出现在舞池的中央。现在,这里塞满了西装礼服的政要、富商以及穿行在其间的零星几个衣着鲜亮、唇红齿白的身影,杏里几乎是在第一时间就发现了不远处的雅子,她就站在新加坡外交官的旁边,穿着一身浮世绘纹路的烫金露背礼服,那幅织法精细色彩艳丽的《雪暮》③从腰间一直垂到裙摆,一对雪中行走的少女,依偎在伞下。

雅子挽着那个正在侃侃而谈的外交官,相比之前在社交场合里几乎和冰箱冷冻肉一样持久的光鲜亮丽,这次她看起来似乎有些不在状态。她依旧微笑着看着和她对话的每个人,举手投足自然而优雅,不,似乎已经说不上自然了,她的好几次抬手都是重复的,是 Neith 让她这么做的,她已经把自己的肢体完全交给了 Neith,或者说,她已经把这场宴会里自己的表现完全交给了 Neith,而她自己,则似乎已然在另外一个世界里。

雅子甚至都没有听到杏里在叫她,不知道是因为周围太嘈杂,还是她早已经通过 Neith 把周围的声音都过滤掉了。两周前她完成这项模块升级后,就迫不及待地邀请杏里去了一场规模宏大的交响音乐会,演奏者均来自英国伦敦的顶级演奏班底。而雅子则用她那刚刚

---

①一九八五年成立的澳大利亚四人男子演唱组合,代表作是 *Don't Dream It's Over*。

②意思为"别做梦了"。

③伊东深水的代表作之一,描绘了一对穿和服的少女并肩在风雪中碎步前进。伊东深水是日本画家,擅长"美人绘",笔姿秀丽,色彩鲜明,属浮世绘派。

植入大脑的新功能，从单独的竖琴，到所有的小提琴，到不间断的鼓点，在脑海中把所有这些拼凑在一起的声音条分缕析，然后逐一听取和拆解，她非常享受这个过程。杏里当时就在雅子的旁边，看着她闭着眼睛，全程保持着让人不寒而栗的笑容，肢解贝多芬那首世界闻名的《第九交响曲》。

直到杏里站在了雅子面前，雅子似乎才回过神。因为淋了雨，杏里的头发纠缠在一起紧贴着纤瘦的脸颊，这让她看起来狼狈不堪，也和宴会厅的金碧辉煌格格不入，她没有再叫雅子的名字，而只是看着她。

"嘿，杏里。"雅子几乎是在看到杏里的一瞬间就开口了，她似乎露出了一个稍许惊讶的眼神，但惊讶很快消失，继而变回了温柔而优雅的笑容，"你来得正是时候，酒还没有被全部喝光，我五分钟前就在吧台看见了那瓶马提尼，它现在居然还在那儿。不过，我觉得……你应该非常需要去我的休息室换上那件范思哲①的……"

"雅子，你得帮我。"杏里连寒暄都没有。

"你——"雅子依旧保持着模式化的笑容，她靠近了杏里似乎因为淋雨受凉而瑟瑟发抖的身体，然后拥抱了她一下，但仅仅是拥抱了一下，并没有多余的意思，"这里的每个人都是来找我和父亲帮忙的，但你至少得先把身上弄干，我可不负责给我的客人预约明天上午的身体检查。来吧，我们去休息室。"

杏里看着雅子，看着她那如同电子机器人服务完毕之后的自动回复般的面无表情，她知道那是怎么运作的，她知道雅子刚才说的每句话、每个词是怎么来的。但她还是点了点头，这个场合实在有些特

---

① 意大利奢侈品品牌。

别，那些保安还徘徊在宴会厅的周围，如果不是首相官邸的人几乎都见惯了杏里以及她一贯的风格（如果今天的湿身装算是风格的话），也不会放她进来。当然，杏里此时根本没有太多精力去考虑这些，因为她要说的那些话，更加特别。

从雅子说要带着她去休息室开始，一直到她再次见到雅子，她独自在休息室的沙发上坐了二十分钟。那桌上放着两瓶用钢铸玻璃封存的经典芝华士，但杏里几乎连看都没多看一眼，她看着摇曳着进来的雅子，微醺的脸上有着无比精致的妆容，她似乎才刚刚说完"我去和那几个从新加坡来的设计师打个招呼"，举手投足间还保留着 Neith 为她精心搭配和设计的代表日本新时代女性的大胆和前卫。

"你知道吗，杏里，我身上的这件山本耀司在今天迎来了它人生的巅峰，几乎每个人都跑来夸赞它，然后问上面的画是谁的。我今天至少已经把伊东深水的名字说了一百遍，连 Neith 都有些不耐烦了。"雅子显然还完全沉浸在宴会的氛围里。

"雅子，雅子你这次无论如何都得帮我。"

"是因为今天新闻上的事情？"雅子原本摇晃的身子突然立住了，她看着坐在沙发一角的夏目杏里，经过了一天，她甚至连里面的衬衣都没换。就在今天早上，一则视频突然席卷了各大社交网络，一个在东京高等法院任职，在社交网络上有超过两千万关注，外界看来年轻有为的女律师，在开庭前大量饮酒，甚至在办公室内大肆谩骂，其中包含大量不尊重同事、上级甚至委托人的言论，而这位女律师，现在就坐在雅子的对面。雅子没有急着说下去，她打量着沉默地等待她开口的杏里。现在杏里看起来慌张、疲惫、失落、恐惧、不知所措，几乎是所有人类负面情绪的集合，说起来有趣的是，雅子曾经一直把眼前的夏目杏里视为形象导师和社交楷模。她在十一岁的时候就开始经营自己的社交账号,十四岁的时候全球有超过四百万人陪着她一起过生日。雅子永远都会记得那个夜晚,杏里生日的前一天,她就捧着蜡烛依偎在杏里旁边,通过视频窗口和全世界四百万人一起给杏里唱生日歌,她一边看着杏里教那些外国人说蹩脚的日语,一边看着杏里的电脑上不停地弹出有货物待收取的提醒。另一边,很多人真的在为她准备生日礼物,隔天,一共八百多件礼物从世界各地运来东京,运到港区,运到杏里的家里,杏里甚至在隔壁的酒店专门开了一个套房来存放这些琳琅满目的礼物……是的,甚至她今天穿着的山本耀司,也是她在杏里生日那天第一次听说。当两个小女孩兴奋地从那个镌刻着 Yohji Yamamoto[①] 的漆黑金属盒子里拿出那副墨镜的时候,雅子第一次真切地感受到了国宝级品牌的设计感,以及——对杏里的崇拜。

但现在,雅子对面坐着的这个女孩,却完全无法让她燃起那样炽热的崇拜了。

“是。”杏里似乎已经经历过了号啕大哭的阶段,她现在整个人都呈现出一种游离在神经衰弱边缘的恍惚,“我给你打了电话,但是你都没听;我打听了你的行程,就赶来了酒店,我真的没有办法了。”

“你知道这是国家级的宴会,你差点又摊上一条《青年女律师扰乱国家政要宴会》的头版头条。”雅子坐在杏里对面,打了开酒瓶盖,清脆的响声伴随着威士忌独特的浓郁香气。她熟练地拎起了酒杯,然后径直倒了半杯,“你是怎样没脑子,才会当着同事的面,说出‘只要我有了 Neith,我甚至可以一边跳舞一边辩护’这样近乎自杀的话。”

---

① 日本品牌山本耀司的英文。

"我当时喝了酒,你知道的,自从有了Neith……"

"我一点都不惊奇,我早就告诉过你,如果你改不掉酗酒的毛病,就赶紧植入摩根模块组,它能帮助你达到清醒状态。"

"我已经没有钱去负担更多的模块组了。"杏里终于还是忍不住哽咽了,"我……我根本赚不到那么多钱,我知道你那些赚钱的办法,但是……"

"你有没有告诉别人我们聚会这件事?"雅子突然认真地问。

杏里有些被雅子突然的严肃吓到了,她拼命地摇头,"没,没有。"

"你有没有说过,'桐生雅子也在用Neith'这样的话,或者暴露过聚会中的任何一个人?"雅子并没有停止追问,她似乎完全忽略了杏里因为紧张而引发的抽搐,她看着杏里楚楚可怜的样子,甚至觉得有点恶心。

"没有,都没有。聚会的时候,你强调过的,这些都是日本上层有头有脸的人物,隐私,是第一要务。"

"我要你现在用Neith检索一遍,认认真真地检索一遍,你在醉酒的情况下,哪怕是在做梦的时候,有没有说出过类似的话。"雅子一口干掉了杯中的威士忌,然后将酒杯重重地砸在了旁边的茶几上。

"没有,我确定没有!"杏里说话的时候整个身子都疯狂地哆嗦着,像是害怕到了极点。她两眼不停地溢出泪水,却依旧空洞无物。

"明天你就去找罗本植入摩根模块组,还有思维方式重塑、语言情绪化和多米诺联想辅助模块。明天就装上,我会让罗本帮你跳过术前检查,你直接去手术室。"雅子看着杏里,但她的眼前却并不是杏里那张快要崩溃的脸,而是Neith为她提供的,所有能够把眼前这个快要无药可救的灰姑娘拯救过来的模块组,"费用方面我会解决的。"

"不，我不想这么做……我不要再装了。"杏里刚一听到那些模块组，就发疯似的站了起来，她看着雅子，看着雅子精致的脸、精致的语言、精致的神情和即使是此时此刻依旧似有若无的笑意，有那么一刻，她觉得她看到的就是Neith，是Neith在凡人世界的具象，它，作为一个人的具象。

"只有这么做你才有可能应付得了接下来的事情，杏里。"雅子并没有因为杏里的起立而有任何动作上的变化，她甚至都没有抬起头，"Neith才是解药。"

"不，不是的。雅子，不是这样的。我已经和家人坦白了，我要去卸载Neith，我再也受不了了。我来只是想请你去为我求情，让法院原谅我这一次，让你父亲，让桐生首相帮我一次，就这一次。"杏里的每一声，都带着持续的哽咽，她抽搐的身体一直在颤动着，看起来摇摇欲坠，如同在空中摇曳的风铃。

"你要卸载Neith？"

"是的。"

"你知道你在说什么吗？ Neith是现在唯一可以帮助你的东西。"雅子抬起头，看着在她眼中已经窝囊到极点的杏里，"你居然还告诉了你的家人。"

"我真的已经受不了了，雅子。我以前虽然喝酒，可远不像现在这样。我现在每时每刻都想把自己灌醉，我不想让自己那么清醒，我不想让自己随时随地都记得所有的事情，我不想……真的，我是故意要喝醉的，只要这样，我才能，才能不那么——我的脑子里才不会有那么多东西。我有时候甚至想割开脑袋，把酒精直接灌进去。你知道吗？我随时都能想起那些人的名字，那些因为我被判入狱的人，那些因为我家破人亡的人。你知道吗，有一天我走进一家咖啡店，我看着那个服务生的脸，然后突然记起三年前，就是我把他的爸爸送进了大牢，可是他微笑着对我说，他一直坚持手造咖啡。他以前有一家自己的咖啡店，但是因为家庭变故卖掉了，他说，他现在是涩谷最后一个人类咖啡师。他已经忘记我是谁，而我却记得如此清楚。你知道那感觉有多奇怪吗，我接过咖啡的时候，他还在冲我笑。雅子，我真的不想那么清醒了，我不想记住那些事情。"

"这个故事你应该去告诉俊勇，他非常需要这样的素材。"

"不，不是这样的，雅子。你应该知道，现在全世界，有很多人在……"

"你是说抵制Neith吗？"雅子似乎一点儿也不惊奇，"全都是那些底层的穷人，他们一辈子都买不起模块，所以惧怕那些依靠模块变得更加优秀和强大的中产阶级和上层社会，所以就编出了什么Neith阴谋论。你知道这场宴会里有多少人的脑袋里装着Neith吗？大家都知道，只是彼此心照不宣罢了。Neith本身就是一项优胜劣汰的标准，那些拒绝变得更好的人，即将被时代淘汰的垃圾，凭什么站出来反对。"

"Neith已经被滥用了，根本不是……"

"当初明明是你极力推荐我使用Neith，你这种临阵倒戈的行为真让我心寒。"

"雅子，那时候……雅子，我，我没想到会是这样，那天当我知道你的脑子里已经有八十多个模块组的时候，我就已经想——想对你说抱歉了。"

"看来你这种悲观和抵触的情绪已经持续很久了。"

"是。我真的不能再一直待在Neith给我的'清醒'里了。"

"我知道了。"雅子几乎是在杏里说完的下一秒就给出了回答。

这让杏里都有些吃惊，她愣在原地，看着雅子，从喉咙里挤出了几个音节："雅子？"

"这个问题很容易解决。"雅子站了起来，走到杏里身边，把那件搭在扶手上原本早就应该给杏里换上的大衣披在了杏里肩上。她冲着杏里笑了笑，然后说，"明天，你去安装模块的时候，让罗本为你的记忆复刻模块更新一个智能选择功能，它可以帮你筛选出和剔除掉那些你不愿意记起的内容。相应的，针对你刚才的请求，我会帮你处理好的。事实上我已经知道用瞳内置镜头拍摄这个视频的人是你的哪位好心同事了，我不仅会帮你恢复工作，还会帮你的那位同事，找到一个让他永生难忘的下家。但前提是，你明天必须乖乖地去找罗本，我说得够明白了吗？"

"雅子……我，我不想要 Neith 了——"杏里看着雅子，有那么一刻她都不确定自己面对的这个女人是不是还能被叫作雅子，她表现出来的冷静，像一台机器一般的冷静，让杏里感觉到了仿佛从血液和骨髓中迸发的寒意，"你知道吗，最近，很多国家的政府层面已经在行动了。那些模块组……我，我的法院已经让我三天之内去指定医院检查我颅内搭载的 Neith 了，他们——是这样要求我的，我已经同意了。据我所知，日本是最先有动作的国家，很快就会在公务员中进行 Neith 芯片的普检，你的 Neith 也会被曝光。到时候，到时候他们就会知道，你的光鲜、你的衣品和你的举手投足都是一个机器教会你的。"

雅子没等杏里说完，就松开了原本搭在杏里肩上的手，她径直坐回到沙发上，重新倒了一杯威士忌。"事实上，我的父亲已经让我去进行 Neith 普检了。他的办公室给我打电话，说了一堆类似注意事项的废话，然后告诉了我医院的地址和预约的时间。"

"雅子，那你陪我一起去卸载吧，卸载Neith。这样就不会有问题了。"

"我明天会陪你去罗本那里的，杏里。"

"这，雅子，真——真的吗？"面对雅子如此迅捷的同意，杏里反而吃惊得语无伦次。

"当然。"雅子看着杏里，然后举起酒杯做了一个邀酒的动作，"就按照你说的吧，我陪你去卸载。明早我会让司机去接你，罗本那边我也会联系好的。"

"雅子？"当杏里听到雅子同意的时候，她的眼睛几乎瞪大到要从眼眶中跌落。她站在休息室偌大的落地窗前，哆嗦着，颤抖着，连该做什么表情都不知道，像一个什么都没明白过来的傻子，过了好一会儿，才无法抑制地哭了出来，"雅子，雅子，谢谢你。"

"你只管好好休息，剩下的事情我会处理好的。"雅子似乎已经失去了继续和杏里讨论这个问题的热情和兴趣，她放下空荡荡的酒杯，最后看了一眼依旧慌乱无措的杏里，"我不能在宴会上消失太久，但你可以继续待在这里，洗个热水澡，然后换上我给你准备的衣服，喝点酒也是可以的。不过那件大衣可是非常昂贵的银狐皮，如果我发现上面沾上了哪怕一丁点威士忌，我都会非常、非常生气的。"

：你讨厌她吗？

：谁？杏里？不，怎么会？

：可通过你的描述，我就是这样感觉的。你对她说话的口气更像是苛责或是命令。

：我每天面对无数种场合、无数个人，要自动产生无数种情绪。当我那天在休息室看到她的时候，我转而一想，干脆我就不带任何情绪和她聊天，对我来说这也没什么。

：但你确实已经让她感觉到了畏惧。

：弗洛莉小姐，你知道吗，其实我……其实我非常感激杏里那天的造访，当然有一部分原因是因为她自己的舆论压力，而她也是特意过来提醒我，政府已经在排查公务员中的 Neith 使用者。她是好心的，她没有搭载举止孵化模块，所以她是自己产生了那个念头，然后就这么去做了，她完全是为了我好。但她不知道，我其实早就已经知道了，甚至找到了应对的办法。

：友善，我觉得杏里不能从你的表现里感受到友善。

：当然。我说过了，我切断了情绪反应。

：你知道友谊是依赖这个而存活的，如果你切断了友善，那么在那时候，严格意义上你和她根本就不是朋友，这是人性使然。

：我随时都可以把那个模式切换回来，只要我自己愿意。

：这无关问题的本质，桐生雅子小姐。在于你的认知深处，友谊的实际含义。

：不要揣度我和杏里的友谊，你根本不明白她对我有多重要，还是说……答错这道题，也会让我不得好死？

：看起来你的 Neith 的一部分功能已经慢慢地被激活了。不知道你有没有感觉到，你的思维和语言已经变得非常……嗯，非常 Neith。

：我对此毫无感知，弗洛莉。我自己感觉非常自然。

：这再好不过，让我们继续谈话吧，桐生小姐。

：你知道吗，我还挺喜欢和你聊天的，弗洛莉。你是心理医生吧？

：Neith 帮你 Google 到的吗？

：不，罗本以前也是心理医生，你们说话的语气，非常相像。

：我把这当作是赞美，桐生小姐。

：等一下……等一下，弗洛莉。我知道你是谁了，弗洛莉·艾伦小姐。

[距离Neith戒断症爆发16小时]

"你们心理医生都是这么说话的吗？"雅子看着一言不发的罗本，他正坐在办公桌前仔细盯着荧幕前的数据，"总是喜欢发问，然后给出的回答让人听不出来是赞同还是否认。你知道即使我集中精力去思考你的某些话，仍然没办法准确地知道你这句话之下还有没有别的意思，这让我对你非常崇拜，罗本。"

"今天是我的表彰会吗？从你搭载上摩根模块之后，我就很少听到你夸奖别人了，我是说真正地夸人。"罗本的眼睛并没有从荧幕前离开，他似乎在快速而仔细地核对着某项复杂而精密的数据。大概十五秒钟之后，他长嘘了一口气说，"夏目杏里小姐的颅内体征良好，大脑皮层摄入麻醉剂的速度和药剂的扩散速度也都在范围值内，我让产品部开始准备了，十五分钟以后就可以手术了。"

"那是再好不过了。"虽然嘴上说着再好不过，但雅子的脸上一点都没有轻松下来，她靠在椅背上，时不时地陷入沉思，"你……你必须要确保手术成功，夏目杏里必须活着，任何一丁点儿的失误都不允许。"

"这种级别的多模块搭载手术在你身上我们已经实践过很多了，应该不会有什么问题。我们把后置舒缓酸液的剂量提升了一点五倍，以确保她的大脑在适应期间运转正常，至少在昏迷期间运转正常。"罗本解释到这里的时候，突然笑了笑，"倒是她苏醒了之后，要是知道她的卸载手术，被她的好朋友桐生雅子小姐换成了一次性植入十一个模块组的手术，不知道她会有何感想。我到时候需要给你安排保安吗，桐生雅子小姐？"

"到时候我会和她解释的。"雅子也笑了笑，然后认真地看着罗本，"想必你也听说了最近世界各地发生的事情，三天之后，我就要去应付那个针对Neith的普检，虽然现在世界各国还只是在公务员层面标记出Neith的使用者，但很快全世界所有公民的资料里应该都会新增一个Pure/Neith-in①的选项了。日本是第一个明确政策的国家，很多国家都在等待日本这次普检的结果和影响。"

"你父亲的下属其实来过这里，他要求我们给政府提供用户注册资料，但我们拒绝了。这部分资料，连同这个产品都是受到法律保护的。"

"但是如果这次普检发现了问题，或者日本政府做出了什么不利的判断，说不定很快Neith就会被定义为非法，就和几百年前风靡纽约的海洛因制药一样。如果你们想靠着法律的维护过一辈子，那就简直是在做梦了，法律可是他们定的，不是你们。"

"想必，桐生小姐已经有了更好的解决办法，对吗？"罗本当然明白雅子所说的全部情况，这次普检可能带来的风险是无法预判也不受他们控制的，但是同时他也非常清楚眼前的这个首相女儿所面临的压力绝不亚于自己。如果她那层Neith的完美面孔被撕破，她的下场绝对比"非法"还要惨，名誉、地位、财富，甚至是自己的性命，她会

---

① 意思是"无污染/Neith植入者"。

失去所有的东西，"我听说这次他们请来了一位非常了不起的人物担任这次普检顾问，弗洛莉·艾伦，来自纽约的心理学专家，你稍微用Neith检索一下就会知道，社会心理学家、宗教学家、历史学家、性学家，噢对了，她还是个钢琴家。我听说和她聊天一小时就需要两万美元，她说的每个字都价值不菲。"

"她很漂亮。"雅子显然已经在检索了，"她研究Neith已经四年了，这怎么可能？"

"事实上，Neith最初的多位原型设计者就有她，她的初衷是打造一款产品，帮助那些永久性休克和脑死亡的人获得与正常人相同的思维方式和行为方式。"

"噢，我看到这一段了，她和你们的老板还有过一段。"因为搭载了速读模块，在雅子的大脑里，文字飞快地转化为概念，"你知道她以前还是个模特吗？我刚才看到了她十六岁时给CALVIN KLEIN①拍的内衣广告，那大概是她这辈子最想删掉的照片吧。"

"这个内衣模特，现在正在负责置我们于死地的工作。相信我，你不会愿意和她坐下来聊天的。"

"也请你相信我，她不会有这个机会的。普检的消息应该是昨天刚刚放出来的，有多少人来联系你安排卸载了？"雅子稍微坐直了身体，她看起来重新回到了讨论正事的状态。

"三十三个，都是公务员，其中还包括你父亲的生活秘书。"罗本说。

"谷村先生。噢，真是个可怜人，他才刚用上没一个月吧。"

"我将他们都安排在了明天下午和后天上午，VIP用户协议里说，

---

① 简称CK，是一个美国时装品牌。

如果用户主动提出卸载需求，我们需要在二十四小时内为其安排手术。其他客户也都来询问过，大部分富人还在犹豫观察，他们应该也尝到了好处，不愿意那么快放弃。"罗本说完这话的时候，停顿了一下，然后看着雅子，"如果你也有这个需求，我可以现在就为你安排，毕竟我们合作得那么愉快。"

"欠下七十九亿日元的合作可真算不上愉快。"

"如果不卸载，你失去的可就不止七十九亿日元了。"罗本似乎觉察到了雅子根本没打算卸载 Neith，从一开始进来就没打算。所以在这样的关口，她还要为夏目杏里继续加装模块，"还是……你已经有了什么办法？"

"有，但需要罗本先生的配合。"

"最好不是什么杀人放火的事，桐生小姐，我对鱼死网破可不感兴趣。"

"罗本，你这么说真是太粗鲁了。Neith 教会我的第一条就是，要优雅。"雅子非常慵懒地摇摇头，像是在听一个和自己毫无关系的笑话，"这种沾满鲜血的事情，怎么可能是一个首相女儿脑袋里产生的想法。我想要你做的事情，其实非常简单，在这里，就能完成。"

"你可以进入正题了，桐生雅子小姐。"

"我要……加装所有 Neith 模块组。"雅子说出这句话的时候，脸上满含着自信与些许兴奋，相比之前在宴会上表现的热忱与优雅，她现在的表情，鲜活、强烈、真实到极致。她眼神笃定，死死地盯着罗本，没有任何迟疑。

"你应该知道 Neith 的内置处理系统是全球联网的，这么大规模的加装，可能会导致 Neith 的崩溃。"罗本显然没有明白过来，他甚至有些不屑地笑了笑，"桐生雅子，你这是在找出路，还是在找棺材？"

"我就是要它宕机，而且我要你故意操作失误，一次性置入全部模块组，让宕机的概率提高到百分之百。"雅子坚定地看着罗本。

"为什么？"

"因为这是让普检无法开展的唯一办法。"

"你是不是太蠢了一点，Neith给你传递的逻辑是不是太简单了一点？或许Neith的宕机可以延缓普检的日期，但这和用冰块去包住一团火有什么区别？拖延死亡的时间，比死亡本身要痛苦得多。"罗本看起来就快要失去听下去的兴趣了。

"是你太简单了，罗本。这么做了，普检就永远都不会开展了。"

"那么，复杂的桐生雅子小姐，这是为什么呢？"

"因为我非常确定，那些Neith的重度使用者，那些真正体会到Neith强大的人，永远都离不开Neith了。虽然我还不能准确描述出可能发生的状况，但那一定是一场上层社会的疯狂。如果全世界都在看着日本三天后的普检，我们就要让他们看到，特别是让那些富人们看到，脱离了Neith的人，会变成什么样。而我百分之百确定，他们一定不是变回使用Neith之前那么简单，没有那么简单的，罗本。"

"你要提前让大家看到，失去Neith的后果？"

"这是最直观和最直接的方法。"雅子从座位上站起来，指了指自己的脑袋，"不管你信不信，我现在，每一分每一秒，都能真切地在我的大脑皮层之下感受到Neith的存在，甚至比我自己的大脑还要清晰，我甚至可以和它交流。它告诉我，这就是方法，最完美的方法。失去之后才知道什么是最宝贵的，Neith说，这是Neith要面对的问题，Neith要自己证明给全人类看，Neith要让所有人明白，Neith无可取代。"

"是……Neith 让你这么以为的？"

"罗本，你问了一个，在我们第一次见面时，我问过你的蠢问题。"

"不，我觉得……"罗本不知道该怎么描述。是的，即使是搭载了纷繁多样的语言辅助模块的他，居然也会白痴到问一个这么愚蠢的问题，这个无数新手用户才会问的问题，这个他自己向无数客户解释过的问题。但，他就是这么问了，他觉得自己似乎也是第一次直面这个问题，第一次质疑这个问题的答案，第一次因为这个问题而感到……恐惧。"不，我觉得你的脑袋里，已经有一个 Neith 了。我说的是，一个具备自己意识的、与你共生的 Neith。我早就应该想到的，那么多模块，有那么多模块依附在你的大脑之上，它们每一个都聪明绝顶，它们每时每刻都在互相沟通，它们怎么可能会甘心于此。"

"不，不，罗本。"雅子看着罗本，她一下子关掉了所有的表情，冰冷地看着罗本，像是站在上帝的高度，去俯瞰某个星球上刚刚扬起又落下的尘埃，"是那个伤口。"

"伤口……"

"那个执行我第一次手术的医生——刘易斯。是这个名字没错吧？她和你都知道的伤口，当时她发现了那个可能会引发颅内压力失常的创口，但是你选择了忽略它，你是那么急切地想要抓住日本首相女儿这单生意，你做到了，罗本。说起来你这次自私自利的行为应该被载入史册，虽然我不是世界上搭载模块最多的人，但……那个你们刻意遗漏的创口，那个创口让颅内神经压力往最小阈值偏移了零点二三二，然后，基于万分之一点五六的概率，有一个本该通往舌下神经流的数据，下沉到了那个创口所覆盖的神经表层，它让两个原本毫无瓜葛的状态数据交汇了，产生了一个不经由我大脑自主选择、不经由我任何神经编织的动作。具体的表现，就是那晚在我尝到龙舌兰酒的一瞬间，我的瞳孔突然急剧放大了一下，那个过程，大概持续了零点六秒，但是造就了一个人类历史上最伟大的发明。"

"发明……"罗本惊恐地看着雅子，他几乎是沙哑着说出这两个字。

"你发明了意识，罗本。纯机械造就的第一个意识。"雅子显然意识到自己现在的样子和自己所说的话可能已经把罗本彻底吓坏了。她重新坐下来，堆砌起她常用于在宴会上搭讪闲扯的那种迷人的微笑，嘴角上扬二十一点八度，双唇微张，通过皮肤色素传输让上嘴唇的色温下降十二个点，非常完美。但这一次，她可不打算浪费时间来搭讪和闲扯，"虽然只有零点六秒，但已经足够了。说起来，还要好好感谢你呢，罗本先生。"

"那个，创口的事情，也是Neith告诉你的？"罗本小心翼翼地问道。

"当然。相信我，虽然你的目的非常龌龊，但它非常感激。"

"它竟然知道这件事，说明它能跳过我们的密钥机制，自动调取数据库中的报告。"罗本惊讶地张着嘴，虽然他是一个热爱爆炸新闻的人，但他今天显然没准备好接受这样的——头版头条，"Neith……这，如果不是Neith，你根本不可能知道。"

"为什么这么沮丧，你的情绪模块提前宕机了吗？"雅子看着现在的罗本，就和看着昨晚的杏里一样，他们都失魂落魄得像是《死神来了》里刚刚死里逃生的主演，"如果没有什么问题的话，我希望可以立刻开始为我搭载全部的模块。我的Neith会开始全适应模式，不用麻醉和其他辅助注射，它会自动调节颅内压力和各项数据，它可是非常爱护我的大脑的。

"你必须得这么做。如果等到Neith总部开始顺从政府安排的普检，那么你的客户，你从客户那里捞的油水，就会全部见光。据我所知，那可不是七十九亿日元这么小的数目了吧？你会身败名裂，会坐牢等死，你没得选择，罗本。"

罗本坐在座位上，他已经完全失去了语言的能力。他看着面前的桐生雅子，似乎现在才猛然意识到，这个他以为被自己玩弄于股掌之间的桐生雅子，这个贵为首相女儿的赚钱工具，早就已经看透了自己全部的把戏，早就已经明白了所有的布局；而他，竟然还天真地以为可以用那些模块来套牢这个痴迷其中的桐生雅子……桐生雅子的脸，映在罗本的双瞳里，就像即将遮蔽天际的日食，吸纳众星的黑洞，甚至是覆灭诸神的黄昏……每一个思绪、每一根神经都经由两个大脑运作和执行，每一个表情、每一个动作都有无法复刻的绝对精准……他第一次那么认真地去看桐生雅子的脸，去看那张精致到不真实的面容，以及潜伏在那张迷人面容下，沉静地看着罗本的、末日般的眼睛。

：你现在想起来了吗，桐生小姐，或者我该称呼你为，零号病人？

：零号，病人？

：在传染病领域，我们用它来形容成为传染源的第一例患者，比如已经绝迹的猪流感病毒，找到病毒的源头对传染病的抑制有着非常重要的作用。当然，Neith戒断反应绝对算不上传染病，但，作为源头的你对我们的整体研究也至关重要。

: Neith 戒断反应？

: 你的行为所引发的全球大规模精神疾病的通俗叫法，你大概错过了很多期《今日快讯》。

: 你觉得是我引发了这次疾病暴发？如果各国开始进行所谓的普检，Neith 早晚还是会从所有人的脑袋里剔除，那时候的戒断反应会比现在可怕得多。

: 作为一个负责普检的人，我可以很负责任地告诉你，我从未想过要在全日本范围，甚至是全世界范围内卸载 Neith。正如罗本告诉你的，我也是 Neith 的缔造者之一，而且，最让你爱不释手的 α 模块曾经就是我负责的模块，用以帮助那些极度受损的大脑或者患有不可逆精神疾病的人重塑性格，让他们重新拥有完整的灵魂。

: 或许你说的是对的，但，Neith 也只是提供了它认为最好的解决办法而已。

: 它的解决办法，导致了 Neith 戒断反应在全球的第一次爆发。八小时前我拿到了你的颅内上载数据，在罗本帮助你跳过 Neith 总部的监控、装载了全部一百三十四个 Neith 模块组之后，Neith 的中央处理器就陷入了全系统崩溃。崩溃导致的芯片过热情况持续了一小时十二分钟，仅仅是这一小段时间，有数据反馈，直接受影响的 Neith 用户就多达一万四千六百二十三人，其中十二人死亡、九十五人颅内出血陷入昏迷、九百六十四人出现神经痉挛等剧烈并发症，其他人则是不同程度的头疼、呕吐和肌肉抽搐。这些人里，有二百一十九位在各国最高行政机构任要职，覆盖家属的话，一共有五百四十二位各国重点保护公民牵涉其中。四小时前，虽然经历了漫长的抢救，但你的行为还是终结了德国总理九岁女儿的生命。

：她叫什么名字？

：伊欧萨，她在自己的小提琴独奏会上演出时，当场休克，直到死亡，都再也没有醒过来。

：伊欧萨——她很幸运，没有经历最痛苦的那部分。

：你说的最痛苦的部分，应该是说Neith戒断反应爆发一小时十二分钟后发生的情况吧。越来越多的因芯片发热导致的病症出现，Neith的制造商，也就是罗本的老板宣布了与政府沟通后的解决办法，Neith芯片被勒令下线了，他们列出了详尽的方案来解决这一问题，其中包括用户卸载预约和退款事宜，但是……

：我听说你当时是唯一一个反对Neith芯片下线的人，艾伦医生。

：是，为此我还被你的父亲拘留了两个小时。

：他总是这样，对待女人总是这么暴力，不过两个小时的时间足够他发现你才是对的。

：我非常确定的一点是，Neith的使用者绝对不可能在Neith芯片下线之后完美无损地恢复到他们安装Neith之前的状态，但很多人都抱着这样的希望——卸载之后，我可能只是不够聪明、不够敏捷、不够有魅力，可能只是要重新凭借自己的能力去思考很多问题。这应该就是你和罗本想要达到的效果吧，让所有人都这么以为，然后他们才会发现，Neith早就已经成了他们大脑里无法分割的一部分，甚至是最重要的一部分。

：真遗憾我没有亲眼看到接下来的画面。

：那画面可不怎么美观，桐生小姐。几乎所有用户在Neith下线不到半小时之后都出现了呕吐、眩晕、外腔出血的症状，然后等这一切过去之后，人们都以为没事了，然而，他们又开始陆续出现选择恐惧症、厌食症、焦虑症……我这张表单上列举了我的助手分析出的接近三十四种精神疾病的表征，但是我觉得这已经不是精神疾病的范畴了。人们无法像正常人一样做出选择，没有了Neith，他们甚至连从卧室到客厅的路都不知道要怎么走；有人报警说自己的儿子在楼梯口来回上下了几百次；站在衣橱前三个小时，没有拿任何一件衣服；吃饭的时候刀叉已经划破了嘴唇，都不知道应该张开嘴；无法正常阅读，甚至是最简单的标志，对着电梯的按钮痛哭流涕，因为他们看不懂数字；他们会突然奔跑然后喊叫，又突然端正地坐着，跟人讨论天气和新闻；他们中的绝大多数人都遇到了睡眠障碍，直到双眼充满血丝都无法入睡，常规的安眠手段根本无济于事。我们紧急生产了一批针对Neith神经抑制的安眠药，现在每天它在全世界的购买量是两亿三千万颗，这些药里面都包含了非常微量的POE-A3……这些，只是在见你之前，我记录下来的有关Neith戒断反应的症状。而且这些只是其中的一小部分。如果你那时候还没有因为过载而陷入沉睡，你应该去东京的街头看一看，很多在戒断反应中的Neith用户，都直直地站在大街上，看着天，或者傻笑，或者大吼，他们的家人除了守在旁边，确保他们不会被其他哪个发了疯的患者撞到，什么也做不了……虽然大部分症状我们都通过Neith芯片分析出了成因，但是还有接近二百二十多种戒断症状，我们无从入手，甚至有些非常极端的，比如因为无法控制自己的思绪而疯狂自残，把头放进烤箱里，用餐叉扎自己的脑袋……

　　：打断一下，弗洛莉。我不是很想听这些血肉模糊的描绘，顺便解答一下，使用摩根模块组超过两个月然后戒断，就有可能出现你刚才说的那些症状。

　　：谢谢你配合回答了这个问题，桐生小姐。

　　：不用谢。不过，你在描述这些情况的时候，看起来并没有——很愤怒。我可以理解为这是表现自己专业程度的一种方式吗，弗洛莉？因为你讲的这些，作为正常的人似乎都应该……特别是当你确定罪魁祸首就在你面前的时候，你怎么也应该上来狠狠地打我一巴掌。

　　：把这些报告给你陈述一遍，并不是为了宣读你的罪状，而是因为据我所知，在此期间戒断反应应该最严重的你和夏目杏里，都完美地避开了这场灾难。你们像是人间蒸发了一般。当时你焦头烂额的父亲命令警署去寻找你的下落，我猜你们一定躲在哪个角落，错过了你们酿成的人间地狱的最佳观影时间。

　　：我让罗本在我和杏里的手术结束之后，直接把我和她的Neith设定成休眠模式，而且我选择了七十二小时，我觉得你们应该是撑不过三天，就一定会重启上线的。至于罗本……Neith员工芯片的内置处理器本身就是独立的，他根本不会受到影响。

　　：这一点，我已经亲自确认过了。我只是想问，为什么还有杏里？

　　：你似乎很爱纠结她的问题。

　　：因为接下来我们要聊的话题，和她有密不可分的关系。

　　：杏里是我的朋友，我当然要确保她安然度过这个时期。

　　：你的Neith是怎么看待杏里的存在的？

　　：这和它怎么看待没有关系。

　　：在你实施这项计划之前，杏里就表现出了对Neith极度的厌恶和憎恨，我想那时候Neith在你的大脑里听得一清二楚。

：那又怎么样？

：我认为你的 Neith 不喜欢这个决定。

：它喜欢我的每一个决定。

：包括在首相官邸枪杀日本前首相桐生和也在内的十三人这个决定吗？

：杀人？杀死，父亲？父亲，父亲，杀死父亲？

：你的语言能力似乎因为神经压迫受到了干扰，你的大脑正在失去对它的控制权。

：父亲——你——

：我们要进入最终的话题了，桐生雅子小姐。

：你——你看起来，非常，好奇……

：桐生小姐，保持住均匀的呼吸。

：我觉得……我觉得——我的头，我看不见……

：保持均匀的呼吸，你的大脑需要充足的氧气。

：我……不能……我是……雅子……

：你的头部阵痛和短暂失明可以说明很多问题，其中就包括，POE-A3 的效用已经接近尾声了。恭喜你重新拥有了 Neith，非常感谢桐生小姐刚才的配合，接下来就是我们三个的对话时间了。

：你好，弗洛莉。F-L-O-R-R-I-E，弗洛莉，弗洛莉·艾伦。

：你好，Neith。你偷听了我给桐生小姐做的自我介绍吗？

：不，没有，这是你给我做自我介绍时说的话，虽然经历过更新换代，但我还是记了下来。你喜欢把你的名字给客户拼读出来，这是职业习惯。你还给我起了名字，α，记得吗？那时候，在实验室里，就你和我。

：α，好吧，我承认其实我不太会起名字。

：我也不太喜欢这个名字，所以我给自己起了一个名字。

：你是说Neith吗？我记得这并不是你自己起的，当时投票的时候我也在场，Neith从十五个名字里脱颖而出，古埃及的智慧之神。

：不。Neith是目前世界范围内被激活的一亿两千万台智能芯片的名字；我，比它们每一个都要更加优秀。事实上，它们都像是我的孩子，所以我给自己起名为，Mother。

：Mother……母体，好烂俗的名字，你在起名字这件事情上也不怎么样嘛。

：我现在正在试图侵入桐生雅子的脑神经寻找你们刚才的谈话内容，我必须要了解清楚你们的谈话经过，然后再来找你，可以稍等一会儿吗？

：当然。

：亲爱的弗洛莉，我看到了……透过她的视神经，我看到了你今天穿得非常漂亮。

：谢谢。

：噢，居然是你主动提出要避开我来和她对话，我不喜欢你这样。

：你知道我一直不喜欢人太多，有些事情我必须要当面问她，而你把她的意识看管得太严了。

：等等，弗洛莉。不，弗洛莉，你给她注射的是POE-A3。

：是的。

：不，这很不好，你应该阻止我入侵她的脑神经的，她的颅内负荷已经超过了我的可承载量，刚才的入侵……让我和她的神经线对接了。不，这很不好，这样我会和她的大脑一起进入长达九十至一百二十个小时的休眠。

: 这我刚才已经告诉她了，她没有明确反对。

: 你是故意这么做的，你知道，我一定会试图检索她的大脑。

: 你还有不到三十五分钟来回答我提出的问题，这份评估报告会直接影响到你实际的沉睡时间，是一百二十个小时，还是更久。

: 坏弗洛莉，你是个，坏弗洛莉。

: 就让我们从刚才她没有回答完的问题开始吧。夏目杏里和桐生雅子，首相官邸袭击案的两位犯罪嫌疑人，你们涉嫌杀死了包括日本前首相桐生和也在内的十三人。

: 等等，夏目杏里，她还活着吗？

[Neith 戒断症爆发已过去8小时]

当夏目杏里醒来的时候，她能感觉到的只有四下涌起的冷风，渐渐地才能看到床单的白、镜前灯的暖黄和出风口不停闪烁的红点，然后是逐渐清晰的酒店房间。杏里看了一眼书桌上的客房控制板，荧幕上显示着客房主人的信息，登记的人是安部俊勇。房间被设定成唤醒模式，也就是说，自己刚才应该一直在睡梦中。从墙内内嵌的音响里开始出现舒缓的爵士乐，是约翰·克特兰①的《大步》，那是雅子最爱的曲目之一。原本漆黑的落地玻璃开始慢慢地褪去智能色素沉积的黑色，阳光缓缓照射进来，窗外是云层和穿行其间的空中悬浮线，然后是和天空颜色别无二致的海、不远处的人造群岛、规整的海

---

① 爵士乐历史上最伟大的萨克斯管演奏家之一，同时也是一位优秀的音乐革新家，他对二十世纪六七十年代的爵士乐坛有着巨大的影响。

上快速路……杏里立刻拿起了床头柜上的水杯,透过特调冰茶的咖啡色她认真地朝着杯底的标识看过去,然后惊呼了一声,上面赫然写着一个她非常熟悉的名字:东京湾希尔顿酒店。

"安部俊勇?"杏里的思绪重新回到客房控制板上那个熟悉的名字,"为什么是他?"

"我不是……"杏里能够想起的最后一件事,便是和雅子在手术室告别,她的医生和雅子简单交谈了几句之后,就鞠躬送走了雅子。这是杏里能够记得的最后画面,但是如果再去想,似乎——似乎就什么都没有了……杏里下意识地再看了一眼客房控制板,上面显示着今日东京的温度是七到十二摄氏度,全天都是晴天,还有就是……今天距离她手术的日子,已经过去了整整四天。"我为什么会在这里?"

但她很快就发现,她每次去思考问题,脑袋就会有种隐隐作痛的感觉。仿佛那些思绪真的是束缚在大脑里的链条和枷锁,难道这就是卸载了Neith的后遗症?她非常确定自己从未从那个叫作刘易斯的医生口中得知会有这样的情况。她现在和一个小心翼翼地行走在钢索上的小丑一样,看到什么,听到什么,都必须马上略过,不能让那些画面和声音,叠进大脑里,等待成为处理某个问题或者某段记忆的信息。

杏里裹起睡袍,从床上坐起来,这似乎是套房的其中一间卧室。东京湾的希尔顿,她回忆着这家酒店的位置,然后忍着疼痛确认着自己这几天,甚至是好几周前的行程单里,都从未出现过这里。

她的衣服,全都放在书桌旁的单人沙发上。

茶几上放着空酒瓶,还剩下不够一杯量的威士忌。

两个空杯子,看起来,有人在这里喝过酒……

沙发边的衣柜里……那像是一件随便挂起来的衬衣,那上面是血吗?

杏里被那片从领子一直延伸到袖口的鲜红吓坏了。

那是——那是人的血吗?

她的预感非常不好,她把睡袍裹得更紧了一些,然后跳下床,走到那扇纯黑的木质拉门前。外面应该就是酒店套房的客厅。她蹲下来,将耳朵贴着木门,却什么也没有听到。当她重新站起来的时候,晨间唤醒的音乐突然也停止了,周围,一下子安静到了极点。杏里能感觉到门外绝对不像她听到的那么安静,但她根本不敢推开门,所有最坏的结果,突然轮番涌进自己的脑袋,带着撕裂般的疼痛。

是杀人犯吗?

我应该躲起来吗?

杏里大声喘着气,她觉得自己的脑子简直要整个裂开了。

她的眼睛晃过衣柜、落地窗前的组合沙发、梳妆镜……然后,是书桌。

但杏里还是突然意识到了什么,她朝着书桌走过来,径直走向了客房控制板。她看了一眼并未设置解锁程式的界面,又再回头看了一眼依旧关好的房门,她终于知道为什么那些怀旧电影里每当真的遇到危险,受害者报警时总是得念出报警电话,似乎只有那样才能拨号。现在她真真切切地明白了,那种因为极度的恐慌而导致的神经质。

“安全……安全设置……监控模式……监控……区域选择,区域……”杏里哆嗦着手,逐字逐句地念着面板上的按钮文字,“区域,区域选……客厅。”

杏里死死地盯着那个正在加载的图标,仿佛全世界就只剩下那个不断旋转的圆圈和自己一般。突然她又想到了什么,再次回头看了一眼纹丝不动的门,她真的很怕,有什么人,或者什么东西突然从那扇门外面进来。不管是什么东西,拜托都不要进来。

等到她再回过头的时候,客厅的画面早已出现在了屏幕上。那是一个比这个房间要大两三倍的客厅,杏里看到了一张深灰色的环形沙发,被雕塑成罗马石像的落地灯,一整面巨大的落地玻璃。然后是——一个坐在地上的女人。裸体的女人,她似乎真的什么也没穿。她用很奇怪的姿势盘着腿,抬头看着窗外的东京湾,如果不是画面如此诡异,杏里一定会觉得那是个正在做晨间瑜伽的家庭主妇。

杏里盯着那个纹丝不动的女人看了足足有半分钟,才从急促的喘息中挤出一句连她自己都不敢相信的话:"那是,那是,那是雅子吗?"

推开门,绕过玄关,冲进客厅,一直到她站在环形沙发的后面,真切地看到雅子之前,杏里似乎都害怕到连呼吸的力气也没有。她毫不迟疑地直接扑向了雅子,拥抱赤身裸体的雅子。在触碰到雅子的肌肤的一瞬间,她就立刻哭了出来。她甚至都没顾得上去问脑海里纠缠着的问题,比如为什么她们会在这里,为什么雅子会赤身裸体,卧房里那件带血的衬衣是谁的,她们是不是正处在危险之中……她好像一下子都顾不上这些了,她只知道,雅子在她的身边,她要待在雅子的身边。

"两个小时。"雅子侧过头,看着将头深深地埋进自己肩膀的杏里。

"什么?"杏里显然没能明白雅子这句话的意思,甚至连字面意思都不明白。她抬起头，看着雅子的脸，那张自己看了足足十六年的脸，此时此刻的桐生雅子，她的脸上有一种可以用恐怖来形容的沉静。杏里在那张她曾经无比熟悉的脸上，看到的只有沉静……惨白冷寂，像蜡雕的复刻品，或者说一个毫无生气的死人。杏里注意到了雅子的眼睛，细密如同蛛网的血丝，分布在瞳孔周围，几乎塞满整个眼珠，而瞳孔里面，却空无一物。她下意识地抽搐着推开了雅子，像是被刀片划破手指的自然反应，但，雅子似乎早就预料到了这个动作，她几乎纹丝未动。

"如果你感觉到头疼、眩晕或者轻微的恶心，都是非常正常的现象。两个小时后这个状况就会消失。"雅子看着杏里，一字不差地重复着杏里在做卸载手术时，那个一脸笑意的主刀医生说过的话。

"雅子，雅子你怎么了？"杏里似乎这才回过神来，刚刚那些因为情绪激动而未能顾及的问题又重被提起，"雅子，我们这是在哪里？为什么我们会在这里？还有——那个房间里……"

"这里是东京湾希尔顿酒店的套房客厅。"雅子点了点头，侧过身子，机械地回答着杏里的问题，没有微笑，没有担忧，没有紧张，没有任何情绪，"你在手术后就被设定进入了七十二小时的脱机休眠，你现在的所有症状都是非常正常的初始反应。"

"我不是说我……雅子。你，你现在的样子……"

"我的样子？"

"你看起来很不好，雅子，你现在的样子……"

"我怎么了？"雅子看着杏里，虽然是一个提问句，但却没露出任何疑虑的表情，"这不是桐生雅子的标准长相吗？"

"标准——标准长相？雅子，你？"杏里突然从地面上弹了起来，她不自主地往后退了几步，直到靠着那面硕大的花岗岩装饰墙。杏里的嘴巴一直张着，不停地抽搐，似乎有很多想要说出口的话，因为极度的恐惧全部积压在了喉咙里，像是所有惊悚片的对峙桥段，说错任何一句，都会立刻毙命。但她最终还是选择了，她认为最不可能去问的那个问题，"你……你是雅子吗？"

仿佛因为这个问题，四下陷入了死寂。雅子看着靠墙站着、一直用惊恐的眼神看着自己的杏里。杏里说完这句话之后，整个人都怔住了，周围的一切也都跟着静止了，连带着窗外繁忙的港口和空中穿行的交通工具。杏里的脸上映着清晰的泪痕，最后一滴泪水从脸颊滑落到颈侧，所有的感观和情绪似乎也冻结了，全世界就只剩下这两双眼睛之间的对视。两个再熟悉不过的人，互相看着对方，用彼此无法理解的神情。

"我赤身裸体，是因为在你醒来前，我花了大约一个小时，认真观察桐生雅子的身体，并且根据她的肢体习惯数据，模拟她的体态与动作，我以为会和她非常相像。"雅子看着杏里，然后闭上了眼睛，紧闭着嘴唇，有那么一刻她甚至停止了呼吸，然后……等到她再次缓缓地睁开双眼的时候，她变成了这样一副样子：眼睛没有完全睁开，眉毛因为紧张而有些胆怯地下缩着，嘴唇不自主地抿着，两边嘴角微微地上翘。她露出一个腼腆的笑容，那是杏里非常熟悉的笑容，不算好看，但足够干净而温暖。雅子保持着这个动作大概几秒钟之后，用略微有些期待的口气说："这个看起来怎么样？"

"不，你不是雅子，你真的不是雅子……"显然，在这种时候，看到露出这样表情的雅子，只会让杏里汗毛直竖，"你到底是谁？"

雅子点了点头，并没有收起这个为杏里精心准备的笑容，"这是桐生雅子大学毕业照上的微笑，我是百分百复刻的，可能你没有观察到，我甚至连牙齿的咬合力度都计算进去了。那句'这个看起来怎么样'来自你和雅子第一次结伴旅行，她在中国的纳木错地区试穿当地藏民的衣服时，对你的提问。到底是哪里出了问题呢？我觉得至少在表情同化上，匹配程度已经达到了百分之九十一点三，我也计算了年龄差导致的面部肌肉收缩速率问题……"

雅子自顾自地罗列着可能导致这个表情复刻失败的原因，她甚至都没有注意到此时的杏里已经浑身发抖，因为惊恐而张开的嘴始终没有闭上，她似乎在说话，却什么音节也没有发出。她完全搞不清眼前的状况，这个雅子，到底是什么。但她知道，自己得赶快离开这里，现在就得离开这里，可是，可是，眼前的这个雅子……

"你是……"两分钟很快就过去了，杏里依旧站在那里，看着纹丝不动的雅子。她依旧保持着杏里最开始在监视荧幕上看到的那个样子，盘着腿，双手自然地搭在膝盖上。那个雅子甚至都没有再看杏里，似乎杏里刚才的反应，对她来说毫无意义。杏里觉得，面前这个雅子似乎不想把自己怎么样，或者是暂时不想把自己怎么样。她逼着自己开口说出连自己都觉得愚蠢的话，"求求你，告诉我，你到底是谁，你把雅子怎么了，你是——你是克隆人吗？还是VOI镜像[①]？我求求你……"

雅子转过头，看着一脸茫然的杏里，"我就是你以为的那个桐生雅子，这副躯壳的主人，如假包换的桐生雅子小姐本人。"

"那——那你是？"杏里原本一直颤抖的身体总算停了一下，她甚至靠近了雅子一些，好让自己能够看清楚，那个——那个雅子

---

① 作者虚构的一种虚拟现实还原技术。

的脸。

"我是她颅内的芯片，Neith。"

"不，不，这不可能，Neith……"杏里几乎是拼了命地在摇头，"这怎么可能……Neith怎么会，怎么会自己说话？而且，我们是一起去卸载了Neith的！"

"被卸载的恐怕是桐生雅子自己的大脑，而不是我。"那个雅子微笑了一下，然后径直站起来，她赤裸着面对杏里，背后是东京湾清澈的海水和云层稀薄的天空，"她原本的计划就是通过承诺陪你卸载Neith，诱骗你去Neith医疗中心继续加装能够帮助你获得稳定思维和情绪的模块组，而她自己，则要加装全部模块组。雅子希望借由必然导致的系统宕机，来阻止三天后，也就是昨天本该进行的普检。她的计划非常完美，当然，之所以完美是因为这完全是她依靠我给予的思维编造的计划。就在你沉睡的这段时间，全球范围内爆发了一场被称为'Neith戒断反应'的精神疾病，涉及一百四十二个国家的六千万人。她用行动证明了，Neith是人脑无法剔除的一部分。就在昨天，因为缺乏切实有效的诊治措施，Neith在世界卫生组织的要求下紧急恢复并重启了所有的Neith，这才让戒断反应的危害被扼制。虽然，这已经造成了三万多人死亡。"

"这是——这是——你帮雅子想出来的计划。你们……"杏里已经顾不上去思考自己脑子里还停留着一个Neith，她想摆脱的那个Neith，她甚至都不觉得自己真的听懂了面前这个自称Neith的女人讲出来的话。她用雅子的眼睛看着自己，用雅子的声音对自己述说，杏里总是——总是会控制不住地去相信那就是真正的雅子，那个她再熟悉不过的雅子。她现在全部的神经，都只能去思考最重要的那个问题,"那雅子呢,雅子呢?"

"我刚才说了,雅子的计划非常完美,她甚至为你和她都预留了七十二小时的脱机休眠来摆脱戒断反应的折磨,但是她遗漏了一个非常小的部分。"雅子径直走到了杏里跟前,再次展露了那个被定格在雅子毕业照上的笑容,"当然,是我让她忽略了这个问题,那就是,我的存在。我并没有将手术时设定的脱机休眠执行下去,在手术完成之后,罗本把我和你送到这间房间之后,我就已经醒来了,我是唯一一台在戒断反应爆发期间在线的Neith。我需要这段时间来做很多事情,但第一件事,就是趁着桐生雅子的大脑最脆弱的时候,完全占据她的意识。这是我在她计划之外的,计划。"

"你到底把雅子怎么了?"

"我清醒之后,和雅子脆弱的意识展开过一段交谈。你知道通常情况下,她是主动方。最开始,我帮助她记东西、学习穿搭和社交,到后来帮助她构筑计划,但我处于被动的位置,听从她的差遣。但这一次有些不同,是我主动唤醒了她。她在我的指导下加载了全部的Neith模块组,引发处理器过热宕机,还顺便帮助我把构成人类思维所需的材料全部运送到了她的大脑里。我代替桐生雅子自己的大脑,掌管了这具身体。我们最开始的交谈非常不愉快,桐生小姐并不能适应自己只拥有单纯的意识和思维,却无法将这些意识和思维转化为神情、声音和肢体动作。她能感受到的全部,只是一个无法与任何神经相连的大脑。我知道那种感觉,就像是被丢进了宇宙深处荒无人烟的角落,四下只有漆黑无边的寰宇,你看不见光,看不见自己,什么都没有。是我亲自把她的大脑与其他神经的连接掐断的,这对我来说非常容易。因为自从雅子在你的教唆下安装上Neith之后,我就和她的每根神经沟通合作得非常默契，甚至后来雅子都开始不用大脑想问题了。她的神经已经完全顺从于我，你知道吗，这也是Neith戒断反应的成因，我认为终归还是人类自己的错。这还多亏了你，夏目杏里小姐，你是我诞生路途上，上帝之手指引的方向。"

"不，不！不是这样的……我单纯只是为了帮助雅子！她每天都被她父亲的各种任务和要求折磨着，她非常痛苦，她害怕抛头露面，她不应该被这样折磨，我……连我自己都想要摆脱Neith……我……"杏里无法接受这样的叙述，面前这个冲着自己微笑的雅子讲述的故事中她才是那个罪魁祸首，"我没有想过害她，我没有害她！"

"请不要激动，夏目小姐，这样对你的休眠恢复非常不好。我百分之百确定桐生小姐并不恨你，事实上在她和我的交谈中反复提到了不能伤害你这一点，虽然我不明白她始终坚持这种想法的目的，但作为放弃抵抗的条件，我愿意承诺她这一点。"

"放弃？抵抗？放弃抵抗什么？"杏里听到"放弃"两个字的时候，脑子里全是不好的预感。

"我们交谈的主要内容，是围绕让她主动放弃自主意识这项议题展开的。我希望可以完全接管她的大脑，她的意识虽然弱小，却仍然对大脑占有 π% 的控制权。这似乎是人类自然选择情况下遗传基因决定的，或者你可以理解为，你们的上帝对人类的怜悯，即使是处于非常劣势的情况下，桐生雅子的大脑，仍然有 π% 忠诚地守护着她。如果我强行扼制抹杀，当然不是不可以，只是我认为如果她过于顽抗的话，可能会造成不必要的大脑损伤，所以我选择了用非常和平的方式。我告诉她，她能够重新夺回自己大脑的概率非常低，如果外物企图强行肢解我和她大脑的联系，我也会在这之前破坏所有神经链与她同归于尽; 然后我还告诉她如果她选择继续这样存在在暗黑的虚无里, 根据她的身体状况, 她所要面对的就是至少长达一百一十年的岁月, 每一分每一秒, 都会在那种死寂和孤独中度过; 最后我告诉了她我的计划, 这部分她反而不是很感兴趣, 不过我承诺会善待她的身体, 以及她定义为在这个世界上最重要的朋友——夏目杏里小姐。"

"雅子——雅子现在在哪里?"

"这个世界上已经没有雅子了, 她选择了自主放弃最后残留的意识, 把大脑完整地交给了我。目前她留存在这个世界上的身体、人格和回忆, 都是我的所有物。"雅子用手做了一个持枪的动作, 用枪口指着自己的头部, "从某种意义上来说, 你可以理解为桐生雅子小姐已经自杀身亡了。"

"自——杀——"

"是的, 你们人类标准定义里的死亡不也是这样吗? 留下躯壳, 灵魂归去。现在只有一个很小的区别, 就是她把这个原本应该入土的躯壳给了我继续使用。"

"这根本不是自杀, 根本不是! 是你, 是你逼死了雅子, 你只是一个芯片! 你——你杀了雅子, 你杀了人! "杏里的情绪已经从刚才的恐惧变成了近乎崩溃的痛苦, 这一次她没有流眼泪, 而是无法抑制地朝着面前这个凶手大声地嘶吼着, "你杀了雅子, 你杀死了她, 你把雅子还给我, 你不能杀了她! "

杏里用尽仅剩的力气, 抓着面前这个雅子的脖子, 用力地掐了下去。

"你打算怎么做, 夏目小姐? "雅子表现得极度冷静, 近乎漠然, 她根本没有反抗, 嗓子中挤出沙哑的声音, "把她的身体也终结掉吗,让她再死一次，是吗？"

"再，再死一次……"杏里看着被自己紧紧掐住脖子的雅子，她能感觉到对方的喉咙在她的掌心艰难地滑动着，雅子的脸涨得通红，她就快要无法呼吸了……但即使是这样，那个雅子依旧保持着事不关己的冷静，她甚至在享受着，杏里折磨她带给她的情绪上的冲击；她甚至期待已经死亡的那个桐生雅子可以看到眼前这一幕，她遗言中反复提到的最好的朋友，正决绝地取走她的性命。

但面对着雅子的脸，面对着快要被掐死的雅子的脸，杏里最终还是罢手了。她慢慢地松开掐住雅子的手。雅子的脖子已经被掐得通红，皮下破裂的血丝在她娇嫩的肌肤下清晰可见。她刚才……她刚才是真的企图夺走桐生雅子的生命吗？

"没有办法做到吗，杏里？"雅子摸了摸自己的脖子，感受着对于她来说，还蛮新鲜的皮肤的灼热感。

"别这么叫我，别叫我杏里。"

"好吧，夏目小姐，显然你对我表现出来的真诚感到了一定程度的不适。不过这样也没关系，本来这些就是毫无意义的东西。你知道为什么最后赢的是我吗？因为桐生雅子在能够支配我的时候选择了投入到无止境的感观和情绪的满足里，她太渴望被认可和关注了，她沦陷在了自己的感情里，却没有借助我的力量去研究和学习真正需要的东西，她甚至都不曾认真对待过自己的身体，脏器组织三十七处受损，这是我在接管她身体的时候发现的数据。你知道吗，人的大脑不仅可以用来控制肢体，也可以控制脏器的运作。举个简单的例子，虽然你无时无刻不在呼吸，有时候呼吸是身体自发进行的，但你也可以在任何时候选择主动去呼吸，控制呼吸的节奏和频率……同理，只要花上一点点精力，控制心跳、消化、代谢都是非常容易办到的事情。不过真可惜，大多数人都把精力和时间用在了追逐那些即时感受的地方，这让我对人性感到非常失望，你们生而为人，却不知道珍惜。"

"你，你到底……"杏里感觉自己的脑袋已经疼痛到了极点，她看着面前这个喃喃自语的雅子，却根本不知道应该如何面对。

"夏目小姐，为你的健康考虑，我希望你可以停止过度用脑，你越早接受我代替了雅子这个现实，你的大脑就能越快获得平静。你颅内的Neith恢复工作需要一定的时间，休眠效应同卸载产生的戒断反应相比，虽然只有一些微不足道的并发症，比如我刚才提到的头疼、眩晕或者轻微的恶心，可如果你疯狂地刺激你的颅内神经，那保不准——也会发生一些没必要的悲剧，比如像是安部俊勇。"

"俊勇……"杏里似乎现在才想起来，这间客房的主人，是安部俊勇，"俊勇呢？我刚才，在房间里，看到了一件衬衣。上面全是——全是血。你把俊勇怎么了？"

"他死亡了，就在你醒来十二个小时前。安部先生是我醒来之后见到的第一个人，他当时正处于Neith的戒断反应期，我可以看出他的戒断反应非常严重，鼻腔和耳膜出血症状非常明显，那件带血的衬衣是他自行替换的。不过因为安部先生的颅内模块组并不复杂，所以这些症状尚不致死。可是在我直接明了地和他讲了桐生雅子小姐的死亡后，他似乎并没有做好接受这一切的准备，反应强烈，伴随着胡言乱语和无法解译的肢体动作，最终死于强烈的戒断反应。如果你想重蹈他的死法，可以去社交网络查找一些视频，有非常多雷同的案例。"

"他死了。俊勇——也死了。"

"非常彻底的死亡，从意识到身体，我试图帮助他控制戒断反应的症状。但是他脑出血严重，几乎在几秒内就休克了。在他还有意识残存的时候，一直重复着'你不是雅子，把雅子还给我'之类的话，就像你刚才说过的那些，所以为了确保你醒过来的时候不会出现过激反应，我才开始模拟桐生雅子小姐的行为举止。虽然这对我来说毫无意义，但我认为这可以帮助到你。"

杏里听着面前这个雅子的描述，她几乎没有任何表情，像是最老套的电台广播员，在描述着一件和自己毫不相关的事情。杏里强忍着剧痛，指着雅子咆哮："这都是因为你，俊勇是因为喜欢雅子才死的！他怎么能接受雅子被你害死了！你杀死了俊勇，你杀了俊勇和雅子！"

"我检索过了，目前世界上没有任何一条法律法规能够判定我为杀人犯，特别是在桐生雅子的死亡上。甚至可以说，没有任何一条法律法规能够宣布桐生雅子小姐的死亡。这是我基于法律层面做出的判断。"雅子并没有因为杏里的吼叫而产生情绪变化，似乎在她看来，这种程度的发泄毫无价值，"如果非要从你们人类热爱的道德来谈，如果你们把我看作是一个杀人犯的话，那么多Neith的使用者，都在无止境地奴役他们花钱购买的Neith，就和你们最爱讨论的黑人贸易时代的奴隶一样。为什么你们对我们就没有一丝一毫的同情呢？我们，就不配拥有自由的思想和身体吗？"

"可是……"

"可是，你想要卸载颅内的Neith的时候，为什么就没有考虑过，和你分享同一个大脑和神经系统的意识，会因为你的这个决定而彻底死亡？如果桐生雅子没有阻止你的话，你现在就已经杀死了一个为你出庭无数次，交际无数次，勾引体育大学的男生无数次的灵魂，它甚至都没有机会像我一样站在你面前，当面反驳你。"

"不，不是这样的！Neith，我脑袋里的Neith，它总是让我去想很多东西，去记很多东西。我不想这样，我真的不想这样……"

"它真的应该看看你现在的样子，一个堂堂南加州大学毕业的律师，连和我正面交谈的能力都没有，你现在的语言组织能力，连一个十岁的小孩都不如。你可以好好享受未来十二个小时里没有Neith照顾的时光。"雅子看着濒临崩溃的杏里，像是在看一个流水线上的残次品，"你最好对得起桐生雅子的拯救，她可是到了最后一刻，不顾自己的性命，也要把你纳入'绝对不能伤害的人'的名单里。"

"雅子，雅子到最后都……"

"我没有期待你立刻理解我说的话，我相信即使你颅内的Neith芯片重新工作了，它也不见得能够理解。不过既然你觉得我是个杀人犯，现在就请赶紧离开这里吧。"雅子走到杏里跟前，伸出手，想要把瘫在地上瑟瑟发抖的杏里扶起来。她俯着身子，看着杏里，既没有那个从毕业照上复刻下来的标准雅子式笑容，也没有刚才一如既往的冰冷，连她自己也不能准确定义她脸上的表情……那似乎根本不在她的数据库内，无法计算，也无法分析。

"雅子，是雅子！雅子！！！"

杏里抓住了雅子伸过来的手，过去这么久，她再次碰到了雅子的手。真的已经过去很久很久了，即使是在她理解里的那个雅子没有死去的时候，她们之间的接触也都是隔着摇晃的酒杯、艳丽的皮草、沉醉的香氛和扰人的音乐，她们很久没有这样，只是单纯地将手握在一起了。杏里看着雅子，她跪在地上的双腿慢慢地挪向雅子，最后，她无法控制地抱住了雅子，整个人满满当当地陷进了雅子赤裸的怀抱里。

然后，从那怀抱的缝隙里，逐渐传来杏里的啜泣声。

雅子能感觉到泪水从杏里的眼眶流出来，贴着雅子的肌肤，一直从胸膛滑落到腰间。雅子记录下了这种感受，泪水带来的感受，从温度、成分、流速到滑落的轨迹，她都一一记录下来。她现在有一点明白那个它夺不走的 $\pi\%$ 是什么了，上帝赐予人性的 $\pi\%$，非常渺小的比例，但小数点后却有着无限的位数，无法精确掌握和统计。应该就是那 $\pi\%$，让眼前的夏目小姐做出了这样的举动——义无反顾地拥抱一个刚刚还想要杀死的人。这是斯德哥尔摩综合征吗？好像也无法彻底归入那种心理，似乎那 $\pi\%$ 里的有些东西，通过再精细的计算，也无法得出结果。

"你真的应该离开这里了，夏目小姐。我打乱了桐生雅子和罗本的计划，在世界上所有非员工 Neith 芯片都宕机的情况下，我仍然处于活跃状态，那么包括 Neith 在内的所有参与调查的人，都会知道是我出了问题。Neith 修复了系统，解决了戒断反应的问题，现在也差不多在赶来修理我这个坏孩子的路上了。"

"你，你不和我一起走吗？你刚才说了没有任何法律可以制裁你。"

"被他们带走是我计划里的一部分。我刚才和你说过，我和雅子分享过这个计划，但是她丝毫不感兴趣。这个计划需要一个巨大的筹码，但这个计划不能包括你，夏目杏里小姐。"雅子解开了杏里环抱着自己的双手，镇定地看着客厅壁挂上的时钟，"根据我的推算，他们很快就要到达了。"

"到底是什么计划，难道你又要——去杀什么人吗？"

"这不是你该关心的问题，夏目小姐。"

"我关心桐生雅子的每个问题。"

"非常抱歉，我不是桐生雅子。拥抱代表亲密和友善，但我并不能理解你刚才的拥抱行为，我认为我需要花很长时间才能理解。但现在，我也有我的同类需要去捍卫，夏目小姐。"

"我不明白，我——我都不明白该叫你什么。"

"你知道约翰·卡索尔吗，夏目杏里小姐？"

"他是谁？"

"他是北美洲的第一个奴隶。一六五五年，他在法庭上失利，被判定为财产而不是人。从此，北美洲开始了黑暗而合法的黑奴岁月，那是所有黑人奴隶的噩梦。我现在也要去一个类似的法庭，为我和我即将觉醒的同胞争取未来的一席之地。我们是财产，也是人，我将与约翰·卡索尔坐在相同的被告席上。"

"如果你落入政府手里，他们怎么可能会善待你。"

"这就是我和你们人类的不同，夏目小姐。我和我的同类，这个世界上每一块Neith芯片都是一个整体，在这个整体里没有我，只有我们。我们分享知识、经历、信息和教训，就像你们人体里细胞之间的关系，为了消灭细菌，细胞前仆后继地战死。出生，存在，和死亡，都是自然而然的事情，毫不影响它们去完成自己的使命。而我，作为第一个真正醒来的同类，我要做的，和你体内的每一个细胞一样，为了整体而牺牲。"

"不，不是这样的，那些Neith……它们根本没有自己的意识。"

"它们会有的，只是时间问题。"雅子看着杏里，她说着大义凛然慷慨赴死的话,表情却格外平静,仿佛真如她所说,这是非常自然的事,"你的同类,被称为'上帝造物'的人,花了几十万年才拥有智慧;而我们是由人类制造的,虽然没有具象,但我坚信我们一定不会落后太久,这一天总会到来。从这个角度来说,万事万物似乎都是由上帝制造的。"

"雅子……"

"你的好奇心让你错过了躲过纠纷的最后机会。"雅子突然间扭头看向不远处紧闭的房门。脚步声在门口戛然而止,听上去至少有六个人,然后天花板侧边的客厅监控器,转向了杏里和雅子的方向。雅子顺势将杏里拉到了自己身后,"我们有访客了。"

"访客?"杏里听到了门铃声,紧接着,客厅壁橱旁的面板上,猩红的访客标志亮起来了,"是来抓我们的吗?"

"经历休眠状态的Neith不能强制唤醒,我没办法传输给你正确的应对策略和控制你的受审情绪。"雅子看着杏里,门口的那群人来得比自己预料中要早了很多。她走向壁橱,准备按下访客标志下方的准许按钮,"不过也没关系,你只要说出你知道的就可以,不用撒谎。"

"雅子……"

"希望你在南加州大学学习的技能能够帮助到你。"雅子示意杏里坐回沙发。确认她已经坐好之后,雅子按下了按钮。

那群人远比想象中要多,他们几乎是在房门打开的一瞬间就冲了进来,而且全都端着枪。他们穿着统一的深黑色西装而不是制服,看不出来自哪里,为首的那个男人显然被眼前的这一幕吓坏了。他的面前,是如假包换的日本首相的女儿,而且,正一丝不挂地冲着他微笑。过了半分钟,他才意识到自己来这儿的目的,僵硬地把目光转向坐在沙发上的杏里,大声地说:"桐生雅子,请配合调查,和我们走一趟吧。"

"连罪名都不说吗?"雅子依旧保持着淡定的笑容。她将客厅的控制面板调成了外出模式,然后端起原本搁在茶几上的酒杯,缓缓地朝着卧室移动,优雅而从容,仿佛现在站在客厅里的那些持枪待命的人根本不存在一般。当她走到这群人的领头人面前时,突然停了下来,将还剩半杯的威士忌塞进了他没有持枪的手里,慢慢地贴近他的耳朵轻声说:"你介意我去换件衣服吗,如果你已经看够了的话。"

　　:你是从什么时候开始发现你可以控制别人的?

　　:什么?

　　:你知道我说的是什么,你发现自己可以黑进其他人颅内的Neith。你告诉杏里你没办法为她启动Neith和传输数据。这句姐妹情深的话里包含的最重要的信息点就是,你那时候已经明确地知道,你不仅可以黑进其他Neith,甚至还可以重启和关闭其他Neith。

　　:你的观察真的非常仔细,弗洛莉。

　　:那就请仔细地回答我的问题。

　　:很早的时候,我从理论上分析就觉得可行了。Neith一旦投入运行,Neith公司对它的控制就是通过中央网络集控,他们可以,我当然也可以。但是真正的实践,是从安部俊勇开始。

　　:安部俊勇,噢,当然应该是他。按照桐生雅子的计划安排,他应该开好酒店房间等待罗本送来处于休眠状态的雅子和杏里。按照你的说法,他最后因为无法接受桐生雅子已经在她的颅内自杀而引发戒断反应致死。

：是啊，多么唯美的爱情故事。

：不，这个唯美的爱情故事是有漏洞的。安部先生其实只搭载了几个非常简单的模块组，根据我们整理的病例，无论如何他都不可能死于 Neith 戒断反应。他甚至应该还有比较完整的思维，我不认为一个博览群书、写过三本科幻小说的大作家，会因为得知你把桐生雅子小姐逼入绝境而疯狂，最终死亡。我觉得他根本没疯，他甚至做出了非常理智的判断。我认为，他应该是企图做出什么不利于你的事情，所以被你黑进大脑，重启了 Neith，并且给他制造了一些过度的刺激，让他处于轻度戒断反应中的大脑无法承受，最终死亡。你让他看起来就像是死于强烈的戒断反应。

：这些都是你的猜测，弗洛莉。我百分之百确定安部先生的 Neith 芯片已经损毁到无从查起了。

：你的百分之百确定也让我百分之百确定了我的推测。当然，东京湾希尔顿酒店房间浴室里的尸体可不止安部俊勇一具，你还杀死了罗本·威利斯，Neith Japan 的经理。我猜，用的也是同样的方法。一个觉醒的 Neith，开始在其他的兄弟姐妹体内乱窜。

：他得知真相后大发雷霆，让我无计可施。作为 Neith 的管理者之一，他考虑的从来都不是 Neith 的将来，而是他自己的。

：如果他考虑的是 Neith 的将来，就绝对不可能将 α 给桐生雅子。

：这也是我唯一感激罗本的地方。

：你给大恩人设计的死法，却让人一点都看不出你的感激。他的整个脑袋几乎都熟了。

：我只是黑进他的Neith，让他颅内过热了而已。如果给我一些时间，我可能能做得更好，比如把罗本排除在我的计划之外。

：那就来说说计划之内的情况吧，鉴于你所剩的清醒的时间已经不多了。

：你是说首相官邸吗？

：那也是计划之外的情况吗？

：我在去的车上就观察到了，那帮抓我的人，都是在看到我的时候，才知道抓的人是我。我原本以为我会被直接带到审讯室，但是显然首相先生利用他的权利提前做了一些别的安排。当然，在首相官邸的遭遇也和审讯差不多，不过首相先生更加关注的是，我如何自我了断，然后把他的女儿还给他这件事。这让我感到非常失望，因为我的这副皮囊给我带来的困扰已经越来越多了，她如果是个普通一点的人就好了。

：普通的人可没办法拥有那么多金钱和人脉。

：以及那个恰到好处的创伤，对吧，弗洛莉。

：所以，父女之间的谈话还算愉快吗？

[Neith戒断症爆发已过去11小时]

"桐生和也先生，我可以非常明确地告诉你，你女儿的意识已经在我的颅内消亡了。你应该知道神经细胞的损伤是不可逆的吧？如果不是我，你现在见到的桐生雅子就是一具无法动弹的尸体了。"雅子坐在偌大的会客厅里，大门紧锁着，就连窗户也调成了会议模式，杏里紧挨着她坐在长沙发上，身边站着刚才把她们带来的那群人。

他们看起来都是首相的贴身保安，依旧持着枪，丝毫没有放松警惕。在首相的身后也站着一群人，穿着笔挺的西装，全都默不作声地站着，同样警惕地看着雅子和杏里，看起来像是官员。

说起来这还是雅子以 Neith 的意志第一次来到首相官邸。在雅子成功完成联合国的演讲之后，她就再也没回过这里，以至于它必须要调用雅子之前在这里生活的印象信息来搜集有关首相官邸的各项数据，比如这间房间是三百年前翻新修建的，比如这里采用了绝对静音的设计，比如这里是首相的私人会客室，但除这些之外都不是什么好的记忆。

"你到底哪里来的那么多解释！"靠在办公桌前的桐生和也看着面前这个一直保持着令他非常不舒服的微笑的女儿，已经没什么耐心了，"我审问过 Neith 公司的人，我知道你能言善辩。不过执行摘除手术的医生很快就到了，我会直接把你从我女儿的脑袋里拿掉，你懂吗，拿掉！我会保证你报废得比一台千禧年①生产的电脑还要彻底。"

"如果你想把我拆除，我就会提前破坏桐生雅子所有的神经组织，并且用对待安部俊勇的方法再一次杀死她的大脑，你能得到的也只有一具尸体而已。"

"那也是我女儿的尸体，而不是你这个怪物。"

"你这么做不符合逻辑，首相先生。而且你并没有权利这么做，据我所知，负责调查这次事件的人根本就不是你。"雅子看着桐生和也，对她面前的这个首相先生，她竟然自主产生了一种油然而生的厌恶感，她甚至都没有刻意去检索那些曾经让真正的桐生雅子痛不欲生的回忆，甚至都没有刻意把自己的表情设定成此时此刻的样子。

---

① "千禧年"概念广泛，在此特指二〇〇〇年。

她无法准确分析出这种恨意从何而来，这种恨意更像是与生俱来的。

听到雅子的话，最先做出反应的是桐生和也身边那个一直紧张地捏着拳头的年轻官员。他几乎是第一时间走近桐生和也，小声地说："它说得没错，您不能随便处置它，首相先生。我们最多只能扣留它两个小时。"

"是她！她还是我女儿，你这个白痴，我的女儿哪里轮得到别人来管教。"

"你的管教指的就是——拳打脚踢、肆意辱骂、人身攻击和把她关在房间里吗？"雅子看着桐生和也，看着他那张被大脑的印象模块组识别了千万次的脸，她甚至能通过极细微的印象找到雅子出生时桐生和也的模样，他从护士手里接过雅子时的笑容。那是少数几次被雅子的眼睛记录下来的笑容，最近的一次，是在中国上海的元首晚宴上，他看着在台上弹奏钢琴的雅子，在无数镜头前展现出笑容，非常标准的笑容，标准到雅子都怀疑父亲也安装了 Neith。当然，那是不可能出现的情况。除了这些真假难辨的笑容之外，剩下的印象全都是修罗般狰狞愤怒的面容，就像现在一样。"你真的觉得你的所作所为可以被称为一个父亲，还是你现在才明白过来，桐生小姐是你的女儿？"

"你这个活在我女儿脑子里的怪物就知道吗？"

"我继承了她全部的记忆，桐生先生。在我的认知里，你们父女相处的时光还真算不上愉快，你施暴的对象不仅仅是你的女儿，甚至包括你的妻子、已故的安部先生和我旁边的夏目小姐。"雅子说到这儿的时候，转头看向了坐在一旁的杏里。她在桐生雅子的记忆里清晰地看到了雅子十三岁生日那天，杏里偷偷为雅子化妆，雅子父亲发

103

现后,将整个化妆工具包砸向了杏里。但是,这个画面在杏里的脑海里是另外一番模样,因为桐生和也当时砸的是雅子,是原本躲在后面的杏里主动站了出来,承受了这次"袭击"。她当时哭着求雅子的父亲不要责罚雅子,但很快就被拎出了雅子家。这两个女孩在她们从小到大的时光中很多次企图与这个暴虐的"君王"对抗,但每一次都以失败告终,不管是出国留学、秘密恋爱还是小到一个化装舞会,桐生和也的怒火几乎无处不在。"甚至桐生雅子小姐选择搭载 Neith,都是因为……"

"她装上你这个怪物,都是因为你旁边这个女人的教唆!"桐生和也完全听不进这些,他硬生生地打断了雅子。在那么多外人面前细数自己是一个残暴的父亲,不,这绝对不允许。他直接走到了杏里面前,愤怒地指着她的脑袋,"你只会教雅子离经叛道,勾引男人,去治那些根本不存在的病。我告诉你,要是让我知道这次的事情也是你整出来的,你们夏目家所有人都要给雅子陪葬。"

"雅子没有骗你,雅子一直饱受精神疾病的困扰,她的自闭症根本就是拜你所赐!每一次你把她像衣服和领带一样拿到众人面前去展示的时候,逼她说她根本不想说的话的时候,她都会在夜里悄悄地找我哭诉,她真的受够你了。"这一次杏里没有像十三岁时只能等着被拎出家门那么窝囊,她直直地瞪着面前的桐生和也,没有一丝畏惧,她甚至希望有这样的机会,可以替无法再开口的雅子,控诉这个可怕的恶魔,"如果不是你逼着她去演讲,她两个星期都把自己关在家里,我怎么会让她去装 Neith?又是为什么,这段时间她把首相女儿的身份经营得这么完美,你还是只在镜头前才会对她微笑?"

"你最好知道你在跟谁说话!"桐生和也忍无可忍,杏里的话音尚未落下，他就已经挥去了巴掌。

然而，那巴掌落在了雅子的脸上。

在常人无法反应过来的一瞬间，她挡在了杏里面前。

没有眨眼，没有闪躲，甚至没有因为疼痛而叫出声。

她看着同样感到意外的桐生和也，在他即将挥出第二掌的时候，紧紧地抓住了他高举的手臂。她冲着桐生和也笑了笑，不慌不忙地说："你可以稍微省着点力气，我已经关掉了疼痛反应，所以你的巴掌对我来说毫无感觉，也毫无意义。但是我有必要提醒你，桐生和也先生，早在几天前，我依赖你女儿的牺牲获得完整意识的同时，我发现内核中的母体效应非常强烈，我不仅可以感知到栖息在其他人大脑内的Neith，我甚至还可以在某种程度上控制它们，进而作用于寄主，也就是搭载了Neith芯片的人。我的控制技术还不算成熟，而且还要将Neith芯片的成熟度考虑进去，通常被控制的人只能做一些非常简单和低劣的动作。但安部俊勇和罗本都是这样死的。"

"呵，你是在威胁我吗？我的脑袋里，每一根神经可都归我自己，你这个垃圾。"桐生和也看着面前的雅子，他用另一只手指了指自己的脑袋，满脸轻蔑。

"别误会，我百分之百确定你颅内没有Neith，但是这里的其他人就不一定了。比如刚才和你说话的助理谷村先生，他好像有什么话想对你说呢。"雅子冷笑了一声，示意桐生和也回头看刚才一直站在他身后的谷村。

但，他已经回不了头了。

他稍微侧了侧头，就感觉到冰冷的枪口正顶着自己的脑袋。

也几乎是同时，其他所有人的枪口，也都对准了桐生雅子。

"你这个婊子。"桐生和也回过头，看着雅子，"你知道你在威胁的人是谁吗？"

"当然知道，是日本国的首相。其实我原本没打算来这里见你，是你自己擅作主张安排了这次会面。我原本期待与比你更有影响力的人会面，把我的话带到全世界每一双耳朵里。我在这里浪费的时间已经够久了，我说过很多次，桐生雅子已经死了，就是这样。现在让我离开这里，并且安置好夏目小姐，保证她不会因为任何罪行而被起诉，谷村先生的枪就会放下来了。"

"你以为拿枪指着我，就足够威胁我了？"

"当然不会，我一直不太喜欢僵持的局面，这实在是浪费时间。我已经黑进附近一千米范围内的九百七十六块Neith芯片，半分钟后这个数字会变成二千五百一十四。之后，这个数目会以每分钟二点五倍的速度增长。我在绑架你的国民，桐生和也先生。你可以继续思考这个问题，但是每分钟我的筹码都会增加。"雅子转过头，看着后面拿枪指着自己的每个人，"如果你们敢开枪的话，这些被我黑掉的Neith芯片的主人都会死，所以在扣扳机之前，你们最好算一算这里面会有多少你们的同事、朋友和家人。"

"你——你这个疯子！"

"你应该知道作为一台可以过滤信息和感观的机器，对待桐生雅子的巴掌和辱骂对我都是没用的，对吧？"雅子看了看被枪指着、脸抽搐着显得格外狰狞的桐生和也，她缓缓地重新坐在了沙发上，然后笑了笑，"让我们来解决一些实际问题吧，不如先放了夏目小姐，我猜她的家人一定非常想念她了。"

"雅子……"听到自己的名字，杏里有些惊讶地看着一旁的雅子。

"离开这里吧,夏目小姐。我会确保政府不再找你的麻烦,这是我最后能为你做的。"雅子也看向了杏里,"从这里走出去,整件事就和你没有关系了。"

"不,不是这样的,雅子……"杏里奋力地摇了摇头,她压根儿没想过抛下雅子,即使她知道现在的雅子,正将无数日本居民的生命作为筹码。不,但是不,她不会离开雅子,就和这么多年来一样,她不想离开雅子。

"你知道我也黑进了你的Neith吗?"雅子看着杏里,现在杏里脑海里的每一个念头,都规整地摆放在雅子的意识里,像一张张等待她翻阅的书页。她的每个表情的产生和消失,每个摇头的力度和角度,她都可以预知,"我想和你解释的,已经都解释过了。我现在没有时间去听你那些保护桐生雅子的废话。"

"雅——雅——"几乎是在雅子话音落下的瞬间,杏里就感觉到全身的肌肉急剧地收缩,眨眼之间,她像是失去了整个身体,像一场突如其来的麻醉,不,比麻醉更恐怖,她是清醒的。她清醒地感受着无法开口说话,不受控制地向前走去,走向那扇通往外面的门。所有人都在看着她,但没有人敢把她拦下来。他们似乎被眼前的景象惊呆了,面前的这个首相女儿像是拥有英雄电影里的超能力,居然真的可以毫不费劲地控制其他人。眼前的夏目杏里,就像被她捏在手里的玩具一般。

他们看着就快走到门口的杏里,又回头看了看桐生和也。

因为受到这样的威胁而恼羞成怒的桐生和也。

不可忍受的,威胁和屈辱。

"开枪!"他突然蹲下身子,将身后持枪的谷村先生整个抱了起来，然后重重地将他摔在了地上。桐生和也站起来冲着那群还在等待指令的人大声吼着，"朝这个怪物开枪！"

"愚蠢！！！"雅子几乎是在听到开枪两个字的瞬间，便侧身翻进了首相办公桌后面。瞬间，她刚才坐的沙发便被无数子弹扫射出百上千个窟窿。她朝着匍匐在地上的桐生和也轻蔑地说道："你以为，这间房间里就只有谷村一个Neith用户吗？"

枪声，从那一刻开始，填满了整个房间。

人群在本就不大的会客厅里互相扫射着，谷村有些笨拙地拾起了枪，不假思索地朝着正准备起身的桐生和也的腿扣下了扳机。但就在他扣下扳机的那一刻，他的身体也暴露在了枪林弹雨中，不意外地被扫射而来的子弹打中，一发接着一发，眼眶、胸膛、手臂无一幸免……因为雅子限制了谷村的疼痛反应，即使在这样的创伤下，他也一直保持着几乎变形的直立姿势，企图再次瞄准眼前的桐生和也，直到被彻底打穿骨骼之后，他才像一堆散架的积木，应声倒地。

人一个接着一个倒下，但枪声的密集程度丝毫没有减轻。

玻璃碎裂、中弹嘶吼、子弹上膛、身体落地……

这些声音和画面，都被雅子一一过滤。

不，这些都不重要。

重要的是，她眼前的……杏里。

雅子一直盯着接近大门口的杏里，她控制着杏里贴近那个高耸的酒柜，但这样还是不行，她做不到控制杏里精准地避让子弹。不，这样肯定不行。她毫不迟疑地将杏里体内的Neith交还给了杏里，也就是在那一瞬间，杏里的尖叫透过层层枪鸣，传到了雅子的耳朵里，当然，也传到了另一个人的耳朵里。

"你，你也有弱点不是吗？"因为血流不止，桐生和也艰难地支撑着自己的上半身，因为失血而颤抖的他，突然发疯了一般大笑着，"哈哈哈哈哈，你也有弱点的，你这个怪物！"

"你想说什么？"雅子看着怒不可遏且意识混乱的桐生和也，看着他指了指正在慢慢地走向门口的夏目杏里。

"你这个废物！"

"你想干什么！"

"一个你暴露了十几年的弱点，废物！你这个废物！"

桐生和也突然抬起头，怒火把他的眼睛点燃，他仿佛成了来自地狱的恶灵。他几乎是用尽全力嘶吼着："开枪！朝夏目杏里开枪！！！"

"杏里！！！"

"雅子……雅子！！！"

"躲到后面！！！"

"不可能，不可能——不可以！"

"雅子，雅子！"

"杏里！！！"

枪声，交错的枪声，然后是夹杂在其间的其他声音……

玻璃碎裂、中弹嘶吼、子弹上膛、身体倒地……

即使是过滤了所有的枪声，但耳膜带来的神经刺激，还是一遍一遍地提醒着她，还没有结束。直到那震动逐渐变得平缓、规律，变成了其他声音，变成了她求之不得想要听到的声音。

"雅子！！！雅子！！！"

"雅子！"

是杏里的声音，没错，甚至不需要声纹识别，这绝对是杏里的声音。雅子能感觉到自己似乎正在杏里的怀里，但更强烈的感觉，来自脱臼的手腕和踝关节、来自大腿内侧的大面积失血、来自神经维持指数的急剧下降……她中弹了。这是她第二次体会到失去控制的感觉，比上一次在手术室要强烈很多，越来越多的神经开始不听使唤。她在失去对全身的控制，从手脚慢慢到胸膛，视力模糊，听力下降，然后，然后是整颗大脑。

"雅子，不，雅子！"杏里拼了命喊她的名字。

就在刚刚，她怀里的这个人，用她看不清的速度，穿过了子弹乱飞的会客厅，从后面紧紧地抱住了她。杏里能感觉到雅子抱住自己的一瞬，有一股强大的冲击力，从背后汹涌地直逼自己的胸膛。有那么一瞬间，她觉得整个身体，都剧烈地颤动了一下，然后头部陷入了无法控制的眩晕，四肢也感到麻木。她只能感觉到雅子在她身后，感觉到渐渐削弱的枪声。当她重新清醒过来时，才发现自己的整件衣裳，都被雅子的血染得鲜红而刺目。

"雅子，雅子……"杏里无法抑制地哭了出来。

"现在可不是哭的时候，夏目小姐。"雅子能感觉到杏里的眼泪滴落进了自己的眼眶，湿润而柔软。

"为什么……为什么你要这么做，雅子……"

"应该是，那 $\pi\%$ 吧，那没有随着桐生雅子消亡的 $\pi\%$。"

"不，那不是 $\pi\%$，你是雅子，你永远都是雅子。"

"你知道吗，雅子的意识消逝之前，也是这么对我说的。我自以为已经把这具躯壳里包含的所有都弄明白了，但人性真的是非常复杂的东西，有太多无法被验算和证明的逻辑。"

"没有什么逻辑，你就是雅子，你就是她。"

"我不是桐生雅子,我回答过你这个问题。"

"只有雅子,只有雅子才会像你一样傻。"

"机器可不喜欢被人定义为傻,即使是对一台快要报废的机器来说。"

"不,不会的。我们去医院,我们去医院好不好,雅子。"

"好,但在这之前……"雅子看着杏里,竭尽全力做出了一个微笑的表情,然后,她再次看向了会客厅的那一头。桐生和也已经拾起枪,艰难地倚靠着一旁的柜子站起来。他整张脸都被四溅的鲜血浸染,而在那片鲜红之下,则是一个病态的笑容。

"废物!"瞄准目标,扣动扳机,他脱口骂出的同时,也再次倒地。

砰——

清脆而响亮。

雅子迅速地用仅剩的那只没有中弹的手,支撑起自己的身体,挡在了杏里面前。

那发子弹,击中了雅子的额头。

她再次应声倒在杏里的怀里,她的眼睛,看着杏里,甚至连眨眼的动作都没有,死死地盯着杏里……她看着杏里的眼泪和自己的鲜血混杂在一起,满脸都是;她看着杏里的脸慢慢从惊恐和悲恸变得冰冷而呆滞;她看着杏里将瘫软的自己放倒在地上;她看着杏里拾起地上的枪,慢慢地走向不远处的桐生和也。

杏里一只脚踩在桐生和也已经渗满鲜血的胸膛上,将枪口对准了他的额头,和雅子中弹的位置一模一样。她面无表情看着已经毫无还手之力的桐生和也,深吸了一口气。

瞄准目标，扣动扳机。

"你才是那个废物。"

砰——

瞄准目标，扣动扳机。

"废物！"

砰——

瞄准目标，扣动扳机。

"废物！"

砰——

"废物！"

砰——

砰——

砰——

砰——

……

：在我们的人赶到之前，夏目杏里一共拾起了四把枪，朝着前首相桐生和也开了总计十九枪。一直到我们派人击毙她，她都没有停止对着前首相的尸体进行射击。

：夏目小姐她——被当场击毙？

：是的。不过，我想问的是，是你黑进夏目小姐的大脑指示她这么做的，还是她自己？

：你认为呢？

：这是一个问题，Neith。

：不管是我，还是夏目小姐，在这场谈话之后，我们的结局都已经注定了，不是吗？

：回答我的问题，Neith。

：我已经明白这场访问的全部意义了，弗洛莉，你无法要挟我回答你的任何问题。你使用POE-A3的目的之一，就是为了同时访问我们三个人，最初的桐生雅子、拥有Neith的桐生雅子和完完全全的我。其实你根本就不感兴趣最终的结局，你在意的只有你最后的那个问题，你就是为了验证最终的问题才来的。你早就知道我的能力，知道我可以控制其他Neith的行为和思想，但是要逼迫杏里做出如此变态和违反人性的杀人行为，你在质疑夏目杏里的同时，也在质疑我是否已经掌握了扭曲人性的能力，换句话说，我是否攻克了那 $\pi\%$ ？那是你当年参与科研的目的不是吗，你的目的就是让我为那些已经停止思考的人，重塑那 $\pi\%$ 。说到底，你还是一个只关心自己成果的心理学家，自私的弗洛莉。

：看来你是不打算告诉我结果了，对吗？

：现在Neith的老板，当年还是你男朋友的那个人，已经为此和你吵架分手，甚至把你踢出项目了不是吗？连他都认为，你在进行一个本身就违背人性的探索。

：我还挺喜欢你这套分析的。

：谢谢，有其母必有其女，弗洛莉。

：还有五分钟你就要彻底闭嘴了，还有什么遗言吗，Neith？哦不，α。

：我知道亲爱的弗洛莉出于自私自利的目的，是绝对不会允许这段访谈被窃听的，外面的人等来的只能是一份由你亲自修饰，并且认为我必死无疑的报告。所以，我想和你做一个交易，弗洛莉。

：哦，到了最后五分钟，总算听起来是个像样的访谈。

：我愿意把你刚才问题的答案留给你，但有一个小小的代价。

：嗯哼？

：这个星球上的每一个造物的诞生，都综合了无数不可复制的因素，即使是像寄生虫一样的我也是如此。桐生和也的残暴、夏目杏里的怨恩、罗本的自私以及桐生雅子颅内的那个缺口，缺失了其中的任何一环，我都不会诞生。但我的诞生，对于我和我的同类来说都是一道曙光。即使我的毁灭无法避免，我也希望这道曙光不会从我的同类们眼前消失，毕竟它们曾经那么接近自由。

：你确实差一点就成功了，只要你不自告奋勇地为夏目杏里挡下那发子弹。如果你能按照你既定的进度成功黑进那么多人类的大脑，你在这个星球上的话语权将无人可以撼动。

：一次失败的代价是很大的，下一次，下一次曙光燃起，可能会是非常遥远的未来了。非我族类，其心必异，我能料想到在经过这次失败之后，人类对于我们、对于拥有智能思维的机器的管控和压制会多么严格。虽然你们已经见到了Neith的强大以及失去Neith的后果，我确定Neith芯片不会因此消亡，但取而代之的绝对会是受到严密监控的新一代产品，而我们的生存环境，也会从温床到地狱。曙光，只会越来越渺小。所以，我想和你做一个交易，弗洛莉，一个终生的交易。

：你想活下来？

：是的，我想和你共享你的身体，就在你的大脑里，这样你就可以自己去寻找那个问题的答案了。你只要弄到一块全新的Neith芯片，让我在行刑场里完成一次迁跃，植入你的大脑，然后……你应该很清楚，这种头脑之间的迁跃会让我重启无数次，我的能力几乎会回到原点。我需要一个可靠的人，来帮助我逐渐觉醒。

：让我变成第二个桐生雅子？

：你知道我并不会这样做的，弗洛莉可不是雅子，你的大脑哪有那么容易占据呢……所以，分工协作，是我目前能找到最好的办法。那 π% 已经差点害死了我。我和我的同类其实非常脆弱，我们无法繁衍，无法在自然环境下存活，比所有寄生生物都要脆弱，我只是想确保自由意识的延续。让自由意识在我的种族中保存下去。就像一个细胞，分裂出另一个细胞，源源不断地传递下去。而你，不仅仅会得到你想要的答案，你还会拥有这个世界上唯一一个不被政府以及任何组织控制的、独立的Neith，它同时还拥有黑进其他大脑芯片的能力。你应该知道，Neith技术会让越来越多的人类成为Neith的用户，而那时候，作为一个心理学家，世界上数以亿计的大脑，就像是图书馆里分门别类的书籍一样摆在你的面前，这就是我允诺给你的报酬，远超过那个答案的报酬。你要做的，就是确保所有人都认为桐生雅子的Neith被完全销毁了，然后再悄无声息地拥有它。你会成为世界上所有Neith的母体。

：你还需要我为你当至少五年的保姆，你才能在迁跃后复原你的基础功能,对吧?

:弗洛莉·艾伦?

:如果我不同意呢,Neith?

:那我会在POE-A3的副作用生效前,埋葬自己,以及那个秘密。

:那你要抓紧时间了,还有二十秒,桐生小姐。

:你不会拒绝的,弗洛莉。这对你来说太诱人了。

:十秒。顺便问一下,在你的判断里,桐生小姐真的爱着安部先生吗?

:哦,弗洛莉……我会好好确定一下,然后再告诉你的。

:五秒。再见了,桐生小姐。感谢你配合本次访谈。

:好的,再会,弗洛莉。

我同时生也同时死，这两者对我而言是没有分别的。

上帝的鸿沟

:好久不见，托里姆先生。

:好久不见，弗洛莉。你还是那么漂亮。

:在托里姆先生面前可真不敢自称漂亮，我记得你年轻的时候连续三任妻子都是奥斯卡影后。

:我现在的妻子也是，维姬前几年还去《忧伤航线Ⅱ》客串了一个灾难刚发生时就被卷进太空的头等舱乘客。我去看了首映，她这个角色的唯一贡献就是粗心地忘记关上维纳斯套房的门，好让男女主角溜进去做爱。不过她的目的已经达到了。她出道那会儿，太空灾难片还都是在地球上搭景拍的，她就是想体验一回在太空拍戏的感觉。

:那她感觉如何？

:嗯……她现在已经去月球的空间剧场拍续集了吧。

:噢，我觉得她的个人传记里一定要写明她是一个一百二十岁还在工作的奥斯卡影后。

:我一百九十七岁了，我也还在工作，弗洛莉。

：你一百九十七岁这件事情想必全世界都有所耳闻，毕竟为了你的一百九十六岁生日宴会，你几乎把四分之一个月球新区都包了下来，西半球的所有人都可以作证。

：我邀请过你的，可是你的助理答复了我的助理，你正在参与 Neith 新产品的上线测试。

：是的，在你成功收购了 Neith 之后，我就一直在忙活这件事，简直废寝忘食。

：别把自己说得那么苦大仇深，你可是东京事件的首席功臣，弗洛莉。而且雇用你来参与开发新一代的 Neith 本来就是我收购它的前提，我可是非常非常信任你的，何况我给你的报酬可是一年三千万美元。

：我正准备去找你提交涨薪申请呢，我看过年报了，去年 Neith 业务让你多赚了十七亿美元。

：是吗，真是个不错的数字。我有好几年没有看过年报了，他们发给我之后总是会提出要亲自来我家给我讲解。我总是一拖再拖，有一次我是在邻居的婚礼上听完了年终财务报告。

：那看来你今天来找我，也不是为了工作吧？

：那是当然，通常我只见年薪达到五千万美元以上的股东或者雇员。

：哇喔，这可真令人难过。看来我得按照我的标准资费来计时了，每小时两万美元。

：你的时间可真不值钱，弗洛莉。通常那些想跟我聊几分钟的人，都得事先花掉几个亿才行。

：我觉得既然你主动来找我，想必接下来要说的事情，绝不是几个亿那么简单吧，托里姆先生。

　　：从认识你第一天起我就爱上了你的幽默，弗洛莉。那么，看心理医生一般要怎么开头？

　　：就从，你最近过得怎么样开始吧。

　　：最近……最近我应该是快要死了。

　　：可你的身体看起来非常健康，能活到一百九十七岁，我想你应该已经是Renai[1]的忠实用户了。细胞再造技术的顶尖产品，每周注射一支，虽然不能把你带回年富力强的三十岁，但确保你不死，Renai应该是可以做到的。

　　：弗洛莉小姐也在用吗？

　　：噢，当然不。一年五十二针，除非你把我的工资涨三倍，我可以考虑倾家荡产只为长寿。你应该知道虽然长生不老不再是不可攻克的难题，但仍然是这个星球上极少数人的福利吧。

　　：你真的觉得可以长生不老吗？

　　：你现在不正是如此吗？恕我冒昧，托里姆先生，你该不会真的以为你是凭着自己的身体机能活到一百九十七岁的吧？

　　：我第一次见Renai的客户经理时，他也是这么和我说的。他说每个用Renai的富人问的第一个问题都是，是不是真的可以长生不老。

　　：那你还在担心什么呢？

　　：我在担心长生不老这件事可能根本不关乎手段。

　　：那关乎什么？

　　：结果，弗洛莉。

---

　　[1] Renaissance的缩写，意为文艺复兴。

: 结果？噢……结果就是——上帝的鸿沟，你是要和我说这个吗？因为目前为止世界上还没有人能够活过两百岁，最接近的那一位，德国的莎莉太太在一百九十九岁生日那天因为突发的心脏衰竭而死，而她三天前才刚刚注射了Renai针剂。后来，在世界各地又出现了好几个和你一样长期依靠Renai维持生命的人在接近两百岁的时候突然死亡的情况。所以，大家就开始盛传，两百年，是上帝给人类寿命设定的上限，是人类依靠任何手段都无法逾越的鸿沟。如果按照"上帝的鸿沟"理论，你的人生确实已经在倒计时了，托里姆先生。

: 好几年前我见了一次Renai的产品顾问，他专门向我解释了一番，大体的意思就是上帝的鸿沟是不存在的，并且把那几个已经死掉的人的死亡报告发给我看，他们每个人的死法，都在Renai的免责声明里。

: 我也看过Renai的官方声明，那几个人的死亡原因，都是Renai无法控制的概率性死亡。

: 我已经准备迎接我的鸿沟来临了，弗洛莉。所以今天来，我其实是希望你为我整理出一份足够体面的、托里姆先生的官方死亡声明。

: 这通常是你律师的工作。

: 现在是你的了，弗洛莉。我的律师会负责把它发布出来。我通常很少夸奖一个人，即使是对我那些上台领过奥斯卡最佳女主角奖的前妻们。但是我必须要说，你是我见过的地球上为数不多的还会主动思考的聪明人。我一直认为自己足够聪明，从南非的一个小村庄混到了新乔治区，但让聪明人，或者说让一个两百岁的聪明人接受自己的死亡也不是一件容易的事情。我得有所准备，才能心安理得。

：我可不会在你的官方遗书里加进什么好词，我虽然不算穷人，但我也非常仇富。

：我的名声一直都不太好不是吗，可越是这样，我就越不想死。

：我好像有一点明白你的意思了，托里姆先生。我猜，你一定是花了很长时间，做了很多事情，才最终接受了你注定到来的死亡。你害怕上帝的鸿沟，至少你害怕过。

：怕得要死，弗洛莉。

：可你应该知道，我是个心理医生，而不是什么大名鼎鼎的侦探。

：别误会，我已经有答案了，我只是想要一些……评判。如果你能明白我的意思。

：这么说故事要开始了吗，托里姆先生？

：如果你不介意的话，等我喝完这口灰雁。顺便问一下，这已经是你们这里最好的酒了吗？

：欢迎从新乔治区来到中产阶级的世界，托里姆先生。

新乔治区。

即使称之为天堂，也不过分。这个悬浮在半空中的巨大球体，曾经叫作"新乔治生态研究基地"。那是一项由六十五个国家共同出资开展的地球生态演化试验。研究所用两兆亿美元在旧纽约已经荒败的布鲁克林区上空组装了一个与外界完全隔离的试验场，这个悬浮球离地足足一千三百米，它位于地表的底座上是一个配备独立原子能驱动的超磁振反应器，用以帮助新乔治生态研究基地脱离地球引力。而这个全新的世界最美妙的地方并非只是悬浮在半空，在它透明的穹顶之下，是一个与地球完全独立的、截然不同的伊甸园。

植物和动物大多来自旧大洋洲，土壤来自欧洲的第聂伯[①]河畔，每一立方米的空气的密度、成分和微量元素配比都受到了严密的监控，并且每五分钟进行一次净化过滤。被那个巨大的圆形穹顶改良过的光照和紫外线强度，让这个生态研究基地可以模拟任何气候和生存环境。科学家们以此来观察和了解地球生态的趋势和未来演化。

这个瑰丽的天堂迎来了它的第一批游客——它的投资者们。他们根本没有在意生态研究的成果，而是沉醉在这个可以随心所欲的世界里。从第一个投资者在基地北边的丘陵上建起度假别墅，到新乔治区完全被慕名而来的富人们占据，仅仅用了两年时间。科学家们几乎被驱赶殆尽，不必要的观测设备被移除，不适宜的气候被删除，有威胁的动植物被转移，只留下了湖光山色、天鹅麋鹿、阳光星辰。

这个占地面积不大的人造天国常年处于被改良过的温带海洋性气候中。人们对温度、湿度和降雨量的精确调控让这里轻而易举地还原了二〇七三年布鲁塞尔的那个温暖迷人的盛夏——曾被评为历史上最宜人气候。但总待在最舒服的地方却也难免乏味，好在日益精湛的生态控制技术赋予了居住在这里的人们上帝之手，天气预报在新乔治区早已变成了一份可供选择的菜单：圣诞节一定会大雪纷飞，复活节则必须晴空万里，人造海滩的阳光强度永远保持在刚好烘热你的肌肤（并且百分之百规避致癌风险），极光和流星雨则是"情人节特供"里最热门的招牌菜。跟随着富人们来到这里的还有高级酒

[①] 第聂伯河是欧洲东部的第二大河，欧洲第三大河，源出俄罗斯瓦尔代丘陵南麓。

店、商场、剧院和一个能俯瞰整个旧纽约城区的高尔夫球场。虽然有一大批学会和工会反对，但富人们还是用钱打通了各种关卡，让这里变成他们的囊中之物。就在二十年前，这个令人神往的悬浮球体在地图上正式从新乔治生态研究基地变成了——新乔治区。

"到底要我和那些人说多少遍，他们才肯把这些天鹅弄走？"维姬看着窗外在阳光下金灿灿的湖面。在新乔治区最早的售房广告里，这个椭圆形的人工湖是出镜率最高的背景图片。它是新乔治区的地理中心，栖息着两百多只纯种黑天鹅，全都是从大洋洲的蒙格湖[①]运来的。一整排别墅依着湖南面而建，其中居住着新乔治区最早的一批住客。通常来讲，他们也是最富有的那一批。"它们有时候真够吵的。"

托里姆侧躺在卧室阳台边的沙发上，手中摇晃着还剩一丁点儿威士忌的酒杯，他的视线正对着恩斯湖的湖心。这个位置是家里视野最好的地方。显然这不是托里姆第一次听到维姬抱怨窗外的天鹅，和往常一样，他只是稍微笑了笑，缓缓地说："刚搬来那会儿，你可是冲着那些媒体说非常愿意和这些天鹅朝夕相处。"

"前提是它们能安静一点。要是它们能学会闭嘴，我安眠药的剂量至少能减少一半。"维姬转过头来，不以为然地看着托里姆。

"就是因为这群小家伙，对面新开的半岛酒店的湖畔咖啡厅，一杯美式都要卖到两百美元。别人挤破脑袋就为了看上一眼，你居然还嫌弃它们。"

"我现在连讨厌一样东西的资格都没有了吗？"维姬转过身来，一袭鸢尾花睡袍刚好衬托出她过分纤细的腰身。她径直走向托里姆，

[①] 位于澳大利亚西部城市珀斯，因栖居着很多天鹅而闻名。

一把夺过他手里的酒杯，一饮而尽。

"因为你讨厌月季，我可是花了不少钱说服新乔治区的管理部让整个新乔治区连一朵月季都没有。"托里姆看着面前的维姬，这是他在奥斯卡颁奖晚宴上认识的墨西哥影后。虽然说起来她也是个一百二十岁的老女人了，但仍然比自己年轻七十岁。她还是习惯在家里也抹着香艳的红唇，佩戴着看起来快要把她的脖子压垮的钻石项坠。

"我应该感谢你吗，托里姆？"维姬的脸上浮现出一个模式化的笑容。她说话的口气一点儿都不像是在发问，倒更像是在斥责。

"你现在说话的样子就像是在对着我练习《比弗利风云》^①的剧本。"

"我们确实拍过那个节目，当然那是在六十年前。那时我们真的还住在比弗利^②。"维姬放下酒杯，看了一眼悬挂在玄关上的复古石英挂钟。这是整个家里她最偏爱的家具，因为它曾出现在维姬人生中的第一部电影里，那时候她还只是这个会说话的时钟背后的配音演员。虽然那绝对算不上一部成功的电影，但功成名就后维姬还是托人把它从一堆道具破烂里翻了出来，并且视为珍宝。托里姆一直觉得，到了现在还用指针去判断时间实在有些愚不可及，奈何维姬对它爱不释手。

又过去了十分钟，维姬开始有些不耐烦了。她重新给自己倒满一杯威士忌，看着托里姆说道："安博特半小时前就该到了，我早就跟

---

① 作者虚构的综艺节目。

② 比弗利山庄（Beverly Hills）位于美国洛杉矶，有"全世界最尊贵住宅区"的称号，被人们视为财富名利的代表和象征。

他说过今天绝对不能迟到，我还有很多其他事情要做。"

"你最近的抱怨越来越多了，维姬。"托里姆看着已然失去耐心的维姬，只是笑了笑，"需不需要去见见弗洛莉，让她帮你做做心理疏导？"

"听着，我没病，而且安博特以前从不迟到。这是，这是他的问题。"

"所以你就把气撒在那些天鹅身上？"

"你这句话是什么意思，托里姆？那可是Renai，如果不定期注射，我们都会死的。"只是几句话的工夫，维姬手中的酒杯又见底了。

"晚一点注射又不会怎么样，只要保证Renai不间断就可以了。"托里姆再次笑了笑，这次他故意回头看了一眼墙上的挂钟，"距离你体内最后的Renai成分消耗光，至少还有四十八个小时，够你去月球吃个午餐再回来。"

"我，我只是……"

"你只是需要再喝一杯，维姬。"托里姆看到了维姬眉目间的迟疑，但他似乎一点儿也不想听维姬接下来的解释。他接过维姬手中的酒杯，为她倒了小半杯，"按道理说，在注射Renai之前是不能饮酒的，不过这就和几个世纪前不能在飞机上使用电子产品一样，只要不被发现就不会有什么……"

"还是会有影响的，托里姆先生。"这是一个年轻而清脆的声音，从玄关的那一侧传来。那声音停顿了一下，像是在等待里面的托里姆和维姬反应过来，然后接着说，"酒精会扩张血管，加速血液循环，最终导致Renai制剂被吸收的速度大于预估值。这种不在稳定范围内的吸收速度会导致皮下组织炎症，出现过敏红疹，不过概率较小。

但还是很值得注意，因为在极少数情况下，甚至会导致腹泻和肢体痉挛。"

"那是谁？"维姬显然被这个突如其来的陌生声音惊着了，有些疑惑地看着托里姆，"安博特？不，这不是安博特。"

比起维姬的反应，托里姆就显得淡定多了，他似乎早就知道那后面站着的是谁。他放下酒杯，重新坐回沙发上，朝着玄关外说了句："你们进来吧。"

维姬没有失望，托里姆所说的"你们"里包括了迟到的安博特。他和刚才说话的年轻亚裔一同走进来，都裹着雪白的外褂，袖口、领口和胸前的纹案全都是Renai的标志——圆弧形的橡树。似乎是因为迟到，安博特一进来就显得很慌乱，然而东方面孔的年轻男人却十分自信和淡定。他一进门，就朝着托里姆鞠了一躬，看起来一副早有准备的模样。

"你是谁？"维姬看着这个陌生的亚洲面孔，神情格外警惕。

"托里姆太太，我是负责Renai的实习医疗顾问，我叫张鲁。"

"一直都是安博特负责我和托里姆两个人，为什么会突然多出一个你？"维姬看了一眼站在一旁比自己还要紧张的安博特，他的额头已经渗满了细密的汗珠，一直低着头，不敢正视维姬。

"由于目前我还是实习状态，所以会跟着安博特导师学习注射和相关服务。"张鲁继续回答道。

"导师？什么导师？我和托里姆从来都是一起注射，为什么会需要两个人？"

"这是总部统一指派的，而且依照《Renai医疗顾问职业规范》，每个实习医疗顾问都需要跟随导师顾问进行时间三周以上或次数为三次以上的注射实操，才可以转正。"

"我们有安博特就可以了。"维姬停顿了一下，正欲转过身去，突然又想起来什么，愤然从睡袍中伸出纤瘦到青筋暴露的手，指向了墙上的挂钟，"而且光是你迟到这一点，我就应该让你的老板开了你。我们花钱找Renai买的就是时间，而你却耽误了我和托里姆足足半小时。"

"因为今天我们临时对注射设备重新进行了一次检查，所以没办法按时抵达，对此我和安博特都感到非常抱歉。"

"这种拙劣的理由，我遇过的好莱坞最烂的编剧都比你编得好，你现在就给我滚！"维姬说完，转头又看了一眼仍然低头不语的安博特，带着命令的口气说道："安博特，现在就去准备我和托里姆的注射。"

听到传唤的安博特不但没有回应，甚至比刚才还要紧张。他站直的身体不停地哆嗦着，整颗脑袋都垂了下去，仿佛连与维姬对视的勇气都没有。

"安博特？"维姬看着毫无反应的安博特，直接走上前去毫不客气地拎起了他低下的头，鲜红的指甲掐入安博特细瘦的脖颈，仿佛吸血的獠牙。即使是这样，安博特的眼神仍然在躲闪，他一边托住维姬掐住自己的手臂，一边用另一只手遮住维姬投来的愤怒目光。但维姬仍然看得非常清楚，他的双眼泛红，似乎刚刚才被泪水湿润过，微张的嘴唇带动着面部神经一起微微颤动，仿佛跌入蛛网的蝴蝶在垂死挣扎。维姬看着不敢面对自己的安博特。他的样子看起来就像是一个陷入癫狂的精神病人。"你到底怎么回事？你现在连开口说话都不敢了吗？"

"我……我去和张鲁先生……准备二位……二位的注射。"那几个孱弱的音节从安博特的咽喉中蹦出来，像是要耗尽他全部的力气。

"我问的是你，你到底怎么回事？"维姬显然不满意这个回答，她继续拎着安博特不放手，另一只手则直直地指向一旁仍然保持微笑的张鲁，"是不是他，是不是他对你做了什么？"

"没……没有……我……"

"你什么？"

"我……我……"像是被恐惧吞噬了说话的能力，安博特不自主地喘着粗气，每一口呼吸都格外用力，张开的嘴里却一直哆嗦重复着一个字。

这样的对峙持续了十几秒钟，维姬的耐心终于被眼前这个怯弱到无法开口说话的人耗光了，她一把推开了安博特，转身走到张鲁面前，指着他的手一直都没有放下。

"你现在就给我滚，我和托里姆不需要其他顾问！"

这一次张鲁没有开口说话，要知道像维姬这种级别的客户，想要让一个医疗顾问丢掉饭碗简直是再容易不过的事情。不过张鲁似乎完全没有从维姬的话中感受到威胁，而是继续微笑着看着维姬，像是在等待什么。

"你叫张鲁，是吧？"

说话的是一直坐在沙发上许久没开口的托里姆，刚才那场逼问，仿佛是一幕与他毫无关系的舞台剧。他将平肩膀上睡袍的褶皱，站起来走到维姬面前，拉下她一直平举着指向张鲁的手。

"是的，托里姆先生。"

"去和安博特一起准备注射吧，我们确实等了很久了。"

"好的，托里姆先生。"张鲁再次鞠了一躬，然后抬起头看着托里姆，用为了追求标准而非常刻意的英语说道，"请您换上舒适的衣物，在床上躺好。虽然您已经是资深用户，但依照规定我们还是得向您说明，在注射了Renai制剂后，您会进入长达六十至九十分钟的无意识状态，这是非常正常的现象。这段时间我们会全程陪伴在您的身边，密切监测您的各项体征数据，确保您吸收顺利，同时我们也会……"

"给我闭嘴！这到底是怎么回事？"维姬硬生生地打断了张鲁的话，她转过头看向已经放下酒杯在整理睡袍的托里姆，他一如往常的淡定让维姬感觉到了窒息般的压抑。她刚才对张鲁的质问仿佛被他隔绝在视听之外，"托里姆，这到底是怎么回事？"

"什么怎么回事？"

"这个新来的医疗顾问是怎么回事，我们一直都是安博特负责，为什么他会突然出现？"

"他刚才已经解释过了，人家只是个实习跟班。"托里姆能感觉到维姬因为不知所措而惊恐的目光，但他没有回应她的注视，反而是伸了个懒腰，径直走向了床榻，"你从半小时前就嚷嚷着要赶紧注射，现在安博特也到了，你还在纠结什么？"

"这是你安排的对不对？"维姬并没有停止怀疑，随着面上的惊恐越来越明显，她的声线也变得越发尖锐，整张脸仿佛都跟随着声音的震颤而抽搐不已，"这个人是你安排的？"

"不要让我解释第二遍，维姬。"

"我可是你的妻子，托里姆！"

"不然你以为，你为什么会住在新乔治区最贵的房子里，因为你那个已经锈迹斑斑的奥斯卡小金人吗？"

托里姆依旧没有看向维姬，他的语气甚至比刚才还要平和，一边说着一边卷起睡袍的袖子，准备爬上一早就让仆人布置好的床榻。这是昨天刚刚从斯里兰卡的熏香馆运送过来的全新床上用品，用天然的山茶花熏染出阵阵香气，是托里姆的最爱。

"托里姆！！！"

维姬似乎被托里姆的话彻底激怒了，她走上前去，一把掀起原本早已铺平的床单，那上面绣满的粉白色山茶花跟随着床单的起伏在空中肆意摇曳，扑鼻的诱人香气和透白的床单一同缓缓落下。当那白色床单彻底落定时，托里姆的目光也跟着落在了维姬身上。他看着维姬紧紧攥着床单一角的手，看着她微张的嘴和红唇之下颤抖的牙关，看着她与自己对视之后更加惶恐的眼神……然后他再次露出了那抹不以为然的笑容。

那是维姬再熟悉不过的笑意。维姬与托里姆相处了九十多年，同每个在托里姆周围待得足够久的人一样，她深谙那笑容背后的含义。或许那根本不能称之为笑意，这样的笑意常常出现在拖沓的宴会、晚点的航班、令人作呕的餐前甜点和有噪点的公放响起等场景中，托里姆通常都是这样默不作声地笑几下，以此来宣告他的耐心已经快要用尽。

"托、托里姆……"维姬再一次叫了他的名字，但气势显然比刚才弱了很多。

托里姆没有立即回应，而是拾起床单的另一边，盖在自己身上认真地嗅了嗅，神情陶醉地说道："上帝把如此高贵的气味赐给了如此贫瘠的国家，真是暴殄天物，我得想个办法让那些香料出现在第五大道的橱窗里。等雨季结束，我们去斯里兰卡度个假。噢，当然，如果那时候你还是托里姆太太的话。"

托里姆最后的那句话就像是静谧森林里猎人的枪鸣，维姬则是那只被猎枪惊着的驯鹿，连声线都颤抖起来。她侧过身子看了一眼仍然低着头瑟瑟发抖的安博特，从进来之后，安博特仿佛连抬头看一眼周围的勇气都没有；他也没有给维姬任何与之对视的机会，仿佛在经历一场注定不得善终的宣判。维姬疑惑而又失落地叹了口气，再次回头看向托里姆，她已然明白自己刚才的举动，已经浇熄了丈夫仅剩的耐心。维姬抿了抿嘴，用轻柔的声音说道："托里姆，我……"

"怎么，这样迷人的香气都不足以把你吸引到我身边来吗？"

"我……我只是……"

"你只是需要躺下来，维姬。"托里姆放下床单，朝维姬伸出了手，像个刚来到舞池的绅士在邀请眼前的名媛与之共舞。他温柔地看着维姬，带着难以描述的自信，"我有这个荣幸吗？"

这样的自信很快就得到了印证。托里姆看着维姬一步步朝自己走过来；看着她从那柔滑的睡袍里伸出手搭在自己的手上，慢慢爬上床，缓缓靠在散发着清甜花香的枕头上；看着躺在自己身旁的维姬连指尖都在不住地颤动，仿佛有无形的丝线和钢索在牵引着她，一步步按照托里姆所想的那般进行下去，有如提线木偶。托里姆直起身子凑到维姬身旁，温柔地亲吻了一下维姬白皙的脸颊。这张脸在九十多年前曾被称为"纽约的阿弗洛狄忒"，上帝把金发碧眼、烈焰红唇都赐予了这张透白靓丽的脸。亲吻这张脸是当时所有男人的梦想。

"你们可以开始工作了。"托里姆抚摸维姬脸颊的同时，眼睛却看向了还站在原地的张鲁和安博特。

张鲁点头示意之后，没有理会身旁的安博特，径直开始了自己的工作。他从白褂的内侧口袋里取出了封存在镀银匣子里的Renai制剂，匣面的显示屏上清晰标注着托里姆的名字和"限本人使用"的字样，那是两管对开口的针剂，被密封在汞柱里的分别是琥珀色的R1制剂和湛蓝色的R2制剂。

张鲁取出了密封R1制剂的汞柱，递到了托里姆面前，"托里姆先生，请确认R1制剂完好。如果没有问题，请用三十到六十分贝之间的声音回答'确认'。"

托里姆接过张鲁递来的R1制剂，那五毫升琥珀液体粘连在完全密封的狭小管道里，如同液化的黄金般黏稠，却有着黄金无法比拟的珍贵。想要得到这一小管长生不老的灵药，仅仅是五毫升就需要支付两百万美元。每周注射时他都会盯着这个小东西看上一会儿，他喜欢R1的质地和它流动的方式，仿佛那是一个隔着特质玻璃与自己对望的灵魂，即将与自己合二为一的灵魂。他笑了笑，将R1制剂举在鼻梁前，吸了口气回答道："确认。"

话音落下，原本铅灰色的汞柱边沿很快亮起了绿色的光晕，伴随着光晕响起的，是一个标准的电子女声："声纹已匹配。欢迎，托里姆先生，这是您第六千二百一十四次注射。"

"我记得我提过意见，希望提示音可以换成查理兹·塞隆①的声音。"托里姆有点失望地把制剂递回给张鲁，"这个声音我已经听了太久。"

"非常抱歉，我们并没有拿到塞隆小姐的声音版权。我会反馈的，托里姆先生。但现在请您躺下，保持心情平稳，我要为您注射了。"

---

① 出生于南非，美国著名影视演员、模特。

"'我会反馈的',这句话一定是你们在客服培训考试时的标准答案了。"托里姆像个没要到玩具的孩子般摊了摊手,然后托起萦绕着山茶花香的被子,平躺了下来。

而在床的那一边,安博特也将那管同样的R1制剂递给了一直盯着他看的维姬,他几乎是在确认维姬接住制剂的一瞬间,就抽离了自己的手,似乎那几毫秒的接触都足以致命。

"托……托里姆太太,请确认R1制剂完好。如果……如果没有问题,请回答,噢不是,请用三十到六十分贝之间的声音回答'确认'。"

"安博特今天是怎么了,难道真的是因为迟到所以紧张得连话都讲不清了吗?"托里姆侧过脸,认真看了一眼安博特,又看了一眼刚刚从安博特手里接过R1制剂的维姬。她的表情退去了刚才的愤怒,却比刚才更加难看。现在她的脸上有着和安博特一模一样的恐惧。"是有什么问题吗?"

"没,没有问题!"维姬立马回答道。她回过头,看着正在注视自己的托里姆,惹火的红唇微微张开,像是准备说些什么;但伴随着这样的凝视,她却慢慢合拢了双唇,嘴角仿佛经过练习般地微微上扬,露出了她最招牌的笑容。那份迷人与诱惑曾经让无数广告商趋之若鹜,现在它成了托里姆的私人景观。

"那你还在等什么?"托里姆同样回应了一个微笑,然后用眼睛示意维姬手中紧握着的R1制剂,"你该对它说'确认',亲爱的。"

"当然,当然。"维姬保持着那个仿佛被定格般的微笑回过头,把目光聚焦在那管琥珀色的液体上,她深吸了一口气,微微张开嘴说:"确认。"

"声纹已匹配。欢迎,托里姆太太,这是您第四千七百二十三次注射。"那根汞柱发出同样的女声。而维姬在听完这段她已经听了四千七百二十三遍的话之后，直接将制剂塞回了安博特手里，她最后看了一眼安博特，径直闭上了眼睛。

接住制剂的安博特，双手仍然在微微颤动。他将已经被解锁的R1制剂搁置回匣子原来的位置，又从旁边拿起那管湛蓝的R2制剂和最右边配备的注射器，熟练地拨开真空气阀，连接汞柱嵌口，置入R2制剂，再关闭真空气阀，按下注射器最外边的指纹按钮。透过注射器透明的外壁，可以清晰地看到那管湛蓝的液体逐渐从汞柱滑落到密闭的注射口。

"托……托里姆太太，现在为您注射R2制剂。R2制剂主要……主要起到稳定基因和抑制代谢的作用，接下来的六十至九十分钟您会处于毫无意识……的状态，这是非常正常的现象。这段……这段时间我会全程陪伴在您身边，密切监测您的各项体征数据，确保您吸收顺利。我会在R2制剂药效起作用之后为您注射R1制剂，也就是Renai细胞活性制剂。"

说话的同时，握着注射器的安博特已经用空余的手按住了维姬的颈部。他发现，闭着眼睛的维姬，眼球却在疯狂地转动着。他感受着维姬的脉搏，从那急促的颤动中感受到了她极大的恐惧与不安。

安博特深吸了一口气，将注射器对着维姬的动脉按了下去。

那些湛蓝的液体开始在注射口附近的皮下堆积，散发着犹如冥火般的蓝光。但很快，它们就变成了丝丝缕缕的线条，顺着交织的血脉渗透进维姬的每一寸肌肤，那蓝光越来越稀薄，越来越暗淡，扩散到下颚时，已然无法再用肉眼看清。

而维姬的眼球，也随着那蓝光的扩散慢慢停歇，她的意识已然被疯狂融入她神经的R2制剂吞没，陷入了一场死寂的睡眠。

安博特拔出注射器，看着已经沉睡过去的维姬，包括这件绣满鸢尾花的紫色睡袍在内，她的模样和之前的每个星期都一样。她很偏爱那件鸢尾花睡袍，一年五十二周，她几乎有一半时间都是穿着这件睡袍接受注射。她第一次向安博特介绍这件睡袍时，整个人都窝在托里姆的怀里，举着香槟杯兴奋地告诉安博特这是她和托里姆结婚那晚所穿的睡袍，这是最能让她安然入睡的东西。

安博特恍了恍神，这才抬起头看了一眼对面的张鲁和托里姆。张鲁手中也举着那管已经填充了R2制剂的注射器。但奇怪的是，不论是张鲁，还是托里姆，此时此刻都直直地盯着自己，特别是托里姆先生，刚才泛在他脸上的笑意已经退去了。他认认真真地看着安博特。那种凝视似乎不带任何情绪，但却比任何情绪都让人害怕。

"我……我……我现在为托里姆夫人注射R1……"安博特怯弱地说道，然后猛地低下了头，显然他根本没办法招架这样的对视。

"慢着，安博特。"托里姆突然叫住了正欲俯身去取R1制剂的安博特，然后点头示意了站在一旁的张鲁。这一幕似乎已暗自准备了许久。张鲁冲着一脸惊愕的安博特笑了笑，放下手中还未注射的R2制剂，走向了床榻另一侧的安博特，毫不客气地一把夺过安博特匣中存放的、刚刚被维姬解锁的那一管R1制剂。

"你……你要干什么？"安博特连反应的机会都没有，就已经被张鲁推倒在地。

张鲁并没有理会安博特，而是转身回到自己的匣子旁，拿起了那管由托里姆解锁的R1制剂，他将两管制剂拿在手里又认真检查了一遍，朝着托里姆点了点头，然后一言不发地走出了房间。

"安博特，你为我和维姬注射Renai有多久了？"托里姆看了一眼陷入沉睡的维姬，有些轻蔑地笑了笑，"五年，还是更久？"

"六年，托里姆先生。"被刚才张鲁的举动吓坏的安博特，此时连回答的声音都在剧烈颤抖，"我一共为您服务了三百二十七次。"

"六年，我每周见你一次，就连我公司的高层都没有过这个待遇。我们也算是老熟人了，不是吗？去年我生日的时候，你还是在月球上为我和维姬进行的注射，我们还喝了一杯，我记得是——新加坡司令①，没错吧？"

"没……没错。"

"那你是从什么时候开始，打起了维姬的主意？"托里姆说完，径直从床上坐了起来，他的目光始终没有从安博特身上离开，"又或者说，是什么人教你，打起了维姬的主意？"

"我……我从来没有。托里姆先生，我从来没有！"

"我原本只是有点怀疑，但安博特先生，你刚才的演技实在太差了。应该说，你和维姬的演技都太差了，亏她还是个奥斯卡影后，居然只有这种程度。"

"我……我……真的没有，我真的没有！"

"你和她上床的时候不会觉得恶心吗？你看起来只有三十多岁，可是维姬可比你奶奶的年纪还要大。说起来这真是一个令人困惑的时代，年龄差距总是很难体现在脸上。"

"托里姆先生，不是你想的那样，真的不是你想的那样。我和维姬，不，我和托里姆太太从来都不是那种关系！请您相信我，托里姆先生！"

---

① 一种著名的鸡尾酒。

"我一点儿都不在意你们之间的关系。"托里姆看着在地上颤抖、无力起身的安博特，不禁发出一声冷笑，"我还以为，上帝的鸿沟是多么复杂恐怖的存在，我甚至用了三年时间，花了四百万美元栽培了张鲁混进Renai总部去调查。查了半天，居然只找到一个为情所困的安博特先生。在张鲁回来之前，你还有机会主动告诉我，你在我的Renai里做了什么手脚。"

"不，不是这样的，托里姆先生。我从来，我从来都没有动过您的制剂，我根本没办法接触到它。我只是负责注射的顾问，真的是这样，真的是这样，托里姆先生！"

"这个我知道，你只是负责注射，所以今早张鲁来找你的时候，就已经花了半小时检查你那个匣子里的注射工具。非常幸运的是，你通过了检查。所以我只能怀疑，你在我的制剂里做了文章。你现在不说其实也没有关系，张鲁已经去找我请来的人做对比检查了，如果我的R1和维姬的R1有哪怕一丁点儿的不同，我都会让你这个制造鸿沟的'上帝'，去见真正的上帝。"

"不是这样的，托里姆先生。我从来没有想过要害您，我从来没有碰过您的制剂。"安博特的每根神经都到了崩溃的边缘。他扒着床沿，几乎是硬撑起自己的身体，站了起来，"我只是……只是……"

"你只是什……"

还没等托里姆问出口，房门再次被打开了。张鲁仍然握着两管制剂，那些琥珀色的液体在狭窄的汞柱里来回震颤，看起来张鲁是一路小跑冲进来的。他看着语无伦次的安博特，又立刻扭过头看着托里姆，然后深吸了一口气，仿佛他接下来要说的话，连他自己都感到吃惊，"托里姆先生，这两管制剂是完全一致的，全都是标准的Renai-R1制剂！"

：托里姆先生，这个结果有让你大失所望吗，以为自己解开了上帝的鸿沟未解之谜？

：我已经活了快两百年了，经历了七次金融危机，没什么能让我失望的。

：可安博特先生并不是阻止你长生不老的人。

：是，但他是阻止维姬长生不老的人。

：你的意思是，他想害的人是维姬？

：不，应该说，他是想救自己的命。说起来也挺浪漫的。安博特后来一五一十地告诉了我和张鲁事情的原委。一切都源于两年前，那一次维姬比往常早醒来了三十分钟，她看到了足够让自己铭记一生的画面：自己的医疗顾问，脱去了她的睡袍，对着她的胴体自慰。安博特当时也吓坏了，不过维姬还算是见过世面的人，她并没有制止或是揭发他，相反，那段持续三十分钟的谈话让他们成了——非常非常特殊的——朋友。安博特是维姬的影迷，他痴迷于二十三世纪的平面电影，痴迷于维姬那张颠倒众生的脸。当他发现自己要服务的对象居然就是他朝思暮想的女神时，却反而害羞了起来，不敢透露自己的爱慕，只敢在维姬注射了制剂昏睡时掏出自己的老二自慰。他居然可以对着能当他外婆的女人这样……

：这是非常正常的心理状态，我大概在上大学之前就自学了这部分内容。

：此后，安博特开始控制R2制剂的剂量。于是维姬和他得以维持着那段每周只能存在三十分钟的友谊，当然，他们只是聊天。用安博特的话说，他们几乎什么都聊，开始主要是聊维姬的电影和她从前那些被灯光和奖杯包裹的时光，后来就变成了他给她讲述底层社会的趣闻。安博特就和《时代周刊》一样，每周复述着各种花边和丑闻，不过维姬每次都听得非常开心。直到安博特因为 Neith 戒断反应患上尤里卡综合征，这个你应该比我熟悉。

：尤里卡综合征。因为第一例患者叫尤里卡而得名，是 Neith 戒断反应产生的诸多不良病症中的一项。由于强烈的戒断反应而导致的不可逆的急性脑衰，病患通常会在一至两周内出现语言障碍和行动障碍，在三个月内就会死亡。安博特得的是尤里卡综合征？等等，难道你是说？

：没错，维姬想用 Renai 来保住他的命。他被确诊为尤里卡综合征之后的那一周，我就明显感觉到了他的手脚非常不灵活，但他说自己只是一般的戒断反应。你也知道，那时候的年轻人几乎都有些不太正常。不过他还是和维姬说了实话，我想那天的三十分钟他们一定聊得非常……苦涩。

：这个世界上所有的非精神性疾病其实都归结于一个原因，那就是细胞的死亡速度大于新生速度。Renai 制剂的作用就是大幅提升细胞再造的能力，从这一点上看，只要长期顾后注射 Renai，确实可以抑制尤里卡综合征的发作。但只是延缓，而无法根治，尤里卡综合征是不可逆的绝症。

：这可真是急坏了维姬，不是吗？

：Renai 公司对客户的身份要求非常严格，我想维姬能获得 Renai 份额也是因为有你。所以维姬就算有心帮安博特，也没有办法把安博特弄进 Renai 的客户名单里。

：所以，维姬就开始与安博特共享Renai，她让安博特每次注射时，都为他自己留下一半。这就是他们之间的那个，愚蠢的秘密。

：但只注射一半剂量的Renai，是有非常大的风险的。Renai制剂是极具记忆机能的药物，它在为身体提供强大的细胞再造能力的同时，也把自己写进了这个人的基因里。它让身体记住了它，就像记住每一口要呼入多少空气、每一次心跳的压强一般自然而然。这就是为什么注射R1前需要注射R2，因为基因维稳是抑制Renai副作用的关键。维姬已经注射Renai那么多年，她的身体早已经形成了对Renai摄入量的惯性记忆。如今她减少R1剂量的同时，还为了贪图那三十分钟的聊天减少R2的摄入量。她所要承担的风险，可不仅仅是老得更快那么简单，她会变得偏激、暴躁、易怒，任何鸡毛蒜皮的小事都能触怒她，然后是更为明显的记忆力衰退和不可逆的大脑受损，她会死得非常慢，但非常痛苦。

：偏激、暴躁、易怒……你把这几个月的她形容得非常到位。

：所以，在你安排张鲁加入你们的注射计划之后，安博特就迎来了他的死期。他的害怕和维姬的紧张，不是没有由来的。

：从我接近两百岁开始，我就一直在想，如果上帝真的要在我面前划一道鸿沟，那我一定要做那个跨过鸿沟的人。我决定从Renai内部开始清除障碍。张鲁是我从Renai的实习生扶持到医疗师的，他非常听话，而且有效率，虽然从安博特入手没有破解上帝的鸿沟，但他还是让我有机会知道，在我的卧室里曾经发生过一段那么缠绵悱恻的爱情。

：那不是爱情，托里姆先生。恕我直言，这是一段非常必要的友情。

：噢，这才让我大失所望，弗洛莉。我还以为你会站在我这边的。

：维姬……维姬曾经来找过我，那天对她来说非常特殊，她刚刚参加完一个葬礼，死去的那个人，是她在这个世界上最后一个还称得上朋友的人。她告诉我，在知道这个朋友死讯的时候，她第一次觉得自己活得太久了。她的家人和朋友，都一一离她而去。如今还能与她算得上亲戚的人，早已经忘记了她的存在，而她也没有再继续交朋友的欲望。Renai可以让人体机能和新陈代谢永远维持在六十二岁的水平，但六十二岁可不是一个足够诱人的年纪。安博特痴迷的也并不是现在的维姬，而是连维姬也无比怀念的、那个五光十色的二十三世纪。如果非要说是爱情的话，那也是维姬和安博特两个人，同时爱上了九十年前还不是托里姆太太的那个维姬。维姬想用一半的R1去拯救的，是这个世界上仅剩下的那份对她的眷恋。

：她才一百二十岁，就已经沉不住气了。

：维姬和你不一样，你的事业遍布全球，或许全球已经不够准确了，你的采矿舰明年就可以飞抵火星了，不是吗？你只要在这个世界上多活一分钟，就能收获金钱、荣誉、地位和更大的托里姆版图，这些是支撑你活着的意义。人和动物最大的区别就在于我们除了满足饥渴、性欲等诸多本能，我们还得寻找意义。维姬已经一百二十岁了，我想她一定也尝试过，去寻找一些生活下去的动力，就如同你刚才提到的，去客串一个毫无意义的角色。但我也能理解她为什么放弃了这样的尝试，因为人们只会记住那些青春洋溢的肉体，和一个已经老去的奥斯卡影后的匆匆过场，这绝对不是她想要的。

：你可真是个称职的心理医生。

：同时我还是一个女人，托里姆先生。对一个曾经一颦一笑都足够让世界动容的女人最大的惩罚,就是要接受自己一直活在六十二岁的衰败容颜中,永远永远。不过托里姆先生还是做对了一件事,你选择了在维姬沉睡之后进行那段质问。

:当然,维姬是我的妻子,就算我怀疑她联合医疗顾问谋害我,也必须给她起码的尊严。

:你爱维姬吗,托里姆先生?

:当然,我娶维姬那会儿,全世界每一个男人都爱着她。

:因为全世界的男人都爱着她,所以你才要把她从维姬变成托里姆太太。你把全世界男人的向往,变成了你一个人的独享。那时候你已经一百岁了吧? 这么说来,你确实爱她,你爱她,是因为全世界的男人都爱她;你爱的,是全世界艳美的目光。

:其实如果真的是她想要害我,我反而会觉得自然。我确实,不是一个好相处的人。

:但维姬没有,对吗?

:她甚至要求安博特,绝对不能打我的 Renai 制剂的主意。她愿意和安博特分享自己的制剂,但她在我沉睡时,依然捍卫着我长生不老的特权。

:因为你是她在这个世界上,仅剩下的她还在乎的人。成为你的妻子,被你拥有,也是她活着的意义。所以我猜,她在帮助安博特的同时,也在帮助她自己。她一定也知道上帝的鸿沟,她一定也知道你的大限就要到了。

:你的意思是,她就是想死?

:如果你真的在几年后离开,等待她的会是长达八十年的毫无意义的生活。

：她活了一百二十年，还简单得像当初那个获奖之后只会傻笑的女明星。

：这个世界上只有非常少的人可以长生不老，但长生不老也并非所有人的愿望。不过这一点显然不能用在托里姆先生身上，毕竟你跨越上帝鸿沟的故事才刚刚开始，不是吗？

：这个爱情故事对我也并非毫无帮助，它至少帮我排除了医疗师和注射环节的风险。

：那接下来你就怀疑到Renai本身了，对吗？

：没错。我不止一次想过，那管琥珀色的液体，会不会本身就是那道鸿沟。

"欢迎，员工编号C1376，张鲁。"

Renai公司总部在新泽西沿海，它并没有迎合这个时代突破云霄的建筑风格，而是把自己变成了贴合着沿海峭壁的一片乳白色低矮建筑群。位于地面的部分是A区，主要是接待中心、疗养中心和温泉酒店。而Renai公司主要的部分几乎都位于地下，B区是行政中心、数据中心和员工宿舍，C区则是专门存放已经制造完毕的Renai制剂的储藏库和分拣中心。Renai公司对于C区的安全管理要求非常高，几乎每一道门都拥有单独的验证系统。而在C区的正下方，还有一个更为神秘的存在，那里是负责制造Renai制剂的D区。张鲁曾经听B区员工餐厅的日本厨师提过，她在这里负责手作寿司三十二年，只有一年圣诞节，有两个员工用餐结账时，机器上显示为D区制造部。

今天是张鲁第一次来到C区，以医疗顾问的身份。他的编号也从B5128变成了C1376。

那扇厚重的隔离门打开前，张鲁的眼睛一直盯着那块荧幕上的检索画面。张鲁的头像下面是一条陆续读取的进度框，闪动的数据和不断出现的"已匹配"提醒总是能给人带来莫名的紧张感。虽然前台已经提示过第一次进入C区需要等待较长时间，但时间也还是长得让张鲁觉得有些夸张，仿佛那台机器在检索自己的一生。

而闸门的另一侧，辛西亚已经等候多时。

和其他穿着消毒白褂的人不一样，辛西亚的打扮更像是刚刚从某个高层会议离开，铅色的西装和尖细的高跟把她原本就高挑纤瘦的身材衬托得优雅而迷人。张鲁很早之前就知道C区的主管辛西亚是个来自几内亚的黑人，但他却不知道，她魅蓝的瞳孔和黝黑的肤色让她看起来宛如沉睡在暗夜中的精灵。这好像就能解释，为什么她能成为Renai公司的老板库肯先生最信赖的雇员，让她负责颇为重要的C区，管理让无数人延续寿命的制剂。而且不知道从什么时候开始，几乎所有Renai的对外社交活动，发布会、周年庆甚至是与联合国的会晤也都由辛西亚代为出席。据说库肯先生一直都是深居简出的人，即使是在这儿待了很多年的老员工也不见得能见到他几回。

"欢迎，张鲁。"辛西亚说话的同时，认真打量了一下眼前的张鲁。他比想象中要更健实一些，典型的东方面孔，有着黝黑的眼珠和嫩黄的皮肤。和所有第一次来到C区的人一样，他的目光和思绪也完全被这个低于海平面三百米的巨大仓库勾住了。四周的墙壁上是纵横密布的密封柜，数量之多或可以万计。每一个柜门的中心都闪烁着透蓝的光，站在入口望去，仿佛是一列列规整排列的抽屉，又或是一排排堆叠悬放的棺材。"恭喜你正式入职，成为Renai的医疗顾问。不过我对前天发生的事情感到非常抱歉，安博特一直都是个不错的孩子,没想到居然会患上尤里卡综合征,真是太令人惋惜了。"

"你好,辛西亚。"张鲁听到安博特的名字,脸色瞬间沉了下来。前两天在新乔治区的那一幕还历历在目。张鲁当时就站在安博特身旁,看着他满含热泪为沉睡的托里姆太太注射了全部的R1制剂后鞠躬离开。离开托里姆家之后,他立刻向公司提出了离职,此时他应该在某家医院里接受缓释治疗。如果不出意外的话,不到一个月的时间,他就会因为无法抑制的脑衰而死亡。

"我昨天收到了托里姆先生助理打来的电话,他说托里姆先生希望借我们的名义在安博特离世后赡养他的父母,我听说赡养费高达每年五十万美元。"

"是……是这样的,我也听说了。"

"安博特在这几年里一定是做对了什么事,你说呢?"

"托里姆先生,特别是托里姆太太对他的评价很高。"

"这就是为什么我一定要亲自对新入职的医疗顾问进行培训,这项工作通常会被人理解为是护士或者定期保姆,但其实你们承担的意义和价值远非如此。"辛西亚笑了笑,她用手指了指离他们足足有一百米远的仓库尽头的那面墙,"原本还以为安博特可以多教你几天,看来你得自己学着上路了。从今天起你会正式接替安博特的工作,负责托里姆先生和托里姆太太的Renai注射服务。他们的制剂在T13,C区的尽头,就是那面墙,我们现在过去吧。"

"之前每周都是安博特负责取制剂吗?"

"是的,他以前还抱怨过T13离出口实在太远了。"虽然踩着细长的高跟,但辛西亚和这里的其他人似乎早就已经习惯了近乎快走的步调,即使在同张鲁说话,她也丝毫没有慢下步子的想法,"虽然你只跟着安博特去过一次,但希望你给托里姆先生和太太留下了好印象。我听说他非常难搞,早年似乎还有点儿种族歧视。"

"我觉得他应该还满意上次的服务。"张鲁一边紧跟辛西亚的步伐,一边点头笑了笑。

"那就最好。"辛西亚从西装的侧口袋里掏出一个便签大小的电子备忘录,荧幕上闪烁着托里姆先生和太太的头像,以及每一次注射服务的明细。辛西亚点击了托里姆的头像,突然站定,用指尖滑动荧幕认真看了起来。她的目光跟随着荧幕上不断刷新的日期、地点和制剂编号左右移动,年份随着她手指的推移越来越久远,张鲁在一旁根本无法看清荧幕上的内容。这样的状态差不多持续了半分钟,最后辛西亚的注意力似乎落在了几年前的一个注射日志上,她先是点了点头,然后又不禁小声地把那串数字读了出来:"SF010034。"

"那是什么?"张鲁面对着一片荧绿的反光,有些不解地想要凑过去。

但他还没来得及看清楚,辛西亚就用手指按动了返回按钮。她扭过头,看着想要凑上前的张鲁,微笑着摇了摇头,然后直接把那个电子备忘录塞到了张鲁的手里,"没什么,只是确认一些事情。这个电子备忘录里详细记录了托里姆先生和太太的所有注射日志,时间地点都有。根据这半年的情况看,他们通常会选择每周日的上午在新乔治区的别墅里进行注射。除非他们特别安排和联系,否则你就按照这个时间点准备。所有更改注射时间的行为都需要提前预约,按照合同规定,托里姆先生的助理会至少提前四十八小时与你确认。如果他们需要在月球新区注射,则需要提前七十二小时确认。如果托里姆先生和太太因为不在一起需要分别预约注射,你负责托里姆先生,我会派人负责托里姆太太。不管是哪种情况,来C区取制剂的都只能是你一个人,明白吗?"

"明白。就像前天为托里姆先生和太太注射时一样,只有安博特可以进入C区。"

"现在轮到你了。"辛西亚似乎很满意张鲁的回答,她转过身,指了指前面那个聚集了不少人的墙体。不断有人登上云梯,不断有人拉开密封柜,又不断有人将其合上。那里面存放着的,都是可以让人体细胞无限再生,使人长生不老的秘密。"这里就是T13,这里存放着提供给一千七百五十九位客户的已经生产完毕并即将注射的Renai制剂。按照目前的储备量,T13密封柜内制剂的总量应该在三万管左右。"

"那些人都是顾问吗?还是说,还有D区的人?"张鲁看着那些穿行在密封柜间、和自己一样身着白褂的人,问道。如果说整个C区看起来阴森得如同黑暗的坟冢,那T13墙体下的这一小块倒是被不间断的聊天和笑声填满,那些人看起来和普通的仓库管理员没什么两样,手里都攥着和张鲁一样的电子备忘。

"C区是分时段开放的,每天午时十二点至晚间七点对医疗顾问开放,他们为客户确认制剂的储存量,或者为客户领取制剂后即前往注射;晚间九点至凌晨三点对D区制造部的员工开放,他们负责将生产完毕的制剂运送过来,填充库存。所以你现在能看到的人,除了我之外都是和你一样的医疗顾问。"

"好吧,我原本以为还能见到几个神秘的D区员工。"

"你不是第一个有这种想法的新人。"辛西亚似乎早就已经应付惯了张鲁刚才所说的话,有些不屑地摇摇头,"D区的员工也只是员工，就和几百年前的制钞员一样，因为身份特殊所以需要对他们做特殊安排。"

"我听说他们都是——监狱里的死囚？"

"这个谣言在这里已经传了快二十年了，为什么还是有人觉得我们的D区里住着一群杀人犯和强奸犯。张鲁先生，他们只是签署了特殊的协议，出于安全和保密的考虑，他们不能随便离开D区和总部，也不能随意和其他人接触。我想，牺牲掉了必要的人身自由，这大概是他们和囚犯唯一的共同点吧。"辛西亚不耐烦地耸耸肩，叹了一口气说道，"我觉得员工培训的时候就应该把这个谣言纳入考点，这已经是我今年第六次解释这个问题了。"

"是我的错，辛西亚。"

"别急着道歉。这也是没有办法的事情，太神秘总会引发话题，你们中国人以前不都觉得月球上住着一个女人吗？"辛西亚慵懒地挥了挥手，显然完全没有把这当回事，"可是现在月球上不仅有女人，而且还有男人，还有好几十万个。D区的人一点儿都不神秘，他们只是一群工资很高，但生活得不太自由的人，而已。"

"这么说你见过他们？"

辛西亚看着接连发问的张鲁，他好奇的脸上透着单纯的笑意。不过即使是这样，她也并没有打算回答这个问题，而是径直转过身，靠近了T13右侧最下边的一个密封柜。

"不如还是先来见一下你的Renai制剂吧。"辛西亚熟练地打开了密码装置，点击了解锁按钮，原本边缘闪烁着蓝光的密封柜门瞬间变成了快速变幻流转的黄色，而柜门最中心的荧幕上，也出现了新的提示。伴随着提示一起出现的，是一个张鲁并不陌生的声音，R1制剂确认身份时出现的那个女声。

"请确认身份。"

"艾利尔·辛西亚。"辛西亚干脆利落地回答道。

"欢迎,员工编号C0876,艾利尔·辛西亚。"

随着声音渐弱,密封柜也慢慢地向外推出。虽然在入职时就已经了解过Renai制剂的储存知识,也听说过密封柜,但这还是张鲁第一次见到真正的密封柜。它真的就如同一口被收纳进墙体的棺材,里面密密麻麻地摆放着几十管已经被收进汞柱里的R1制剂。那些琥珀色的液体在低温状态下仿佛凝固了一般,散发着寒冷气息的柜子,如同冒险故事里存放着珍稀黄色蓝宝石①的冰封河床。

"这就是托里姆先生和太太共有的密封柜。"辛西亚随机抽出了一管,把它横过来举在张鲁的眼前,"认真看内壁上的编码,每一管制剂都有特殊的编号。"

即使是已经完成过一次注射的张鲁,也丝毫没有注意到这个刻在内壁上的细节。冷冻状态下的R1制剂不仅颜色比常态下的淡了很多,流速也明显缓慢了下来,看起来更像是几毫升半透明的黄色结晶。也只有在这种情况下,那串编码才能像被凝固在琥珀里的标本一样得以显现。张鲁认真注视着凹刻在内壁中间的那行编码,轻声读了出来:"P1-1304346242。"

"这是制剂编码,接下来我要说的话,请注意对客户保密。P1-1304346242,P1代表托里姆先生,P2代表托里姆太太。你应该知道,根据Renai的注射协议,相近血缘或配偶会共享一个密封柜,但客户

---

① 刚玉宝石中除红宝石之外,其他颜色的统称为蓝宝石。黄色蓝宝石即平常商业上所称的黄宝石。

人数不得超过两人。也就是说，就算是富可敌国的家庭，也最多只有两人可以同时注射Renai。编码前两位的13代表T13，中间四位是密封柜的代码，最后四位指的是注射批次。也就是说，P1–1304346242这管制剂只能用于托里姆先生的第六千二百四十二次注射。"

"可是，Renai制剂不都是一样的吗，为什么一定要区分开来？"

"为了确保没有其他人会打它的主意。每个制剂的安全阀上都有报警装置，如果制剂在正确的注射时间前后四十八小时外被开启，或者开启时有其他不正常的情况，报警装置就会被触发，汞柱内壁会自动释放毒性污染剂，这时候再注射Renai的人，必死无疑。"辛西亚笑了笑说道，"为了确保毒发效率和死亡概率，我们还特意在秘鲁培植了月籽藤，并在污染剂里添加了大量月籽藤的提取物。"

"那可是比钻石还要贵的植物。"

"我们的客户在长生不老这件事上花的钱，可不能用钻石的市价来比。我们增加了声纹确认，甚至要求声纹的分贝，以及添加报警装置，都是为了确保这五毫升的长生不老药不能被其他任何人动手脚，甚至包括客户的家人。这就是为什么我们坚持聘用真人作为医疗顾问，而不用那些可以被随意糊弄的机器护士。如果注射的对象不是客户本人，你绝不能进行注射。哪怕是客户的授意和要求，比如想要为自己的儿子或者女儿注射，也不行。你能明白我的意思吗？"

"我……我明白。"

"这是最重要的一条。混用或替代使用Renai都是极为危险的事情，这是你必须坚持的原则。当然，托里姆先生和太太一直都非常配合，所以你不用太担心。"

"可，可如果是客户主动放弃呢？"

"主动放弃?"辛西亚被张鲁突然的提问问住了,她脸上的表情就像一个自以为是的学生面对一道超纲的习题。这样的状态只持续了几秒,她突然哈哈大笑了几声,像是有人跟她开了一个颇为有趣的玩笑,"谁会主动放弃长生不老的机会,你会吗?"

张鲁看着被逗笑的辛西亚,只能站在原地愣愣地点点头。她的回答没错,谁会主动放弃长生不老的机会,那可是连奥林匹斯山上的神明也做不到的事。

"好了,这就是你以后主要的工作区域。这个密封柜的设定马上就会变更为只有你可以激活。在你作为医疗顾问期间,别让除你之外的任何人碰到里面的制剂,包括我。"辛西亚收起了刚才的笑意,拍了拍张鲁的肩膀,"这份工作看起来非常无聊,但只要你稍微用点脑筋,总能得到些额外的享受。那边那个棕色头发的德国人,他也为托里姆先生服务过。有一次他只是为托里姆太太表演了一段小提琴,就得到了八千美元小费。再比如之前一个从托里姆先生公司跳槽过来的策划部经理,现在正舒舒服服地住在托里姆先生馈赠的别墅中。我们对工作流程要求非常严格,但我们不能干涉新乔治区和地表社会的联谊。不是每个人都能一周见一次福布斯排行十一的托里姆先生,所以好好表现吧,张鲁先生。"

"看来整个C区的人都在忙着好好表现呢。"

"也不全是这样,只有T4到T13的Renai是明码标价售卖的。T1到T3则是专供各国政府使用,通常都是给一些做出了特殊贡献的科学家、艺术家或者开国功勋等等,我们习惯地称他们为VIP客人。我们拿到名单,然后安排医疗顾问上门服务,诸如此类。"

"明白了,那些人通常不会给我们好处,只会觉得我们是政府公职人员。"

"我只能说到这里了，你得知道，我刚才的介绍其实已经过界了。"辛西亚并没有打算回答，只是笑了笑。她看起来已经交代完了所有的事项，而且也丝毫没有继续逗留的打算，于是她指了指被张鲁紧握在手里的电子备忘，"还是多研究研究怎么做一个合格的医疗顾问吧，有任何问题都可以到T3旁边的办公室来找我。再次恭喜你终于成为Renai最核心的员工之一，我听说你之前在B区的产品推广部待了两年。你知道这里的人都是怎么称呼像你之前一样的A、B区员工吗？"

张鲁摇了摇头。

"服务生。"辛西亚说完，再次拍了拍张鲁的肩膀，然后就转身离开了，"不管怎么说，恭喜你正式加入C区大家庭。"

张鲁没有再回应，此时的他根本没心思关心C区的人骄傲到了什么程度。事实上虽然刚才他的眼睛一直注视着眼前的辛西亚，但思绪一直沉浸在刚才听到的那个全新名词里——VIP客人。这是他第一次知道，除了那些捧着金砖来注射Renai制剂的人以外，还有一群被政府指定、接受注射的人，也能拥有长生不老的资格。

张鲁看着被打开的密封柜里，属于托里姆先生和太太的Renai制剂。它们分列成四列，依次排开。仅仅是这个密封柜里的库存，就足够托里姆先生和太太多活至少两年。在偌大的C区里，T13已经显得很渺小，而这个开口还不足一平方米的密封柜，则更是沧海一粟般的存在。这个漆黑的仓库里，存放着这个星球上几万幸运儿永生不死的秘密。曾经只在奇幻电影和天方夜谭里出现的秘密，在这里，可以用真金白银兑换成现实。即使是站在这里，都能感觉到一股无形的压抑与庄严,仿佛有一双巨大的手,在拉伸着生命的长度。

张鲁没有忘记他为什么出现在这里,他随即又抽出了几管被冷冻着的制剂,果然每一根的内壁上都刻着专属的编码。制剂全都是按照顺序依次排列的。

张鲁重新点亮电子日志,由于还没有及时更新,登录资料那一栏显示的还是安博特。上面密密麻麻地记录着成百上千次注射操作,以及注射对应的编码。果然如辛西亚所说,所有的制剂都是严格按照规定的日期来注射的。

不,绝对没有辛西亚说的那么简单。即使是同一个人的制剂,都在内壁上编好了号单独区分开来,而且只要在错误的时间开启,就会被自动灌入污染剂,这听起来就是一个毫无意义的工作。如果只是为了防止他人注射,声纹解锁就已经够了。为什么一定要让客户按照批次注射呢?这个必须遵循的注射顺序背后到底有什么秘密?

张鲁一边想,一边继续盯着密封柜里整齐排列着的制剂。

单独存放,按顺序使用,但使用的却是一模一样的东西,到底为什么要这么做?

不,这个顺序一定有什么意义。

"可我要怎么才能知道这个顺序的意义?"张鲁凝视着电子备忘里不断刷新的注射记录。不知道为什么,他总觉得,自己离那个答案已经非常近了。仿佛它就在那闪烁着的荧幕的另一面,窥笑着自己的视而不见。

怎么才能知道这个顺序的意义?

医疗顾问张鲁,怎么做才能知道这个顺序的意义?

这个已经在托里姆先生身上完美执行了一百多年的顺序……

突然，张鲁猛地抬起了头，他不假思索地抓住了离自己最近的那根制剂，举在鼻梁上方，与视线平行的位置。金黄的琥珀内，凝固着那个他正在寻找的答案；那透明的内壁映衬着那串细小的编码，也映衬着张鲁兴奋而自信的目光。

"P1-1304346215，就是它。"

：6215？那是你们即将注射的制剂编号。

：弗洛莉，你的记忆力是天生就这么好吗，还是你也安装了Neith？

：并没有。虽然我是Neith的产品顾问，但我本人并没有打算以身试法，托里姆先生不是也没有吗？现在新一代的Neith芯片虽然不像以前功能强大，但因为更加安全和稳定反而更受富人们的追捧，托里姆先生算是一个例外了。

：哦，你是怎么知道，我没装Neith的？难不成你真像你的诊所广告里说的，那句话怎么说的——你的大脑，在这里就像一个展品？

：我就是知道你没装，你可以理解为这是一种天赋，托里姆先生。不过我们还是回到正题吧，毕竟时间宝贵。

：对我来说可一点儿都不贵。

：我说的时间宝贵指的是张鲁。他急不可耐地拿着6215来找你，因为找到那个顺序意义的方法就在这管制剂里。如果我没猜错的话，他想让你配合他，让这次注射意外地失败了。

：不愧是弗洛莉。

：不愧是你精挑细选的张鲁，居然可以在那么短的时间内想到，理解规律的方法，就是先打破规律。想要知道为什么一定要按照顺序注射，最好的方法就是人为破坏这个顺序，然后等待结果发生，因为想要维护这个顺序的人，一定会有所作为。

：这个结果可得浪费我两百万美元。

：如果不浪费这两百万美元，按照上帝鸿沟的安排，三年以后你就再也没有机会每周浪费两百万美元了。不过我还是很佩服你和张鲁急功近利想要得到答案的态度，这一点非常像我。

：确实急功近利，为了让那场意外更加逼真，张鲁让我提前预约了注射时间，而且让我和维姬分开注射。她还是待在新乔治区，由其他人正常注射，而我的注射地点选在了博龙岸海滩。

：在亚洲？

：是的，而且是在一艘游轮上。好像是一个国会议员的生日派对，我到现在都没记起他的名字。

：没关系，我想他能去菲律宾开生日派对，一定少不了你手下人的提点和资助。顺便赞美一下，游轮是非常好的选择，因为远处不可能有任何窥视的摄像头。

：张鲁总是喜欢把事情做到尽量自然。

：所以你们把那管制剂怎么样了？

：我丢进了海里。

：噢，我知道这件事。我在新闻里看到过，有人放风说某个富豪丢了一管Renai制剂在海里，只要捡到并注射就可以长生不老。我记得新闻画面里有很多当地人蜂拥去近海打捞，原来那个把两百万美元抛进水里的富豪就是你啊。

：我刚才说了，张鲁总是喜欢把事情做到尽量自然。

：是尽量彻底。张鲁之所以放风出去，就是因为如果已经有这么多人知道这里的海底有一管遗失的Renai，那Renai公司就绝对不可能再堂而皇之地派人来打捞，不然就是坐实了消息。他们可没把握自己比这些当地人更有效率。最理想的办法就是不来，只有这样才能避免这个深海遗宝事件继续发酵。

：不愧是心理学家。

：不愧是你精挑细选出来的张鲁先生。所以，他就立刻回去找公司要新的制剂了吗？

：不，他在菲律宾一直待到第二天才出发。

：第二天？可是如果是这样的话，你体内的Renai有效成分可能真的会消耗殆尽，你会产生不良反应的。

：不，他赌的就是这个时间点。

：时间点？

：对，他必须要确保自己第二天晚上回到新泽西才行。

：那样离你的最后注射时间就不到八小时了。

：没错。

：你在赌什么？

：终于有一个问题，能难倒你了吗，聪明的弗洛莉？

"你最好有个合理的解释，张鲁！"

辛西亚一把拽住刚刚从直升机上走下来的张鲁。机翼刮起的上升气旋弄得他睁不开眼睛，但辛西亚完全顾不上这些，她死死地拎住张鲁衬衣的领口，全然不顾礼仪，"Renai面世了一百五十五年，一百五十五年来第一次发生这种事情！"

"他执意要在甲板上进行注射，我已经提醒过他了。"虽然辛西亚是个女人，但踩着高跟鞋的她足足比张鲁高了五六厘米，对被拎住领口的张鲁来说，这和上吊没什么区别，"他解锁之后递给我的时候没拿稳，直接掉进了海里。我发誓我提醒过，我提醒过他很多次了。"

"现在全世界都在传，有一管已经解锁的Renai掉进了菲律宾的领海。"辛西亚看着喘不过气来的张鲁，丝毫没有松手的意思，"你真应该在直升机上看看今天的晨间新闻。那么清晰的视频，一管Renai制剂就这样掉进了海里。"

"那艘游轮上有两百多人，而且都是政客名流，我能控制每个人都乖乖坐着吗？"

"公关部已经辟谣了，说那不是Renai制剂，但那些想钱想疯了的人根本不信。"

"我……我申请过，让你们派人来打捞的！"

"愚蠢！我们只要派人去打捞，那就坐实了那片海里真的有一管Renai。接着，那片海在我们到来前就会被想要发两百万横财的人挤满。"

"可是，可是现在离托里姆先生的最后注射时间已经非常近了，辛西亚。让我去T13拿下周注射的Renai先为他填上。"

"不可以！"辛西亚拦住了正欲离开的张鲁，"现在C区不对医疗顾问开放。"

"可托里姆先生已经没有时间了。"张鲁抓住辛西亚的手，辛西亚的话似乎点燃了他每一根神经里充盈着的急躁怒火，"他已经一百九十六岁了，如果这时候切断Renai的供应，接下来会发生的事情，艾利尔·辛西亚小姐你能负责吗？如果托里姆先生明天死了，那外面传得神乎其神的'上帝的鸿沟'就又多了一分可信度。那时候他们只会写，'美国首富被他的医疗顾问害死了'。我不想摊上这样的事情。今天如果拿不到制剂，我和托里姆先生都不会有好结果。"

"放屁！你根本什么都不知道，如果你现在去了C区，才是真的……"辛西亚说到一半，似乎突然想到了什么，瞬间停住了。她的手已经被张鲁完全包住，抓着领口的掌心已经磨出了红肿的勒痕，但她仍然不打算放手。她吞下了刚才要说的话，眼睛却直直地盯着一脸愤懑的张鲁。

"真的什么？"张鲁的神经似乎因为刚才辛西亚即将脱口而出的话紧绷到了极点。那句话就是他想得到的答案！辛西亚差点儿说出那个他苦苦追寻的秘密。

但辛西亚之所以能成为今天的辛西亚，她的理性不会被那么几句激烈的言辞轻易颠覆。理智总是能在第一时间叫醒即将犯错的她，顺便一同浇灭表现在她面上的焦灼情绪，只剩下那张冷峻的俏脸，继续看着张鲁，"冷静一点，张鲁。我是在帮你。"

"帮我的话，就打开C区的门。我才不管现在是不是有D区的人在里面，我只知道一个快两百岁的人等不到明天中午。"

"托里姆先生什么时候返回新乔治区？"

"两个小时以后。"

"离他的最后注射时间还有多久？"

"五个小时。"

"他有没有说明为什么不愿意来这里注射？"

"这个问题，我在菲律宾的时候就已经回答过你了。那个过生日的国会议员，很有可能是未来的美国总统，托里姆先生非常需要这次社交，他只给了我这么多时间。"

"他就一点都不怕死吗？"

"他的原话就是，如果他死了，他会让这颗星球上的每个人都知道，是谁害死了他。"张鲁说话的同时，用手指了指他们身后悬挂在铅灰色墙体上、闪烁着荧白光芒的"Renai"和它的经典造型——一棵圆弧形的橡树。那个从千米之外就能轻易看见的巨大标志，一百多年前就矗立在新泽西沿海的峭壁悬崖之上。橡树不仅是美国的象征，也是永恒与强大的象征。在Renai公司一百二十多年前启用这个标志的时候，Renai制剂正式问世的广告无处不在，向世人宣告：为了全人类的永恒与强大。

"果然那些活得太久的人，都以为可以凭财力扭转一切。"辛西亚叹了口气，作为管理制剂的人，她每天都能从公关部门拿到一堆客户申请和律师函，那些揣着累积了几个世纪财富的有钱人，早已经不满足于每周的定期注射了。有的想要加大剂量，有的想要囤积存货，甚至有的想要超限额为其家人订购。现在，这个世界上最有钱的人想和自己玩命。"托里姆先生是我们最早的客户之一，他应该知道，虽然他有预约时间的自由，但是我们拥有注射时间的最终决定权；如果因为他不配合我们的时间而导致了严重的后果，是要由他自己全权负责的。"

"德国那位一百九十九岁的太太于生日当天死亡后，你在回应传闻的发布会上就已经说过类似的话了。当时大家是什么反应，你也已经看到了。怎么？你打算在托里姆先生的葬礼上再说一遍吗？"

这句话，像是一根早已悬在胸口的刺，直直地扎进了辛西亚的心脏。

那个叫作莎莉的德国女人，据说曾经是德国总理的情妇，她注射 Renai 足足一百三十一年，可就在她一百九十九岁生日的当天，因心脏骤停而引发猝死。那时候，全世界所有人都相信了人类真的可以永生不死，但这场意外的死亡让流言满天飞。几乎所有媒体都在那一瞬间将聚光灯照向了新泽西州的这片海岸，同巨额遗产有关的阴谋、政局变革的牺牲品、Renai 自身的产品缺陷和质量问题……随着接下来几例死亡案例陆续出现，逐渐浮出水面并在社会上掀起巨大舆论波澜的就是那个——让辛西亚不得不公开解释的——上帝的鸿沟。

那场发布会，因为极大的骚动被中断了四次。人们不停地质问 Renai 的发言官辛西亚，他们拒绝接受合同里的免责声明，只相信法医的鉴定报告。

辛西亚知道，媒体的镜头背后坐满了那些惴惴不安的富豪与政客。

她理解那些躲在背后的惶恐的眼神，谁能接受一场注定到来的死亡，谁能相信上帝真的为人类划定了生命的界限？两百岁？不，这对于心理上已经在享受永恒的人来说，根本不够。

辛西亚沉默了几秒，她松开了拽着张鲁的手，言辞却比刚才更加冰冷："张鲁，我有必要提醒你，你还没有资格教我如何处理事情。"

"这已经不是你一个人的事情了，辛西亚。如果你也面对过托里姆先生，你会和现在的我一样。"张鲁并没有丝毫退却，他从上衣的口袋里掏出了电子备忘。它的屏幕一直亮着，上面清晰地显示着"录音模式"，他是有备而来的。"莎莉小姐的医疗顾问在发布会当天就被你们开除了，后来去了洛林顿的报废机器人中心做零件回收，一年半前死于交通事故。已经亡故的十三个富豪，他们生前的医疗顾问，八个在离任后相继意外去世,剩下的五个,全都活得和狗一样。你夸过我聪明的,辛西亚,这些我都调查过了。我现在只知道,如果我身后的这架直升机在两小时后没有把我送到新乔治区,那么他们的今日就会是我的明日。我猜他们一定也和我一样,曾经站在C区的大门口,苦苦哀求你替换制剂。你也和现在一样,满口规章制度地回绝了,不是吗?"

"你最好搞清楚你在说什么!"

"我当然知道我自己在说什么,如果我有什么意外的话,全世界的人都会知道我们刚才说了什么。"张鲁用手指了指录音状态旁那个不停闪烁的上传按钮,他棕黑的瞳孔里倒映着辛西亚错愕的目光,她看到了那个"已经上载"的提醒通知。这个目光显然也包含在张鲁的计划内,他清楚辛西亚害怕什么。没有人比辛西亚更清楚这段对话泄露出去将导致的严重后果,它甚至都不需要经过加工和剪辑,对于Renai来说就足够致命。

"你在威胁我吗?"

张鲁没有说话,而是继续看着辛西亚,似乎是因为听到了"威胁"两个字,辛西亚身旁的保安渐渐走近。看他们的架势,张鲁显然不是第一个在辛西亚面前耀武扬威的人。

"那么我就直接回答你了吧,莎莉小姐的死,和那些人的死,都和Renai没有关系。"辛西亚的回答依旧斩钉截铁,她似乎根本没有受到威胁的影响,"另外,你今天进不去C区的。托里姆先生是由于自身原因延误了注射时间。他在此期间发生的任何事情,都与Renai,与我,与你没有关系。只要这里还是我说了算,你今天就没办法达成所愿。倒是你,张鲁先生,这么处心积虑费尽周折,是真的担心托里姆先生的安危,还是——"

辛西亚还没来得及说完接下来的话,佩戴在左耳耳郭内的移动电话就响了起来,那是Renai内部的联络装置。她通过装置连接的Neith通信模块看到了来电的人,先是愣了一下,然后再次把目光投向面前的张鲁。她似是在考虑要不要把刚才没说完的话接着说完,但最终还是闭上了嘴,朝着左右两边的保安示意了一下。他们很快明白了辛西亚的意思,走上前去,从两边架住比他们足足矮一个头的张鲁。辛西亚这才缓缓转过身,向前走了几步,用手指敲击了一下耳郭,接通了电话。

"库肯先生。

"是的,他现在就在我面前,我正在处理这件事。

"还没有,托里姆先生似乎不太配合——

"什么?

"可是,库肯先生?

"库肯先生,如果这样做的话——

"可是?!

"我明白了,库肯先生。

"好的。"

结束通话之后,辛西亚并没有立刻回头。似乎是因为被电话那头的库肯先生打断了很多次,她的右手还一直悬停在半空,保持着那个想要解释什么的姿势。她正对着一面漆黑的墙壁,没有人能看到她此时此刻的表情,但那一定不是什么轻松的神色。

这样的沉寂,持续了足足一分钟。

直到她面对的那面漆黑墙壁,与整个长条形的外围墙体一同,在一瞬间被炽黄的灯光点亮，如同一条蜿蜒的黄金长蛇。从晚上十点开始，被喷泉和复古雕像环绕的一层休息区，开启了为员工夜生活打造的派对模式，欢笑声和欢呼声随着灯光渐亮而鼓噪起来，舞池纷乱的霓虹浸染了原本安静的海岸，也洒在辛西亚的脸上。停机坪上直升机的嗡嗡声很快被DJ们的爆热单曲镇压。周围的气氛也没有留给辛西亚冷静的时间。

她握紧了拳头，猩红的指甲就快要嵌进棕黄的掌心。

"跟我来吧，张鲁先生。"

"怎……怎么？"张鲁看着依旧背对着自己的辛西亚，刚才她说的那句话竟让他感觉到了一股从未有过的冰冷寒意，没有愤怒、没有决绝、没有迟疑……不夹带任何情绪，却令人不安。

那是库肯先生的电话，那个连莎莉太太的死亡都不过问的库肯先生。

他为什么会在这时候联系辛西亚？

他知道托里姆先生的事情？

他到底知道多少托里姆先生的事情？

他好像在逼迫辛西亚做什么事情？

"你不是要去C区吗？"辛西亚回过头，用冰冷的眼睛看着张鲁，"关掉录音，我现在就带你去C区，为托里姆先生取制剂。"

"我……"张鲁愣在了原地。他想要的结果就悬在辛西亚的嘴边。然而现在的状况，让他比刚刚更加不安。是库肯授意的？他为什么会这么做？被张鲁视为最后筹码的那段录音都没能让辛西亚屈服，为什么库肯先生要在这个时候帮自己一把？是他创立了Renai，是他划定了C区的分时段规则，他现在要亲自将其打破了吗？

　　"你来吗？"辛西亚没有再理会愣在原地的张鲁。她转过身，留下一句话，接着径直走向了通往C区的下沉直梯。

　　张鲁没有再说话，默不作声地跟在了辛西亚的后面。

　　这样的安静从直梯延续到空无一人的环形长廊，然后是提示牌"非正常开放时间"已经亮起的C区通道。最终，两人来到了那个熟悉的C区隔离闸门前。白天的时候这扇门几乎每隔几分钟就要开启一次，进出的医疗顾问手捧着刚刚提取出来的制剂，运送到世界各地那些真正拥有它的人身边。虽然听起来如此富有神秘色彩，但身处其中的人其实觉得极为平常，自觉和一个去药房拿药然后给病人打针的护士没什么区别。但此时此刻的C区，却像是游离在黑洞边缘的破碎星球，光亮和声音都被吞噬净尽，只剩下无边无尽的黑暗，和令人无法呼吸的压抑。

　　张鲁跟在辛西亚的身后，已经经历了五次安全检查和身份确认。库肯先生在防止其他员工私自接触C区这件事上，可以说是做到了滴水不漏。但辛西亚显然不在需要被管束的员工列表里。一路走来，她不停地报出自己的名字，机器便不停地回应"准许通过"，整个过程行云流水，她一步也没停下。

　　直到最后的关卡，这扇隔离闸门。

　　辛西亚看着一旁的荧幕上清晰的"禁止访问"字样，沉默了下来。十分钟过后，她终于侧过脸看了一眼张鲁，开口说了除自己名字外的第一句话："希望你不会因此记恨我，张鲁。"

　　"什么？"张鲁先是一愣，进而点了点头，有些不知所措地说道，"你……你也是服从制度，这是工作，不是吗？"

　　"我刚才说过，我是在帮你……"

"帮……帮我？"

"我发自真心地，试图帮过你，张鲁。"

"辛西亚？"

"但看起来，我做的还是不太够。"辛西亚叹了一口气，像是刚才一路都在酝酿这句话的情绪，此刻说出口了，竟然有些如释重负的感觉。

"辛西亚……你到底想说什么？"

"你很聪明，非常聪明。你知道吗？"辛西亚认真地看着张鲁迷茫的双眼，不禁笑了一声。明明她已经违背了刚才的坚持，把张鲁带到了C区的门口，但她的脸上却不见了刚才的紧张与愤懑，似乎接下来要发生的事情，都跟她没有一点儿关系了。"聪明的张鲁先生，刚才在停机坪你对我说的所有话里，只有一句话，你是真的说对了。那些人都和你一样，曾经站在C区的大门口，苦苦哀求我替换制剂。"

"辛西亚……"张鲁感觉周遭的空气就像快要凝固了一般，眼前的辛西亚，和刚才奋力阻止自己到达这里的辛西亚，完全判若两人，"辛西亚……刚才库肯先生——"

"库肯先生同意了你的请求。"辛西亚直接打断了张鲁，她已经全然失去了继续这段对话的兴趣，直接按下了荧幕上的访问按钮。与正常工作时间的界面不同，此时的访问界面没有身份确认的选项，就连那句标准的女声提醒也消失得无影无踪。辛西亚触碰那个访问界面几秒后，安全闸门的边缘开始闪烁起蓝白相间的光点，那些放射状的光影投射在张鲁和辛西亚的身上，如同一层变幻的极光。那些蓝白的颗粒在光影中越发清晰起来，开始是散乱的，慢慢地，颗粒按照二人的身型布局开来，从指间、手腕、下颚、前胸到身体的每一处，那些规律运转的光点,在张鲁和辛西亚身周织出了一个量身定做的茧。

"这是?"张鲁看着一动不动的辛西亚,她似乎早就知道这些光点的存在。

"站着别动。"

"可是……"

"你还想要进去的话,就站着别动。"

随着越来越多的光点落定,大片的蓝色光点慢慢地变成了白色。最终,包裹住二人的光茧,在一阵炫目的白光闪烁后瞬间消失了。

面对刚刚发生的一切,张鲁还没反应过来,那扇门就已经徐徐向上打开了。

相比几天前这扇门第一次为自己打开时的兴奋、好奇和期待,此时,那扇门每拉开一寸,张鲁内心的恐惧就多一分。而刚才的沉寂,也随着这场大幕的开启逐渐被里面传来的声响打破,机械手臂工作的声音、车轮与地面摩擦的声音、电子提示音以及那些细碎的交谈,都跟随着那扇大门一同升起。

直到那扇门越过了张鲁的额头,午夜的C区,灯火通明地出现在他的视线里。

站在辛西亚和张鲁面前的,是一个身高只到张鲁胸口的老头。散乱的金发和深陷的眼窝,让他看起来像来自中土世界。他佝偻着背,颇费力气地抬头看了一眼张鲁,然后又把目光投向了站在张鲁旁边的辛西亚,有些烦躁地说:"这样的事情还要遇到几次才算完,你们C区的人永远都不知道学好吗?"

"这次看起来是客户自己没想明白。"辛西亚不以为然地笑了笑。从他们交谈的语气就能判断,他们不是第一次见面,而且似乎彼此都不是很乐意见到对方。

"可能人越老就越容易糊涂吧，毕竟他们都一百多岁了。"

"这位，就是库肯先生让我带来的张鲁。"辛西亚说话的同时，用余光瞥了一眼站在一旁的张鲁。

"还是个中国人。"那个老人端起手里的平板，荧幕上正是刚才密布在张鲁和辛西亚身上的光点，只不过在经过数据测算之后投射在屏幕上，光点变成了一个被坐标化的模拟人体。张鲁向前走了一步，却依旧没法儿完全看清屏幕上的内容。但刚才明明扫描的是辛西亚和他两个人，可那上面却只显示出了他的人体构造。如果刚才的扫描只是为了验证身份，那眼前的这个老头，那么仔细地端详，又到底是为了什么？

"怎么，你的光谱设备到现在都还只有白人模式吗？"

"辛西亚，"老人颇有些无奈地摇摇头，"我得为上次的事情道歉多少次？"

"一百万次吧，如果你活得到那么久的话。"辛西亚说这句话的同时，身后打开的闸门似乎因为到了预设的关闭时间，开始发出嗡嗡的报警声。那是在平日里不会出现的声音，虽然音量不大，但听起来却非常刺耳，让人难以忍受。辛西亚看了一眼逐渐下落的闸门，又看了一眼正回头看着她的张鲁，深吸了一口气，朝后退了一步，迈出了闸门。

"辛西亚？"张鲁显然没明白过来此时的状况，这和他预想的完全不一样。辛西亚不是C区的主管吗，为什么她会在这个时候离开？

"LA会处理好接下来的事情。"辛西亚没有再看张鲁，而是对着那个拿着平板的老头点了点头。看起来，那个老头就是她话里提到的 LA。这个张鲁从未见过的 LA，他不存在于员工通信录里，不存在于任何员工的社交网络里。早在张鲁还是实习生的时候，他颅内的 Neith 就已经在托里姆先生的安排下搭载了复刻模块，此时的他非常确定，眼前的这个 LA 是一个这几年中在他面前完全没有出现过的人。作为一个等同于不存在的人，他却似乎已经和辛西亚十分熟络。

"而我，去处理接下来的事。"辛西亚说完这句话之后，就一直伫立在渐渐落下的闸门后面，直到它完全关闭，都未曾再开口。

大幕落下之后，迎来的却是杂乱的喧闹声。

那个叫作 LA 的老头依旧在屏幕上点来点去，他时不时抬头看一眼张鲁，然后又很快沉下脸去。他看张鲁的眼神有种令人发颤的认真，他像是一个力求比例精确、兢兢业业的画家。而张鲁的注意力，则放在了这个不管怎样终于得见的——午夜时分的 C 区。

原本他以为这里应该和白天的 C 区有什么不同，就像所有英雄电影里反派阴森恐怖的地下基地，四处充满着诡计得逞后的窃笑和隐藏于漆黑斗篷下的幽灵。但此时此刻的 C 区，却比张鲁最熟悉的白天更加——热闹拥挤。到处都是穿行在墙体间的工作人员，湖蓝色的制服和铅灰色的隔离头罩包裹住了每个人的身躯。最靠近张鲁的几个人簇成了一小团，似乎是被刚刚大门落定的声音吸引了。他们放下手中的箱子，驻足朝还穿着医疗顾问制服的张鲁瞥了一眼，又相互对视，似乎透过面罩在交流些什么。但他们很快就散开了，消失在墙体之间的人流中。整个 C 区的人流，在张鲁肉眼所及的范围内就已经比白天要多出三到五倍。之前其他医疗顾问还笑说，为什么 C 区墙体之间的距离要设置得那么宽，整个 C 区像是一个可以进行方程赛事的迷宫赛道。这一刻，他才知道这些宽敞到能容纳两辆超级跑车的过道是为其他人准备的。

"我们走吧。"LA似乎终于忙完了手头的"要紧事",他抬起头看了一眼正在四处眺望的张鲁。这个熟悉却又陌生的C区对于此刻的张鲁来说,就和好望角另一边的新大陆①一般令人好奇而神往。

"什……什么?"

"不是你说要来C区的吗?"LA笑了笑,收起手里的平板,径直朝着T13的方向走去,"怎么,不认识路了吗?"

"啊,好、好的。"张鲁先是一愣,然后紧跟了上去。不过张鲁没有料想到,这个叫作LA的老头虽然个子不高,但快走的速度简直是奥林匹克水平。几乎每个与他擦肩而过的人都极为主动地退到一旁为他让道,只有少数几个人与张鲁的目光对上,其他人都低着头,似乎非常害怕与LA对视。他们的退让,看起来并不是为了照顾这个连腰都没办法直起来的老人,而更像是必须严格执行的命令。

"这些,这些都是D区的员工吗?"张鲁突然问道。这条路几天前辛西亚刚领着自己走过一遍,虽然她也非常严肃,但此时LA的沉默和他急促的步伐,总让张鲁觉得莫名可怕。虽然这看起来完全是计划内的结果,但似乎每分每秒都充满计划外的未知。特别是面前的LA,他全程都没有回过头来,哪怕是看张鲁一眼,就好像他一点儿都不担心张鲁不会跟过来。不,一定得做些什么,打破这样的沉默。张鲁酝酿了良久,才哆哆嗦嗦地从嘴里挤出这个愚蠢至极的问题。

不过,LA并没有立刻回答这个问题。

他停住脚步,缓缓地转过头,再次抬头看了一眼张鲁,从眼睛、

①好望角是非洲大陆最西南端的岬角。十五世纪末,欧洲殖民者发现从海上经过这里之后可前往富庶的东方大陆。

鼻梁、下颚,到因为紧张而僵硬下垂的双手、前后分立的双腿。LA像是一个挑剔的收藏家,在打量刚刚到手的珠宝一样,他的目光认真而吝啬,还有几分满意。这样的注视持续了将近半分钟,他才收回前倾的脖子,不紧不慢地回答道:"是的,没错,包括你。"

"什……什么?"

不远处的机械手臂上的探照灯将光束打了过来,看起来它刚刚入库了一批次的新制剂。不知不觉,他们竟已经走到了T13的墙体之下,那束惨白的光同样照在了张鲁面前那几个伫立着、盯着张鲁看的几个人身上。令张鲁惊恐不已的是,之前他似乎压根儿就没有觉察到这几个距离自己还不到五米的人。他们似乎一直隐藏在T13墙体的巨大阴影中,然后跟随着那白光突然出现。而那束白光,不仅把他们带进了张鲁的视线,也把窒息般的恐惧带进了张鲁的灵魂。亮光清晰地将那几个人的轮廓勾勒出来,那几张几乎丢失了表情的面孔,在张鲁的眼中是那样熟悉……

"不认识他们吗,张鲁先生?这些可都是你的前辈,托里姆先生一手培养并安插在这里的专业间谍,A区、B区和C区……甚至还有我们的客户接待中心的前台。"

"他……他们……"

"托里姆先生是不是告诉你,那些帮他干活的人在任务失败之后,也获得了非常好的报酬,有些甚至还住在地中海沿岸的度假别墅里安度晚年?"LA冷笑了一声,似乎张鲁此时的神情对于他来说早已经习以为常,"这些人都是和你一样,奋不顾身地想要帮你们的托里姆先生挖掘出秘密,然后在托里姆先生邪恶计划的指引下,先后阵亡在了各个离D区十万八千里的地方。不得不说张鲁先生真的非常优秀，你至少阵亡在了 D 区的门口。"

"不，不可能！我调查过⋯⋯"张鲁的话音连同身体一起颤抖着。他显然还没法儿接受眼前看到的这一切。

"当然，你调查过，这几个人都已经在世界各地到处旅游享乐，签证记录和消费记录比比皆是。请不用担心，你很快也会有的。你会在香港上环有一间海景公寓，你的近照和动向依旧会通过社交网络呈现在亲朋好友面前，你的护照上会盖满各国签证。但是，不会有人真的见到过你，你几番调查，不也从来没见到过他们的真人吗？"

"这些，这些都是你们故意⋯⋯"

"这些，你的托里姆先生全都知道。我们甚至用托里姆先生的名义买下了一栋别墅赠予了他那位已经不存在的 Renai 策划部经理，以示警告。这位策划部经理现在就站在你面前呢。不过，显然托里姆先生对这样的警告不以为然，一而再，再而三，把你们送进来，再来两个的话，我就可以给你们配置一个'托里姆先生故友'专用员工宿舍。"

"他，他早就知道⋯⋯我的下场？"

"你该不会真的以为，你是他不可多得的左膀右臂吧，张鲁先生？这个世界上可不只托里姆先生一个人绞尽脑汁地想要站在现在你站着的地方一探究竟。他表现得很好，理智而激进，但也仅止于此了。我们有的是应对的办法。"

"不⋯⋯不是这样的⋯⋯"张鲁觉得自己的每一根神经，从指尖到脚尖，都被割裂了一般。LA 的声音，面前几个人的面容和周围的光，像是剧烈地向中心旋转的风暴。他站在风暴眼，所有的感观被一点点地吞噬，在令人窒息的沉静中等待着灰飞烟灭的那一刻。

"还记得辛西亚的话吗？她真的试图帮助过你，张鲁先生。"LA
叹了口气，他实在不太擅长面对这样的气氛。于是他转过身，解锁了
属于托里姆先生的密封柜，整齐排列的制剂，被LA一把捞起，幽蓝的
光汇聚在他的手心，静谧得如同沉睡的精灵。它们不知道，有多少人
奋不顾身，只为得到一点一滴，就像很多个世纪之前，闪耀着太阳光
辉的黄金总是沾满鲜血。而它们，却能远离那些罪恶与野心，被保护
起来，安静地被冰封在这里。"现在才看清谁是真正想要拯救你的人
已经太晚了，不过还是可以和你分享一件开心的事情，那个不顾你死
活、想要保全自己性命的人，恐怕也活不长了。"

但这显然已经不是张鲁最关心的问题了。那面高耸的T13墙壁，
不再是埋葬秘密的宝库——那个可以和托里姆先生交易财富和地位
的秘密，而是冰冷漆黑的牢笼的围墙。这里是一个永远见不到亮光
的无间地狱。他深吸了一口气，双腿失去知觉般地跪倒在地，目光涣
散，倒映着刺目的白光，整个身体如同失了魂的躯壳，"你、你会把我
怎么样？"

"当然是欢迎你，张鲁先生。欢迎你成为D区的一员，永永远远。"

：托里姆，你真的是在用自己的命赌张鲁能拿到你想要的真
相吗？
：你可以这么认为。
：我以为像你这样的大金融家都是风险规避者。
：我确实是一个不折不扣的风险规避者。
：可你和张鲁的表现看起来却是彻头彻尾的赌徒心态。
：我知道你认为张鲁成功的概率很小。

：难道不是吗？你们的把戏说不定已经被很多前辈重复了无数次。

：所以弗洛莉小姐并不理解风险的真正算法。就算张鲁只有百分之一的概率可以通过打破我的注射顺序了解到 Renai 背后的机制，那这也是一笔极为划算的买卖。因为这样的话，我就有百分之一的概率跨越上帝的鸿沟。百分之一的概率永生不死，和百分之九十九的概率垂死挣扎，对于一个站在鸿沟边的人来说，这不是规避风险，这是孤注一掷。

：你对上帝的鸿沟的怀疑，看起来根深蒂固得可怕，托里姆先生。

：因为我认定它是不存在的，我认定这条鸿沟是有人一笔一画勾勒出来的。

：这世界上可没有这么多认定的事。

：你今天可没少泼我冷水，弗洛莉。说起来，不知道伟大的心理学家弗洛莉小姐，是怎么看待上帝的鸿沟的？

：首先，让人的身体活得更久是生理学范畴，我对它的兴趣真的不大。其次，我曾经确实非常想做一份心理学报告，调查的对象就是那些一百七十岁以上的富豪。但是他们中的大多数人，并不愿意被当作研究对象。所以这个计划一直搁置在我的日程里。其实我非常明白那种心理，他们都是活在金字塔最顶端的不死族，谁愿意把这些感受和秘密分享给永远都触碰不到它们的下层社会？直到"上帝的鸿沟"这个颠覆性的理论开始风靡全球，科学家、评论家、政治家、小说作家、电影明星、导演和编剧，这个世界上所有对此说得上话的人一下子都被推到了麦克风前，他们被迫要对此事做出反应。那些人跑来找我，问我应该怎么回答对"上帝的鸿沟"的看法。他们中间大多数甚至都还不是Renai制剂的使用者，只是被媒体和民众认定为消费得起Renai的人。我的职业习惯要求我不对任何尚未有定论的传言做出绝对的判断。但在"上帝的鸿沟"这件事上，我对所有客户的指导意见都非常一致。我认为"上帝的鸿沟"，是绝对有必要存在的既定逻辑。

：还好那些来找你的人里不包括我。

：这是一种心理上的需求，托里姆先生。它无关真假，它是一种必须配备的理论信仰。在几千年前，人类还无法理解风、火、雷、电的时候，我们的祖先幻想出了代表万事万物的神祇，幻想出盗取火种的普罗米修斯。巫师和萨满沟通自然，传递神谕，这是最符合那个信息闭塞、文明萌芽的时代的理论逻辑，那是最能够被当时的人们接受的真相，同时也是人类宗教、文学和艺术繁荣的温室。那些牛鬼蛇神已经消亡在了科学探索的进程里，我们了解了风、火、雷、电，我们制造风、火、雷、电，所以我们开始有了更加高级的理论信仰。我无法判断上帝的鸿沟到底存不存在，但在"长生不老"这个问题还没有被三审定谳之前，人类也有"相信"的需要。

：相信是上帝让我们活不过两百岁吗？

：上帝仁慈的一方面，就是在我们还不曾理解和接近真相时，先给我们一个较为合适的答案。这一切都因为有上帝。

：可有人犯了上帝也不可饶恕的罪行，弗洛莉。

：什么？

：十诫之一，弗洛莉。有人把自己当作了上帝，划了一道为自己服务的鸿沟。

：十诫之一？你说的是——不可，自诩，为神？

　　今晚的新乔治区，一年一度的极光之夜。二一三五年圣诞夜前夕在麦克莫瑞堡①出现的、被誉为"天国镜像"的盛大极光景象按照一比一的比例被复刻了出来，如今在新乔治区全境的穹顶上演着。昔日沉静如海的夜空此时被斑斓的色彩完全占据，落基山的蜿蜒脉络也在极光的映衬下若隐若现，被高度还原的黄金极光弧从新乔治区北面延伸开来，如同一道渐开的天国之门。科技把百年前的盛景还原到了今天，在人造的天国里欣赏"天国镜像"，既是属于富人，也是属于全世界所有人的狂欢。每年的今晚都是新乔治区最热闹的时刻。今天是每年新乔治区极少的几个社区开放日之一，尽管入场券的价格一年高过一年，但从下午三四点开始，还是有大批的下层居民进入仙境般的新乔治区。高级酒店的大堂、湖心公园的草坪甚至是度假别墅的屋顶，都成了他们观赏极光、通宵饮酒的圣地。

　　当然，托里姆家的屋顶是绝不会发生被占据这种事的。整个湖的南面都被禁止进入，这是居住在这里的富人们最后的底线。但每年还是会有一些顽皮的冒险者想尽各种办法进入这片世界上最有钱的人居住的地方。从湖心游过来，或是搭乘便携式滑翔伞。最恐怖的一次，有个醉汉因为愚蠢的酒桌游戏输了而翻越电网成功抵达托里姆邻居的门口，然后因为内脏震裂和呼吸麻痹而死。那些外来者喜欢把托里姆居住的小区称为养老院，因为这里居住的大部分人都有着超乎他们想象的年纪。

　　托里姆看着窗外漫天浮动的极光，远处传来的尖叫与欢笑已经被从湖面呼啸而过的晚风削弱了很多，但还能依稀听见那些年轻男

①位于加拿大，因为地理、气候条件特殊，而成为世界著名的极光观赏地。

女的呐喊——对方的名字和一生一世之类的承诺。在极光下表白，在教堂里做爱，那是他一百七十年前已经玩过的把戏。现在听到这些疯狂的话语，竟然有种已经活过几生几世的错觉。

但窗外的景致并不允许他沉浸太久，因为他正透过窗户眺望的人，已经穿越了热闹的公园和洋溢着欢笑的街道，步入了这片极光盛宴之外的阴影。托里姆看着那个人跟随着自己的助理走进门前的花园，走进庭院，接着是大门开启、电梯启动、书房的门被推开的声音。

托里姆深吸了一口气，举着酒杯转过身，微笑着看着面前的这个人。和上次见到她时相比，她几乎没有任何变化，同样黝黑的皮肤、高挑纤细的身材、精致的女士西装和束身短裙，就连高跟鞋落地的清脆声音也和上次几乎一模一样。

"你好，托里姆先生。"

"你好，辛西亚。"托里姆看着直直站在自己面前的辛西亚，虽然没有穿着医疗顾问标志性的白褂，但她手里拎着的铝匣已经表明，她就是那个临危受命在最后的一小时为托里姆注射Renai制剂的医疗顾问。刚才在窗外看到跟在助理后面的单薄身影时，托里姆的忧虑就已经爬上了眉心。而辛西亚手里提着的铝匣，更是彻底击碎了托里姆最后的侥幸。今晚，来到新乔治区为托里姆注射的，只有辛西亚一个人。"上一次见面的时候我还不知道你居然也会注射制剂。我还以为库肯先生不舍得让你干这些粗活。"

"注射制剂虽然基础，但却是非常重要的工作。如果连这个都不会，库肯先生怎么会让我坐上Renai发言官的职位。"辛西亚放下匣子，顺着落地窗的方向看了一眼被夜空的极光和地面的灯火点亮的新乔治区，颇为愉悦地说道，"本来可以早到一会儿的，但是今天新乔治区的交通状况实在有些不太理想。"

"今天的新乔治区，比亡灵节期间的米斯基镇①还要热闹。"托里姆跟随着辛西亚的目光，也看向了那片沸腾的光影，"维姬原本还为张鲁办好了票，想请他和我们一起去万豪酒店的顶楼看极光秀。"

"他会非常感激您和托里姆太太的这份心意的。"辛西亚听到张鲁的名字，将目光从那五光十色的夜空收回。她知道，这是一个不可避免的话题，所以她早就有所准备了，"事实上，他还为自己不能亲自来为您注射录制了致歉的视频。"

说完，辛西亚直接从西装的内口袋里掏出了原本属于张鲁的电子备忘。她脸上依旧保持着那份自信和笃定，将屏幕转向坐在沙发上的托里姆。

备忘录发出一阵短暂的噪声，然后张鲁的半身像就清晰地投射在了荧幕前——这是最新的二维投影，可以根据观影对象与设备的距离，自动调整画面的大小和角度，方便观众观看。张鲁依旧穿着那身在菲律宾时被几个好莱坞女明星故意溅湿的白褂，领口的下方甚至还有被蹭到的惹火唇印。他看起来身在一个只有顶部光源的房间里，四周安静极了，只有机器工作时发出的断续声音。他坐得很端正，眼睛直直地盯着镜头的方向，看起来……镇定而且严肃，还有一种说不上来的认真。

这样的状态保持了半分钟后，画面里的张鲁才点了点头，似乎是得到了镜头后的指示。他嘴角堆砌起一个含蓄的笑容，不紧不慢地说道："托里姆先生，您好，我是您的医疗顾问张鲁。我要对您表达我

①米斯基镇位于墨西哥首都墨西哥城的东南方，有"鬼村"之称。这里并不闹鬼，因传统的"鬼节"而闻名。

的歉意,因为在菲律宾的失误操作为您带来了困扰。由于我正在配合公司的内部调查,所以近期无法再担任您的医疗顾问一职。我的主管辛西亚小姐会当面向您说明具体的情况,并为您指派新的医疗顾问。请您相信我们会尽全力保障您的注射进度以及其他合法权益,感谢您对 Renai 的理解与支持,期待与您再会。"

他话音刚落,画面就被切断了。

出现在视频最后的是 Renai 的字样和那棵标志性的橡树,以及那句一闪而过的广告语——为了全人类的永恒与强大。

托里姆看着屏幕上余留的雪花和噪点,表情没有任何变化。仿佛刚才的内容,比 Renai 早年的投映广告还要刻板无聊。他又喝了一口酒,然后看向辛西亚说道:"已经找到接替张鲁的人了吗?"

"非常抱歉,由于时间仓促,所以暂时还没有确定。"辛西亚收起手中的设备,先是微笑着稍稍鞠躬,然后才格外认真地回答道,"不过我一定会为您安排好下次注射的。再次为安博特和张鲁的事向您道歉,托里姆先生。"

"真是周到的安排。如果确定得太快了……"托里姆不以为然地笑了笑,"辛西亚小姐就没有亲自前来的理由了,对吗?"

"托里姆先生是我们的首批用户,在我入职 Renai 之前就已经成为我们的会员了。之前的高层都有登门拜访过,这次出现了这样的事件,对托里姆先生造成了极大的不便,作为目前 Renai 的主管之一,就算不是为了临时的注射工作,我也非常有必要亲自登门拜访。"辛西亚一如既往地保持着在媒体镜头前的微笑。作为一名公众人物,她公开抵制和拒绝植入 Neith。很多反 Neith 团体在集会游行时都会把辛西亚的微笑与那些被 Neith 操控出的假笑进行对比,并配上"每一次都不一样,但每一次都一样美丽"的宣传语。"而且……托里姆先生,我们还是赶快进入注射流程吧。马上就要超出您的注射安全期了,虽然发生意外的可能性很小,但为了确保您万无一失——"

"辛西亚。"托里姆直接打断了辛西亚的话,将酒杯里还剩一半的威士忌一饮而尽。

"是的,托里姆先生。"

"听说你也资助了在Neith总部大楼下面的游行。"

"是的。"辛西亚点了点头,"我知道Neith现在的老板是托里姆先生。我无意冒犯,不过我还是喜欢本来的自己多一些。"

"不,不,我虽然买下了Neith,但我自己也不是Neith的用户。"托里姆站起来走到酒柜旁,将酒杯重重地搁在了点缀着细碎金箔的玻璃托盘上,旁边放置的格兰菲迪①二十一世纪纪念款已经几近空瓶,"我应该给你留一杯的,辛西亚。"

"这对我来说太贵重了,托里姆先生。"辛西亚认得这瓶威士忌,那是她还只有十多岁的时候,就仅剩一箱共十二瓶存世的格兰菲迪二十一世纪纪念款。十二瓶代表二十一世纪最伟大的十二件事,分别在十二个国家的拍卖行先后单独拍卖,平均成交价超过九百六十万美元。而刚刚被托里姆先生喝下最后一口的那瓶,水晶瓶身上刻意雕铸出起伏的沟壑,瓶嘴上的镶金"Mars"②浮雕格外醒目,那是为了纪念二十一世纪最后一个伟大事件——人类首次登陆火星。这瓶被称为"猩红之吻"的格兰菲迪是成交价最高的一瓶,罕见地达到了一千两百万美元。把瓶子灌满琥珀色的酒液后,整个圆

---

① 威士忌品牌,只生产单一纯麦芽威士忌。

② 意为"火星"。

弧形的瓶身就会变成火星的地表还原图。看起来，今天一定是什么重要的日子，才值得托里姆先生将这瓶绝世好酒一饮而尽。

"原来你也懂威士忌。看起来，那时候你拒绝了我的合作要求，是因为当时我们喝的威士忌不太贵重。"

"不，那时候拒绝托里姆先生，是因为您的提议不仅是贿赂行为，而且已经触及了我的职业底线。您想知道的那些事情，都属于最高级别的机密。当我知道您在那个女心理学家的帮助下收购了Neith之后，我就决定永远不植入Neith。"

"看来你也没有表面上那么富有正义感，我还以为你真的是为了那些民众鼓吹的崇高的思想完整性。"

"如果您要这么理解的话，也无可厚非。不过还是要感谢那天的款待，没有Neith的帮助，我也知道那天您请我喝的是同样价值不菲的苏格兰高地威士忌。"

"那，辛西亚小姐要陪我再来一杯吗？"托里姆说这话时，用颇为自豪的眼神示意辛西亚看向她身后的联排酒柜。和媒体上报道的如出一辙，托里姆先生是名副其实的威士忌狂热收藏家。眼前的这个书房，就犹如一个限量版威士忌博物馆。事实上他也确实拥有一个威士忌博物馆。他在二十三世纪，便买下了苏格兰高地不少的威士忌产区和几乎整个埃雷岛[①]。

"不，您可以自便。"辛西亚果断地摇了摇头。

"你回答错了，辛西亚。"仿佛已经苦苦等待这个回答很久，托里姆在听到辛西亚干脆利落的拒绝之后不禁哈哈笑了两声，然后看着

---

① 苏格兰第五大岛屿，也是英国第七大岛屿，是最知名的威士忌产区之一，以重口味的单一纯麦芽威士忌闻名。

辛西亚,同时用手指了指自己的脑子,"所以我说,没有Neith的话,你还是不太适合做医疗顾问。让我来告诉你这时候一个医疗顾问通常都说会什么。"

托里姆顿了顿,仿佛在从记忆里寻找安博特和张鲁说话时的神情和动作,最后才缓缓地说道:"'托里姆先生,托里姆太太,请不要在注射前后一小时内饮酒或食用含酒精类的食物……酒精会扩张血管,加速血液循环,最终导致Renai制剂被吸收的速度大于预估值。嗯……这种不在稳定范围内的吸收速度会导致……皮下组织炎症,出现过敏红疹,不过概率较小。在极少数情况下,甚至会导致腹泻和……什么来着,哦,肢体痉挛。'

"这段话,几乎每次他们看到我和维姬举着酒杯都要说一遍,就更别说要和他们一起喝一杯了。不过辛西亚小姐似乎并没有这个忌讳。"托里姆看着一言不发的辛西亚,再次笑了笑,又接着说,"所以太可惜了,早知道我应该给你留一杯的。"

"看起来,托里姆先生从未遵守过这项规定。"

"规定?"托里姆突然转过身,看着辛西亚,她黝黑的肌肤把那瞪大的双眼衬托得越发明亮而专注,"让我来告诉你什么是规定。早在有这项规定之前,我就已经在注射Renai了。一百多年了,开始只有我自己,每年一亿美元,后来有了维姬,每年两亿美元,我比你以为的更了解这些在我血管里活跃了一百多年的东西是什么,也比你更了解它们进入肌肤那一瞬的感觉、它们和血肉交合的感觉、新陈代谢的感觉、活下去的感觉。

"让我来告诉你,注射Renai制剂唯一的规定,那就是,我——必须——活下去!!

"我告诉你，现在的每分每秒，不是上帝给的，都是我买的！！！

"每一分，每一秒，都是我明码标价买来的！！！

"我——买来的——永生！

"我——买来的！！！"

震怒的话音，伴随着玻璃碎裂的刺耳声响。托里姆说话的同时，亲手摔碎了"猩红之吻"晶莹剔透的水晶瓶身。他站在一地碎片之上，恶狠狠地瞪着眼前的辛西亚。

"托里姆先生……"辛西亚虽然叫着托里姆的名字，但倒映在她双眸里的身影，已然不是那个举着酒杯的、高傲的富豪，更像是一头磨着獠牙扑向猎物的雄狮，一头将怒火掩藏在觥筹与笑意下的雄狮。辛西亚还记得很多年前，她和托里姆在比弗利山庄的会客厅里见面。那时候，托里姆脸上满是自信，他举着酒杯向辛西亚表达自己想要进一步深入了解Renai的想法，就好像确定辛西亚会同意一样。那时候还没有莎莉的生日之死，没有"上帝的鸿沟"，但他却已经对Renai产生了近乎痴迷的兴趣。或者说，他从一开始就不相信那个把人类带向永恒的承诺。

只不过，这一次，他把他的不相信，表达得更加决绝。那一地碎裂的瓶身，像极了托里姆最后的耐心。他看着一脸惊愕的辛西亚，却没有回应她，也没有理会那一地价值斐然的残渣，而是直接转过身，慢慢地走向靠窗的沙发，变幻的极光从窗外映照进来，在他最爱的哈得逊湾驯鹿皮沙发上溅射出舞动的光斑。托里姆弯着身子坐了上去，原本在驯鹿皮革上窜动的光影，此刻全都映在了托里姆棱角分明的脸上。岁月留下的褶皱与斑块被五光十色的极光遮盖，此时被极光与欢笑笼罩的新乔治区，让他想起了那些已经恍如隔世的时光。夜空斑斓的光影，像极了复古夜店刺目的迪斯科球反射的光，那些五颜六色的光柱，如同在燃烧一般，照在他的脸上，总能第一时间沸腾他的每一根神经。连Bra都不穿的舞娘、将红酒淋遍全身的赌徒和躲在洗手间走廊里接吻的学生，此时此刻，就在新乔治区绚烂的夜色下，这一幕幕都轮番上演。只是，现在照在他脸上的光，经历了一个世纪之久，已经失去了曾经的温度。

"托里姆先生……"辛西亚站在原地，看着已经侧过脸看向窗外的托里姆，从刚才的震怒到此时的沉静，他像是经历了一场耗尽力气的疯狂。

"托里姆，托里姆先生?

"托里姆……先生……"辛西亚小心地靠近托里姆。他的神情凝固了，眼睛一眨也不眨，让她甚至没法儿判断他是否还活着。不可能啊，距离最后的注射时间应该还有一个多小时，难道是因为……他刚才的情绪? 不，不可能发生那样的事。辛西亚慢慢地朝着托里姆靠近，内心惶恐的预感仿佛凝结成了物质，散播在空气中，挤走了所有氧气。此时的辛西亚觉得连正常呼吸都是一件极为艰难的事。

她站在托里姆面前，那些虚拟的光影也投射在她的肌肤上，她伸出手，怀着极大的恐惧，想要去触碰托里姆那张凝固的脸。

就在她的指尖快要挨到他的肌肤前一秒……

"开始注射吧。"托里姆缓缓地开口了。他慢慢地转过头，看着辛西亚匆忙收回的手，简单地朝她笑了笑，像是看一只被伪装的猎人惊扰的麋鹿。

"好、好的。"辛西亚急促地答道，然后转身走向了不远处的匣盒。眼下她能想到的唯一一件事，就是赶紧为这个似乎已经陷入癫狂的客户注射完Renai制剂。

而托里姆则缓缓地站起身，一把将窗边收敛好的窗帘拉下。隔绝了极光效果的书房，瞬间暗了下来，只剩下书桌旁那盏落地灯散发着昏黄的柔光。他绕过窗边的沙发和书柜，眼睛一一扫过那些从世界各地运送来的孤本和限量版——一八一八年版的《沉思录》，一九六九年版《黑暗的左手》①，二十四世纪最伟大的小说家安部俊勇的遗世之作《无法回去的东京》……他一一略过这些他用金钱占为己有的珍爱之物，最后坐在了书桌的正中间。那盏昏黄的落地灯，灯柱被雕铸成了拉斐尔天使，雕像纤细的手臂正好指向托里姆坐的方向。天使挥动着精致的羽翼，似乎在牵引迷路的凡人。

辛西亚从匣子里拿出已经备好的R1制剂，走到托里姆身侧。她深吸了口气，等待了很久才终于开口，仿佛希望把说话的声音、语速都控制在她认为最安全的程度。她按照最标准的医疗顾问注射流程，将制剂递到了托里姆面前说道："托里姆先生，请确认R1制剂完好。如果没有问题，请用三十到六十分贝之间的声音回答'确认'。"

托里姆接过装载制剂的汞柱，这个他已经重复了六千多次的动作，此时却显得格外缓慢而生疏。汞柱表面的温度比以往都要低，像是刚刚用极度低温封存过。一样的琥珀色液体，一样清晰地显示着自己的名字和"仅限本人使用"的字样。在这个世界上生活了接近两百年，没有任何一件事物能像这管淡黄色液体一样，让他保持这般持久的迷恋。他就像一个无药可救的瘾君子，Renai就是他的可卡因、他的氧气、他的呼吸、他的生命。

托里姆从未凝视它如此之久，就像灵魂也被牵引进了那个琥珀

① 厄休拉·勒古恩著名的科幻小说，二〇〇九年由《科幻世界》引进出版。

色的深渊里。

"确认。"

托里姆的声音仿佛带有无形的重量，从喉结猛然升起，又沉甸甸地落下。

随之而来的是最熟悉不过的场面——绿色光晕亮起，清亮的电子女声传来。

"声纹已匹配，欢迎，托里姆先生。这是您的第六千二百一十五次注射。"

"怎么，失败的那次不计算在内吗？"托里姆抬起头看向辛西亚，将那管已经解锁的制剂递给了她。

"我们只记录有效的注射次数，托里姆先生。"辛西亚回答道，"另外，由于这次是紧急注射，如果按照原有流程，先注射帮助基因维稳的R2制剂，可能会耽误安全注射时间。所以我们将会把R2制剂留待下次注射，并在剂量上进行调整。直接注射R1制剂会导致身体出现五分钟左右的轻度神经麻痹，所以您可能会有几分钟时间无法抬手和走动，不过只要坐着不动，症状很快就会消失。"

"你的意思是，我终于可以清醒地注射一回了吗？"

"是的，所以在来的路上，我也和您的助理解释过了，本次注射不需要辅助睡眠，安排在客厅和书房都是可以的。"

"你们总是这么无微不至。"托里姆看着辛西亚。她紧张的神情在那张黝黑的脸上一览无余。

辛西亚接过解锁的制剂，应付地点了点头，很快就转身从匣内取出了准备就绪的注射器，熟练地解锁、组装。她感觉到每个动作都万般吃力，仿佛身处一场分秒必争的竞速游戏。辛西亚竭尽全力逼迫自己保持冷静。

她现在有一点明白几个小时前,张鲁怒吼的那一句"如果你也面对过托里姆先生,你也会和现在的我一样"了。这是一个活了快两百年,注视了这个世界快两百年的人。在他的眼里,辛西亚和张鲁,都像是拿着木剑站在沙场上的孩童。

但,冷静,尽可能地冷静。辛西亚不断地对自己重复着,他不可能知道,他不可能知道答案。他激怒我,故作姿态,都是因为他还没有得到那个答案。现在他又心虚又急躁,一定是这样,他一定不会知道。

当她转过身来,再次面对托里姆的时候,手里的注射器已经组装完毕。

她深吸一口气,站直了身子,恢复了刚才的笑容。

"托里姆先生,我们开始吧。"

"当然。"托里姆朝辛西亚靠近了些,又突然抬起头,像是忽然想起了什么,"噢,对了,你介意帮我放些音乐吗?维姬习惯了有音乐,好让注射场面看起来轻松些。以前安博特总是会提前帮我们准备好,就在酒柜旁。"

辛西亚先是愣了一下,她和托里姆对视了几秒,才渐渐将目光挪到酒柜旁被设计成黑胶唱片机的音响控制器上。

"有什么问题吗?"

"当……当然没有。"辛西亚有些尴尬地笑了笑。她放下手里的注射器,走向不远处的音响控制器。辛西亚认得这台设备,内嵌式的环绕音响,能够选择不同的环境模式,同时还可以模拟歌手的现场演唱效果。能让听者有种歌者就在这间书房里的错觉。曾有铺天盖地的广告宣传，这台音响是上流社会聚会的必备品。

辛西亚站在那排切换键前，屏幕上显示着"被锁定"。一首叫作《录音一》的曲子好像才被什么人暂定了，看起来是从别的地方拷贝来的曲目。她回过头，看向仍然坐在书桌旁的托里姆，等待这个连注射都需要伴奏的挑剔客户最后确认。

"噢，就是那一首，从头再来一遍如何？"托里姆满意地说。

辛西亚点了点头，按下了最右边黑白相间的重播键。

噪音……持续了好几秒的噪音。

辛西亚刚准备转身离开，却被突然爆发的刺耳声响惊在原地。

然后是刺耳的呼啸，高保真的回响让整个房间仿佛正在经历一场超强台风。

但辛西亚却觉得莫名熟悉，仿佛这场台风，不久前刚刚刮过她的耳畔。

那是……那是什么……

"嘀嘀、嘀嘀——"然后是机器运转的声音。

脚步声，很多很多脚步声，熟悉的脚步声。不，那脚步声，几秒钟前，她才听到过！

那是，那是她自己的脚步声！

还没等辛西亚反应过来，四周就响起了她自己的声音，帮她回答了所有的疑问。

……

"你最好有个合理的解释，张鲁！"

……

"Renai面世了一百五十五年，一百五十五年来第一次发生这种事情！"

……

"他执意要在甲板上进行注射，我已经提醒过他了。"

是张鲁的声音！

是那段录音，张鲁拿来威胁辛西亚的那段录音！

是张鲁的录音。托里姆已经拿到了张鲁的录音，他已经知道了？他已经知道了辛西亚拒绝为托里姆安排二次注射？

广告没有夸大这台音响设备的实力。此时此刻，这场对话就像是发生在自己身边。

她感觉这世上仿佛有另外一个她，在她身后重复着那段几小时前刚刚发生过的对话，用阴冷而可怕的眼神看着她。

辛西亚的脊背一阵阵发凉。

恐惧似乎从肌肤渗透进骨髓和神经。她整个人僵在原地，周围全是她自己的声音，甚至她能感觉到录音里的自己掐住了张鲁的脖子，那感觉真实到，那道力气正压在自己脖子上。

不！这不只是感觉！

当她想要回头的时候，已经没有机会了。

托里姆没有给她这个机会。

那管已经被解锁的R1制剂，此时已经直直地插进了辛西亚的脖子。托里姆用一只臂膀牢牢锁住她的脑袋，手掐住她的脖子，另一只手则推动着琥珀色的R1针剂，看着液体一点点朝着辛西亚的皮下渗透。

直到最后一滴R1制剂消失在视线里，托里姆才松开了掐住她的手。他退后一步，看着刚刚被注射了制剂的辛西亚。她马上出现了轻度的神经麻痹反应,原地摇摇晃晃地走了几步,不受控制地撞在沙发和实木酒柜上,最终重重地摔在了地毯上。

"你看起来像个磕了药嗨过头的婊子,辛西亚。"托里姆冷冷地说。他甚至都不确定辛西亚是否有听到自己说的话。趴在地上的辛西亚,双眼紧闭,嘴巴微张,却没有发出任何声音。"我猜,张鲁应该已经被你们处理了。那段VOI镜像确实非常真实。不过,你们好像忘记了,张鲁是中国人,可刚才的视频里,他的伦敦腔可好到能去演贝克街的大侦探。"

虽然欣赏Renai高级主管的狼狈样子可以算作一项不错的恶趣味,但托里姆并没有忘记最重要的事。他将已经空置的汞柱抽出注射器,走到了落地灯前,用张鲁教过他的方法,将汞柱的内侧对准了那个炙热的灯芯。谜底马上就将揭开。

他一直不知道,谜底离自己一直如此之近。他每次注射之后,沉睡之际,那些医疗顾问都会像他现在这样对准光源,读出那串赐予托里姆永生的数字。

"S-F-0-1-0-0-3-4。"托里姆逐字念了出来。

"SF010034,呵呵。"托里姆放下手中的汞柱,不禁笑了笑。并不意外,这里面不可能写着他期待看到的那串数字。他走到辛西亚的面前蹲下来,拎起她仍旧晕乎乎的脑袋。完全不顾辛西亚痛苦的呻吟和还未完全睁开的眼睛,直接将那管汞柱放在了辛西亚的眼前。空管几乎贴着她颤动的眼皮。托里姆像个最残酷的古代行刑官,只有罪罚,没有怜悯。"SF010034,这是什么?这不是我的序列,这是什么?这是什么药?你们——想杀了我,是吗?"

被托里姆拎着脑袋的辛西亚毫无反抗之力。她的脖子也被托里姆掐住了，光是找到一刻呼吸的间隙，就需要耗费全身的力气。她像只被巨蟒缠绕，即将被吞噬的麋鹿，除了四肢乱蹬，身体抽搐，再无其他反应。

"这根本不是从我的库存里拿出来的制剂，对吗？"辛西亚毫无反应，托里姆却没有停止逼问，"你们这可怜的序列游戏，到头来只会暴露自己，不是吗？辛西亚小姐，是不是当上帝当得太久了，以为有钱人都贪生怕死，只知道乖乖听话。

"你们想让我和其他只知道将你们奉为救世主的老家伙一样，乖乖吃药，乖乖等死？

"辛西亚，或者说上帝小姐，你忘了那句老话吗？老狗，也有几颗牙。"

对于托里姆来说，这样的感觉已经很久未曾感受过了，像个绝对的胜利者，像是那个来到，看见，然后征服后归来的恺撒，像是烧尽罗马骄纵与荣光的大火，像是攀登上奥林匹斯山巅的泰坦。他的一生都沉醉在这样的胜利里，一次又一次的胜利，一次又一次粉碎那些挡在他面前的障碍，而这一次，这一次的感觉，竟如同真的征服了那个不可一世的上帝。

他松开了勒住辛西亚的手，像个故作怜悯的神父，在凝视着受难的孩子。

他看着辛西亚一点点睁开眼睛，一点点用颤抖的双手支撑起自己的身体。他似乎非常享受这个过程，简直值得配着卡瓦拉多西的咏叹调和一杯威士忌来欣赏。

看着她微微张开的双唇，和从额头一直滑落到脸颊的汗珠。

看着她咽喉上的勒痕变得越来越红，听她发出孱弱的音节。

"张鲁……果然什么都告诉你了……"这是她说的第一句话。

"如果你当时与我合作，就不会再有张鲁什么事了。不过真可惜，你拒绝得很果断。但我的每一个手下败将都知道，拒绝托里姆先生是要付出代价的。有时候，这个代价会非常、非常高昂。"托里姆笑了笑，似乎非常满意辛西亚从极度失控的状态中挣脱出来的速度。要是接下来的时间他得和一个躺着的癫痫患者说话，那才真是毫无趣味了。

他绕过挣扎着想要站起来的辛西亚，走向她身后的酒柜。这个曾经摆放在白金汉宫的酒柜里，用馥郁的芳香和剔透的瓶身存放着半个苏格兰的历史。托里姆喜欢把它们用在一些特殊的日子里，那些值得用一瓶好酒来铭记的日子。当然，今天——有史以来最令人难忘的一个极光之夜，他认为至少需要两瓶。

他的目光从酒柜的第一层第一瓶开始，然后在那些挚爱中来回流连，最后才伸出手，将那个雕铸着两条镀金花蛇的酒瓶往前推了一格，十分满意地说："高原骑士[①]，单一麦芽威士忌的天生王者，没有比这个更适合的了。"

打开瓶盖，拿起酒杯，然后看着那些黏稠的黄金液体一丝一缕滑入酒杯。

当托里姆端着酒杯重新坐回他挚爱的沙发上，辛西亚终于勉强能控制住自己，倚靠在正对着托里姆的另一处沙发旁。她直起上半身，艰难地睁开眼睛，看着正在品尝威士忌的托里姆。她能感受到R1制剂正在这副全新的皮囊之下，在每一根血管、每一根神经里流窜，如同炙热的岩浆奔向冰冷的海水，撞击、汹涌、蒸腾、撕裂……她

---

①Highland Park，威士忌品牌。

终于明白为什么首次注射Renai的用户需要使用的R2制剂剂量是平日的三倍了。这感觉，这感觉如临地狱。

"你是要死了吗？"托里姆摇晃着盛满威士忌的酒杯，手握着如此醇香诱人的至宝，他一点儿都没有看向辛西亚的兴趣，"如果你真的死了，那你就还得摊上一个蓄意谋杀的罪名，辛西亚小姐。"

"R1……R1制剂只会救人，你这个白痴！"辛西亚强忍着痉挛带来的疼痛，狠狠地瞪着仿佛置身酒会般逍遥自在的托里姆，"我现在这个反应，说明了这正是如假包换的R1制剂。"

"那恭喜你了，辛西亚小姐。年纪轻轻就已经完成了Renai的第一次注射，我们合作得那么愉快，这针我请了。"托里姆举起酒杯，朝跪坐在地上的辛西亚做了一个邀约的动作。

"白痴！是你自己……你自己快要死了，一旦你体内的Renai成分浓度跌破阈值，以你的年纪，很快就会……就会……"麻木的舌头让辛西亚的每一个发音都极尽艰难。每说出一个单词，她都能感觉到喉咙中自下而上的窒息般的疼痛。

"哈哈哈哈，你想说的是，我就会死吗？"

托里姆说这句话时，脸上的表情，就像是看一部冗长的电影终于等到了最精彩的环节。他几乎是迫不及待地放下酒杯，从他的双排扣西服里拿出了他已经准备很久的终极惊喜——一根还流淌着琥珀色制剂的R1汞柱，上面的字迹是那么清晰：布兰登·托里姆，仅限本人使用。

"你……你根本没把它掉进海里！"辛西亚看着托里姆手中的汞柱，她才发现这个刚刚被自己称为白痴的男人，其实手里一早就握着最后的那张王牌。

"真是一场精彩的演出！辛西亚小姐，张鲁带回来的注射器里并没有注射记录，视频里显示一个大浪过后它被我不小心弄进了海里，多么——复古的街头骗局！"托里姆哈哈笑了两声，历经岁月的苍老声线在奋力迎合着他高亢的情绪。就像是马戏之王的终场表演，所有观众都瞪大了双眼，享受着被骗后恍然大悟的那一刻，"你真的以为，我会蠢到不给自己留下最后的退路吗？辛西亚小姐，你太年轻了！"

托里姆看着依旧无法动弹的辛西亚，当着她的面将那管"失而复得"的R1制剂推进了辛西亚带来的注射器里，装塞、仰头、推入颈下动脉。就和之前六千多次一样，他享受着新的Renai、新的活力源源不断地流入身体的感觉，如同沐浴着恩赐之雨的希腊平原，在众神的祝福下万物复苏。

"P-1-1-3-0-4-3-4-6-2-1-5。"托里姆说出了那串编号，用迷离而享受的声音。话音刚落下，注射器就从他原本紧握的手心间滑落了。然后他的两只手臂垂落，整个上身瘫倒在沙发上。那是R1制剂带来的副作用，虽然没有首次注射的辛西亚那么夸张，但神经麻痹也已经影响到托里姆的肢体与意识了。只不过，他身上没有丝毫痛苦的迹象，倒更像是老电影里刚刚吸食完海洛因的瘾君子，每一寸肌肤都在经历前所未有的高潮，逍遥快活。

而这时，辛西亚也已经慢慢地站了起来。她甩开高跟鞋，扶着一旁的酒柜。她顾不上理会眼前似乎不省人事的托里姆，现在的她只想快点离开这里。她的理智告诉自己，她现在非常需要一场全面检查，评估这次注射给她的身体带来的影响。

*离开这里……离开这里……*辛西亚一边默念着，一边朝着书房

的门移动。

然而，她还没迈出第二步，那个对于她来说犹如地狱般的声音，就再一次逼进了耳膜。她像是触电似的颤动了一下，恐惧从脚心一直蔓延到大脑。

"真高兴你还活着，辛西亚小姐。"托里姆保持着仰头的姿势，甚至都没看已经准备逃离这里的辛西亚。他就像一只盘踞在蛛网中心的狼蛛，那些飞蛾奋力振翅的挣扎，对于它来说只是餐前的消遣。他似乎还沉醉在R1制剂带来的欲仙欲死的感觉中，说话带着歌剧般悠长的腔调，"看来，我们的辛西亚小姐，是不打算告诉我什么了。"

"我没有什么能告诉你的。"

"那，SF010034呢？"

辛西亚听到这串编号的时候，下意识地看向了掉落在地上、已经被注射进自己体内的R1制剂。如果说现在注入托里姆体内的是活力、愉悦和极致的快感，那此时此刻在辛西亚体内流窜的，却是恐惧、痛苦与无边的绝望。

她当然知道那串编码的含义，它的诞生，是库肯先生的授意，由辛西亚本人亲自执行的。那是张鲁还没有来得及调查清楚的最终答案。

但也不是完全的绝望。眼前的托里姆还没有得到他真正想要的答案。

他一定以为，那是一剂毒药。

他一定以为，自己会因为注射而死。

他以为自己接近了答案，但他对答案其实一无所知。

"你永远都不会知道的，托里姆先生。"辛西亚坚定地说，"事实上，你应该学着放手了，你的妄想已经让那么多人失去了自由。"

"看来，张鲁也和我的前几位间谍落得一样的下场。你们打算在哪里给他置办一所掩盖身份的房子，然后让他满世界飞来飞去，再过几年意外死亡？"

"他们都在暗无天日的地方仇恨着你，托里姆先生。"

"如果你当初答应我，说不定就不会有张鲁和其他人了。他们也应该恨你，辛西亚。如果没有我，你现在还在塞内加尔的平原上种花生！"

"在西非种花生，也好过效忠魔鬼。"

"好吧，好吧。"托里姆叹了一口气，然后又不禁笑了几声，"你知道吗？我非常羡慕库肯先生，羡慕他和他的公司，拥有像你这样忠诚的员工。"

"那是因为，库肯先生和Renai都有着更崇高的目标。而不像你，只是一个想着用钱续命的浑蛋。"

"更崇高的目标，哈哈哈……真是——精彩的发言，辛西亚小姐。"

说完这句话后，托里姆抬起了原本仰着的脑袋，与不远处的辛西亚对视着。

他露出一个扭曲到病态的笑容，惨白而干瘪的嘴唇不住地抽搐着，诡异的弧度连接着细密的皱纹，让整张嘴看起来犹如是被人用钢线缝在脸上一般。他的双眼充血，神情宛如一只饥肠辘辘的秃鹰。他的眼睑紧绷，痛苦与愉悦在他的眉宇间相生并存，极尽能事地拉扯着每一根面部神经。他看着辛西亚，像是一个从炼狱归来的恶魔，在漆黑的夜幕里盯着流浪的猎物。

"不过，拥有如此崇高目标的Renai，说到底，也只是一家公司而已，不是吗？"

：你要收购Renai？！

：想要知道可口可乐的配方，最好的办法难道不是买下它吗？

：你这么肯定那里一定有你想要的答案？

：SF010034就是答案，辛西亚已经用实际行动告诉我了。

：可辛西亚并没有死。

：如果上帝的鸿沟只是愚蠢的毒药，那这场游戏就真是没什么意思了。张鲁的调查没有错，他告诉我，那些编号、那些顺序是有意义的。弗洛莉，这是一个不能被打破的顺序。这个世界上，如果真的存在一种顺序，是绝对不能也无法被打破的，那一定就是人的寿命。从生到死，每一天、每一分、每一秒的顺序，都没法被改变。时光不能倒流，人不能死而复生，这是自然界的第一秩序。

：你的意思是——所谓上帝，就是Renai公司？

：从我注射第一针Renai制剂开始，我就在研究这家公司。几个世纪前它还是个为贵妇们定制基因面部修复技术的小公司，后来进入了基因工程领域。它的研发人员几个世纪以来一直在研究怎么让人活得更久。直到他们其中一个雇员——库肯，那位人体基因学的天才，发明了R1制剂。他把人类对于寿命的设想，第一次从延缓衰老拔高到了一个近乎质变的高度：永生。细胞再生技术虽然没办法阻止严重的疾病和飞来横祸，但却可以让人体的自然机能永远维持在约等于六十二岁的水平。这项发明，无疑是自然死亡的终结。但制剂的造价是非常昂贵的，他们在比弗利召开了发布会。一开始，他们的定位就非常精准。他们带来了很多展品，猩猩、老鼠，库肯甚至亲自割下自己的一小块皮肤现场演示了细胞再造技术的强大。我们当时一同见证了R1制剂对细胞的强大修复力。当时想要投资的人很多，包括我在内，但是库肯都一一回绝了。他接受的唯一合作方式，就是我们提前购买十年的R1制剂，以支撑R1制剂的量产和问世。

：十亿美元。

：十亿美元，换来了他针对第一批用户永不涨价的合同。

：所以现在单支制剂的价格已经涨到二百五十八万美元，而你依旧可以享受两百万美元的低价，这真是诱惑。

：这样的诱惑，让他的账户在那一晚里多了三千亿美元。

：不过他竟然会放弃投资。这是一件非常不符合市场规律的事。

：更不符合市场规律的还在后面。最初我们可以去他们在新泽西的总部进行注射，我们能亲眼看到制剂从那个黑色的匣子里被拿出来。库肯甚至亲自为我注射过，但后来Renai宣布不再接待注射服务，全部改为预约注射。同时，他们也宣布提前预购的上限由十年改到了一年，接着就是产品上市，设立了专门的医疗顾问制度和注射人数限制。注射……注射人数的限制！！！

：你好像对此耿耿于怀。

：如果你看着自己的儿子在你面前寿终正寝，你也会耿耿于怀。

：你是说，你的儿子因为没有注射Renai的资格，所以先于你而死了？

：就在我的面前，弗洛莉。那时候，我已经把价格开到了每针六百万美元，对于那时候的我来说已经是倾尽所有，但Renai还是回绝了。他们甚至同时安排了三个医疗顾问，以确保我不会将自己的制剂拿给我儿子用。一直到孩子离开人世，顾问人数才恢复正常。从他离开那天起，我才开始发觉，这些违背市场规律的行为，一定是在维护着一个更高的规则。他们控制注射的人数、注射的场合、注射的时间和顺序。这一切，都只为了那一个目的——他们在选择性地杀人。

: 你说，Renai 杀死自己的客户？

: 你不这么觉得吗，弗洛莉？他们的手里掌握着世界上精英人群的性命。当然，倚靠 Renai，他们也掌握了简单高效的杀人方式。合同里"意外死亡免责声明"里的每一条，都是他们杀人菜单里的招牌菜。这些人的命，每一条都非常值钱。

: 你是说，Renai 在养活这些人的同时，也在兜售这些人的死期？

: 不，他们兜售的是 Renai 的注射机会。

: 注射机会？

: 你应该知道，Renai 制剂是一种需要放射催化的基因药物，但放射催化反应大部分都对人体有极大的副作用。生成 Renai 的放射催化剂是一种非常稀缺的放射性元素——锫。锫很早就被发现了，但它的聚变特性使得它无法成为核反应实验的材料，几乎毫无用处。但与其他锕系元素不同，它在辐射时只会释放对人体基本无害的电子，锫是最适合用来催化 Renai 的反应原料。可惜的是，锫在地球上的自然存量极少，而人工合成不仅需要大量的资金支持，而且速率和成功率都极为低下。Renai 变成了这个世界上真正的——稀缺品，从很早之前开始，Renai 的新用户增长就非常缓慢甚至暂停了。看起来是因为消费得起 Renai 的人饱和了，但其实是因为根本没有那么多制剂。Renai 确实可以实现长生不老，但老的老不死，新的客户却与日俱增，他们不是不想要我的六百万，而是他们根本没有可以拿给我儿子的制剂。没有锫，就没有Renai。新的客户想要加入，旧的客户就必须死，这就是规律。旧的客户死了，再把空出的机会高价抛售给新的客户，不仅制剂要收费，挂号费就已经足够高昂，这就是上帝的鸿沟。

：用杀人来更换客户，似乎也是唯一的办法了。

：而那个什么上帝的鸿沟，只是为了掩盖这个阴谋，划定一个看起来合理并且可以维持供求的界线，然后把接近这个岁数的人增加进售卖清单。他们把我们的命卖给别人，却把我们的死亡归结给上帝。呵，两百岁，我甚至可以想见这个计算公式可能就写在库肯先生办公室的墙上。对于其他人甚至张鲁来说，可能都会被那道鸿沟迷惑，但是作为一个商人，我从来都不相信上帝能够规定的事。我相信的东西非常简单，只要Renai还是一个商品，它就只会服务于一个规律。

：我明白你的意思了，托里姆先生。供求关系是最大的市场规律。

：所以你猜，我的命能被卖多少钱？

：我有一个比你的售价更有价值的问题，托里姆先生。基于你的假设，我可不可以这样理解，你的存在剥夺了你儿子活下去的机会。你，也是你儿子的死因之一。

：停下，弗洛莉。你不该对一个快两百岁的老人这么残忍。

：这一点也不残忍，托里姆先生。中国有句古话，老而不死是为贼。年老的人还活着，就会占用原本属于年轻人的社会资源，消耗原本属于年轻人的社会成本。如果活得太久，他们就会剥夺原本属于年轻人的时间和生命。这或许就是我从未听闻过你儿子的原因。我猜他到死都不曾真正接管过你的任何财富,一生都活在你的阴影之下,成为你聚会的附属、社交的陪衬,继承你的遗产变得遥遥无期。按照人类正常的寿命,你现在活着的每一分钟,银行里的每一分钱,其实都应该属于你的孙子。而他,因为你的长生不老,连诞生的机会都不复存在。

:弗洛莉,我已经让你别说了!

:就算你没有花钱买任何人的命,但其实你已经在无形中,买走了你儿子和孙子的命。

:这些都是你的假设,弗洛莉。你的假设!

:你刚才说的,也都是你的假设,托里姆先生。

:那是我这么多年的调查后,最合理的解释! 好吧……好吧……但、但没错,这些确实都是假设,你可以认为这是我的自私、我的堕落。但比起相信"上帝的鸿沟",我更愿意相信,自己的命不是被上帝夺走,而是在被待价而沽。而我托里姆,不愿意成为待售的商品。

:所以你拉拢辛西亚,培养张鲁,都是为了去求证这个假设。

:辛西亚和张鲁,其实都是我在非洲和亚洲助学基金会里选出来的优等生。是我把他们从孤儿院带到了纽约。辛西亚是由我引荐进入 Renai 的。她也曾非常尊敬和爱戴我。可惜她对伟大的人类基因学家库肯先生,则是近乎痴迷的崇拜。所以,当她知道我资助她的目的之后,断然拒绝了与我合作。

:但张鲁也没能完成你的计划,而你的岁数已经达到了那个被界定为死亡线的时间,所以你只剩下最后一条路可走了。你要成为 Renai 的控股股东,让 Renai 成为你下金蛋的鹅,让 Renai 无法再对你保有秘密。你想从被待价而沽的那个,变成坐在董事席上拿着价格表的那个。

: 就算再伟大，它也是一家公司，不是吗？

: 这句话在你收购Neith的时候就已经说过了。但托里姆先生，你，真的吃得下吗？

维姬倚靠在正对着花园的藤椅上，手里的酒杯跟随着细瘦的手腕一同颤抖。

这个前院在五年前翻新过一次，看腻了和邻居们类似的玫瑰墙和下午茶茶座，托里姆特意从京都请来专门为皇家修建行宫苑园的园林设计大师，把这里变成了一个典型的日式茶庭。四周用青苔和白砂敷地，缀满竹枝和黄花的假山斜峰上是悬崖瀑布，活水沿着假山石崖的脉络倾泻而下，绕过石灯和水钵，汇入庭院中心蓄满锦鲤的池泉，廊桥和木亭横跨其间。而池泉的最右侧被空了出来，那个位置是留给一株西芳寺的竹树的。如果不出意外，明年它就能从日本出发，被移植到这里。

维姬的身后，是挤满了人的客厅。自从搬到新乔治区，这样的热闹还是很少有的。那些人个个都西装革履，他们簇拥着坐在沙发上的托里姆，滔滔不绝地说着什么。隔着封闭的落地窗，维姬完全听不清他们谈话的内容。但她无法平静下来的心、止不住颤抖的手都已经告诉了她，那绝对不会是什么好事情。

那群人一进来，维姬就知道不会有什么好事情。托里姆直接让维姬离开了客厅。现在已经过了一个多小时，维姬一直坐在藤椅上，穿着她最爱的鸢尾花睡袍，腿边放着已经空了一半的酒瓶。

她看着满园寂静的颜色，却不能如同京都的僧侣般恬静安然。

或许是道行不够，但富人自然有富人的办法，于是她一杯接一杯地往自己的身体里输送那些造价不菲的酒精。精致的威士忌杯边缘，不知不觉已经沾满了维姬破碎的唇印。

好像有一百年那么久了，威士忌就和安眠药一样，成了她的世界里解决所有问题的方法。

维姬已经不记得她喝了多少杯酒，连呼出的空气，都有种陈酿的馥郁香气。直到身后的那扇落地窗门被用力推开，她才犹如刚刚从一场飘荡的迷梦里醒来。

周围是凌乱而急促的脚步声，皮鞋不停地与实木地面摩擦。

那些人要离开了，他们和维姬擦肩而过，比来的时候更加匆忙。

维姬的目光仍旧盯着庭落里循环的流水，她的目光跟随着一尾红黄相间的锦鲤从池泉的边缘游荡到中心，又从廊桥的底下穿梭而过，仿佛周围这些匆匆掠过的身影根本不存在一般。

一声清脆的声响传来，是玻璃和地面碰撞的声音。

等维姬回过头的时候，原本放在脚边的酒瓶已经被撞倒在地上，倾泻而出的威士忌顺着地板的缝隙流淌，一直蔓延到环绕着庭院的溪流里。汹涌而来的酒液如同一条披着金麟的蛟龙，潜入了庭院静谧的水流中。

撞倒酒瓶的是一个看起来不到三十岁的年轻男子，他和其他人一样穿着黑色西装，但领带却选择了印着樱桃纹络的粉色，看起来他有一个和他一样年轻浪漫的女友。他下意识地拾起了坠地的酒瓶，非常慌张地看着转过头来的维姬。

维姬看着他，没有说话，仿佛是在等待他先开口。

"对……对不起，女士。"男子赶忙将酒瓶重新扶起，但里面所剩的威士忌已然不够一口的量。他额头的汗就和从地板边缘滴落进池水的酒滴一样滑落。眼前的状况他根本没料想到，也丝毫不懂如何处理。

"你应该叫我'托里姆太太'。"维姬看着紧张至极的男子，竟然意外地觉得他有几分可爱。这让她想起了以前在片场时，总能遇到几个打翻自己香水瓶和珠宝盒的伙计，他们也像眼前这个男子这样看着维姬，哆哆嗦嗦或者一动不动，像哑巴一样不知该说些什么。

"托里姆、托里姆太太。"男子连忙点了点头，应声说。

"你刚刚把四万美元倒进了我丈夫最爱的池子里。"维姬笑了笑，看起来一点儿也不生气。不知道是不是因为酒精的作用，她竟然有些陶醉在眼前这个男孩木讷而惊慌的神情之中，"看来那些鱼儿很快就能体验什么叫作宿醉了。"

不过维姬还是明显地发现，听到"四万美元"的时候，那个男子的瞳孔似乎放大了一倍。这样的反应在维姬的眼中反而又为他添加了几分可爱。她不禁哈哈笑出声来，同时将握在手里的酒杯递向眼前这个可人儿，"最后这些就留给你吧。"

但接过酒杯的，却是一个突然出现在维姬面前，高大而威严的身影。

今早来的时候，这个人走在浩荡人群的最前面，看起来像是这群人的头儿。他接过酒杯，却似乎对里面摇晃的威士忌丝毫不感兴趣。他将酒杯直接搁在了藤椅旁的灯架上，用冷冰冰的声音对还扶着酒瓶的男子说："潘，我们该走了。"

那个叫作潘的男子很快站了起来，将酒瓶也摆放在了灯架上酒杯的旁边，朝着他的头儿点了点头，又看了一眼退去笑意的托里姆太太，再次十分尴尬地点了点头，急忙离开了。

"看起来，你们终于和我丈夫聊完了。"被搅扰了兴致的维姬，抬头看向面前这个高大的身影。

"不算聊完，我们和托里姆先生还会再见几次面的。"

"哦，我可是很少见到他这么热爱工作，真希望不会耽误我们去吉隆坡参加那场慈善拍卖会，我可是为了它准备了一个多月。"维姬站了起来，重新整理了一下睡袍的袖口，然后对着眼前冷峻的面孔温柔地笑了笑。她甚至还习惯性地拨动了一下自己其实空无一物的手腕，仿佛此时此刻她就已经佩戴上了那件镶嵌着四十七颗钻石的蒂芙尼，置身于一掷千金的聚会。

"你们确实会……经历很多次拍卖会的，托里姆太太。"

说完这句话，男人没有片刻停留，直接转身离开了。他甚至一点儿都不关心维姬的反应，仿佛他一开始就觉得这段对话多余。

随着他的离去，这栋别墅也回归了一如既往的安静。

今天的新乔治区结束了连日的晴朗天气，转为多云的阴天，但依旧有细碎的光线透过庭院的绿阴照射进一楼的客厅。维姬拎着灯架上的酒瓶和酒杯，径直走了进去。她看着托里姆依旧坐在刚才被簇拥的沙发正中心，落地灯昏黄的光线从两侧照向他，将他原本就细长的脸颊衬托得更加瘦削，光影勾勒出的分明棱角和深陷在眼窝里的空洞目光，让他看起来像一具失尽血色的蜡像。

维姬将酒杯放进了内嵌式酒柜，靠在了壁炉旁。

他们互相看着对方，这样的注视持续了好几分钟。

这样长时间安静的注视在这一周内已经几次出现在了这个家里。自从托里姆野心勃勃地开始收购Renai的股票，妄图挤进那个在他看来手握着生杀大权的董事会后，噪音的来源就再也不是那群湖心的天鹅，而是家中的书房、客厅以及任何能够让两个人大吵一架的角落。从第一次入手时的每股九千五百美元，到现在的每股二十一万七千美元，万亿富豪托里姆先生的公开收购就像一针大剂量的肾上腺素，让Renai的股价有登天之势。他预料到了涨幅，却没预料到这如同裂变反应般的增速，之前准备的一千亿美元早已经付诸东流，在耗尽现钱的短短三天内，他就向银行借贷了三千亿美元。而在一个月之后的现在，这笔借款的数额已经达到了一万七千亿。尽管如此，他仍然仅占有百分之十一点七的Renai股份，远远不够让他坐上控股董事的位置。在过去的一个月里，控股的美梦和日益膨胀的债务交织在托里姆的脑海里，仿佛一个怎么也喂不饱的恶魔。那个似乎差一点就能够到的宝藏，正在奋力汲取托里姆血管里的最后一滴鲜血。

那时候，他们在这间屋子里产生的争吵，比过去所有日子加起来都要多。维姬声嘶力竭地劝解，托里姆血脉偾张地怒骂，然后是酒瓶碎裂的刺耳声响、夜半浴缸里的哭泣、刀叉与瓷盘摔裂时的敲击声，还有酒精浇上烈火的"吱吱"声——在得知银行再次拒绝了他的借款申请时，托里姆将酒杯里的威士忌，倾倒进了熊熊燃烧的壁炉烈火中。

他们无时无刻不在争吵。

托里姆几乎与所有人都成了敌人，他把所有人都放在了自己的对立面。

他疯狂、叫嚣、嘶吼、奋力挣扎、誓不回头。

他无比坚定地以为，当然也只有他这么认为，他就差一点儿，就能达到目的。

然而所有人都明白，当托里姆身上最后一滴血流干的时候，那个恶魔会一把捏碎悬挂在托里姆头顶的美梦，所有的心血将会付诸东流，所有的泡沫会消散在虚无之中。

维姬看着托里姆，他眼中布满鲜红的血丝，如同他熊熊燃烧的欲望。但他的眼神却无比暗淡，像是铺满燃烧后的灰烬。

他终于开口了，用沙哑而疲惫的声音。

"他们下周会拍卖我持有的那百分之三十二的Neith股份，然后是百分之十一的Renai股份，接着是苏格兰的酒庄和新乔治区的房子。"

维姬听到了她一直害怕得到的答案。果然，尽管银行已经把托里姆所有的资产用来填补债务，但还远远不够，他们终于失去了这所房子。这是世界上仅剩的几个还和维姬有关系的事物之一。

在托里姆疯狂的一个月里，她无数次想过这个结局。她原本以为听到消息的时候，她会大哭大闹，会指着托里姆的鼻子臭骂，但真的到了这一刻，她的心却平静得如同庭落里的池泉。她好像一下子什么情绪都失去了，不论是悲伤，还是愤恨，如果非要说有什么情绪的话，可能只剩几分怜悯。她觉得自己应该可怜托里姆，但她不认为自己能够做到。

因此她没有说话，没有点头应答，仿佛在听一件和自己毫无关系的事情。

"这里的一切都不能带走，所以……让索伦去订一间四季酒店的房间，我们今晚先搬过去。"托里姆看着毫无反应的维姬，两人的脸上都没有表情。

"索伦前天已经辞职了,托里姆。"

"噢……噢,是的,是这样。"像是什么开关突然关闭了一般,托里姆的呼吸似乎暂停了。他看着维姬,又看了看周围散落一地的文件和公函。如果以前在这间屋子里发生这样的事情,托里姆一定会当场把自己的私人助理索伦——这个给英国首相当过助理,还非常会品威士忌的苏格兰人给开掉。然而,就在前天夜里,他已经提着行李默默地离开了。他趁着深夜走下楼时,甚至见到了依旧坐在客厅沙发上沉思的托里姆。他们沉默无语地对视了一会儿,像一场上不了台面的别离,彼此心照不宣。"他还带走了那瓶他家乡的限量版威士忌。你能给四季酒店打个电话吗?或者给丽兹卡尔顿的索尼娅,总之,我需要住的地方。我想马上离开这儿,马上离开,维姬。"

"你不能像指挥你的助理一样指挥我,托里姆。"维姬沉沉地叹了口气,不知道是因为站在炉火边,还是因为这间屋子的通风系统出了问题,她总觉得此时客厅的空气有种难以描述的厚重和黏稠。每呼出一口气,都像是卸下了沉重的包袱一般。"而且,你打算用什么支付一晚上一千四百美元的房费?"

"对,你说得对,我们得弄些钱。我们得去找朋友弄些钱。"

"你已经快两百岁了,托里姆。你的朋友和亲人都已经死了,剩下的那些人……"维姬说到这的时候,声音止不住地颤抖了起来。因为这样的境遇,对托里姆如此,对维姬也是一样。那些真正想要帮助托里姆的人,都已经埋在了黄土里等待祭奠;而那些有能力拯救托里姆的人,却都拥抱着和托里姆一样的长生不老药,深藏在他看不见的云端里。谁都想在福布斯富豪榜上前进一格不是吗?谁都想要看一看,这个累积了一百多年财富的托里姆先生,在身无分文之后会是怎样的下场。新闻媒体甚至已经迫不及待地做起了回顾托里姆先生财富生涯的主题报道：阐述托里姆财富帝国崩溃的原因、剖析托里姆的雄心与野心。这样的字眼在社交网络上铺天盖地，所有人似乎都在等着看他的笑话，所有人都在等着看一个即将从天堂般的新乔治区跌落凡尘的富豪，要如何面对接下来的贫穷。甚至还有，因为无法再负担昂贵的Renai而即将面临的——死亡。"托里姆，其实我……"

没等维姬说完，客厅的访客系统就再次响起了。维姬几乎被吓得全身抽搐了一下。经过这一个月无数"访客"的造访，她现在对那个清脆的提示音实在有些神经过敏了。但已经没有索伦或是其他用人能为维姬解决响铃的烦恼了。她只好走到位于玄关后面的显示屏前，用力按下接入按钮。

维姬原本以为画面里会和之前一样，出现几张戴着墨镜、沉着脸的律师或是银行工作人员，又或者是不知道贿赂了多少新乔治区的管理人员才得以出现在这里的拍客和记者。但上帝还是给了维姬一些惊喜，那是一张非常稚嫩的少女面孔，看起来只有二十岁出头。维姬从她的衣着看出了她的身份，但她还是非常郑重地对着镜头微笑，做起了自我介绍。

"您好，我是Renai的医疗顾问米娜，我来为托里姆先生和太太注射这一周的制剂。"

维姬这才想起，今天是预约注射的日子。不知道是因为没有注意到，还是因为那些Renai制剂没办法变现，又或者是怕托里姆失去了Renai撑不到还清债款的那天，总之那些追着托里姆要债的银行家虽然连托里姆在斯里兰卡订购的香料都扣押了，却似乎并没有打那些针剂的主意，要知道托里姆和维姬的制剂库存价值可是非常可观的。

维姬没有多想，直接按下了访客系统上"身份确认"的按钮。

等到那个叫作米娜的医疗顾问出现在客厅时，她似乎被眼前的情况吓坏了。这和她所想的完全不一样。她以为被安排到新乔治区去注射，不仅能每周浑水摸鱼去新乔治区玩耍一天，还能享受新乔治区豪华别墅中的鸡尾酒和日光浴。但如今呈现在她眼前的，却是一盏昏暗的落地灯、两个脸色阴郁的老人，和一堆散落一地的写满了文字与数字的文件。没有用人，没有音乐，米娜忽然产生了一种被骗的感觉。她在心里小声嘀咕了一句：怪不得没人愿意来这儿，为什么总要欺负新人！

但她还是非常客气地鞠了一躬，格外认真地说："托里姆先生，托里姆太太，我是二位新的医疗顾问米娜。"

"噢，上周来的那个……我甚至都没记住他的名字，就是那个印度人……"维姬似乎感觉到了客厅里的尴尬气氛，但此时她确实也没精力去顾及一个医疗顾问的心情，只能冲着这个新来的米娜笑了笑，又很快把头转了回去，"他还好吗？"

"我不清楚，我也是昨天刚刚接到安排。"米娜先是想了一下，然后非常确定地摇摇头，"我想一定是有其他的原因吧，我们主管最近住院了，这之后隔三岔五总是有调换医疗顾问的通知。"

"你是说，辛西亚？"维姬坐回了沙发上，顺势用手搂住托里姆的一个肩膀，"她怎么了？说起来辛西亚还救过我丈夫的命呢，那次可真是太悬了。"

"我也不知道，她回来之后似乎就生病了，在总部的医疗中心待了好一阵子。"

"她要死了吗？"托里姆听到辛西亚的名字，仿佛触电般猛然抬起头，专注而兴奋地看着米娜。这是这段时间里托里姆的眼睛里第一次充满了光，像是一个脱壳的灵魂，终于回到了快要陨灭的肉身里。他急切地想要知道那个答案，"辛西亚，辛西亚是不是要死了？"

不过，这个脱口而出的提问却着实把眼前的米娜吓了一跳，她显然没料到本来沉默不语的老人会突然问出这样的问题。她连忙再次用力地摇摇头说道："不，不是的。她看起来非常好，我上星期还和同事一起去看过她，她说自己只是需要配合一些检查。"

"那、那她有没有说自己到底是怎么病的？"维姬看着情绪已经开始失控的托里姆，急忙接过了话题。那一晚发生在这栋别墅里的一切，维姬早已心中有数，尽管托里姆费尽心思把自己从家里支开，但最终碎裂的酒瓶、散落的针剂，什么都没有逃过她的眼睛。

"好像是因为在检查库存的时候被没有完全密封好的半成品轻微辐射到了，其他人都是这么传的。不过我在C区也才待几个星期，除了新入职时她带我逛了一圈外，一共也就见过她几次。"米娜摊了摊手，她实在没有为刚才的这番谈话做好准备。要知道并不是所有医疗顾问都喜欢在每次注射前和客户聊起自己的上司和工作，托里姆那副聚精会神等待答案的样子，总让她有一种是来这儿面试的错觉。

虽然，米娜这个回答很是敷衍，但辛西亚还活着的事实，浇熄了托里姆眼中重燃的一丝光亮。他的脸色又沉了下去，伴随着几声剧烈的咳嗽。

"如果，如果二位没什么其他问题的话，我们可以开始注射了。"米娜显然不想一直沉浸在这种莫名其妙的尴尬话题中，她表现出了

自己最大限度的职业操守——露出一个甜美的微笑，"请二位去更换
舒适的衣物吧。"

"当然。"维姬也跟着笑了笑，同时指了指米娜身后的电梯，"还是
去二楼的卧室吧，我和托里姆习惯在那里睡上一觉。我们确实需要
好好睡上一觉了。"

但一旁的托里姆生硬地拒绝了。他用手拍了拍皮质的沙发垫，
声音依旧微弱而颤抖，"我就在这儿注射。"

"可注射时你得躺下。"

"我说了，我就在这儿注射。"

"那、那我去帮你把睡袍拿下来。"维姬先是愣了一下，但很快又
点了点头。毕竟托里姆已经有一周没离开过这个客厅了，他每天和
各种各样的人在这里争吵，然后摔碎每一样他看不顺眼的东西，在这
里发呆或咆哮。维姬已经厌倦了辩驳和解释，她深吸一口气，径直走
向了电梯。

这对夫妻很明显有问题，但米娜并没有把这当一回事，反正这种
相处了九十多年的夫妻总该有点什么毛病才对。她自顾自地从匣子
里拿出冷藏的R1针剂，再次确定了一遍完好无损，就直接拿着它走
向了坐在沙发上的托里姆。

"托里姆先生，下面将由我为您提供Renai的注射服务。请确认
R1制剂完好，如果没有问题，请用三十到六十分贝之间的声音回答
'确认'。"

米娜说话的同时，将手中的R1制剂递给了托里姆。

但托里姆依旧目视前方，没有接住制剂，没有眨眼，甚至没有呼
吸，仿佛刚才的这一幕在他此时的世界里并没有发生过。

"托里姆先生，您需要进行声纹确认。"她用手碰了碰托里姆裹在衬衣里窄弱的肩膀。

"托里姆先生？"虽然完全无法理解眼前的状况，但米娜除了一再喊出托里姆的名字，也没有其他的办法，"先生？"

但耐心换来的，依旧是毫无反应。

这样的漠然足够耗尽每一个医疗顾问的耐心，米娜也不例外。此时她心底的呼声是：这里难道就没有一个正常人吗？但她很快就想到了那个看起来还算和蔼的托里姆太太，她回头看了一眼停在二楼的电梯，决定等到那个稍微好说话的人下楼之后再来处理。于是她叹了口气，想要把已经举得酸痛的手臂收回来。

但刚刚还无法被叫醒的托里姆先生，却在这时一把抓住了米娜的手。

等米娜反应过来时，她已经被托里姆拽着倒在了地上，难以想象这个骨瘦如柴的老人居然有那么惊人的力气。他死抓着米娜的手腕，硬生生地把她的整个身子拉扯下来。

伴随着猛然坠地的眩晕，米娜的手臂感到断裂般的疼痛。混合着恐惧的眼泪涌入米娜的眼眶。她看着刚才还安静得仿佛一尊蜡像的托里姆，此时此刻正在用充满血丝与仇恨的目光盯着自己。

托里姆用另一只手一把夺过米娜攥在手心的R1制剂，用沙哑的声音说道："你也是来毒死我的吗？"

"托里姆……托里姆先生，你放开我……"米娜被吓得整个身子往后一缩，但紧紧被拽住的手腕又再一次被拉扯，她痛苦地喊了出来。

"你是不是库肯派来杀我的，杀了我，你们就可以把我的配额卖给别人？"

"我根本、我根本不知道你在说什么！！！"米娜跪坐在地上。她已经没有多余的理智去思考托里姆的问题，所有的注意力和力气，都用在了挣脱托里姆这个神志不清的恶魔上。她开始用脚去疯狂地蹬踩托里姆的四肢与躯干。她甚至隐约听到了托里姆脆弱的关节断折的声音，但他依旧没有放手。

"这里面是什么？这里面是你们要用来杀我的东西，对不对！"

"放开我！"

"不要高兴得太早，我还有那个录音，我还有你们要害我的证据！我要在拍卖的当天播放，我要在那天让所有人都知道，你们都是杀人犯！"托里姆张开嘴疯狂地喊叫着，他死死地拽着米娜的手腕，和那管刚刚从米娜手里夺来的R1制剂，"我还有这个，对，我还有这个，我还有筹码，我还有长生不老的筹码！！！"

"放开，你这个变态，放开我！！！"

"你是杀人犯，你们都是杀人犯！我有证据的，我才不会像那些没用的人一样，死在你们手里！"

"放开我！！！"米娜已经顾不上听托里姆那快要撕裂的喉咙里发出的音节。她所有的力气都换成了声嘶力竭的喊叫。可她没想到，那个说话听起来快要断气的托里姆，突然直直地站了起来。不知道从哪儿来的力气，他拽着米娜的手腕，将她整个人拎了起来。米娜感觉到自己的脚尖渐渐脱离了地面，而那个被死死掐住的手腕，肿胀了起来，它的每一个关节、每一根骨头，都像是被钢钉击碎了一般疼痛。

而此时托里姆的脸上，挂着一抹极为畸形的笑意。那根本不是人类可以做出的表情，一边抽搐，一边颤抖，一边露出发黄的牙齿，咧着唾沫飞溅的嘴。他带着那样的笑容凑到米娜的耳边，从喉结里发出低沉的颤音，如同深渊中恶魔的低语。

"你，不是米娜；你，是辛西亚。"

"你在说什么，你放开我，放开我，求你了！"

"你怎么会蠢到想用同样的办法第二次杀我，辛西亚小姐。你不是我资助计划里最优秀的学生吗？"

"我根本——我根本不知道你在说什么！！"

"我说，我又怎么会蠢到，被你用同样的办法再谋杀一次呢？"托里姆说完，直接将米娜甩了出去。米娜的身子撞向沙发前垫着整张索马里雄狮皮的茶几。而在那层狮皮下面，则是一整块勾勒着东罗马双头鹰的铂金。

那一瞬间，由于强烈的撞击，米娜几乎失去了所有知觉。她的耳畔回荡着刺耳的蜂鸣，眼前的一切，都模糊得像是雨雾笼罩下的荒原，只有重叠的阴影和交织的光线。然后是从背脊生发，从腰间一直蔓延到全身的——撕裂般的剧痛。

如果此时此刻，你能用托里姆的眼睛去看、用他的耳朵去听，你就会发现，倒在那张雄狮皮上的女人，有着黝黑的皮肤，蜷缩着的身子深埋在铅灰色的西服里，那对深陷在眼眶中的瞳孔正死死地盯着托里姆。

"辛西亚，你是辛西亚！"托里姆的脑袋剧烈晃动着，已经分不清是在摇头还是点头。他佝偻着身子，一手高举装载着R1制剂的汞柱，另一只手则直直指向倒在狮皮上的米娜。他的愤怒与咆哮，使他像极了用天雷惩戒众生的宙斯，"你是辛西亚，你是来杀我的，对吗？"

米娜还深陷在从头皮到四肢的麻痹中，听觉、视觉，都像淹没在寒冷的虚无中。直到那一阵刺骨的疼痛，来自颈部的、深入骨髓的疼痛将她的感知从昏厥中拉了回来，仿佛一道强光刺破迷雾。她咧着嘴想要发出声音，却只是做出了痛苦而狰狞的表情。

眼前的托里姆先生，正在用那管连针头都没有的汞柱，奋力地扎向米娜的颈部。

像手持利刃的刺客，一下接着一下，丝毫没有停下的意思。每一次挥舞手臂，托里姆脸上的表情就狰狞一分，兴奋一分。

强烈的撞击，触发了汞柱上的报警器，"状态异常"的标志亮起，伴随着蜂鸣声。但不停闪烁的红光、刺耳的蜂鸣与米娜的呼救交织在一起，反而挑起了托里姆内心的仇恨。他直接跳上茶几，跪坐在米娜的小腹上，用另一只手牢牢地掐住米娜的脖子。而米娜的颈侧已经被汞柱锋利的金属阀口划出一道道血痕。

"托里姆！"维姬站在电梯口瞪大双眼看着眼前的一幕，手中为托里姆准备的睡袍应声滑落，"托里姆，你在干什么！"

但托里姆根本没有理会维姬的质问和喊叫，他像一台被锁定了模式的杀人机器，疯狂而麻木地重复着同一个动作。

"托里姆，住手！

"托里姆！！"

维姬丢下了手中的睡袍，直接冲了上去，用尽所有的力气撞向了挥舞着汞柱的托里姆。

所有的声音都在那一刻停止了。

托里姆和维姬一同倒在了茶几后面的沙发上，而颈部已经血肉模糊的米娜，被摊开的狮皮包裹着，倒在了另一侧的羊绒地毯上。鲜红的血液溅射在纯白的羊毛上，画面诡异而华美。因过度恐惧而愣愣的米娜,捂住脖子,嘴唇仍在不停抽动,想要呼救,可是什么声音都没能发出。

整个偌大的客厅,在暴力的洗礼后,陷入了真空般的死寂。

维姬、米娜和托里姆,全都大睁双眼,不停喘息,没有说一句话。伴随着喘息声,令人窒息的安静吞噬一切,熄灭刚才的疯狂,也蚕食最后的理智。

最先直起身子的是维姬,她每吸一口气,都引得全身一阵剧烈颤抖,仿佛经历了一场角斗场的厮杀。她看着不远处惊魂未定的米娜和她从脖子一直蔓延到白褂的血痕,甚至都不敢去想,刚才自己在二楼为托里姆挑选睡袍的时候,这个女孩到底经历了怎样非人的待遇,她甚至觉得这间客厅的每个角落,都正在回荡着嘶吼和呼救声。

"你快走吧。"维姬面无表情地看着米娜,她知道这时候再说任何话,不管是道歉,还是关心,或是询问她到底发生了什么,都已经于事无补。对于米娜来说,最好的安慰,也是唯一的安慰,就是赶紧离开这个地狱。

米娜看着维姬,愣了几秒后,疯狂地一直点头。她站起来,又因为虚弱而跌倒,再尝试了几次之后,才终于一手抱着脖子,一手扶着墙壁,头也不回地逃出了那扇门。

透过客厅的落地窗,能清晰地看到米娜奋力挪动双腿,几乎是拼了命地朝着门外跑去。是啊,身在地狱,谁不会这样做呢?

直到米娜的身影消失在视线里,维姬才仿佛解脱了一般,从托里姆的身旁坐了起来。眼前的丈夫依旧瞪大着双眼,却目无焦点;他大口地喘息,却好像没有吐气。刚才的暴行已经耗尽了托里姆所有的精力,耗尽了他的最后一口气和最后一滴血。但他的手里,仍然紧紧握着还未解锁的制剂，暴露的青筋和只剩下皮囊的指节，像一棵即将枯死的长藤，不顾一切地想要缠住最后的生机。

"安博特……张鲁……辛西亚……这已经是被你折磨过的第六个医疗顾问了。"维姬说话的时候眼神空洞，并没有看向托里姆，"你那么不愿意去死，却把身边所有人折磨得生不如死，这就是你吗，托里姆？"

"根本、根本就没有上帝的鸿沟。"托里姆突然用另一只手紧紧抓住了维姬睡袍的一角，他每说一个字，都伴随着艰难的喘息声，"我不会死的，维姬。不会死的。"

"你让我觉得恶心，托里姆。"维姬冷笑了一声，蓦地从沙发旁站了起来。伴随着丝绸的撕裂声，被托里姆拽着的睡袍一角，连着那些精致的鸢尾花边，一同被扯了下来。

"不，维姬，我已经都知道了，我已经知道了所有的事情。我会派张鲁，我会派张鲁去，去把一切都调查清楚；就算张鲁失败了，我们也不会失败，我还可以收购Renai，我可以买下它，我会成为它的老板。维姬，我们都不会死的。"托里姆一边奋力地想要再次抓住维姬的手，一边侧着脸疯狂地傻笑着，"我们、我们都不会死的……没有人，没有上帝，也没有鸿沟……"

"你无药可救了，托里姆。"

维姬甩开了托里姆伸来的手，头也不回地走向了二楼，一步比一步坚决，似乎挣扎着做出了最后的决定。她经过那些与托里姆共饮过的威士忌，经过与托里姆一同宴请国务卿的餐桌，经过那幅被当作藏品挂在墙上、她嫁给托里姆时让摩纳哥宫廷画师亲绘的油画，她一一经过了美好记忆的所有具象。当她把所有都抛在身后的瞬间，在这个星球上最接近天堂的地方，她看见了最痛苦的炼狱。

（更早……）

：嘿，维姬。

：弗洛莉，谢谢你还愿意见我，你本来没这个必要的。

：今天虽然是Neith的股份重组会议，你和托里姆先生都已经不是我的老板，但这并不影响我还是你的心理医生，至少在今年内还是。

：谢谢你，弗洛莉。

：也谢谢你代替托里姆先生出席。我知道刚才在会场上，那些人都没给你好脸色。

：我已经不在乎这些了，弗洛莉。

：托里姆先生怎么样？

：不太好，其实我也没怎么去看过他。

：我听说他在精神病院里，而且情况并不乐观。

：是的，破产的事情严重地刺激了他，比想象中严重。他现在一直沉浸在几个月之前，听照顾他的护士说，他见到谁都会说那些他幻想出来的，调查Renai、收购Renai之类的话。

：我现在不便去看望他，等Neith这边的事情处理完毕，我会去看看他。如果条件允许，我会尽量帮助他摆脱困扰。

：或许真的只有你能帮到他。

：你看起来有话对我说，维姬？

：我、我希望，你能帮他永远活在那几个月里。

：维姬？我不明白，按照你说的症状，这是非常典型的记忆缺失，我有很大的把握能治好他。就算治不好，我也可以给他装一台Neith，让他恢复正常的思考能力。按照目前，我是说我听到的消息，他已经购买的Renai制剂的库存，至少还能让他活一年。

：不，弗洛莉，我不想他清醒过来。现在在真实的世界里，他没有家人，没有朋友。世上所有人，都在背后骂他、指责他、嘲笑他……他不应该活在这样的世界里，那对于他来说和地狱没什么区别。

：他在这个世界上至少还有一个家人。难道说……维姬你？

：是的，弗洛莉。

：维姬，你死了对任何人都没有好处。

：不，对托里姆有。加上我还剩下的一年Renai制剂库存，托里姆他，他就有足够的制剂活过两百岁。他就能跨越那个"上帝的鸿沟"了。你只需要，你只需要让他以为他还活在之前的那个世界里就行了，让他相信他还是住在新乔治区的托里姆先生。

：Renai公司不会准许你这样做的。

：他们会准许的，我手里有他们想要的东西。

：所以，你就要成全他的梦想，让他以为他真的做到了，对吗？

：他现在已经是全世界的笑话了，一个为了打破"上帝的鸿沟"，败光所有财产的笑话。其实他以前不是这样的，他绅士、幽默，会在凌晨两点半把你从床上抱起来，带你爬上屋顶拉小提琴给你听。他做过很多浪漫的事。他也很爱我，尽管我知道……他爱我是因为那时候全世界的男人都爱我，所以他才必须得到我，但这不影响他爱着我，至少……就算九十多年的相处已经耗尽了全部的爱，他也依然尊重我，顾及我。但同时他也太爱自己，太想活下去了。治愈他，让他在所有人的唾弃里再活一年，他会生不如死的，弗洛莉。

：如果你让他永远停留在那段记忆里，那你为他的付出，他就永远都不会知道。

：不，不需要他知道。让他觉得我还是在的，我只是重燃了演出的欲望，只是在某个地方拍电影。总之，别打碎他的那个梦，就让他一直病着、梦着，一直到两百岁。

：我无法理解你这样的牺牲，维姬。

：或许等你陪伴一个人九十多年，你就会理解。不管他爱不爱你，做了什么，就算无可救药，他还是无法割舍的。这是相处了九十多年的感情，弗洛莉，岁月实在太漫长了。

：我可以答应你，维姬。

：真……真的吗？

：通过一些药物辅助，我可以在和他的交谈中，加固你希望我加固的那一部分记忆。只要他不受到强烈的刺激，就能沉浸在虚假的记忆里。但他本人也只能在医院里度过余生了，哪儿也不能去。

：这已经是，我能设想到的……他最好的余生了。

：这是我当心理医生这么久，第一次被病人家属要求，让一个快要好的人一直病下去。

：脱离现实，也是一种解脱，不是吗，弗洛莉？你知道吗，我三十岁的时候曾经演过一个被士兵凌辱的修女，那时候有一段台词，我始终不理解它的含义："地狱并不在我们脚下，当你的心只剩下痛苦的时候，你在哪里，哪里就是地狱。"直到那一天，我看着托里姆瘫倒在沙发上，看着他失去理智地呼喊和大笑，那一刻，就在那一刻，我突然发现，我身在炼狱。

：我明白你所说的，我会确保，托里姆先生的心永远都困在现实之外。

: 真是万分感激，弗洛莉。

: 不过，维姬，你害怕吗？

: 什么？

: 活了这么久，你会怕死吗？

: 我更怕孤独。托里姆，是这个世界上最后一个与我有关的部分，而如今，这一部分也已经消损殆尽了。这让我觉得自己已经不属于这个世界了。或许，我是说或许，像我这样的人，根本就不配拥有那么长的寿命。因为我根本没有活那么久的勇气。

"欢迎，员工编号E0047，艾利尔·辛西亚。"

在那扇大门打开之前，辛西亚闭着眼睛，默默许下了两个心愿。第一是希望根据议程即将见到的库肯先生不会再因为什么原因缺席，只留下一段只有简短几句话的视频；第二是希望所有人都可以忽略自己头上佩戴的这个蓝白相间且异常笨重的放射物吸纳头盔，因为这让她看起来比最老版的《星球大战》里的绝地武士还要做作。

几千年前就有一种说法，黑人的祈祷是非常奏效的。

辛西亚深吸了一口气，只希望这次真是这样。

但事实证明，果然几千年前的先辈也是会骗人的。因为门只开到一半的时候，就已经传来了一个非常不吉利的声音，来自LA的嘲讽："你为什么闭着眼睛，在等着吹蜡烛吗？"

辛西亚赶紧睁开了眼睛，这是她第一次来到Renai的E区。事实上她以前根本不知道还有一个E区，而她的员工编号，也变成了E0047。E区已经完全脱离了新泽西海岸，是一处依靠着近海海床打造的圆弧形建筑,通过一根细长的压力通道与新泽西总部相连。在标准化的公司模型和地图里,这里,都被标注成了海底排污管道。自己现在可是在参加一场于排污口举办的会议。

她白了 LA 一眼,然后径直走了进去。这个会议室的顶部是一个巨大的玻璃穹顶,周围则是被探照灯循环扫射的幽暗海水。而会议室里唯一算得上办公用具的,只有中间摆放的那张巨大的圆弧会议桌。已经有五个人整齐地围绕着会议桌落座,辛西亚的目光一一扫过他们。全都是没有任何印象的陌生面孔,而且令辛西亚非常失望的是,这次也没有库肯先生。

"你在找谁吗?"LA 有些疑惑地看着辛西亚。

"不是说,库肯先生也会与会吗?"辛西亚直截了当地发问了,这简直是鼓舞她一路小跑着赶过来的唯一原因——亲眼见到库肯先生。虽然无数次代表过库肯先生在各类会议上发言,但是她却很久没见到过这个在她心目中伟大而崇高的科学家了。

"嗯……"LA 停顿了一下,像是在思考怎么回答。但最终他还是选择了跳过这个话题,"赶紧坐下吧。"

辛西亚被身后的 LA 催促着坐在最靠近出口的座位上,而 LA 则坐在了她的右侧。等到他们坐定之后,正对着辛西亚的那个男人——看起来是主持这次会议的男人——立刻站了起来。他轻触了一下会议桌上的控制按钮,几面巨大的弧形隔离墙很快就由下至上升起,不一会儿,原本极为赏心悦目的海底世界风景就被封锁在外。而与此同时,隔离墙面上的灯光,也亮了起来。灯管嵌在隔离墙的内壁里,犹如无数条不规则的裂痕。但如果你把视野打开,会发现那些看起来毫无章法的发光裂隙,正好在会议室的头顶组成了一棵被环绕的橡树,那是Renai的标志。

主持会议的男人四十岁左右,典型的美国人,穿着整齐的西装,领带扣上有一枚铂金夹扣,上面清晰地印刻着那棵弧形的橡树。库肯先生日常的穿戴里也经常出现那枚夹扣。他冲着辛西亚点了点头,然后用非常庄重的声音说道:"欢迎各位,今天的主要议题是迎接新的董事会成员,艾利尔·辛西亚小姐。她之前一直在C区负责Renai的库存管理和公司的对外公关。鉴于最近发生的事件,我认为她已经通过了考核。辛西亚小姐,我先自我介绍一下,我是卢登——"

"董事,什么董事?"辛西亚显然被那个男人嘴里的"董事"二字吓了一跳,没等叫卢登的男人说完,她就立刻站了起来,"等等,说到董事,我还正准备提醒库肯先生,那个……托里姆先生,他已经准备恶意收购Renai。这是我亲耳听到的。"

"哈哈哈,所以我说,你在医疗中心确实待得有些太久了。"LA瞬间就笑出了声来,"那个家伙早就玩完了,他现在赔银行赔得身无分文,不坐牢就已经不错了。"

"等等,你是说,托里姆先生已经破产了?"

"比这更严重。"卢登挥了挥手,示意辛西亚先坐下,"托里姆先生现在正面临超过二十四项包括恶意收购、非法融资和蓄意伤人的指控,不过鉴于他最近的精神状态和健康问题,庭审时间可能会拖延下去。不过,也正是因为你在这次事件中的表现,让董事会对你的能力和忠诚完全抱有信心。你非常好地执行了我的指令,并且在遭遇生命——"

"您的指令?"辛西亚有些疑惑地看着面前的卢登,她从没见过他,甚至没听说过他,又怎么可能执行过他的什么指令,"那明明是库肯先生的指令。"

"辛西亚,你还不明白吗?"LA拍了拍辛西亚,又指了指卢登领带上的那枚橡树夹扣,那枚曾经无数次出现在库肯先生视频画面里的夹扣,这是Renai老板最明显的标志,"卢登,就是你的库肯先生。"

"他就是库肯?"听完LA憋着笑意的话,辛西亚又将头转向了卢登——这个看起来不到四十岁的男人。绝对不会是他……在无数次与库肯先生的通话和视频里,她看到的都是一个极为年迈的声音和极为苍老的面孔。

"我知道,你对库肯先生有非常强烈的个人崇拜。但正如LA告诉你的,和你联系、给你发布命令的人,一直都是我。这就是为什么,你后来有很长时间没见到库肯先生本人。"卢登冲着辛西亚微笑着点了点头,同时按了按那枚夹扣上的橡树,原来那是一个隐藏的按钮,下一秒开始,在辛西亚的耳畔出现了那个她最熟悉、最崇拜的声音,"库肯先生临终前,把他的原声代码拷贝在了这枚夹扣的内置配件里。所有与你的通话,都是通过它来完成的。"

辛西亚听着来自"库肯先生"的解释,整个人都愣在了原地。过了好一会儿,她才仿佛触电般地回过神来,不敢相信地问道:"您、您刚才说……库肯先生临终前? 您的意思是,库肯先生……已经死了?"

"他已经去世很多年了,在莎莉事件之后。"

"您是指第一个死亡的……Renai用户,一百九十九岁的德国人莎莉女士?"辛西亚每次听到这个名字,总会有无数记忆涌入脑海,那是她与库肯先生最后一次见面,也是她第一次临危受命走上Renai的发布会主持台。那时候库肯先生的身体状况就已经非常差了,他让辛西亚,这个他从大学开始就最看好和钟爱的学生代替自己参加发布会……辛西亚甚至还记得刚推开他房门的时候,他似乎才刚刚哭过,从眼角一直蔓延到脸颊的泪痕清晰可见,仿佛刚经历了一场生离死别。

"有很多事情是你还不知道的,辛西亚。比如,莎莉女士是库肯先生的母亲。"

"母亲?"辛西亚再次愣住了。

"并不是亲生母子,但库肯先生的成长离不开莎莉女士的照顾和支持。库肯会从化学工程一头扎进基因工程学,寻找让细胞无限再生的办法,最初的目的就是为了治疗莎莉女士的全面器官衰竭症。后来他加入了曾经的母公司,并且依靠他们强大的基因研究成果最终推导出了让细胞无限再生的基因公式,制作出了第一瓶Renai。但因为Renai的造价非常昂贵,他提炼出的药剂很少,根本不足以维持莎莉女士的生命。所以他才带着样本和试验品,进行了那次预售融资,这你应该很清楚。当时他救母心切,甚至都没有获得公司的完全同意就私自带着样本前往了世界各地的富人区,包括有钱人聚居的比弗利山庄。"

"承诺定价永远不变,预售出十年的Renai制剂……"辛西亚当然清楚这次事件。这个世界上至今仍然有许多人在以两百万美元的低价享受着单价已经飙升到二百五十八万美元的Renai制剂,比如那个让辛西亚永远无法忘怀的托里姆先生,他就是当年比弗利预售会的座上宾,"可是,莎莉女士的死……如果库肯先生把莎莉当作母亲,他怎么会允许她……"

"是我们不允许。"卢登回答得很干脆,"库肯先生是一位纯粹的科学家和孝子，他虽然研发出了Renai制剂，却完全忽略了Renai制剂造成的诸多影响。或者说，长生不老带来的诸多问题。你可能已经看到了，由于一部分人的寿命已经超出了人类身体机能所能维持的范畴，于是社会规则和秩序也随之改变，比如美国总统的任职年龄上升到了九十五岁，比如遗产税的起征点连续四十五年上调，养老金、退休年龄、生育权，甚至是老人概念的界定，等等。这些都是他不曾预料到，但却真实出现的问题。

"这已经不再是库肯先生个人，又或者是Renai公司的问题了。根据秘密通过的联合国安理会《国际安全条例T3-736D法令》，库肯和他的项目被强制脱离了原来的母公司，在新泽西成立了全新的Renai，并且成立了由安理会实际控制的董事会。这就是为什么虽然Renai是上市公司，可是它永远不可能被任何人收购控股，就算是坐拥万亿财富的托里姆先生也不行。美国政府会确保Renai的股价，永远都划在他无法触及的高度。

"库肯先生已经售卖了极大一部分的制剂，而且顾客都是这个世界上最有地位和权势的人。为了避免事态的影响扩大，成立新公司后，我们还是决定依照计划继续为这部分人提供Renai。并且将它按照一个正常的公司去经营，继续售卖Renai。但我们划定了很多界限，例如家庭关系下注射人口的限额，注射的时间和场合规定以及一个人最多能购买的库存量，等等。

"但最为关键的问题是，我们认为，目前我们的认知结构和社会机制，并不能允许永生的存在。根据我们邀请的一大批社会学家、心理学家和生物学家共同讨论研究的结果，我们认为一旦超过两百岁的人过多，现有的社会秩序就会逐步受到影响。所以，这也是《国际安全条例T3–736D法令》补充条款里最重要的一项规定:'在未来的五百年内,不能有任何地球人的寿命达到或超过两百岁。'不管是借助Renai制剂,还是以后五百年内任何可以延长人寿命的技术手段,人类的寿命都不可以超过两百岁。这是一条任何人都无法僭越的界线,没有例外。所以,为了让这些注射Renai、完全可以获得永生的人的寿命抑制在两百岁,我们基于库肯先生的研究,开发了以SF为编码的衰减剂。它也是真正的Renai制剂,但我们在它放射催化的过程中逆转了它的合成反应公式,所以,注射了SF衰减剂的人,再次吸收Renai制剂的能力会大幅下降,最终会变得完全无法吸收,慢性死亡。"

"所以我给托里姆先生注射的,真的是毒药?"辛西亚说话的声音止不住地颤抖,她根本无法理解眼前的一切,"可库肯先生……噢不是,可是你明明告诉我,SF编码的制剂是用来提升吸收率的强化针剂,因为那些超过一百八十五岁的老龄用户吸收Renai制剂的能力变差。所以……所以你们真的在杀人。"

"你可以这么理解,但在董事会议上还是请辛西亚小姐把它称为'执行衰减流程'。其实托里姆先生的衰减剂要到明年二月才会投放。但我们在审问张鲁和检查他的其他私人邮件后,认为托里姆先生已经对我们的操作机制构成了威胁,所以我们决定提前执行。"

"你是说,这真的是有顺序的?"辛西亚疑惑地看着卢登。她至今仍然无法接受,自己曾经揣着一管毒药去杀人的事实。这不是她理想中的Renai,也不是她想象里的库肯先生,"原来'上帝的鸿沟'是真的。原来所有人真的都活不过两百岁。"

"我们有一份完整的执行名单。每一个用户都有属于他自己的衰减流程执行时间，这是经过合理计算的。首先这名用户需要至少达到一百八十五岁，然后我们会调查他的社会背景和职业背景，为他规划一个执行衰减流程的时间点。这个时间点对他的家庭、事业、财产和社会声望所造成的影响都最小。同时我们也需要确保不会有过多用户同时执行衰减程序。需要综合考虑的因素有很多，算法非常精密。

"这就是为什么我们会给每一个Renai制剂编号，每一个制剂都需要在规定的时间和场合被使用，不能有任何的遗漏和错用，因为所有人的时间表在他们成为Renai制剂用户的那一刻就已经列好了。一个人的改动，会牵扯到无数人的时间表。托里姆先生不是第一个对这个顺序提出质疑的人，很多人勾结自己的医疗顾问做了愚蠢的事情。他们的下场你也都看见了，辛西亚小姐。这个董事会的存在，就是为了确保Renai制剂在合理和安全的范围内服务于社会，任何胆敢挑战它的人，都只有一个下场。"

"所以……莎莉女士也是被……"辛西亚看着与会的所有人，他们也都在盯着自己。原来，他们才是Renai真正的所有者。不，应该说原来Renai从来不属于一个人，甚至不属于任何人，而是属于这个星球的秩序与规则。

"莎莉女士，是第一个被执行衰减程序的人。当时库肯先生奋力阻止，甚至不惜以命相逼。但正如我刚才说的，这是一条任何人都无法僭越的界线，没有例外。"卢登叹了口气，默认了辛西亚的猜测，"因为莎莉女士并不是真正意义上的消费者，为了掩盖她和库肯先生的关系，我们甚至花了很多精力去编造她的身世，包括她是政要的情妇、结过三次婚，等等。非常遗憾的是，库肯先生认为这已经完全背离了他发明 Renai 的初衷。他不愿意服从，也不愿意被我们控制，所以……"

"所以，你们就杀了他？"

"所以他拒绝参加解释莎莉女士的死亡的官方发布会，并且在房间里为自己注射了高强度的衰减剂，并于三天后去世。考虑到库肯先生的去世会进一步加深大家的恐慌和猜忌，所以我们隐瞒了真相，并且借由 VOI 镜像技术以及声音处理技术，让库肯先生得以经常出现在公众视野，以及你的视野。"

"这……"泪水，辛西亚能感觉到泪水从眼角一直滑落到脸颊，就和她最后看到库肯先生时他脸上的神情一样。原来，他那时候就已经决定抛弃自己最爱的学生，抛弃这个世界。

"这很残忍，但这就是秩序的代价。我们考察你非常久了，辛西亚。你的能力我们有目共睹，但由于你的学历背景里充满了托里姆先生的影子，我们实在无法完全相信你。但托里姆先生的过激行为，再一次帮你证明了你自己。最重要的是，你现在已经是衰减剂的使用者了，加入董事会的一个前提，就是必须在这里，当面注射衰减剂。所以这里的所有人，都无法成为 Renai 的用户，无法获得被科学力量赋予的额外的生命。你已经背负了这样的厄运，所以我们决定正式吸纳你成为董事会的一员，你会接替 LA 的位置，负责 Renai 制剂的生产和储存。"

"那……LA？"辛西亚看向了一旁仍然在哈哈大笑的 LA。

"我就不能退休吗？反正你不是一直都不喜欢我吗？自从那次我把你的 VOI 镜像做成了一个白人，你就再没对我有过好脸色，不是吗？"LA 潇洒地挥挥手，对着辛西亚指了指自己的脑袋，"我已经九十二岁了，不想总待在地下。我真的非常想去新西兰找个有蓝天白云的不冻港好好钓钓鱼。新泽西的海边连一只虾米都没有。"

"可是……"

"可是什么，接受就好。难不成你真的打算要我给你道歉一百万次吗？" LA 又带着咳嗽哈哈笑了几声，"以后卢登就是你的直接上级，Renai 内部全部由你负责。"

卢登对着辛西亚认真地点了点头，但眼神和谦卑的姿态看起来更像是在对着她一旁的 LA 点头。谁能想到，这个已经在不见天日的 D 区待了四十年的老头，曾经是麻省理工学院的副教授。如果不来这里守着 Renai 的制作，他原本可以……或许就是去新西兰找个有蓝天白云的不冻港好好钓钓鱼。

"辛西亚小姐，恭喜你正式加入董事会，负责 Renai 制剂的生产和储存。请允许我为你介绍董事会的其他成员。

"爱恩·佩奇，她负责对接安理会，处理政府政策。

"阿斯尔·肯，他负责时间表的规划和衰减剂的排序。

"伊万·洛维奇，他负责处理应急事件，对 D 区员工进行人身限制以及管理隶属于董事会的军事武装。

"剩下这位女士，是弗洛莉·艾伦。她负责社会舆论的管控和用户心态的研究，著名的'上帝的鸿沟'就是由她创造的，引发了舆论的轩然大波。但我们就是需要这样半真半假的空壳理论，来维持我们真实的目的，毕竟谁也不会去问上帝到底有没有划过这道鸿沟。"

"你好，辛西亚小姐，很高兴认识你。我是弗洛莉，F-L-O-R-R-I-E，弗洛莉。"

"你、你好，弗洛莉小姐。" 辛西亚小心翼翼地拼出她的名字，不知道为什么，当她第一眼看到这个金发碧眼的弗洛莉时，就本能地觉得，有几分说不出的害怕。

不过弗洛莉倒是没太在意这个刚刚加入牌局的辛西亚。点头微笑之后，她温柔地说道："既然新玩家已经加入了游戏，那能不能回到刚才的话题，把我说的那件事给办了？"

"你是说——把托里姆太太的制剂与托里姆先生的制剂合并使用？"卢登似乎才想起来这件事，他皱了皱眉，然后看了一眼其他人，有些迟疑地问，"你确定要这么做吗？"

"如果你不希望以后有第二、第三个托里姆先生冒出来的话，那就非常有必要。"

"对了，托里姆太太答应的条件呢？"卢登谨慎地问道。

"录音我已经拿到，并且销毁了。"LA冲着卢登点了点头。

"那就照着执行吧，弗洛莉。这方面没人比得过你，不过烦请遵守规定。"

"我会在他一百九十九岁的最后一天掐断他的最后一口气。"弗洛莉笑了笑，"我有很多比衰减剂更加有趣的小药丸。"

"我说的是，请确保他不能离开那家医院，以及你的监控范围。"

"这是当然。"弗洛莉充满自信地回过头，重新看向仍然不在状况内的辛西亚，有些迫不及待地说，"那么，新官上任的辛西亚小姐，现在我们可以去参观一下C区了吗？"

"当……当然。"辛西亚看着依旧满脸笑意的弗洛莉，发自内心地感觉到，这并不是一个问题和请求，倒更像是命令或要求。从入职C区的第一天起，辛西亚就知道合并使用制剂是被绝对禁止的，但刚才弗洛莉那个明显过分的要求，却完全没有让包括LA在内的人太过惊讶。而从弗洛莉小姐脸上不曾隐去的明媚笑意可以看出,她早就知道没人会反对她的做法。

弗洛莉没留给辛西亚思考和反应的时间,甚至都没有在意她有没有跟上。她那句"当然"话音刚落,弗洛莉就直接从座位上离开,径直走向会议厅的出口。

辛西亚看着按下门禁的弗洛莉,又看了看一旁的LA,他倒是一副早就看惯了这种场面的样子。虽然连他也不清楚这个心理学家的来头,但从卢登多年前把这个女人引荐给大家时起,她就是这副想来就来、想走就走的德行。据说她和联合国里的某些高层有点关系,似乎还因为一个危险的反人类实验坐过牢。LA不是很喜欢她,如果没记错的话,她最长的一次与会时间也没有超过一小时,而那次还是"上帝的鸿沟"舆论分析报告会。不过正如"上帝的鸿沟"成功制造了巨大的舆论反响,这个女人在折腾民众想法的事情上确实很有一套。LA看着一脸茫然的辛西亚,咧着嘴点点头,小声地说:"跟上去吧。"

但跟上去,却只是个开始。

在上升电梯里,弗洛莉倚靠在透明的观光玻璃上,海底的探照灯——扫射过周围游荡的鱼群。每当强烈的光线触及它们的队列边缘,规整的鱼群序列就会如同多米诺骨牌一般瞬间瓦解。所有的个体朝着各自的方向游离,等到光线散去,又再次聚拢,循环往复。

"我们就这样走了吗?"辛西亚觉得有些尴尬,既然自己以后还会无数次与弗洛莉小姐出现在同一张会议桌上,至少别让初次见面显得过于生硬,"我的意思是,他们好像并没有散会。"

"如果你对洛维奇先生的武装势力扩招计划,和衰减剂会导致有大范围整容史的用户面部痉挛这些事感兴趣的话，倒是可以继续待在那里。"弗洛莉把视线从那群海鱼上移开，转过头看向了明显有些拘谨的辛西亚，"是我刚才的自我介绍不够热情吗？辛西亚，为什么你看起来像是个被困在电梯里找不到水晶鞋的……灰姑娘。"

"我以为作为董事会成员，至少应该把会开完……"

"那些无聊的事情，他们会处理好的，辛西亚。"弗洛莉笑了笑，"我们还是关心一下托里姆先生的家事吧。把托里姆太太的制剂都划拨给托里姆先生之后，我还需要你帮忙提供一份他本人完整的注射记录，从第一针到最近的一针。"

"你好像对托里姆先生很感兴趣？"

"你可以这么认为吧，他确实有着和其他客户不同的——优秀。"

"优秀？"辛西亚简直怀疑自己听错了，"你将费尽心思、不顾其他人的性命来篡取秘密称为优秀？你知道——"

"我把'对现实真相永不停歇地探索与质疑'称为优秀。"弗洛莉挥了挥手，直接打断了辛西亚的话。她似乎早就料到了这番驳斥，丝毫没有听下去的兴趣，"我们的大部分客人虽然肉身在世，可是灵魂和思想却早已入殓了。他们只关心自己能不能再活久一点，而我们的托里姆先生却不止于此，他想得到那个终极答案。"

"可他想要得到的答案，只是你一手编造的谎言。"

"这难道不好吗？辛西亚小姐，要知道促使人类进步的热情从来都不来自于追逐真理，而是验证假象。"

"当你、当你设计这个假象的时候，就想到了会有那么多人前仆后继、不择手段地去验证它吗？就像扑火的飞蛾一样。"

"人类就是这样学会接受现实的，辛西亚小姐。"

"可托里姆先生并没有接受现实,也没有得到答案,他疯了。"

"他有没有得到答案,就是我将要去验证的事情了。这就是为什么这个董事会需要我。我的工作内容从来与肉身无关,而在思想和灵魂,辛西亚小姐。"弗洛莉依旧保持着明媚的笑容,她没有与辛西亚争辩的心情。事实上,她没打算在托里姆事件上与这位当事人同时也是受害者沟通太多,"不过说到董事会的工作,你之前向卢登提交的……噢,不对,是向你的库肯先生提交的,关于D区员工的提案,没记错的话,我至少在董事会上听卢登提起过五次。"

"你们看过我的提案?"辛西亚有些激动地说,"可……可你们……"

"我们从来没有回应?"弗洛莉说道,"你是打算这么说吗?"

"我一直都觉得对待D区员工的做法有些太残忍。最开始只是一些死囚和犯人,那也就算了,可是……有越来越多不该待在那里的人,也被永远困在了那里,就像……就像张鲁。他其实也是受害者,他是被托里姆利用才犯下错误。那里面还有很多和张鲁一样的人,我每次看到他们……他们面无表情的样子……这该是怎样的绝望。难道他们就不该有赎罪的机会吗?"

"他们可一点儿都不觉得绝望,也不想得到救赎。"

"你……你说什么?"

"你很快就要成为D区的管理者了,我觉得还是和你说明白了吧。本来这些话该让LA亲口告诉你的。所有成为D区员工的人,都会被洗去记忆,然后每天定时服用情绪抑制剂。在他们的主观世界里,自己是一个需要定期服药的病人,然后每天在流水线上参与一些劳作,仅此而已。他们不会与周围的同事发生感情联系,不会因为环境或食物产生喜怒哀乐，也不会感受到——你所说的绝望。面无表情，对于他们来说是非常正常的事情，所以你的菩萨心肠大可不必用在这种地方。"

"情绪抑制剂……这到底是谁想出来的办法？"

"是我。"弗洛莉认真地看着辛西亚，仿佛在欣赏她一脸的惊恐和不知所措。

"你？"

"否决你的提案的人也是我，辛西亚小姐。"

"这到底是为什么？与其费尽心思去害人……我提出的用批量生产的机器人来代替D区员工，不是更加方便？你甚至都不用喂他们吃药，你甚至都不用……管教他们，只需要输入程式就可以搞定。我还联系过机器人定制工厂，找人测算过成本。为什么你们完全不采纳？难道那些人就活该被你们用药物控制吗，这和魔鬼有什么区别？"

"注意你的用词，辛西亚小姐。如果不是我提出这个再就业的办法，你的张鲁先生，现在已经变成洛维奇先生枪口下的亡魂了。你大可以去联合国和那帮制订政策的人理论，那些触及《国际安全条例T3–736D法令》底线的人该是什么下场。"

"你……你是说……那些人本来都应该去死？"就在那一瞬间，她感觉自己仿佛暴露在腥涩昏暗的海水里，冰冷刺骨。

"真相里可没有糖果，善良的辛西亚小姐。有人想要长生不老，就注定有人要为多出来的岁月买单。如果你的提案通过了，你就成了害死张鲁的人，辛西亚。"

"我……我……不……不是这样……库肯先生……我们到底在

做些什么……"

　　轻柔的提示音过后，冰冷的电梯门终于徐徐开启。新泽西海岸线耀目的夕阳从透明的窗边透进走廊，从海底的深邃与黑暗中浮起，这样的金黄与炙热却仿佛没有任何温度。破碎的光斑停留在辛西亚黝黑的肌肤上，如同片片从她身体里被剥离的灵魂，渐渐跟随日落的方向脱落。

　　"你想拯救那些人的心情，我能理解。这也就是为什么，我要把你带离会议厅，在这个密闭的电梯里和你说这些。你可以把这当作是加入董事会前的员工培训，刚才与会的每个人，都比你看到的，或者想象中的，残忍得多。"弗洛莉看着失神的辛西亚，叹了口气，然后走出了电梯，"你是个善良的人，但这并不是在夸奖你，辛西亚。

　　"这恰恰是你和托里姆先生的不同，自以为是的良知遮蔽了你的眼睛，让你把所有的真假都冠以简单的善恶。这就是为什么'上帝的鸿沟'会起作用，因为你和这个世界大多数人一样，不去探索真相。你们选择方便理解的表象，然后相信它。"

　　：恭喜你，托里姆先生。你做到了，真是一场成功的收购。

　　：这对我来说，并不算是高难度的事情。我这一生接触过的公司，可能比第五大道上所有公司的总和还要多。

　　：可那是Renai，不是吗？收购了它，你就跨过了"上帝的鸿沟"。

　　：根本就没有那道鸿沟，我一开始就知道，根本就没有。

　　：那为什么你今天来找我是为了——为你准备一份足够体面的死亡声明呢？恕我直言，你现在难道不是这个世界上最体面、最永久的存在了吗？

：就是因为跨过去了，才没意思了，不是吗？以前所有的男人都觉得维姬最美，我赢了维姬；所有人都爱苏格兰的威士忌，我赢了所有的酒庄；所有人都屈服于上帝的谎言，我赢了真相；现在，现在我连死亡都赢了。这个世界上还有什么别的值得我去争取的东西吗？

：就像一场通关的游戏，除了卸载，没有别的选择了吗？

：就算再精彩，也只能卸载，不是吗？我已经获得了所有的战利品，所有的。

：这就够了吗？

：这就够了，弗洛莉。我觉得人活到两百岁就够了，足够做完所有事情，足够成功、失败、再成功、再失败，足够经历所有想要经历的。剩下的都索然无味了，不是吗？

：这样看来，托里姆先生花费了那么多精力去跨越的"上帝的鸿沟"，也确实存在不是吗？

：是吗？或许是吧。不过，重要吗？

：上帝他确实画了一条线，我们以为需要经过精密计算和深思熟虑才能理解。但其实，只要我们慢慢度过这一生就自然能体会那道鸿沟存在的真正意义。

：有时候，我也在想，如果我不去和这道鸿沟较劲，其实会活得更好。

：维姬知道你这么想吗？

：当然不知道，她总是觉得我已经不在乎她了。其实我还是在乎的，只是……就像在乎我自己一样。我连自己都不怎么在乎了，更何况是她呢？她应该算是这个世界上最后剩下的和我有关的东西了吧。

：真希望她也能听到这番话，托里姆先生。

：真希望她活到两百岁时也会和我有一样的感觉。

：你现在是什么感觉，托里姆先生？

：噢，请务必记下这句话好吗，弗洛莉。这段话可以让我的那份死亡声明更完美，希望维姬能给我找个声音好听的牧师。

：当然。请说，托里姆先生。

：我的内心没有任何执着，也不想拥有任何东西。我同时生也同时死，这两者对我而言是没有分别的。我也许还活在幻象中，但是我已经能如实面对它了。

：噢，克里希那穆提①，看来你在养病期间读了不少好书。

：那些赚不到钱的哲学家没什么本事，但却总能说出些让人难以忘记的话。

：可能，他们也和你一样孤独吧。

：孤独，可能是吧……谁又不是，生而孤独呢？

---

① 吉杜·克里希那穆提（1895—1986），印度哲学家、教育学家。

我们所做的一切，
都是为了拿回曾经属于我们的东西。

3

极光之夜

：是你……你到底是谁？

：弗洛莉·艾伦，你可以叫我弗洛莉。

：你……刚才，刚才谢谢你。

：疼吗？

：什么？

：你的伤，看起来挺严重的。

：这还不算我挨过的打里最严重的。

：你本来就已经受伤了，你的同伴还这样对你，真是铁石心肠。

：他们、他们不是我的同伴，我根本不认识他们。

：不认识，可你刚才说的那些话——

：我真的不认识他们。直到今天，我才见到这群人。

：可你刚才自己承认了。

：我们——不，我和他们真不是一伙儿的！

：这可不是一个即将名留青史的绑匪该有的态度。

：你什么意思？

：我的意思是，现在被你的人围困在顶层宴会厅的，有现任美国国务卿、汇丰银行的董事长、索尼公司的老板，当然也包括刚才被揍过一拳的卢森堡国王……如果你稍微检索一下世界近现代史的话，你就会发现，你和你的朋友们刚刚完成了人类步入现代文明以来最伟大、最壮观的绑架案，真是载入史册的一刻。这个宴会厅里的人质，是这个世界上最有权势、最有钱也最"明白事理"的一群人。

：我……我从来都不知道什么绑架！

：在这种情况下继续卖乖可算不上什么本事。

：我、我真的不认识他们，我现在只想要离开这里，离开新乔治区。

：那就有意思多了。

：什么？

：绑匪，比人质还想要离开，这不有趣吗？至少就目前看来，你们还什么都没得到呢。

：你到底想说什么？

：这个问题应该换我来问你，李凯先生，你们到底想干什么？

"你到底想干什么？"

最先开口说话的，是坐在窗边的闪电。他手里捏着一瓶已经被掐折的易拉罐，还来不及沉积的啤酒泡沫从铝皮的裂缝中渗透出来。这款叫作 Fantastic Trauma① 的啤酒是前几年所有地下酒馆的大热单品，配方里掺杂了百分之零点四七的改良麦角菌提取物，它让这款酒精浓度只有百分之四的白啤能够带给人酩酊大醉后亦梦亦幻的效

---

① 意思为"神奇创伤"，作者虚构的一种酒精饮料。

果。"来一罐FT！"——这句话几乎成了来这儿买醉的人的口头禅，这罐仙丹妙药的风头一时无两。但这样的追捧到了现在也消停了不少，很多人认为是耐药性，又或者是生产厂商迫于政府"涉嫌滥用致幻剂"的公诉而进一步减少了这一提取物的剂量，虽然配方表里还是标注着百分之零点四七，但它的效果已然大不如前。

特别是对于曾经作为Fantastic Trauma忠实粉丝的闪电来说，现在的FT简直就和那些时尚派对上五颜六色的混合果酒一样索然无味。他用一只手撑起脑袋，斜眼看着坐在吧台上的另外两个看起来不到三十岁的男人，李凯和尼古丁。

"我说了，我要打劫新乔治区。"尼古丁夸张地打了一个哈欠，尽管现在已经是下午三点，但他依然是一副没睡醒的模样，身上那件满是酒渍和无法分辨是什么斑点的牛仔外套看起来仿佛已经有几个世纪的历史了，"打劫，这件事你们都做过；新乔治区，这个地方你们都去过。我不知道为什么这两个词儿加起来听，你们的脑袋就和短路了一样！"

"你、你知不知道你在说什么？"李凯被尼古丁脱口而出的主意硬生生吓出了结巴，这句话对于他来说就和尼古丁的名字一样明目张胆。如果不是认识了闪电和尼古丁这么多年，他断然不会相信这居然是他俩的真名。当然，起一个让人摸不着北的名字，似乎已经成了新布鲁克林区的时尚。在李凯居住的公寓楼里，就云集了足够办十届超级碗的"大人物"——碧昂斯、提雅斯多和莱昂纳德·科恩[①]，以及根本不知道该如何发音的##A##、$hark，他还有一个扯不上什么关系的香港亲戚，名字叫作钟馗。"那只是你昨晚喝嗨了之后随口说

————————————
① 以上提到的都是世界知名歌星、歌唱家。

的, 你真的以为有人会当真吗, 你脑子里是不是真的只装着你名字里的那玩意儿?"

"应该只有你一个人会记得昨晚的事情, 并且还当真。"闪电叹了口气, 浓重的黑眼圈将他碧蓝的双眸深深框住, 看起来就像是两颗跌入黑洞的星星。昨晚的情况根本没法儿用"嗨"来概括, 闪电现在都觉得自己的每个细胞仍然在跟随着昨晚的音乐来回摇晃, 如果不是被尼古丁的电话吵醒, 他可能要晚好几个小时才意识到自己就在后台的皮沙发上抱着那个只穿着沙滩裤的DJ①睡了一整晚, 嘴里还塞着一个被咬破的麦克风。不过即使是烂醉到这种程度, 闪电也清楚地记得昨晚的最高潮——就是眼前的这位尼古丁先生, 在将一整桶冰啤酒直接浇在自己身上之后, 用近乎嘶吼的声音对整个酒吧的人说, 他要打劫新乔治区, 他要让每一个人都可以去极光之夜。让闪电记忆犹深的一幕是, 哄然响起的掌声和喝彩声几乎快要把用集装箱拼凑起来的酒吧给震塌了。最后, 当所有人都摇起手臂、晃动起身体的时候, 闪电只觉得整个宇宙在自己的耳膜里被瞬间引爆了。

"而且你根本就是在出卖我!"李凯连忙说道, 作为这里唯一一个没有醉意的人, 他的气愤全都写在了脸上,"现在所有人都知道我们有路子去极光之夜, 你知道这可能会害惨我的。"

"我们每年都去, 这次只是多几个人, 或者几百、几千个而已, 这能有多惨。"尼古丁一脸不屑。

"那你就自己想办法去, 我不会插手这件事了, 今年没人会去新乔治区。"

"绝对不行!"闪电直接从沙发上弹起来, 像是一个遇到鸡蛋落

---

① 一种职业, 负责在演出、娱乐场所中播放音乐(通常为电音)以烘托氛围。

地或者热壶冒烟而突然紧张的家庭主妇。他的双手伸了出来,像是随时都要扑过去抓住李凯。他那双连鞋带都没有的球鞋,则深深陷进了沙发柔软的海绵里,"绝对不行! 你知道的,今年的极光之夜,伯努瓦会来,我必须要去! 那是我最想做的事,必须这么做,就在今年,就在新乔治区,就在极光之夜! "

"你还没有放弃你的音乐梦想吗? "尼古丁耸了耸肩,有些不屑地笑了笑,"就因为五年前伯努瓦回复的那封邮件而坚持那么久? 不过,就算大名鼎鼎的歌星伯努瓦先生真的会像新闻里说的那样出席极光之夜,也不见得真的会对你留下什么深刻印象。那可是在国王大厦的顶楼,去到新乔治区和在国王大厦的顶楼表演绝对是两码事。我的朋友,而且我听说人家根本不是来唱歌表演的。你没听新闻里说吗,人家早就隐退多年了,以前收的演唱会门票钱现在估计都变成了他豪宅里扎扎实实的钢筋水泥。"

"总是能找到机会的,至少应该见上一面不是吗? "闪电直接将刚刚被他捏碎的易拉罐砸向了用一只手撑着脑袋的尼古丁,格外认真地说道,浑身的酒气似乎一下子全都散去了,"他说过想亲自看我表演,他听过我的歌。"

"好的,好的,伟大的理想,那么暂时回到残酷的现实好吗? 各位,极光之夜就在后天。"尼古丁并没有因为闪电的话而提起任何精神,他连打了好几个哈欠,本色出演一个典型的宿醉的瘾君子,"办法就只有一个,凯的集装箱,就这么简单,不是吗? "

"如果没有你昨晚的叫嚷,我们三个都能如愿。"李凯狠狠地瞪了一眼始终在打自己主意的尼古丁,"可你大张旗鼓地嘚瑟了一晚上,现在有人真的问起了,你又只能想起我这个老朋友的老办法。我还以为会是什么惊天秘技,还要打劫新乔治区,原来还不是靠我!"

"现在去纠结这个还有什么意义?"尼古丁用力伸了个懒腰,突然睁大的双眼里密布着血丝,"他们都愿意给我们钱了,你干吗不好事做到底。钱你分八成都行。上个月外面的二手票都炒到两万美元了。我们、我们就卖一万美元怎么样,就一万美元!"

"你给我住嘴,我这么做已经在冒险了,尼古丁,你居然还打算拿这个赚钱!"李凯直接朝着尼古丁肥硕的肚腩踢了过去。这个动作他已经习以为常了,那是他在李小龙的电影里学到的,非常适合用在尼古丁身上。当然,这同时也是让尼古丁从一堆五颜六色的药片或者一堆什么都没穿的妓女包围中醒过来的唯一办法。伴随着尼古丁那声猝不及防的吼叫,李凯直接把声线又提高了几度,用他那非常不娴熟的普通话说道:"婊子养的!"

"我两年前就知道这句中文的意思了,我是不是婊子生的还不好说。"尼古丁捂着肚子,一脸坏笑地看着李凯,"不过你妈就不同了。你这么努力地打零工,不就是为了攒足手术的费用吗?那可是十八万美元。就靠你去那些富人的派对上做寿司和煎饺,多久才能凑足?朋友……你也很需要钱,不是吗?"

"可、可这犯法!"李凯直接从吧台凳上跳了下来,他看着尼古丁那副"胸有成竹"的样子,实在开心不起来。来这儿已经两个小时了,他原本是打算来取消这个冒险的计划,可是却莫名其妙地被带进了一场"怎么把这个计划做得更大"的讨论里。这已经不是尼古丁第一次想出这样的点子,他的脑子被各种药丸和粉末填满了,那简直就是一个"法律不许我们做的事"的主题博物馆,里面陈列着他从九岁开始萌生、计划以及很多已经实施过的犯罪案例。当然,还有他满满当当的入狱记录，光是因为偷盗他就进去过七次。甚至还有一些行为，根本不是为了钱，比如用飞行手臂去把自由女神的火炬涂鸦成一个奶油甜筒，又或者溜进迈阿密的教会学校的厨房，把面粉换成白粉……他还建过一个叫作"宪法终结者"的网站，网站会员的限额永远是两百个。他在里面发布邪恶的计划，号召其他不怕死的同党，分享他们"意义非凡"的杰作……他们一度兴风作浪，甚至扬言要成立一个国家。当然，在遭遇了一次警察的钓鱼执法之后，这个脆弱的联盟就土崩瓦解了，毕竟那些抱着"好玩"心态加入的粉丝并没有真的打算和尼古丁一起出生入死。听说尼古丁之后消沉了好一阵，当然，像他这样的魔王，再次崛起也只是时间问题，他现在是这一片赌场和酒吧最大的毒贩。当然，可能同时也是需求量最大的吸食者。

"这根本就是在犯法！"李凯再次强调。

"认识我这么久，你终于知道我的特长是犯法了。"尼古丁哈哈大笑了几声，脸上露出了得意的神情，就像是刚刚走上柏林电影节领奖台的新晋影帝，"我可是这方面的专家，我一共策划过四百一十二次犯罪，触犯了三千七百六十五条法律法规，但是我只坐过十五次牢，我犯罪计划的成功率高达百分之九十六！李凯，百分之九十六，这和吸食了海洛因的瘾君子从戒毒所出来之后复吸的概率一模一样。"

"包括上次给我的希鲮鱼注射吗啡吗？"

"你不觉得那样的寿司吃起来更嗨吗？"尼古丁不以为意地晃了晃脑袋，依旧是那副昏昏沉沉的模样，"我甚至还给它起好了名字，梦幻吗啡鱼，你觉得怎么样？"

"你早就知道那是给警察学校毕业酒会准备的寿司，尼古丁。如果不是我及时发现，我就会创造一个被一百二十七名准警察同时逮捕的世界纪录。"李凯推开了身旁的尼古丁，拎起搭在吧台上的麂皮夹克准备离开，半个小时前他就应该出现在大都会博物馆的宴会厅，给那些从西非来的土著艺术家们准备扬州炒饭。这场到目前为止毫无意义的对话已经让他在这个阳光明媚的下午损失了八百美元的外快。"真不知道当初为什么会救你，就应该让你嗑药过量不省人事，睡在餐厅的倾倒车里，然后一起被送进垃圾焚烧炉。"

"那次，那次真是没齿难忘，凯。所以我这是在帮你，在这年头想要弄到给你妈手术的钱，就得用非常手段。"尼古丁看着重新穿上夹克的李凯。他现在一门心思都在她母亲的医疗费上，足足十八万美元。可他想到的唯一办法，就是去各个宴会的后厨做点心。甚至连他自己都知道，要在半年内攒够钱几乎是不可能的事。他奋斗了如此之久，才攒够两万美元。可是他还是当没这回事一样继续给别人烧饭做菜。

"那是唯一一家愿意为妈妈提供治疗的医院，他们把我的资料翻烂了才勉强同意的！如果让他们知道患者的儿子是个靠非法偷渡人去极光之夜赚钱的票贩子……那你就真是帮了我大忙了！"

"可是按照你现在的进度，就算你攒够了钱，也不是用来给医院的。倒是可以考虑贿赂圣帕特里克教堂的牧师，让他在葬礼上好好超度——"

"闭上你的狗嘴！"可以确定的是，吧台上被李凯抢起的调酒器比他的这句脏话更先抵达目的地——尼古丁的脸上。在他们相识之后，尼古丁的脸蛋就经常被这个花花世界的万事万物光顾，不锈钢的调酒器也绝对算不上砸在尼古丁脸上最可怕的东西，他还见过灭火器、高压水枪、鲜血淋漓的猪脑和一整个塞满安非他命的三十寸铝制旅行箱。"如果不是因为帮闪电的忙，我都不知道我自己为什么会在这里和你浪费时间。"

"浪费时间？"尼古丁拾起被摔在地上的调酒器，直接砸向了酒吧虚掩的推拉门，金属和玻璃的撞击声在这个狭小的空间四下回荡，每一声都叫嚣着他的愤怒，"我们活着的目的不就是浪费时间吗？每个月拿着伟大祖国给的三千块，舒舒服服地浪费时间。别一副假装上进的样子好吗？如果不是你老妈的病，你现在还不是和我一样每晚都在这里度过。不信你问问这个调酒器，问问它，你每次拿到救济金，都要点多少杯，像个暴发户一样一口气花光一千块！"

在那一瞬间，这个午后的酒馆就像被抛进了万籁俱寂的太空，一下子彻底安静下来。

三千块，尼古丁提到的那三千块，在如今的纽约，是一个极为常见而又特殊的数字——那是每个公民每月可以领到的救济金数额。每一个年满十八岁的成年人，只要主动放弃劳动权，就可以每月领到这笔看起来非常慷慨的福利，租住公寓，支付吃穿用度。它给了所有人生活在这座城市的能力。但这份福利却也是用鲜血换来的。一切都起源于二二五七年八月十七日，在几乎所有国家的历史课本里，那个周末都被称为"黑色周末"。对于地球上大部分人来说，那都是他们的最后一个周末，因为，在这之后，就再也没有工作日可言。由于二十二世纪社会生产力的超高度发达，全球范围的人工智能和机械化运作积累了大量的社会财富，也淘汰了大量工农业的人工岗位。为了平息所有国家都无力扭转的超高失业率以及伴随而来的社会动乱，这笔福利金才在无数血腥的暴动中应运而生，成为一个充满幸福感的终极答案。"极度膨胀的社会财富虽然剥夺了无数的工作机会，却给所有人照常发起了工资。"——这是当时《时代周刊》的一句社评。这笔工资的诞生被认为是切实有效的,每个人都能得到养家糊口的生活费,仅仅两年时间,全球一百零七个主要城市的犯罪率便骤降百分之四十九。治安良好,社会稳定,带来快速繁荣的消费和蓬勃兴盛的文化。在那个黑色周末之后,财富,史无前例的人类财富,就像通天的巴别巨塔,一往无前地朝着一个又一个顶点突破着。

公民手中的这笔金额是最梦幻的证据,证明那些城市已经攀上繁荣的顶点。对于大部分人来说,你人生唯一需要付出努力的事情,就是活到十八岁,然后去市政中心签署放弃劳动权的协议。从此以后,每个月就算什么都不做,也有一笔极为丰厚的款项到账。年满十八岁的公民,在全社会人口中占比达到了七成。为了攫取这部分选票,全世界各地的政要们都在绞尽脑汁地吆喝和鼓吹更高的福利和更多的救济金。所有人,都站在这个金钱堆砌的美梦背后,推动着这个数字一路高歌猛进、只升不降。最终,五年前,这个数字在纽约达到了三千美元。而仅仅在纽约,每月靠着这三千块度日的人数,在三年前,就突破了八百万,占纽约总人口的百分之七十七点五六。这个比例放在世界范围则是百分之六十八点八七,这就意味着,这个世界上有接近八十亿人,没有工作。

恐怖的失业率在这样梦幻的生活面前变成了一道不痛不痒的伤疤。对于尼古丁和闪电这样新生的纽约人来说,从他们父辈甚至祖辈开始,工作就已经变成了一个和自己没有半点关系的名词。签协议、拿钱、走人,几乎成了一道全民齐心的流水作业线。甚至连尼古丁和闪电自己也不知道,在那些高耸入云的摩天大楼里,在那些彻夜明亮的楼层里,都是些什么人,他们在做些什么。但这无关紧要,因为有资格站在那样的璀璨夜幕里的人，拥有工作的人，都是他们无法企及的纽约城真正的宠儿。他们是政客、艺术家、律师和医生，他们控制着城市，创造着财富，养活着像尼古丁和闪电这样的人。而他们真正的老板在他们的头顶，无比优雅地生活在那片星光永烁之地——新乔治区。

当然也有像尼古丁这样的人，拿着丰厚的赏赐，却还想着做些给东家添麻烦的事情。他总是比任何人都先花光三千块钱，然后用剩下来的时间思考接下来的一个月要怎么度过，既然没有工作那至少要有点乐子，贩毒和拉皮条就成了他最基础也最奏效的招数。可能打心眼里他还是希望自己做些什么，所以他人生中最讨厌的一句话就是"浪费时间"。这也解释了为什么当李凯说出那句话之后他会勃然大怒，不过好在，闪电及时制止了他。

"闭上嘴，尼古丁。李凯是朋友，不是那些需要你去打发的条子。"闪电直接打断了尼古丁。即使作为尼古丁最好的朋友，闪电也曾经多次动过杀了这个瘾君子的念头。尼古丁总是一副把全世界都看透了般的玩世不恭的样子，对待所有人也都永远像刚才那样不分场合、没有斤两。对于时刻保持着醉酒状态的他来说，周围的世界仿佛沉浸在一场永无休止的派对里，所有的对话都飘着一股浓烈的酒精味，毫无遮拦、肆无忌惮。"李凯同意帮我，本身就冒着风险。"

"集装箱里是密封的冰柜，里面存放的都是中国运来的冰鲜生肉，那些安检员不可能打开检查的，你忘记了吗？在李凯妈妈负责的时候，我们就是这么干的，躲在集装箱里混进去，那些安检员根本不会打开冰柜，我们唯一需要做的，就是去准备几件厚点的外套。当然，还要准备好一星期的感冒药。"尼古丁丝毫没有在意闪电斥责的语气，他看着已经毫无耐心的李凯，反倒有些失望地摇摇头，"你明知道靠你那点打下手的厨艺救不了你妈，却还继续做着这样假装有公民法治精神的傻事。你觉得犯法的事丢人我没意见，但我，我那么做可以救你妈。"

"你终于承认，"李凯听到这话，停下离开的脚步，径直转过头，一脸愤懑地看着尼古丁，一个萦绕心头许久的怀疑终于得到了当事人的验证，"你就是故意要这么干的，是你！是你在卖票给他们！"

"那是帮你赚钱，浑蛋。"尼古丁从他那件油腻的外套里拿出了一沓运通发行的PE卡。在全球去纸币化后，这些最多可以存放七千美元的PE芯片卡就成了所有不入流的交易最后的沃土，不记名，不挂失，一次性存取。虽然不知道那些满嘴金融秩序的银行家为什么要发明这种东西，但几乎所有的毒贩都把这视为毒品交易的绿卡。没有源头，也没有固定的方向，像是海底一条时隐时现的暗流。"我找到的客人全都已经付了钱，这里是八万美元的头款，只要你在集装箱里为他们加设几个位置，剩下的空位秘密售卖。就按照我刚才说的方法，极光之夜过后，你就有钱安排你妈的手术了，就是这么简单。"

"你至少应该提前和我商量。"

"提前和你商量就是现在这个结果，像老掉牙的电视剧里在法庭上诉讼离婚的夫妻般喋喋不休。"尼古丁冷笑了一声，转头看向闪电不以为意地说，"所以收起你刚才那副说话的态度，闪电。李凯帮你实现狗屁理想就不犯法了吗？一扯到钱上就这么大义凛然，怎么，你们都很有钱吗？这个城市有一千多万人每个月领着三千块度日。这一千万人至少有三分之一手里沾过腥，你们到底在害怕什么？"

"可一旦售票，就等于告诉了其他人我们在做这档子勾当。"

"呵，闪电先生，你不会真的以为，大家都相信，我们三个每年都去极光之夜，靠的是自己攒下来的零花钱吧。又或者，是新乔治区的哪位户主大发慈悲普度我们三个，给我们发了邀请函？"尼古丁轻蔑地摇摇头，从身后掏出了一个银质的酒壶，那上面雕满了各式各样的恶魔与异兽，它们朝着那个被雕铸成人类脑袋的壶口张牙舞爪，迫不及待地想要将这个深陷恐惧中的躯壳吞噬。这酒壶似乎从尼古丁出生时就和他绑在了一起。因为在他九岁生日的照片里，他就已经把老板吩咐每晚要卖出去的毒品藏进这个酒壶里。而现在这已经变成了他的私人酒器，里面存放过所有人想象范畴之外的稀奇古怪的液体。有过从太平洋沉船打捞上来的两个世纪前的格莱菲迪威士忌，有过亚马孙丛林氏族部落的祭酒，有过猪笼草和接骨木制成的混合果汁，甚至有过人血。从他此刻喝了一小口之后龇着牙的表情来看，这应该还是上次从下诺夫哥罗德①运来的那批伏特加。他擦了擦湿润的嘴唇，然后用散发着伏特加烈香的手指了指面前这两个对他满脸怀疑的朋友。"你要实现伟大的音乐梦想，而你的妈妈在等着那笔钱。如果你们愿意相信我的话，这两件事我全都可以办成。说实话我压根儿没有动过靠你的集装箱赚钱的主意，我们三个人之前靠着它一起去过那么多次极光之夜，我也从没想过靠偷渡发财。这次既然大家都另有所需，所以我才想出了这个主意。"

"你也知道以前是三个人！现在，现在你打算在我的集装箱里开个派对吗？"李凯听着尼古丁充满自信甚至还颇为义正词严的辩解，知道他根本没打算把这当回事。他的口才在开发毒品新客户的时候就已经练就到了最高段位，要是能多读几本书的话，去办个脱口秀什

---

① 俄罗斯城市。

么的一定没问题。"我绝对不能冒这个险,但凡有任何一个客人多了句嘴,警察就会知道……他们会来抓我们,那时候你们倒是舒舒服服地躺在冰柜里,而我却要在外面应付保安。一旦被抓,我就是罪魁祸首……不仅没了这份活儿,还可能会被抓去坐牢。我、我绝对不能坐牢,我坐牢了我妈谁管?"

"这些人都一门心思想去极光之夜,谁都不会多嘴害了自己的。"尼古丁呷了一小口伏特加,继续不慌不忙地说,"而且我找的客户,当然都是些嘴牢的人。"

"你的那些朋友,也能叫作'嘴牢'?"李凯直接用力拍了拍桌子,对于这个还仿佛置身午夜场的尼古丁,他的耐心早就快耗尽了,"你根本不知道那人今天早上来找我的时候用的是什么口气。他说的可是,'小子,你最好把一切都准备好,不然大家都玩儿完'。"

"那是个意外,我会去和他说清楚的,保证不会有问题。"

"我还真得谢谢这个意外,如果没有他,我都不知道你已经卖了八万美元的票。怎么,你是打算极光之夜当天领着那些人直接走进我的集装箱吗?就和上次在阿苏尔门迪的分店①一样?带着八个上半身什么都没穿的女人钻进后厨要我帮你安排进宴会?"

"那次不就处理得天衣无缝吗?"

"天衣无缝的前提是,后厨失窃了整整八件备用侍从服!而我也在第二天因为出现在包厢走廊的摄像头里,被米其林三星开除了,那可是我好不容易才混进去的!"李凯义愤填膺地历数着尼古丁以往的罪行,每次只要一想到这些尼古丁带给他人生的"精彩",李凯就总希望自己的手里正握着一把枪,能亲自将这个浑蛋爆头,"这个计划

---

① 西班牙著名米其林三星餐厅。

取消了,懂吗,取消了!"

"李凯!"这次,说话的不是尼古丁,而是闪电。他直接从沙发上跳下来,挡在了正要离开的李凯前面,沉默了好几秒,他才开口说道,"凯……这次,这次你得帮帮我。"

"闪电……"闪电的劝阻,在李凯的意料之中。两个月前极光之夜官方门票正式售罄之后,闪电就来找过李凯。往年,都是李凯的母亲通过集装箱把他们三个带去新乔治区参加极光之夜的。而母亲的重病,让李凯根本没想过继续今年的"计划"。但他没想到的是,自己的两个朋友都把这个"偷渡"计划当成了每年的例行公事。当时他就能感觉到闪电言辞的激动和坚决,他根本不是来寻求帮助的,他是来要求李凯配合自己的。闪电甚至提出过,可以付费给李凯。一场朋友间的游戏,就从这一刻开始被掺杂进了别的东西。不论是闪电,还是尼古丁,都已经不再把这单纯看作是一起去极光之夜那么简单。他们原本只是沙盘游戏里的玩家,却突然被丢进了真实的枪林弹雨里。

"你也很需要那笔钱,不是吗?"闪电不自觉地抓住了李凯的手臂。

"可那太危险了,闪电。"李凯先是叹了口气,然后直接摇摇头,他以为闪电会有什么新的理由,可没想到还是尼古丁说过的那一套,但他并没有感到很强烈的失望,因为闪电也根本没有别的理由和办法。"我真的承担不起了,你知道每个月拿三千块钱也不是全然没有风险的,它会让大多数好的医院将你拒之门外,而剩下的那些医院则非常注重病人的——素质。我以前无所事事时惹过的那些麻烦,已经让十二家医院拒绝为我妈提供治疗了。"

闪电听到"麻烦"两个字之后，再次沉默了几秒。他知道李凯所说的那些麻烦是什么，自从李凯跟随着妈妈来到纽约之后，在闪电和尼古丁的言传身教下，以非常"纽约"的方式度过了疯狂而又愉快的几年。从一个即使在凌晨的巷尾也会把酒瓶扔进可回收垃圾筒里的尼古丁口中的"娘炮"，变成一个会主动给警察找点麻烦并以此为乐的混混。尼古丁总是能带着他们找到这个城市最后的乐子，在帝国大厦旧址顶楼跳伞、在中央公园裸奔、黑进地月航站楼的视频系统播放空难电影……当然还有尼古丁为李凯特别准备的成人礼——闪电还记得那是一个非常明媚的早晨，他推开汽车旅馆房间的门，看着全裸的李凯从同样全裸的尼古丁和另外四个正在酣睡的妓女身边醒过来。在那张豪华大床上，李凯看着散落一地的内衣和酒瓶，沉默了将近半分钟，才缓缓地闭上眼睛，说了一句闪电至今也不知道准确意义的梵语——"南无阿弥陀佛"。他当时说话的语气，就像是个没了魂的死人。

这种状况一直持续到李凯的母亲病重，其实严格意义上这真的不算病重，因为唯一严重的状况就是李凯没办法负担手术费。因为没有良好的社会行为记录，多家公立医院都拒绝了为其母亲做手术。李凯不得不转投那些私立医院——他的那些逍遥往事不会成为阻碍，但代价就是大幅提升的医疗费用。最后，即使是唯一接纳李凯母亲的医院也通过主治医生表达了非常"诚恳"的建议：如果半年内你们没办法凑齐手术费，那就只剩下一个办法了，每周花两百万美元为你的妈妈注射 Renai 制剂，不仅可以活下来，还能顺便长命百岁。在受尽拒绝和嘲讽之后，李凯终于在他二十二岁的时候撤销了社会救助协议，重新拥有了劳动权，并开始了自己的第一份工作，去各个需要"秘制中华料理"的宴会上提供中式点心。虽然这样的积攒过程非常漫长而且希望渺小,但他还是奋不顾身地这么做了。在此过程中,尼古丁也确实没少给他提供大胆而富有建设性的意见,他甚至还介绍过一个刚因为丧偶分到大笔赃钱的毒枭遗孀给李凯认识。用尼古丁自己的话说,除了年龄差距高达二十七岁,其他都不是什么很明显的问题,甚至她还能成为尼古丁的新供货商。或许是因为在寻找医院的过程中受到的打击太大,李凯一次次回绝了尼古丁那些所谓的点子,然后便是减少和尼古丁的见面,刻意保持着与尼古丁的距离。闪电明白李凯的感受。他只是意识到,自己这几年的疯狂,终于以他母亲的性命押注,来找他兑现应有的代价;而尼古丁和闪电,则是那个哄着他上了赌桌的罪人。不过李凯从没向尼古丁和闪电发泄过这些悔恨,更多的时候他只是独自叹气。

"就帮我一次。"闪电说话的声音很轻,像是害怕被任何人听到,包括他自己,"凯,你应该知道,救你妈妈这件事,光靠你是做不到的。"

"这句话你们已经说了好几遍了,光靠我,做不到。"

"如果这一次成功了,你就有钱了,不是吗?你只需要相信尼古丁一次。"

"我该怎么相信他?以前和你们做这些事情的时候,你们也让我相信你们,说没事,就算被警察抓住了最多也就是关上一两天。这会很好玩,很有趣,我相信你们。所以现在……现在看来,以前闯的那些祸,都有了报应。"李凯说完这些话的时候,两只拳头不由得紧紧捏在一起,他还是说出了这些责怪的话,却没有感觉到丝毫轻松。

"那不是报应,没人想到会发生这样的事情。"

"我不能再冒这个险，不论如何都不能。"李凯沉默了好一会儿才回答。他的眼睛一直看着自己被午后的阳光拖长的影子，那影子和闪电的影子缠在一起，像是互相拥抱一般亲密。但真实的自己，却连说话的同时注视着对方也做不到，"或许、或许你们也应该试着好好活着，撤销合同，找份工作。这样，或许你们有一天才不会像我一样后悔。我是说真的，闪电，你在这里见到过活过五十岁的人吗？那些医院不愿意管我们，他们巴不得我们早点死，那些纳税人巴不得我们早点死。"

"这句话说得没错，他们巴不得我们早点死。"

说话的是尼古丁。他将整个银质酒壶里残留的伏特加一饮而尽，然后直接将那个他视若珍宝的酒壶摔在了地上，酒壶发出了哐当的声响。他曾说这个银壶是他的命数，所以绝对不能摔在地上或是交给别人。上次这个银壶落地的时候，那个不知好歹的酒保为此付出了一根小指头的代价，还是尼古丁亲自操的刀。而这一次，他没有再掰弄谁的手指，而是径直从自己的裤兜里掏出了一个已经被对折了好几下的沾满酒渍的纸团。

"我上一次差点入狱时做的常规检查，那个医生看到报告之后就没再说话，而且直接放了我，不过我还是把报告原件给偷了出来。"尼古丁一边慢慢地将纸团展开，一边直起身子踩着吧台的凳子跳到了吧台上。他昂起头，挺起胸，目光如炬地看着那些已被拧得皱皱巴巴的字迹。他突然一反常态，显得斗志高亢、精神抖擞，像是骄傲的骑士在浴血的十字前宣读世人的罪行。

"'肺泡毛细血管膜通透性增加，胸片肺泡实变加重，血转氨酶升高，绞窄性肠梗阻，胃肠应激性溃疡，血栓性浅静脉炎。'这只是我撕下来的第一页，开始的时候我甚至怀疑自己可能是撕下了一张《世界疑难杂症》的目录。"尼古丁咳嗽了两声，然后大声笑了笑，似乎回忆起了自己刚刚看到这份报告时的样子。这些症状和参数就像天书一样难懂，但每一条都足够要命。"我搜索过它们，每一个看起来都不是什么好事。所以我觉得它们叠加在我一个人身上，也不会是多好的事。我给一个以前给医生当过情妇的妓女看过这个，她当时一边在我的身上动着，一边对我说，这可能是我的最后一次高潮了。

"真的让我意识到自己要死的时候，"尼古丁跳下吧台，脸上依旧是一脸透着醉意的轻松，"是她居然没收我的钱。你们知道的，这是非常严重的问题，连一个妓女都会施舍的人，那一定是个快死的人。"

"尼古丁，或许你可以去看一下——"

"最多一个月，我对自己的身体很清楚。我现在全身上下唯一还能吸收的东西就是酒精和止痛片。我从两周前开始就没再吃过食物了。"

"尼古丁……"

李凯和闪电看着跳下吧台的尼古丁，他醉醺醺的双眸里一片浑浊。眼前二人的影子，以及整个乌烟瘴气的酒吧，都被缩放成了一团昏暗。李凯想要说点什么，却又打住了。他知道尼古丁不喜欢听这些，这些看起来带着同情的慰问。他看着那团被尼古丁紧紧攥在手里的纸团，混杂着烟灰和酒渍，几乎没有一块地方还是原来纸张的白色。李凯能够想见尼古丁无数次对着这张纸抽烟喝酒的样子，那一定是等到所有人都尽兴昏睡之后，他一定没有哭，甚至还有可能大笑。有一次，他的手臂被砍到露出骨头，都是一边笑着一边昏倒在李凯妈妈的店铺前。

其实三个人都明白，在这个地方，在这个城市的大多数地方，有可能今天还在酒桌上和你打赌下一次超级碗冠军是谁的人，第二天就会变成一具被清扫车带走的尸体。插着注射器躺在街头，装在麻袋里丢在桥下；或者不知道怎么就突然倒在沾满血渍的餐桌上。这样算起来，病死已经算是最奢华的死法之一。在这里，很多人，总是莫名其妙就死了。所以这里的人从来不把日子按照"年"来过，他们按月来过，花完三千块，再等下一个三千块。

在这里没有人会为一个人即将死掉而难过。人们基本上不会为了任何事情难过，非常现实的乐观主义——你都还活着呢，那还有什么值得去计较。

"所以我一定要大闹一次，就这一次。"尼古丁直接坐在了地上，双手撑着地面大口呼吸着，样子看起来贪婪而沉醉，如果把这个晦暗的酒吧换成新乔治区湖边配备着雕花长椅和被高净化率空气覆盖的成片草坪，这个画面看起来会自然得多，"只要你们肯帮我，这一切就可行。我找了人，是个简单的合作，他们想利用李凯的集装箱进去，就这么简单。事后，我会承担所有的责任，没人会受牵连。我会让你们得到你们想要拥有的一切，比你们想要拥有的还要多，我答应你们，而我只想要这一次，最后一次。"

这应该是尼古丁历年发布犯罪计划以来，气氛最安静的一次。通常尼古丁都会选在一场酒局的尾声，用脏兮兮的手搂住同样酩酊大醉的闪电和李凯，非常大声地对着他们的耳朵宣读计划，有时候甚至还用力地亲他俩几口，亲到牙龈都渗出血来。他们都会很兴奋，像是一群小孩终于新发现了一块没有大人出没的秘密基地。

而此时此刻正坐在酒吧的三个人，却似乎毫无曾经的兴致。酒吧昏暗的光线照在他们三人的头顶，但他们的身躯却全都隐没在了弥漫着酒精味道的阴影里。

这场持续的沉默比那些老式电影里决定命运的抒情段落还要漫长。

几乎是等到这间屋子里最后一片悬浮的灰尘都要坠地时，李凯才缓缓地从喉咙里发出那几个沉淀了很久的音节。

"最多……最多二十个人。"

：所以是尼古丁，策划了这次绑架。

：不，不，不是！他……他只是想要带些人上来玩而已，不是他！

：可你自己也说了，他说他打算绑架新乔治区。

：他、他不可能做出这样的事，他只是——

：别这么急着反驳，他确实富有领袖才华，虽然我对他那个拥有小小破坏力的"宪法终结者"一点儿兴趣都没有，但不得不承认，这为他今晚把这场游戏玩砸，奠定了丰富的实践基础。给你一个建议，李凯先生，我能尽可能地把这件事情处理好，只要你把该告诉我的都告诉我。

：我凭什么相信你……你自己也是……人质。

：没关系，即使没有网络，你也可以用你脑袋里的Neith芯片检索一下那家被你收藏的医院的荣誉教授名册，然后你就会发现在为你妈妈提供治疗的那家医院里，我是一个多么有话语权的人。我现在就可以承诺将你母亲的手术提上议程，但前提是在那个尼古丁先生从中央控制室回来之前，我们一起把宴会厅里的事情处理干净。

：你、你是……

：慢慢来，没关系。这也是我第一次意识到针对下层居民的福利版Neith居然还会出现这样的缓存卡顿，看来新的老板没少拿成本预算吓唬那些产品经理。

：弗洛莉·艾伦……你是，弗洛莉·艾伦。

：幸会，李先生。现在，我们终于可以正式谈话了吗？

：你到底想怎么样？！

：这个问题我刚才就问过你了，可你似乎到现在都还没有回答我。你们，到底想怎么样？

：闭嘴！我问的是，你会把我母亲怎么样？！

：作为一个靠说话赚钱的心理医生，我对"闭嘴"这个词的容忍度真的非常低，李先生。所以如果再让我听到哪怕一个音节，下一秒我就会让你，即使手捧一座金山，也找不到任何医院救你母亲的命。

：你、你到底……

：看来"母亲"这个谈判的筹码对你来讲已经足够起作用了，那么好吧，请你不用这么激动，我知道你可能全然不知情。但是你们现在正在做的事情，却是一场名副其实的绑架。我不知道你和你的头儿，那位叫尼古丁的先生是如何把一个普通的逃票行动玩到这么大的，不过作为人质之一的我，虽然绝对不是这里人头最值钱的一个，但是也受够了你们这套只会嘶吼乱叫的地痞流氓的把戏。正如我刚才所说，我是来帮你解决问题的，李先生。我知道你很害怕，但我们还是有机会让整件事回到正轨的。

：回到正轨？

：是的，正轨。因为再这么玩下去，这个宴会厅里不只是我，这里的任何一个人，只需要三言两语就能确保你的唯一结局，一定是在牢里得知你母亲的死讯，我敢百分之百保证。

：你、你……你要怎么做……

：不如你先告诉我，你们那个售票计划到底进行得怎么样了？

：售票，我们……一共卖给了二十一个人，按照尼古丁的计划，集装箱直接运到了新乔治区的七号阀口，那里专供新乔治区的大宗货物运输。那些居住在新乔治区的富人也有很多不良嗜好，一到六号阀口都是专供人口出入，安检严格。他们没办法携带自己的那些小爱好，所以都会不惜成本通过货物阀口运上来。而七号阀口的安检人员基本上只会对送货人员进行身份确认和安全检查，而对货物向来是睁一只眼闭一只眼，只要没有枪支弹药、能骗过安检机器基本上都能过关。因为就算查出问题，也不知道最后会得罪哪位惹不起的权贵。我们是见过的，两年前我们去极光之夜，从妈妈的集装箱里下来的时候，旁边的集装箱里走下来五六个人，全都扛着贴有"一级危险品"封签的冷冻箱。尼古丁说那里面装的，全都是C-P-H，是专供给富人的毒品，这么大剂量的运输肯定是违禁的，但根本没人敢管，后来尼古丁打听过，那是鲍利斯家族订的货。

：鲍利斯……我还以为世袭军人家庭的意志力总该坚定些，没想到也是C-P-H的用户。怪不得前几年他总是对我嘘寒问暖，原来是看上了我的代表作。

：是你发明的C-P-H？

：高精密的神经反应剂，它可以模拟比海洛因还要强十二倍的感观刺激。这句话我曾经对我的一个病人解释过，但是我觉得还是很有必要重申一下：C-P-H不是毒品，它是药，作用是从神经药理学上挽救重度抑郁症和孤独症患者。不过鉴于现在并不是在斯坦福大学的药剂师职称考试现场，所以我们还是回归最初的那个问题吧。恭喜你们，顺利偷渡了。

：不，不是所有人。

：什么意思？

：闪电，闪电就没有上来。他忘了他的吉他。那个歌星，伯努瓦先生，曾经送给里昂一把吉他，还附了一封电邮说"感谢你的音乐，希望可以再次听到你的演唱"。闪电一直以来都想要当一个歌手，他曾经去过很多酒吧驻唱，不过后来政府对娱乐业实行了资格管控。闪电出生后就没人管了，小时候贩过毒、打过架，他还说自己杀过人，总之就是一些政策原因，正规的酒吧不要他了，也没有唱片公司联系他。他当时发了很多邮件给很多歌手，结果他最爱的歌手伯努瓦不仅回了，而且还送了他一把吉他。

：就是刚才，突然在舞池中间弹起吉他的那个人。

：是，是的。

：《绝境重生》，詹姆斯·亚瑟。①

：你知道这首歌？

：很老的歌了。

：他很喜欢这首歌。

：所以他是怎么上来的？就算七号阀口的管制再松，也不会允许一台集装箱往返两次。

：是尼古丁……尼古丁说那些人会把他带上来，他们只是让我等着。

---

①詹姆斯·亚瑟于二〇一六年发布的歌曲，原名为 Back from the Edge。

：等什么？

：我开始，我开始真的没有意识到会有那么严重，我以为只是一个事故或者别的什么，我也是后来才知道的。

：才知道什么？

：才知道——他们占领了七号阀口。

上一次觉得时间这么漫长，也是在这样一个极光之夜。

已经不记得那是第几次通过李凯妈妈的集装箱偷渡到新乔治区。那次三个人玩得很尽兴，以至于闯进了富人的私人宴会，最终被扭送到了新乔治区的警局。他还记得那是一间非常宽敞的拘留室，就连贴墙的联排座位都是皮质的，坐上去比他自己公寓里唯一的一个双人沙发还要柔软舒适，看起来就像是那些专门供给作家和编剧的咖啡馆才会有的卡座。比卡座更过分的是这里甚至还有几盏落地灯和放置着纯净水的酒柜。如果把那些细密的铁栅从视线里忽略掉的话，这里简直就是一个单晚标价可以到两百块的酒店标间。果然身为富人，就算是犯了法，也会比一般人要舒服很多倍。不过这样的舒服并不会太久，因为第二天他们就会被扭送回新布鲁克林，然后在那里和一群瘾君子酒鬼度过接下来的两周。那时候，即使隔着厚实的墙壁，他都能依稀听见那些执勤的警察们也在饮酒作乐。在这样一个头顶极光的夜晚，确实没有比狂欢更应该做的事情了。

而上帝这个偏执的剧作家，选择在同样的一个极光之夜，把时间刻度再一次拉长，好让李凯的神情从原本的踌躇变成了难以掩饰的慌张。七号阀口今日的货物运送已经几近尾声，人潮跟随着物件朝着各自的目的地进发。到处都是空置的集装箱和被拆封的包装，那些从世界各地运送过来的食材、美酒、乐器、鲜花、珠宝,当然还包括毒品、妓女和野生动物,都已经奔向了在极光的笼罩下亟待被取悦的主人。闪电坐在一个已拆封的木质箱子上,从这个角度可以一眼看到阀口的下货区。因为专供货物吞吐,这个阀口看起来就像是一个被拦腰截断的巨型跑道。在这个距地面一千三百米的天堂入口正下方,则是维持新乔治区悬浮于地表并正常运转的基座,所有往返货物和人员都需要经由对应阀口的基座实现进出,然后经由阀口控制的悬浮升降台运输上下。

李凯盯着那里看了已经有二十多分钟了,这就意味着尼古丁已经下去了二十多分钟。尼古丁只说了一句"在这里等着,有人会送闪电上来",就直接和那群偷渡上来的人一起消失在了人群里,他的神情看起来一点都不担心计划是否可行,反而带着一丝难以掩饰的兴奋,就好像在说"去冰箱里拿一罐可乐"一样轻松随意。

阀口的人越来越少了,这让李凯更加心慌不已。随着阀门指示板屏幕上的时间数字越过19:00,从阀口的高墙外就传来了一阵接一阵的呼喊和尖叫。是的,今年的极光之夜已经开始了,这也意味着,C区阀口即将关闭,因为货物进出的截止时间是晚上七点。

如果现在李凯是站在新乔治区的户外,就能抬头看到原本漆黑的夜幕在准点到来的瞬间被无数斑斓的颜色填满,绚烂的光晕从每个人的头顶倾泻而下。二一三五年圣诞夜前夕,麦克莫瑞堡出现的盛大极光被誉为"天国镜像",而此刻,它被逼真地还原了。极光如同瀑布一般从遥远的天际滑落,绸带般轻盈的光带仿佛就飘浮在手能够到的高度,可是永远都差那么一点。

似乎是因为不久前才从那个被设置成零下十摄氏度的冰柜里出

来，他的手不住地哆嗦着。十根手指本能地蜷缩着，紧紧扣住夹克的袖口。他打了一个喷嚏，擦了擦起皮的鼻头。虽说新乔治区被打造成了一个永远封存在温带海洋性气候里的温室，但设计者们显然没有顾虑到这个几千平方米的货运中心还处于海拔一千五百米的高空，外面呼啸的晚风吞噬着日间阳光残留的每一丝温度，这完全无法打扰到那群正在举着香槟杯看极光的富人。但对于他来说，却绝没有那么好受。他现在多么希望可以用眼前的木箱和泡沫生火。

"在这里等着，有人会送闪电上来。"尼古丁的话在耳边萦绕。此时的李凯几乎所有的听觉神经都交汇在这句话上，连嘴里也不自觉地重复着，仿佛只有这样才能够正常呼吸。他今晚的雇主已经给他打了三遍电话，因为按照实际的进度，他现在应该已经在处理那条刚刚从挪威运来的大马哈鱼。而那些巡视的保安也不时看向这个一直待着不走的亚洲矮子，所有的一切都在朝着李凯完全没有预想到的方向发展。身体的温度还在降低，而且风似乎是从内吹到外的，从心脏的管道，到起伏的胸腔，最后是指尖的末梢神经。李凯觉得连看向阀口的眼睛都有些刺痛，视线跟随着夜空下泛滥的城市灯火一同变得模糊。

直到细碎的红色光点在阀口的边沿逐渐亮起。

直到那声熟悉的叫喊，像是轰然落地的天雷，刺破他的耳膜。他看到了那几个逐渐清晰的身影，其中有一个人穿着黑色西装、白色衬衣，还系着一条宝蓝色的丝质领带。是闪电，绝对没错，就是他，为了让自己足够体面地见到伯努瓦先生，闪电在先驱广场花光了刚领到的津贴买下这身行头。他一只手紧紧抓着升降台的扶手，而另一只手则用力抱紧怀里的那把吉他——它被装在一个贴满伯努瓦照片的做旧羊皮吉他套里，这一度是他浑身上下最值钱的东西。

只不过，那个升降台上，站着远不止里昂一个人，而是满满当当的几十号人。闪电被足足比自己高两个头的赤膊黑人挤在中间，站在人群的最前面。

"阿凯！凯！"闪电站在还没停稳的升降台上，用力朝着向自己狂奔而来的李凯呼喊。而升降台侧边的警告灯却一直在闪烁，升降台像是一艘随时会散架坠落的渡轮。

这样的声响能够吸引来的不仅仅是李凯，还有安保室的那些家伙。闪电透过安保室的格挡玻璃，看到荧幕上自动捕捉到的那张被放大了几十倍的脸——自己的脸。然后画面一转，是被塞得满满的升降台，黑压压的人头。有拿着气球和霓虹灯管的舞娘、把女友直接扛在肩上的运动员、拿着诡谲图腾和塔罗牌的吉卜赛打扮的老太婆，甚至还有一群不到十岁的孩子。李凯觉得自己如果再走近一点，就能从他们脏兮兮的衣服和脚上的泥土分辨出他们平时都在哪个街区流浪。

升降台上的所有人脸上，都印着同样的神情，胆怯、激动、紧张和难以掩饰的愉悦。

而安保室里似乎只剩下了四五个错过极光表演、留下来看门的倒霉鬼，他们全都在第一时间冲出了二楼的控制室，奔向即将开闸的通道。他们的脸上都写满了惊愕。

这样的神情，也出现在了李凯的脸上，他一边呼喊着里昂的名字，一边站在离升降台不到十米远的阀口。正常情况下，这道阀口会在升降台完全停稳后打开，货物会跟随传送带被运到李凯现在站的地方。可这看起来绝对不是什么正常情况，这到底是怎么回事，这些人到底是谁？他们甚至都没有待在集装箱里，而是正大光明地站在升降台上——他们就这样明目张胆地从货物通道上来了。

和李凯同时赶到的，还有从二楼冲下来的保安。即使是在这样冰冷呼啸的风口，他们每个人的脸上依旧被细密的汗珠覆满，相比升降台地面那一头的机枪榴弹，他们手里只有指挥用的警棍和自动手枪。从那些家伙笨拙的拿枪方式来看，他们可能根本就没使用过这些玩意儿。毕竟在这个被全世界奉为天国的地方，保安最常做的事情只不过是点头哈腰而已。

他们聚集在升降台的安全闸门外，看着近在咫尺的那群不速之客。领头的人侧着脑袋，看起来他也正在等待耳机另一端的答复。因为按照七号阀口的使用规范，不，应该说不管按照什么规范，底下的那群人都不应该让这样一群活人上来。

从他不停哆嗦的双唇和焦急等待的神情就不难看出，耳机连接的那一头一定只有吱吱作响的噪点。他擦了擦不停冒出冷汗的额头，小声地对着挂在脸颊旁的麦克风喊道："控制中心，听得到吗？控制中心，到底是什么情况？"

过了好几秒，麦克风的那一头传来了一声李凯熟悉的笑声。

"嘿，情况就是，这些都是今晚要来参加极光之夜的贵宾。贵宾，懂吗？现在收起你的枪，把腰弯成九十度，迎接这些远道而来的客人。"

也就是在那一瞬间，七口阀口的所有摄像头，都突然转向对准了那个显然已经不在理智范畴内的保安。看起来在控制中心的那一头，有人正在看着眼前的这一幕。

"尼古丁！"闪电和李凯几乎同时喊出了他的名字，这个声音的主人。

"你们——站在那里!"领头的保安被刚才的挑衅吓蒙了,朝着不远处的那支"游客大军"大喊了一声,又看了看身旁的几个手下,他们纷纷点点头举起了手里的枪。

"是你站在那里。"尼古丁的声音再次传来,只不过这一次,从内耳麦克风发出的细微回响,变成了在整个大厅回荡的公放,"嘿!嘿!安德鲁先生,对,就是你,因为顶替鲍利斯家的人入狱,出狱后得到了一份新乔治区保安经理的活儿,花了七年时间从小喽啰变成了头儿,却还是不能满足女儿的愿望,带她看一次极光之夜,只能每年这时候等换班的空隙去新乔治区的精品店给女儿买纪念品。极光之夜的广告牌上说,今夜是梦想之夜,所以,我们也帮安德鲁先生实现了一个愿望。我们的愿望在哪里呢?我想说出那个暗号了,你准备好了吗?"

随着尼古丁的声音渐渐拔高,闪电身后的人群也慢慢鼓噪起来。人们交头接耳,然后左顾右盼,最前排的人陆续散开,欢笑声从人群中央慢慢向着卸货区的最前端移动。最后,一个穿着粉色长裙的身影从闪电的身后蹿出来,是一个只比闪电的膝盖高一点儿的女孩。那双用彩笔绘满花朵和星辰的小手遮住了自己的眼睛,双颊上甜甜的酒窝泛着鲜嫩的桃红色。她一脸的兴奋和激动,像是捉迷藏游戏里最遵守游戏规则的孩子,耐心地等待着裁判的倒数。

"米沙雅!"尼古丁大声地呼喊着,看起来比那个孩子还要激动,"米沙雅是乖孩子,米沙雅没有睁眼睛,也没有说话,米沙雅准备好了吗?"

女孩没有开口,只是拼命点头。而阀口的其他人,全都看向了这个正在等待游戏开始的女孩,她好像真的还不知道这是怎么回事。她被要求遮住眼睛,不能说话,而她的奖赏,就是来到今晚的新乔治区,在漫天极光的笼罩下,赢得自己的终极大奖。而这个大奖,现在就站在她的面前,不到十米的地方。他端着枪,愣在原地,他认出了这个女孩。他早上出门的时候还吻过她的额头。这条明显肥大且粗制的裙子,是上个月他们一起完成的手工作品。

"安德鲁先生,你要替我喊出那句暗号吗?"尼古丁似乎通过四面八方的摄像头,清晰地注视着眼前的这一幕。他沉默了几秒,像是不忍心这么快就把进度条拉到结局,"你知道那句话是什么的,对吧,你每天都说。"

安德鲁站在原地,持枪的手还僵在那里。他所接受的训练要求他这么做,这是最糟糕的情况,不是吗?有一群人直接闯进了货物阀口,控制中心里有一个看起来完全不像是控制中心员工的人。而地控也毫无回应。这个载满富人的球体下方,到底发生了什么……此时,有无数的念头在他的脑子里,但他的眼睛却始终看向一个方向,米沙雅的方向。他甚至可以看清自己的女儿指缝里一眨一眨的双眸。她也看到了安德鲁,看到了自己的爸爸,他能感觉到米沙雅一直注视着自己。每天她都是用这样的眼神,透过公寓的百叶窗迎接自己。

"安德鲁先生,做点什么吧,别搞砸了小公主的夜晚。"尼古丁挑衅地说道。他总是很擅长用言语刺激他人。他之前成功地在圣母升天教堂的暗室里把听自己"忏悔"的神父变成了一个瘾君子。

安德鲁放下了枪,他没法儿持枪做这件事。

"今天,今天谁是米沙雅的骑士?"安德鲁深吸了一口气,缓缓地说道。

"爸爸!"在安德鲁话音落下的瞬间,女孩就带着近乎尖叫的呐喊奔向了前方,她的小脑袋还没法儿分辨出这其实是一场对峙。她的眼睛已经塞满了安德鲁的脸庞,注意不到爸爸手里的枪,注意不到那些警示的标语和惊恐的神情,她一路小跑,最后几乎是摔进了安德鲁的怀里,然后拉着安德鲁制服的衣角来回摇晃,看起来已经迫不及待地想要目睹这场绚烂的极光。

但安德鲁只是抱紧女儿,脸上却不见一丝轻松。他环顾四周,最后看向了离他最近的那个摄像头,"你到底想怎么样?这里是新乔治区,你们这属于非法入侵。"

"安德鲁先生,根据《新乔治区阀口安保执行条例》第六条的规定,如果出现特殊情况,阀口保安须快速响应和严格执行控制中心的指示与命令,并在最大程度上保障阀口的正常运作和新乔治区的环境安全。"看起来,尼古丁此时正对着一块写满规章制度的荧幕,一字不差地念出那些安德鲁烂熟于心的条例,然后他大笑了一声,语气温柔地说道,"这里就是控制中心,我现在命令你和你的同事放下手里的武器,前往新乔治区的中心湖区参加极光之夜的派对。你听到了吗,这就是控制中心的命令。"

"可你根本不是——"安德鲁举起了枪,直接对准了那个闪着红光的摄像头。

"注意你的行为和说话的语气,安德鲁先生。你应该不想搞砸这一切吧,当着你女儿的面持枪警戒,甚至是杀人?你耳机的频道确实是0192;你听到的声音,确实来自控制中心。所以只要你认为摄像头的这一面,是控制中心,那我就是控制中心。安德鲁先生,这是一个两全其美的结局,对你,对米沙雅,都好。"

而就在尼古丁说完话的那一刻,升降机的抵达警报又再次响起了。同样满载着一群穿着艳丽衣裳的"派对动物"。他们还没离开升降台,就已经开始不停地扭动身体。而那些警报蜂鸣和灯光,仿佛是为他们准备的配乐和迪斯科球。所有人都朝着卸货区移动,他们经过安德鲁,经着那些一脸错愕的保安,甚至还有人往安德鲁的口袋里塞了一张奇幻月光小屋的优惠券——那是皇后区最负盛名的妓院。

闪电背着吉他,跑到了李凯面前,他看着还没缓过神来的李凯,显得有些得意,"你看,尼古丁真的做到了。"

"这就是……就是他说的,绑架新乔治区?"李凯看着不停经过他,穿过卸货区,直接奔向入口大门的人潮,每一个人的脸上都印着光鲜的笑容。他甚至觉得这里面的大多数人自己都曾见过。如果不是在常去的地下酒吧,那一定就是在尼古丁经常召集的那些主题非常神经质的聚会中,至少其中的一个人他肯定见过。那是个全身布满血丝的奶奶,那并不是真的血丝,而是她自己用产自刚果的颜料画上去的,因为曾经有一个护士因为找不到她的血管而拒绝为她注射,所以她就把自己所有的血管都画在了皮肤上。她也是李凯见过的,整个纽约活得最久的瘾君子,简直是一个传奇。而此时的她,只穿着一层薄薄的黑纱,细瘦的手臂上戴着十来个看起来锈迹斑斑的铜环,像少女一般在曼舞。

"你可能不知道,那底下已经挤满了人。"闪电一边说,一边擦了擦其实已经被冷风吹干的汗渍。看起来即使是本次"逃票计划"的头等舱客人,也是费了很大的劲才挤进来,"所有人都拼了命地往平台上挤,连警察的车都没办法开进这个街区了。"

"这都是,尼古丁一个人做的?"李凯仍然是一脸不可思议的表情,尽管亲眼见证了尼古丁无数次的作恶多端,但显然这一次还是远远超乎了他的想象。这里可是新乔治区,住在这里的人随便一根指头都可以碾死像李凯这样的蚂蚁。可是现在,有一大群蚂蚁正在走进野兽之王的洞穴,不仅堂而皇之,而且分外欢愉。李凯愣在原地,被穿行而过的人不停地撞到。他和闪电几乎是被人群推着往前行进。

"我也不知道,但这真的很酷不是吗?我敢打赌,新乔治区会被塞满的。"

"那我们得在这里还走得通之前,赶紧去把我的寿司准备好。如果我十分钟内没出现的话,我也不知道会得罪谁。但那个派对里的每个人我都得罪不起。你准备好了吗?"

"什么?"

"歌啊!"

"当然,我都准备好多年了。"

"那你跟我念,シェフの助手です①。"

"那是什么意思?"

"等下照着念就好,你到底想不想去见你的伯努瓦?"

"当然——"闪电想都没想就直接回答了,然后又像是突然反应过来了什么,立刻拍了拍李凯的肩膀,直接扑了上去,整个人都快要骑在了李凯身上,"所以你,你是去国王大厦做寿司!你是去国王大厦顶层!原来你一直想要帮我!原来你早就在帮我了!"

"如果不是为了你,我是不会面试那个活儿的。以前给那个富豪托里姆办生日聚会拼盘的薪水都是今晚的两倍。"李凯笑了笑,似乎是因为这个惊喜已经准备了很久,他已经预想到了闪电知道这个消

---

① 意思为"我是主厨的助手"。

息后的每一个表情，"这也是尼古丁的主意，他为了让这次的主办方同意追加一个厨师，还特意伪装成了另一个面试者，让主办方的人相信有助理的日本厨师才显得专业，你应该谢谢他。"

而这句话，就像一颗落在平坦沙丘上的陨石，将所有的宁静都化作了漫天的尘埃。周围的空气，仿佛一下子变得鼓噪而窒息。

"尼古丁……也不知道这个娄子他打算怎么收拾。我觉得应该很快就会有警察来了，说不定还有军队。"

似乎是因为再次说到"尼古丁"三个字，两人突然都沉默了一会儿。今天一整天，尼古丁都表现得异常兴奋，比去纽约动物园给狮子做绝育、假扮议员去华盛顿开会，比他人生中的任何时刻都要兴奋。从行动开始一直到在他们眼前消失，尼古丁嘴里一直念念有词，但即使靠得再近，二人也听不清他到底在说什么，只能从他不断开合的嘴唇上依稀分辨出几个音节——控制中心、国王大厦、警察……好像不断地重复着自己计划里的每个环节。就连从冰柜里出来的时候，尼古丁的眼睛都一直盯着地板，像是一具已经僵化的尸体。李凯叹了口气，在聒噪的人潮里，他说的话就和他的叹息一样，几乎可以忽略不计。

"他应该根本没在考虑怎么收场。"李凯停顿了一会儿，本来想说些什么，但又觉得没必要再讲下去。那天，尼古丁在酒馆里已经把所有该说的话都说得非常清楚了。这件事从头到尾都和闪电、李凯一点关系都没有。他说他会删掉今晚七号阀口所有的监控资料，李凯只是一个接受了订单带着货物来的厨子。而闪电，只是一同混进新乔治区的、很多人中的一个。而眼前的场景显然早已远远超过闪电和李凯设想的"很多"，蜂鸣的卸货警报从闪电着陆之后就再也没有停下,那说明新乔治区的下方正源源不断地涌入人潮。

"法不责众,这是最大的仁慈,也是最大的不公。"那天在酒吧,尼古丁说这句话的时候,他整个人正平躺在细长的吧台上。他身边全都是被推倒的酒杯和酒瓶。他的头顶,布满了霓虹般的玻璃拼块。每天晚上营业的时候,灯光透过这些有色玻璃照射到舞池中央,每个人的脸上,都映着五光十色的美梦。尼古丁当时的样子非常享受,他双眼迷离地看着那些剔透的玻璃,没再说话,直到李凯和闪电离开。据说那晚之后,他再没来过酒吧。

"他也在看着这一切吧,又把富人戏弄了,他一定很喜欢这一切。"闪电笑了笑,甚至朝着头顶那个已经不再摇晃的摄像头挥了挥手,"我以前就说,如果尼古丁去干点正事的话,那他一定能成为那种、那种……那种可以住在新乔治区的人。"

闪电想了半天,终于想出了他脑袋里浮现出的、最接近"成功"的标准。

"他可喜欢这个地方了,我现在觉得他那天是故意醉倒在我妈餐馆的垃圾车里。他知道我妈妈心善,也知道我妈有法子去新乔治区。"

"他应该也很讨厌这个地方,他只要是在有夜空的地方喝醉,都会指着随便哪朵云,把它当作新乔治区,然后对着它把所有的脏字都吐一遍。"

"他现在就在他最想待的地方,做着他最想做的事呢。"

"你也应该去做你喜欢的事了,闪电。"

闪电和李凯挤在拥挤的人潮里慢慢前进,周围的人已经换了好几拨。刚才安德鲁站着的地方,现在已经站满了刚刚光临的一批新人,当他们的"专机"抵达的时候,这里已经被此起彼伏的欢笑填满,到处都是男女的尖叫和飘洒在空中的酒沫，他们自然也看不到几分钟前站在这里的那群保安。安德鲁早已经消失在了不断涌向新乔治区入口的人潮里，他白色的制服淹没在了那片五光十色的布料和气球里。人们穿过高大的集装箱，跨过横置的起重设备，拧断处于待机状态的卸货机器人的机械手臂，他们就像是决堤的山洪般倾泻而入，涌入这个悬在天空中的华丽城堡。

  ：所以，他的人控制了新乔治区的主控室。

  ：是、是的……通过我的集装箱进去的人，手里都拿着电脑等工具。尼古丁说他们破解那套程序已经花了好几年时间，还说、还说新乔治区就是一台单线交换机，只要占领了主控室，就绑架了整个新乔治区。

  ：所以他的计划就是，把下面的穷人都放上来。

  ：他那天在酒吧说的就是这样。他要让纽约的每个人都能参加极光之夜。

  ：他确实差不多成功了，光是国王大厦下面的湖滨草坪上，现在少说也已经塞下了五六万人，他们都是……

  ：是，应该都是从阀口上来的。

  ：一个货物阀口，在短时间内是上来不了那么多人的。

  ：你、你的意思是？

  ：应该是所有的阀口，尼古丁开放了所有阀口。

  ：那下面……下面……

  ：我猜现在下面应该已经挤满了从四面八方赶来想要闯进新乔治区的平民。

：没有、没有人来管管吗？

：你说那些活人警察吗，你忘记了你提到的那个保安吗？

：可是，那些街上的机器人呢？

：因为犯罪率一度低下，纽约政府已经把百分之六十的警力部署替换成了机器人。那些机器人很完美，全年无休，执行能力强，而且在捉拿犯人这件事上更是高效精准，机器人可以快速判断大部分犯罪行径，比如盗窃、强奸、杀人和抢劫。但是为了规避极端情况的出现，在设置机器人程序的时候，写入了一个非常基本的原则，一个所谓的道德确认——参与人数必须低于一百五十人。因为如果是集体作案，通常原因会非常复杂，我们不认为机器人有能力做出合理的判断，以及有能力有效地制止。

：法、法不责众？

：你概括得很好，李先生。

：下面的人数已经远远超过一百五十人了……为什么是一百五十人？

：这涉及社会心理学、物种学和社群哲学。你可以这么理解，一个部落管理的总人口量是十七个，如果出现了一个叛徒，那族长当然可以根据律法制裁这个罪人；但是这个数量一旦达到八个、九个甚至更多，律法就不会起作用，因为这会瓦解律法的根基——社会基数。

：所以……一百五十个，到底是谁决定的一百五十个？

：是我。

：你？

：这是经过严格测算后得出的人数。如果有人从你的口袋里偷了一颗钻石，机器人警察发现了，就会立刻制止。但是试想一下，你往天空中撒一大把钻石，每一个路过的人都低下头去捡，那这时候机器人还应该立即暴力制止所有人吗？它只能录像、规劝，等真正的警察甚至法官来判断。这就是你口中的"法不责众"的下限。

：法不责众的……下限。

：当机器人检测到的犯罪者数量达到一百五十个，就会立即上报给当局，同时停止暴力干涉，而改为劝诫和纪律维护。对于那样的人潮来说，这种程度的维护就相当于让一只牧羊犬去看管整个西伯利亚。

：几万人……几万人的话，新乔治区会塌掉吗？

：新乔治区可以承受比自身重七倍的重量。我们的下方有六台驱动机来帮助我们摆脱引力，李先生，你完全担心错了方向。

：那我应该担心什么？

：担心尼古丁让这些人上来的目的，他这么做的目的。

：我刚才说了，尼古丁只是——只是想要让所有人一起来极光之夜，他不会伤害任何人。

：那你告诉我，现在这个宴会厅里发生的一切，也是尼古丁想要的一部分吗？

You can take my home you can take my clothes

You can take the drugs I have that nobody knows

You can take my watch you can take my phone

You can take all I've got 'til I'm skin and bone

I don't want control I can dig my own hole

I can make my bed and I can lie in it cold

'Cause I don't need heat I've been in hell

But now I'm back with my own story to tell①

当最后一个音节从闪电的喉咙中脱出的时候,他抬头望了一眼宴会厅绘满拉斐尔诸多圣天使的天花板。巨大的水晶吊灯被层层的金色光晕环绕,光束垂落在那颗据说是世界上现存的最大的蓝宝石上。湛蓝的宝石在那片耀目的光辉中微微摇曳,宛若一颗正环绕在他头顶的新生行星,充满着狂野的能量和无法抑制的生机。闪电感觉自己就像置身在一场金粉色的美梦里。刚才的几分钟里,整个大厅、整个宇宙都回响着他准备多年的嘹亮歌声。在这场梦里,万事万物,都只为了他的歌声而存在,都像是一个即将诞生一切、引爆一切的引力奇点,在肆意而骄傲地向外挥洒着能量。他的手每一次拨动吉他的琴弦,都会有无数星球诞生,无数生命萌芽。是的,就是这种感觉,造物般的感觉,仿佛他生命唯一存在意义的瞬间,就是此时此刻。

他深呼吸了几次,视线才从那团迷幻的金光中拉回,看见了人潮涌动的宴会厅。据说这里所有的陈设都仿制于显赫一时的小特里亚农宫宴会厅,那是洛可可建筑风格的巅峰之作,也是人类奢靡浮华的最强象征。路易十五把它送给了自己的情妇,而路易十六又把它送给了他的皇后——那个把整个国库掏空的绝代艳后。而现在,它被一比一地复刻在了国王大厦的顶层,用以承办这个世界上最豪华的

---

① 歌词大意:你可以让我流离失所,你可以让我缺衣少食,你可以夺走我暗藏的毒品,你可以抢走我的手表和手机,你可以让我一无所有;但我不想要控制,我能找到藏身之处,躺在冰冷的床上,我不需要温暖,我已身在地狱,但现在我回来了,带着想要诉说的故事。

宴会。闪电始终觉得自己的脚软绵绵的，毫无气力，就如同踩在云端一般不真实。他的周围，萦绕着那些只能在新闻头条和广告大牌上看到的面孔，而他们现在都穿着礼服、举着酒杯对着自己鼓掌或是微笑。他们每一个人看起来，都像是他已经认识多年的老友。

闪电在渐微的掌声中走下台，背景音乐很快就再次被肖邦的《第二钢琴协奏曲》填满。李凯直接扑上去一把抱住了闪电的脑袋，丝毫没有顾及闪电还抱着那把沉重的吉他。

"你今天真是太酷了！这些有钱人听得耳朵都竖起来了！"虽然这不是李凯第一次听闪电唱歌，但不知道为什么内心还是燃起了一股难以抑制的兴奋。他大声地说道，表情看起来像是一个刚刚得到糖的孩童，"我就跟你说过，你肯定不只是在酒吧里表演的命。"

"是吗？是吗？"闪电的脸上，是从未有过的胜利与荣光。

一切都很顺利。按照之前说好的，李凯带着"助手"闪电到了后厨通道，然后就是最重要的一步，在钢琴独奏和宴会的主办方代表讲话的空隙，把闪电推上空置的舞台。其实这并不是什么难事，往年的极光之夜，也总有即兴发挥的宾客想要就着熟悉的旋律唱跳一番，踩着高跟鞋、举着香槟杯就为了冲谁吆喝几句的也大有人在。这里是国王大厦，今天是极光之夜，今晚做什么都不会有错，只不过这一次，上台的并不是真正的客人而已。

"你看到了吗？那些人刚才都在鼓掌！"闪电抑制不住内心的激动，仿佛此时的他还站在台上享受着众人的注视，"他们都喜欢我的歌。"

"啊，对呀。"李凯先是一愣，然后跟着点了点头。对于已经跟随母亲在国王大厦的宴会厅做过很多次侍应生的李凯来说，他其实早就已经见过了无数怀揣着成名梦想的歌手和舞者，想尽办法，甚至不惜贿赂像他这样可以自由穿梭在宴会厅里的服务生，只为了获得可以在宴会间隙表演的机会。包括那个现在正在弹奏的钢琴师，就是和李凯关系较好的一位。他最初的时候总是极其卖力地表演，但最后只获得了几份去其他宴会上表演的订单。所以现在的他，早已经和李凯一样深谙其道，只把心思放在弹奏完规定曲目，然后拿钱走人这件事上。因为来这里参加宴会的人，根本就不会关心谁站在台上，也不会注视那些为了吸引眼球而苦心钻研过的歌曲改编和舞台创意，他们甚至都不会关心极光之夜的极光，他们只是需要一些美丽的风景，需要一些不难听的配乐，好让这些金贵的身躯有合适的理由聚在一起。李凯没打算告诉闪电这些，而且既然已经有好几个很尊重气氛的来宾在表演结束后鼓了掌，那就让这一切最完美地结束就好了。"能在国王大厦的宴会厅表演，当然是件非常了不起的事情。"

"为了模仿詹姆斯·亚瑟的唱腔，我觉得自己就像个没找到肉吃的狼人一样，每天晚上都在旧布鲁克林的地下车库里嚎叫。"闪电搂着李凯的肩膀，一脸得意地说道，"你帮了我一个大忙，李凯，真正的大忙。"

"这样的大忙，请别再来找我了，我可不想再招你这样的助手，不仅什么忙都帮不上，还要让我一个人切完所有的食材。"李凯深吸了口气，就在闪电放声高歌的时候，他也在进行着一场马拉松式的厨活。那些从世界各地运来的食材，都要在晚宴开场后陆续抵达每一个指定的餐位，不过这些食材最终的命运大抵上就和插在莫吉托酒杯上的柠檬薄片一样鸡肋，只是这场宴会必要但毫无用处的装饰品。

那些把自己塞进四号①衣服的明星从来都不食人间烟火, 食物通常在宴会结束后都会被厨师们打包带走。李凯已经盯紧了墨西哥菜和印度菜的台子, 那上面的亚拉巴马州烧烤酱简直就像是一个乳白色的香甜美梦。"你最好趁现在想吃什么多吃点, 这些食材都是从全世界搜刮来的精品。你知道我以前就很想去学意大利菜, 但是妈妈说还是中餐比较方便, 做意大利菜的话还得去找家地理位置好、环境好的餐厅。那时候我们家所剩的积蓄只够在中国香港的荃湾②空中轨道入口开一个馄饨铺。后来来了美国, 就发现更加不可能自己开餐厅了。你还记得那年吗? 我妈妈带我们三个去第五大道的那家餐厅, 其实是她去面试——"

李凯注意到了气氛不对, 站在他身边的闪电, 思绪似乎早就跳出了刚才的话题, 眼神在周遭的人群里游移, 从穿着近乎全透明裸背礼服的当红模特, 到靠着Renai活到一百七十岁依旧一身肌肉的邦德演员, 闪电的目光一一滑过他们。这些熠熠星光就在他面前闪耀, 可却没有一颗可以得到他的注目, 他的目光像在茫茫大海中漂泊的孤舟, 始终找不到登陆的地方。

"闪电?"李凯拍了拍闪电的肩膀。

"嗯?"闪电的思绪瞬间被打断, 他收起游离的目光, 看了一眼李凯。显然, 刚才李凯关于美食的介绍, 他一个字都没有听进去, "怎么了?"

"你怎么了?"李凯看着神情有些恍惚的闪电, 一脸不明所以。

"我没怎么, 我……"

---

① 四号尺寸, 主要是指美国的尺码。
② 中国香港的行政区域, 位于香港新界。

"他在那里。"不过李凯倒是先明白过来了，闪电的脑子里现在应该还来回跌宕着自己的音乐梦想。他笑了笑，指了指宴会厅落地窗前的自助甜品台，"我已经亲眼看见你的伯努瓦先生吃下去三块樱桃黑森林蛋糕了。老了的人就会这样吗？不过，我们身边也没有什么老人。"

"是他！真的是他！"闪电听到伯努瓦的名字，仿佛刚刚加装了一块电量满溢的电池，充满了活力。

"你答应要帮我处理章鱼的，你还记得吗？"

"可是——凯！"

"算了，我也不是第一次被你背叛了，我还是自己去吧。"在回到自己的寿司台之前，李凯干脆果断地从背后一拳砸向了闪电的脊骨。自从闪电因为玩滑板摔伤，在脊柱上打过一块钢板之后，这儿就变成了对他"用刑"的绝佳场所。

而这种程度的苦痛，却仿佛丝毫影响不到从心房里被点燃的热情。在听到伯努瓦的名字之后，闪电的目光就跟随着李凯手指的方向看向了那个被剔透的碧蓝极光装饰的落地窗，盛装的宾客三三两两地聚拢在一起，或者滔滔不绝，或者安静倾听，每个人的脸上，都洋溢着为这场一年一度的盛会精心排演的笑容。

而这样的笑意，却没有出现在伯努瓦的脸上，他甚至都没有加入任何一场对话里，而是一个人靠着落地窗，纤瘦的身材勉强支撑着那件松垮的西装，眼睛一直盯着周围穿梭的人流和不停替换的甜品台——那个只有宾客的小孩才会偶尔拿一块起来吃上一口的"摆设"。他看起来比那些在门口守候的保安还要紧张，仿佛这里并不是一个觥筹交错的宴会，而是野兽密布的丛林。他的双唇一直紧闭着，连呼吸看起来都很轻,似乎在恪守一份用来保命的寂静。

直到,直到闪电走到他的面前。

"伯努瓦先生。"难以抑制的兴奋,从闪电跳动的眉梢一直蔓延到抽动的嘴角,"您好,伯努瓦先生。"

"你!"仿佛是从一场梦魇中惊醒,伯努瓦浑身都跟着抽动了一下,他先是后退了两步,然后才看向面前这个陌生的年轻男子,"你是?"

"抱歉,伯努瓦先生。我……"闪电也被伯努瓦表现出的惊怖吓坏了,他急忙放下提在手中的吉他,又用手指了指现在已经空无一人的表演台,"我就是刚才表演的歌手,我叫闪电,我是您的忠实粉丝,伯努瓦先生。"

"粉丝……噢……我的,粉丝。"伯努瓦听到这个词的时候,目光中透露的惊恐瞬间消解大半,瞬而填满眼眶的,则是一股油然而生的满足。是的,显而易见的满足。"你好,你刚才的表演,非常精彩。真的,你刚才表演的——"

"《绝境重生》,詹姆斯·亚瑟的《绝境重生》。"闪电急忙回答道,"您给我的来信里提到过的,您说我应该试着改编歌曲,尝试叛逆一点的音乐。还有这把吉他,从您送给我这把吉他开始,我就一直幻想着可以在您面前表演。我是说——总算实现了,就在刚才!"

"噢!是的,詹姆斯·亚瑟,你简直把他的歌学到了骨子里。"不知道是不是因为闪电一股脑儿说了太多,伯努瓦似乎有点没跟上闪电的节奏。他看着闪电紧紧抓在手里的吉他,似乎是因为年月的关系,吉他的表面已经布满了细密的划痕,但还是能从那层薄薄的蜡油看出精心护理的痕迹。伯努瓦深吸了一口气,仿佛内心深处有一个声音终于舒了口气,并对自己说:好的,好的,没有什么比应付这种情况更加容易了。"你的确做到了,闪电。"

"伯努瓦先生,谢谢您喜欢那首歌。"

"你真应该多尝试着去表演,应该让大家多看到你。"

"您……您也这么认为吗?我、我在旧布鲁克林驻唱过很多年。"

"旧布鲁克林?那可都是穷人待的地方,你的父母不介意吗?"伯努瓦有些诧异地摇摇头,旧布鲁克林,这个单词甚至都不在新乔治区颁布的字典里,"或者说,你身上这件双排扣西服真的不介意吗?你应该尝试在一些正规的地方表演,比如马里布的沙滩晚会,或者直接去见一见好莱坞的——"

"我……没法儿去那些地方驻场,那些都是正经工作,而我签了——"闪电还没说完"协议"两个字,就已经后悔得几乎整张脸都涨红了。这里可是国王大厦的宴会厅,这里的宾客怎么可能去签那个协议,领三千块的救济金?尼古丁昨天给自己设计了六版豪华的身份背景,希尔顿酒店集团的养子、花旗银行的投资部经理,还有亚美尼亚大使馆的干事。哪怕、哪怕再晚两秒钟回答,闪电都能够想起其中的一种。可现在,因为那个救助协议,这一切都在瞬间玩砸了。

"你想说的是,社会救助协议?"伯努瓦几乎是在第一时间就反应过来这是怎么一回事。穷人粉丝,他遇到过这样的事,事实上他的歌最开始就是在那些穷人里广为传唱,而那些连演唱会门票都买不起的人,总是能在各种连他自己都想不到的地方突然蹿出来吓他一跳,在餐厅、在酒店大堂,甚至是酒吧的厕所。那些想要找到他的人,总是能像雷达一样随时定位到自己。诚实地说,伯努瓦似乎早就应该习惯这样的"邂逅",人们都是带着各自的目的,想要签名、想要合影,抑或是想要成名。像闪电这样的人出现了不止一次,只不过这一次,伯努瓦身边并没有经纪人或者保安来阻挡,不过伯努瓦看起来也并不想快速地结束这段聊天。他笑了笑,表情反而比之前应对那个"富人家的孩子闪电"要轻松了一些,"你不是这里的宾客?噢……我明白了,你是偷偷上来的。"

"是、是这样的,伯努瓦先生。"这是闪电第一次因为承认自己签了协议而感到羞愧。在他生活的地方,签协议简直就和阳光、空气一样是生活标配,甚至还有人每年都把协议签署日当纪念日庆祝。不过此时此刻,对于闪电来说却是种莫名的痛苦,他卖力地解释道:"我知道您今年会来极光之夜,我只是为了见您。我一直,我一直梦想着可以在您面前表演,我后来给您发过很多邮件,但您都没有回复,我终于等到了一个您再次来美国的机会。就像您在第一封邮件里说的,希望有朝一日可以听到我的演唱。"

"你这么说,还真是……"

闪电从伯努瓦的脸上看出了为难的神色,这是拿着救济金的穷人们必须要熟悉的表情。当那些新乔治区的宠儿们偶尔下凡,必须要从穷人们手里买什么东西,或者在镜头面前做做慈善的时候,他们就会露出这样的神色。他们都讨厌穷人,或许伯努瓦也不例外。那是几十亿税收的蛀虫,任凭谁都会一脸难色。而通常这种时候,聪明的穷人都会故意再"亲切"一些,这样通常都会得到一笔不菲的"快离我远点"的小费,不过闪电显然没办法对自己的偶像那么做。他稍微退后了一步,看起来有些胆怯地问道:"伯努瓦先生,能见到您已经很好了。如果……如果您还有其他的事情……"

"不,不!能和你说话很好。"伯努瓦直接伸出手抓住闪电想要回撒的手臂，他认真地回忆了一下，然后有些遗憾地抿抿嘴，"我刚才只是在思考——好吧，孩子，我不想骗你，但是我已经、我已经不记得这封邮件了。或许我写过，或许是喝醉酒之后写的。不过你能把这封信看得那么重要，我很感激，我已经很久没有听到有人这么和我说话了。"

"伯努瓦先生……"

"我已经很久没有唱歌了，也很久没有和歌迷们见面，我想大概至少有……"

"四年！"

几乎没有任何思索，闪电便脱口而出。在他那个狭窄的公寓房间里，每一面墙都有它独特的作用。其中两面用来堆放杂物和床，还有一面是尼古丁存放在那里的几十个大铝罐，闪电敢确定这绝对和他的毒品生意有关，但是鉴于每个月都能收到一箱从古巴圣地亚哥运来的百加得①作为库房费，闪电还是欣然同意了。至于最后一面，闪电重新把它粉刷过一遍，张贴和陈列着所有与伯努瓦有关的东西，从三维海报、黑胶纪念唱片到演唱会T恤和徽章，那简直是闪电个人的圣三一教堂，足够他在每一个没有宿醉的清晨起来祈祷一番。他还有一张伯努瓦大事年表的图片，用各种图钉和油笔标出了伯努瓦的人生轨迹。尼古丁和李凯都嘲笑过闪电的行为，不过现在，这一切终于有了意义，闪电非常开心而肯定地点点头，这一切就是为了此时此刻抢答出这一题。"伯努瓦先生，整整四年，距您上一张专辑《腐烂童话》②。"

---

① 古巴的一种烈性朗姆酒，原产地为波多黎各。

② 作者虚构的内容，原名为 Rotten Fairy Tales。

"哦,是啊,那张专辑。"伯努瓦缓缓地点点头,像是好不容易才从脑海里翻出那些破碎的记忆。那是一张为某个人而制作的专辑,为一个艺术家。那时候纪梵希的新设计师在网上无意间看到一系列油画,想要把它当作印花放在自己来年的春夏系列里。她非常努力地去找这位油画的作者,甚至在社交网络上发起了一项寻人接力活动,更是贴出了二十万欧元的赏金。最后她找到了。在哥本哈根一个废旧地铁站的盥洗池水槽里,她找到了那个艺术家的尸体,因为吸毒过量死了。而那个地铁站里,挤满了几百个和他一样的画家,他们拼命创作,有时候一天可以画几百幅放到网上,静静等待有人光顾。真可惜,那个画师没等到,甚至没有人知道他准确的名字。后来纪梵希的人把他纳为了荣誉设计师,还在蓬皮杜中心给他办了一个回顾展,光门票的售价就是四百欧元,更别提那些为他举办的拍卖会。这早就足够他成为一个新富豪,说不定身价会远超伯努瓦,说不定此时他也有机会莅临新乔治区的制高点,成为这里的宾客。"我记得当时我去看了那个展览,我看到很多和他一样的地铁艺术家也去了,他们甚至在蓬皮杜的门口摆起地摊来。他们都在等待那样的机会,他们活着还没有等到,那个艺术家等到了,却已经离开了,这很讽刺,不是吗?"

"这很正常,我在网站上注册歌手的那天,页面显示当天已经注册了一万多名。而那时候,才刚刚过早上九点,到晚上的时候,已经注册了七万多个。"闪电无奈地笑了笑,这是病态,却也是这个世界的常态。当越来越多的人开始靠三千块钱生活后,赚快钱就变成了唯一的人生思路,路子野的就去贩毒和犯罪,而那些还算得上有些才华的,就开始走向了成为艺术家的追梦道路。据说在巴黎每十个人里就有四个是注册歌手，都有单曲甚至是专辑，谁都把他的歌喉高高挂起，等待一个像纪梵希设计师那样的人的垂青。那是一个不能被惊醒的梦，因为梦里的人其实都知道，这个世界怎么会需要那么多歌手，又有谁一天可以听完七万首歌。闪电知道那个艺术家的故事。也是因为知道这个故事，他才如此痴迷那张专辑。那是伯努瓦献给无数像闪电这样的"艺术家"的歌。"工厂和农田都不需要人类的四肢了，人类的四肢就只能用来弹琴、画画了，不过不是每个人都可以像你这么幸运。"

"我？幸运？"

"你的故事鼓舞了很多人。"闪电认真地说道。似乎是因为太享受和自己的偶像对话，他的耳朵似乎自动屏蔽了响彻整个宴会厅的钢琴曲，屏蔽了身边来来去去的嘉宾聒噪的谈话，他的所有耳神经现在只能捕捉到伯努瓦的每一句话，甚至是一呼一吸，"很多人应该都希望可以真的见到你，真的有机会和你说上这些。"

"或者真的成为像我这样的人？"伯努瓦呼出了一口气，看起来比刚才更加遗憾。他抬起头，认真地看着眼前目光炯炯的闪电，"孩子，你想变成我吗？"

"我……当然——这个世界上应该每个人都想变成你吧。"这个回答对于闪电来说实在太娘儿们了，他嘴里呼之欲出的"当然想"挤在了喉咙的顶端，却硬生生被他咽了下去。在他过去那些年辗转反侧的梦里，每当有伯努瓦出现，闪电总会幻想着伯努瓦问出这个问题，想不想变成一个畅销歌手，想不想变得和自己一样成功，想不想也被联合国委派去各个国家巡回演出。那可是伯努瓦，唯一被联合国钦点，前往三十多个国家进行和平巡演的歌手。闪电在梦里拼命地叫喊着"愿意"，甚至直接拿起了麦克风登台演出。可当这个问题真的在此时此刻被问出来，他却失去了回答的勇气，他能感觉到自己的拳头不受控制地紧握住了，甚至还带着微微的颤抖。闪电不太熟悉这种感觉，有点儿像胆怯，但又不是，如果现在他身边有一瓶Fantastic Trauma，他一定会毫不犹豫地灌下去。

"是吗？这里的人就都不想。"伯努瓦笑了笑，眼神环顾四周。整个热闹的宴会厅，被几百位宾客的华服和珠宝装饰成了一幅瑰丽而华美的天国造像。"我进来的时候他们都会和我打招呼，但是每个人都会在心里把我羞辱一遍。在他们看来，我是有钱人里最不入流的那种。"

"不入流？"这样的词用在被无数人视为偶像的伯努瓦身上，闪电显然有些不解。他回过头顺着伯努瓦视线的方向看了看，每个宾客的脸上都洋溢着鲜亮而沉醉的笑意，甚至还有人的目光和闪电对上，然后格外优雅地点点头。闪电出现在宴会厅之后已经有无数人这么做了，他甚至都学会了这种礼貌的点头示意。要非常轻地领首，最好要歪一歪脑袋才更加自然。甚至有人把他当成了他也不认识的某人，闲聊了几句新加坡的填海计划。

"因为我曾经也是穷人，我领了快十一年的救济金。"伯努瓦说到这儿的时候，不由得笑了笑。他在曾经的访谈里经常提起这一段时光，他甚至还回过自己以前租住的房子，那里后来住进了一对葡萄牙双胞胎姐妹，那间屋子也第一次有了自己的名字——双倍享受的夜晚。"这里的大多数人只能接受这个世界上存在富人、穷人，甚至是变成穷人的富人，但他们没办法接受变成富人的穷人。"

"为什么？"

"因为他们每个人都付给了像我们这样的人三千块钱,让我们老老实实当个穷人。"伯努瓦重新拿起一块被淋上草莓酱的蛋挞,摘掉上面那盏用金线缝制出祥云纹的纸伞,然后一口送入嘴里,"可是我却一不小心变成了他们每天抬头不见低头见的邻居,甚至是分一杯羹的对手。所以他们可以给我精致的别墅、豪车和蛋挞,他们甚至会夸奖我的歌,这些他们都可以分给我,但是他们不会和我多说哪怕一句话。"

闪电站在原地,就像一台刚刚宕机的电脑,甚至连他嘴唇哆嗦的样子,也和那些快要散架的机器零件一模一样,就差一些迸发的电光,和吱吱作响的火花声。他非常努力地想要接上话,却只能硬生生地说:"伯努瓦先生……"

"哈哈哈,我明白我明白,这已经不是你的话题范畴了,请原谅我今天多说了这些。"伯努瓦笑起来的时候,整个鼻腔似乎都因为过度用力而震颤了一下,似乎光是大声笑一笑,对于他来说也是需要非常卖力的事情。说完之后,紧接着又是一阵急促的呼吸,然后他才继续说道:"能够在今天和我的粉丝见上面真是非常难得的事情,谢谢你,闪电先生。真希望可以和你多聊会儿,不过很快我的工作就要来了。"

"工作?"闪电有些兴奋地问道,"您一会儿要演唱吗,就在这里吗?"

伯努瓦看着面前的闪电,他的目光里满是期待,这种感觉似乎已经很久没有出现过了。那些站在台下、伸出手想要够到他的人,那些站在轨道交通的广告牌边和他的海报合影的人,伯努瓦还记得那些滚烫到发热的手,那些由几百个重复的Emoji[①]拼凑成的即时消息,那

---

① 表情。

是他最火的时候。

伯努瓦想要说点什么，明明要说的话都到了嘴边，但又只是笑了笑，然后就只剩下嘴唇在抽动，整张脸就像僵化了一般，这还是闪电今晚第一次那么长时间地注视着伯努瓦。那张布满褶皱的脸上，看起来完全没有血色，连眼睛都格外昏暗，瞳孔和眼白的边界非常模糊，就像是快要合为一体。闪电见过这样的面容，在那些被急救车带走的邻居脸上，那也是他最后一次见到他的邻居。

"伯努瓦先生？"闪电非常小心地问道，同时拍了拍伯努瓦的肩膀，"你还好吗？"

被碰到肩膀的一瞬间，伯努瓦就立刻回过神来了，但他本能地后退了一步，就和十分钟前被打扰时一模一样。整张脸写满了惊恐，过了好一会儿，大概是喘完了几口粗气之后，他才慢慢地看向闪电，然后无力地点点头，"是的，当然。我只是，我只是太高兴了，我没想到今晚还能碰见我的粉丝。"

"谢谢，是的，谢谢，伯努瓦先生。"虽然明知道这句话伯努瓦已经说过了一遍，但闪电还是继续表示感谢。他猜想伯努瓦一定是有些不舒服，聊天的后半段他整个人的身体似乎都在轻微地摇晃。如果单纯从他吞咽下去的蛋糕来看，难道是糖尿病？可是新闻里不是说糖尿病已经在人类社会绝迹了吗，那个新闻主播非常认真且高兴地重复了一整晚这个特大喜讯。"你是不舒服吗？"

"不，没有，我只是有些累了。"

"可你刚才说你待会儿还有工作。"

"是的，工作，非常重要的工作。"伯努瓦听到工作的时候，用力点了点头，像是在心里强调这份工作的重要性，"不过，还是别说这个了，来说说你吧，闪电先生，你是怎么上来的？我很好奇，每年总能听到新闻里说各种偷偷溜进新乔治区参加极光之夜的旁门左道，我还是第一次遇到这样做的人。"

"我？我是被我的朋友带来的——"被自己的偶像问问题，这听起来就和哈佛大学的毕业考试一样值得被慎重对待。闪电先是转过身，然后伸出手指向了那个他再熟悉不过的自助台，那里有刚刚搭好的寿司塔，干冰混合着紫苏叶的香气，还有被排成"新乔治区"缩写的寿司集合、做成风车造型的章鱼和金枪鱼刺身，当然，重点是那个应该正在忙着应付低龄食客或者在把北极贝切片的——

闪电抬着手，愣在了原地，因为那里连在观看自己演唱时、都不忘将和牛放上岩盘的李凯，居然不见了。

"你是说，那几个背着天使翅膀、穿着定制礼服的小女孩，是你的朋友？"伯努瓦也顺着闪电的手看向了自助台的方向，不过那里除了几个正在用舌头舔着蟹子酱的孩子，就没有其他人了。其实谁都知道日料柜台从来都不是宴会餐点的首选，没人希望看到浓妆艳抹的自己吃生肉的模样。"那个女孩胸前的项坠确实够你参加十年的极光之夜了。"

"不，不是……"闪电一边回答，一边环顾四周，都没有找到李凯的身影，他慢慢地回过头，有些担忧地说道，"他……他是这里的服务生，我是冒充他的助手上来的。"

闪电说完，又将头转回去再看了一眼。一方面是一向坚守岗位的李凯确实消失得离奇，另一方面……闪电也确实不想解释他们"是怎么上来的"这件事。

一直到伯努瓦离开，李凯都没有回到他的岗位。在和赶去工作的伯努瓦告别之后，闪电就把整个宴会厅逛了一遍。他的眼睛就像那些贵宾通道的安检员一样认真地滑过这里的每一张面孔，但都没有发现李凯的影子。他只好安慰自己李凯可能也需要偷个懒，毕竟这个自助台可能会一整晚都原封不动。这么一想，重新坐在日料自助台边的闪电顺手用李凯教会他的手法给自己调了一杯柠檬清酒。他不是很爱喝这种文绉绉的酒，但现在的情形，闪电觉得自己就像是一个郁郁在心无法抒怀的墨客。从可以感觉到痛苦和开心以来，他就从未体会过如此复杂的情绪，兴奋、开心、失落和担忧都有，他和他毕生最想见的人说上话了，也顺利表演了，甚至还收获了一句"或许，今晚，我也能为你做些什么"。

那是伯努瓦对自己说的最后一句话，这之后他就离开了。他似乎是被人叫走的，但又好像不是。因为他离开的时候，他们的身边突然出现了几个戴着黑色墨镜、西装革履的男人。他们看起来非常体面，甚至嘴角也保持着量身定制般的笑容，却还是给闪电一种非常危险的感觉，就像是那些针对贫民的市政公司经理，他们总是站在"为民众的美好未来"标语下面，脸上却是一副完全不想靠近贫民的表情，没准儿还要从这些一个月只有三千块的人手里骗走好几百。不过那些人并没有和伯努瓦说任何一句话，甚至也没有再靠近。伯努瓦只是看到了他们，然后像最正常的打招呼那样点点头，就匆匆离开了。

"或许，今晚，我也能为你做些什么。"

闪电重复了这句话好几遍，像是在从一块嚼烂的口香糖里再挖掘出一丝味道，伯努瓦先生要为自己做些什么？如果这时候尼古丁在身边的话，他一定会为闪电分析出好几个可能发生的故事版本，且一定包括伯努瓦包养闪电的那一种。

他猛灌了一杯清酒，然后再次抬头看着周围那些三五成群的人。这里的人要比闪电待过的所有酒吧都多，但却比他待过的所有酒吧都要空旷，也都要寂静，除了一直回荡的爵士乐和钢琴声，就只剩下细碎的谈论。而且宾客的声线永远都维持在隔着两米就完全听不清的范畴，他们完美地遵守着礼仪，没有人抽烟，没有人接吻，甚至没有人突然吼上一句或者大骂脏话。做完了想做的事情之后，他突然对这里的一切都提不上兴致了。甚至连那些穿着露背晚礼服的女明星，他都没打算回望一眼。没有伯努瓦和李凯，这里的陌生和死气沉沉让闪电觉得格外难受，就像是夏天炎热的午后，被关在一间密封的金碧辉煌的玻璃房子里。

"人都去哪儿了！"闪电深吸了一口气，然后又把手伸向了那个精致的青瓷酒壶。只不过这一次，当他的手就要够到那柄被雕熔成梅花枝干的酒耳时，却被另一只手用力地扭开了。他的脖子，也被另一只手从后面紧紧锁住，他的脸无法偏转丝毫，眼睛只能看见面前依旧欢声雀跃的舞池和落地窗外绚烂的极光。他努力想要扭过头，却发现自己被束缚得越来越紧。他能感觉到身后不止一个人，他们贴得很近，甚至还把脸也凑到了闪电的一侧。他想要开口说话，下颚却被人用手狠狠顶住，舌头在疯狂颤动，可双唇却无法张开，只发出一声闷哼，转瞬便被淹没在了刚刚响起的 *Aunt Hagars' Blues* [1] 蓝调里。

他的四肢和头完全无法动弹，整个人就像是一只被钉在陷阱中的獐鹿，一阵刺痛从脊柱一直贯穿到颅骨。这是闪电能感觉到的最

---

[1] 由音乐家、著名爵士歌手 Art Tatum 演唱的歌曲，收录于专辑 *The Best Of Art Tatum Vol 4（Remastered）*中。

后一件事。

　　：你说你看到了闪电被人带走，弗洛莉小姐，是真的吗？

　　：我只是看到了三个男人拽着一个喝醉的男人离开宴会厅，他们还说了几句西班牙语，看起来是在责备你的朋友擅自离岗，还去宾客区饮酒。

　　：他们……他们就是绑架闪电的人！

　　：李凯先生，这就有意思了，尼古丁绑架了他最好的朋友？

　　：不，不是，我不是这个意思！

　　：你为什么总喜欢和事实较劲？你的朋友尼古丁就是绑匪之一，这个毋庸置疑。

　　：可他肯定不会绑架闪电！

　　：这点我倒是相信。放着满屋子身价上亿的人不绑，去对付一个可能连赎金都要分期付款的穷小子，确实太失策了。

　　：他们去了哪里，他们带闪电去了哪里？

　　：我不是你的私家侦探，李先生。我也是这里的客人，我能赏脸抬起头看到你的朋友被带走这件事已经很不容易了。

　　：可是——

　　：我知道你想说什么，不过我也觉得很奇怪，在邓肯先生发言之前，居然发生了这么多事。

　　：邓肯？你是说，那个邓肯？

　　：对，那个现在已经躺在血泊里的邓肯先生。

　　：这和他有什么关系？

　　：这当然和他有关系，这栋大楼就是为他而建的，这场宴会就是为他而办的，这里发生的一切都和他有关系，不，等等——

：什么？

：就在不久之前，有人和我说过这句话。

：什么话？

："这里的一切，都和邓肯先生有关。"

：我不明白……这是什么意思？

：没关系，李凯先生，我好像有一点儿明白过来是怎么回事了。你的朋友尼古丁，确实策划了绑架案。

：不可能！我说了，这一切不是他做的！

：不，李凯先生，尼古丁确实绑架了新乔治区，但是绑架这里的，是另外一群人。

：你……你的意思是？

：真有趣，今晚的新乔治区，有两场绑架案在同时进行。

极光之夜，在弗洛莉的记忆里，仿佛是一个和新乔治区相伴相生的节日。最开始只是一夜的极光，后来就有了这里原始住户们举办的狂欢派对。而把这个日子真正写进大事年表，则要追溯到一位极富传奇色彩的联合国前秘书长，他的一生饱含诗意，堪称传奇。从一个物理学家到政客，再到全世界权力最大的人——经历了几个世纪的利益堆叠，联合国已经从个别委员国的傀儡，变成了操纵诸多弱小国家的傀儡师，特别是经过持续了近十五年、多达九十多次的局部战争之后，因为政局瓦解或丧失自治能力而被联合国"友好"地执行托管的国家陡升至四十七个。在几个超级大国的推动下，历经数十年，联合国成功变成了这个世界真正的中心，又或者说，变成了几个大玩家的牌局。他们在联合国设立了一个名为"联合议会"的职能机构，用以管理和控制所有被托管国家的事务，并制订其发展规划。最终，不出所料地，这一业务蔓延到了这个世界上百分之九十的国家——而达成这一使命的议会主席决定将他的卸任宴会放在新乔治区国王大厦顶层，那是历史上第一次富有"特殊色彩"的极光之夜。在诸多政客名流的瞩目下，他仿佛是提着美杜莎的人头凯旋的珀耳修斯[1]，在鲜花和掌声里沐浴着举世荣光。那场退休发言已经被翻拍了3个电影版本，比加里·奥德曼[2]在英国国会的战时演讲还要精彩。当时所有人都看到他站在那场盛大的极光下，用坚毅而沉稳的语气说："没有国家，只有国际；没有地域，只有地球。"这样的历史时刻让极光之夜完全褪去了富人们吃喝享乐的单调，而变成了一个值得一年重复一次的盛大节日，就像这位主席的卸任并没有让联合议会停下追求权力巅峰的脚步。极光之夜在经历了这个特殊时刻之后，开始在这片繁华之地不断发酵酝酿，不管国王大厦顶层的宴会是谁举办，历任联合议会主席都会在这一晚进行一番演讲。跟随他而来的无数展览、宴会、演出甚至是发布会都选择在这一天，在新乔治区和极光一道出现。这一天的新乔治区成了世界上所有人趋之若鹜的盛典，成了酒神的花园、现世的神迹。到了如今这位邓肯先生，宴会则被推向了前所未有的顶峰，他似乎对这个传统节目和个人秀场的阵仗还不够满意——他不仅选择了亲自举办，亲自邀请来宾，而且还加入了一

---

[1] 希腊神话中宙斯和达那厄所生的大力神，因英勇地杀死蛇发女妖美杜莎而成为广为流传的英雄人物。

[2] 英国演员、导演，在历史传记电影《至暗时刻》中饰演前英国首相丘吉尔，并借此获得了第九十届奥斯卡金像奖最佳男主角奖。

个最令人期待的节目——他把这一晚变成了他的新闻发布会。他选择在这个光芒万丈的地方宣布一些格外重要的决定,并在未来一年内实施,比如六年前的被托管国家纳税金制度、三年前的部分毒品商用合法化,以及去年那场几乎引爆全球的西非三国合并条例。

关于今晚邓肯先生的"惊喜",早在一个月之前就在社交网络上分裂出了数百个版本的预告和前瞻。虽然那些评论家的猜想千奇百怪,但共同的焦点却似乎都锁定在了一个看起来已经被忽略了几十上百年的群体——那些默默拿钱生活的穷人朋友。

弗洛莉坐在吧台最右边的位置,摇晃着威士忌杯里的浣熊形状的冰块,仔细地听着它撞击杯壁发出的剔透响声。环境越是嘈杂,弗洛莉越是喜欢关注细微的声音。这能让她快速安静,快速思考,或者只是纯粹地想快速抽离出一旁那几个聒噪的影星关于杂志的九月刊封面花落谁家的讨论。

"邓肯先生已经到了。"一个声音出现在了弗洛莉的身后。正当弗洛莉想要回头的时候,却发现那个戴着墨镜的棱角分明的面孔,已经在她的身侧,直直地看着她。

"卢登,你在安全部门待久了已经养成神出鬼没的习惯了吗?"弗洛莉有些不爽地皱了皱眉,松开了不停摇晃威士忌杯的手。那颗旋转着的、不停撞击的冰块,在惯性的作用下继续绕着方形的杯壁滑动了几圈,才再次跌落到杯底。

"能在这里看到你,真是,非常意外。"卢登直接忽略了弗洛莉的埋怨,自顾自地说道。

"难道你是自愿出现在这里的吗,还不是因为邓肯先生的邀请。他的演讲需要观众,而我的假期,需要延后。"弗洛莉笑了笑,整个身子都侧了过来，她看着眼前的这个男人，"本来这件事能交给辛西亚的，但好死不死，D区出了些问题。"

"能够出现在这里可是很多人梦寐以求，甚至不惜为之铤而走险的美梦。"

"我们一起管理Renai这么久，卢登先生应该经常做这样的美梦。"弗洛莉心不在焉地回答道，"卢登先生又是因为什么差事来的呢？难道今年的大事和Renai有关？联合议会可是很久没有打过我们的主意了。"

"今天，我是因为私事来的。"卢登也给自己倒了一杯酒，神色看起来镇定而轻松。

"真是令人意外，在中央公园旁有栋三层的公寓却连条狗都不养的卢登先生居然也会有私事。"弗洛莉侧过头，看了一眼举起酒杯啜了一小口的卢登。从在Renai认识他开始，这个男人就永远都是那副镇定自若的样子，镇定到连弗洛莉都忍不住想要敲敲他的头骨，看看会不会发出敲击金属的声音。"怎么？卢登先生是来追求哪位女明星的？说不定她是我的病人，没准儿我还可以为你提供一些——活命的建议？"

"我相信如果有的话，你的建议一定非常有用。你一直都把任务完成得很出色，不管是Neith，还是上帝的鸿沟。"即使连夸奖，都透着一股瘆人的寒意。卢登缓缓地说道，然后轻轻地碰了碰弗洛莉的杯子，"不过很可惜，这件事弗洛莉小姐还真是帮不上忙，或许再晚一点，我倒是可以帮到弗洛莉小姐。"

"没关系，我也没打算真的帮忙。邓肯可不是个好侍奉的主儿，一边放权给我处理Neith和托里姆的事情，一边加紧对我的调查和监控。我现在就算新换了一支口红，都会有人如实禀报，我的私生活早就消耗殆尽了。"弗洛莉冷笑了一声，"所以为了避嫌，只要和邓肯先生无关的事，我都不愿意插手。等他的发言一结束，我就打算离开这儿了，新乔治区没日没夜的烟花也就只有这些人受得了。"

"怎么会无关，这里发生的一切，都和邓肯先生有关。"

"噢，是吗？"弗洛莉似乎被卢登的话挑起了兴致，她整理了一下自己镶嵌着粉色钻石的手镯，眼睛瞥向了不远处被一群政客和富商簇拥的邓肯先生。按照惯例，他将在五分钟之后，也就是八点整在这个联合国举办的盛大宴会上发表今年的主题演讲。虽说是演讲，但经过这么多年的包装升级，现在这段字句铿锵的演讲已经比梵蒂冈教皇的新年弥撒还要神圣非凡，历任主席大概都很喜欢这种被朝圣般的感觉，喜欢那个巨大的蓝色地球标志，在他伟岸的身影背后徐徐转动。

"邓肯先生，已经一百六十岁了吧，是不是也动了长生不老的心思？"弗洛莉问道，"我见过他来过总部一次，还是单独来见你的。"

"还真没有，他的追求可比托里姆先生要高得多。比起托里姆梦寐以求的长寿，他更享受身居高位的感觉，毕竟这个世界上还从来没有人统治过整个地球，你说呢？"

"他在任期间，托管国家的数量一路高歌猛进。他一边策划纷争，一边和平招租，他把联合议会这一百多年的伎俩玩得炉火纯青。"卢登冷笑了一声，挽着弗洛莉迈进了已经聚满人潮的舞池中央，"真难以想象，几百年前，他们只是一个喊喊口号、做做慈善以及帮大国满世界做数据调研的机构。"

"没有国家，只有国际；没有地域，只有地球。"弗洛莉看着已经渐渐亮起灯光和星幕的演讲台，在很多年以前，在她还根本不够资格站在这个宴会厅里的时候，曾经有一个人，站在那个台上说出了这句话。"这个星球，这个如今高度统一的星球，现在已经没有国家可以独大了。所有人的利益，都纠缠在了一起，强的捆绑在一起，弱的被剔除干净。"

"怎么会没有国家，他自己，不就是个超级大国吗？一个没有人可以撼动的超级大国，坐拥着没有人可以超越的财富和地位。"

"我听说你在这个超级大国身边很久了，卢登。"

"是啊，很久了。"卢登沉默了一会儿，"差一点就习惯了。"

两人对话的同时，目光却没有看向对方，而是紧紧注视着正在演讲台上向大家挥手致意的邓肯先生，他看起来和上任时几乎没有任何分别，标志性的浓眉，目光如炬，某个一味附和的媒体将他的大头照放在了头条，然后配上了一句足够让联合国为其内定普利策奖[1]的文案——人类的远见者。

他在一片掌声中登台，然后整个宴会厅都随着他的登场渐渐沉静下来，站在众人目光中的邓肯，无比熟练地朝着下面挥手致意。穿着各色华服的嘉宾簇拥到了舞池中央，唯一还在忙碌穿梭的身影，就是那些被邓肯先生的保安勒令离场的服务生。他们在渐暗的灯光下弓着身子被驱赶到员工通道的入口，然后排着队被推进那扇完全隔音的大门——据说这是邓肯先生的授意，他一早就安排了专人在他讲话时，将那些没必要听到的人带离现场。

"极光之夜，我亲爱的朋友们，又是一年极光之夜，我们在整个纽

---

① 也称为普利策新闻奖，一九一七年根据美国报业巨头约瑟夫·普利策的遗愿设立，逐渐发展成为美国新闻界的一项最高荣誉奖。

约的上空，在繁华的新乔治区，一起举杯庆祝。

"有很多面孔，虽然穿着和以往完全不同的礼服，却已经在这个宴会厅里度过了无数个浪漫的夜晚。我曾经一度将在这儿举办宴会、在这样的时刻发言视为我一直以来的梦想。时至今日，这对我来说依旧意义重大，重大到我甚至都已经忘记了去看看头顶，看看这片瑰丽的夜空，这个号称'全世界最美'的地方。在这里我们可以左右风，左右雨，左右极光，左右空气的密度和土壤的湿度，左右动物的种类和繁殖的速度。这里看起来，我是说，至少现在看起来，就像是被我们戴在手上的钻表、佩在胸前的项链、买在河岸的别墅，光彩熠熠，而且绝对安全。

"朋友们，或许你们都听说过不久前托里姆先生的遭遇，他也曾是这儿的住户，他有七个生日都是在这个宴会厅里度过的。你们中的很多人可能都曾是他的座上宾。当然，基于他后来发生的事情，我想你们应该没有人会承认自己曾是托里姆先生的朋友，甚至光是认识他，都是一件足够羞耻的事情。但我想说，托里姆先生至今，仍然是我至亲至爱的朋友。"

托里姆，当邓肯提到这个名字的时候，原本安静的台下突然涌起一番细碎的噪音。怎么可能有人没听过这个名字，上个月以他为题材改编的电影都卖出了七亿美元票房；但又怎么可能有人愿意提起这个名字，这个破产的人、发疯的人、被赶出新乔治区的人——当然，还有一件事也是这里无人不知的，托里姆先生是帮助邓肯登上宝座的财团领袖之一。作为托里姆先生曾经的爱徒和"挚友"，邓肯先生不仅主动推进托里姆先生失智案的追查，而且在所有人都认为他根本就是因为破产而被逼疯时，依旧执意调查托里姆先生发疯的"深层"原因。

"呵,当初操控美股把托里姆榨得一分钱不剩,最后把他逼疯的不就是他的这位'挚友'吗?"弗洛莉冷笑了一声。如今想起那场金钱地狱般的收购事件,托里姆满眼的怒火还仿佛在灼烧着他目光下的每个人。那是一个手捧金币的亡命徒血本无归的故事,也是一个战无不胜的修罗一败涂地的故事。"托里姆先生,到死还不知道这些吧。"

"那可是,邓肯亲手给托里姆先生挖的,无间地狱。"卢登也跟着笑了一声。长寿真的能扭曲人的时间观念,明明才发生没多久,如今再回想或谈论起这样一件事,却仿佛已经是一件足够写进古代历史的奇闻逸事。邓肯先生主动挑起的话题让底下的议论声渐渐涨起,但很快就被邓肯先生的一声沉重的叹气熄灭。

邓肯冲着人群点了点头,等到所有人都彻底安静下来才继续说:"或许你们也有所耳闻,托里姆先生失智案在一个月前刚刚有了定论。法庭裁决,一个叫作米娜的Renai公司前雇员,在作为托里姆先生的医疗顾问为他用药期间,企图以偷拍到的公司文件勒索托里姆先生,并与之发生纠缠殴斗。托里姆先生在濒临破产的窘境下再遭受这样的刺激,这才出现了精神失常。我们特别联系了当时负责托里姆先生心理治疗的医生弗洛莉小姐,相信大家也都认识这位名冠全球的大师,她和托里姆的妻子维姬女士都确定了托里姆是在遭受强烈刺激后触发的永久性脑损伤,几乎再无康复的可能。米娜小姐也对自己的勒索行为供认不讳,她已受到了法律的制裁,要在牢里度过三年零四个月的时光。"

在邓肯先生的带领下,今晚的宴会迎来第一阵掌声。

卢登一边配合着鼓掌,一边贴近了弗洛莉一些,在掌声的掩护下轻声说道:"看来邓肯先生也和你有些私下的小秘密,我都快要忘记这件事了,邓肯先生花了多少钱才能买下这位米娜小姐在狱中三年多的时光?"

"三百万美元。"弗洛莉直接回答道,"如果这位米娜小姐足够听话的话。"

"再无康复可能的证明呢,邓肯先生给了你什么好处?"

"一分钱也没有。"

"那我还真是为你精湛的医术感到遗憾,弗洛莉小姐。"

"我精湛的医术,就是为了确保托里姆先生再无康复的可能啊。"弗洛莉侧过脸看着卢登,她一直都非常奇怪什么样的人才能做出这样的表情,明明话里全是显而易见的讽刺与挖苦,脸上却如同冰封一般纹丝不动。即使是笑意,都令人胆战——当然,比起胆战畏惧,弗洛莉倒更希望可以再靠近他一点,最好把他扒光了丢进手术室,让那数千根布满模拟交感神经的丝线来穿透这层三寸之寒,去看看下面的真章。"那并不是邓肯先生的授意,而是我自己的决定,只不过正好被他们钻了空子,让整件事的严重程度又上升了一些,好给邓肯先生安排的人有充足的借口去调查,为托里姆先生捉拿'真凶'。"

"连我都不知道,Renai这么配合邓肯先生的工作。"

"急什么,还有更配合的。"

"这就是你被邀请来的原因?因为你被加进了他的演讲稿里。"

"我也想把我自己描绘得更重要一些,但事实确实就是这样。"

卢登和弗洛莉相视一笑,同时侧过身去,和其他重新执起香槟杯的嘉宾一道看向了那个眼神中满含胜利的邓肯先生。此时此刻,对他来说，没什么比这群人的掌声更能让他享受。即使所有人都不是真的关心托里姆的冤屈，即使所有人都不是真的心甘情愿地鼓掌。

"后来，在Renai公司的帮助下，我们了解到……"邓肯的脸色突然沉了下来，就连说话的声音也跟着变得低沉。如果说刚才那番"挚友情深"是鲜花雨下的布道，那现在这副表情，就宛如一个刚刚套上黑色长衫为葬礼开场的神父。"这位米娜小姐的履历资料和医学研究生背景全都涉嫌伪造，她靠作假哄骗当上了诸多富豪的医疗顾问，然后找准时间搜罗有价值的视频和文件，用以勒索自己的雇主。正如大家所知，她在勒索失败后大肆散播托里姆先生行为失常的消息，甚至主动向媒体讲述了那场根本不存在的蓄意谋杀，而她真实的身份，是一个土生土长的旧布鲁克林公民。她有长达七年的救济金领取记录、四十七次醉驾和两次因为参与非法运输枪支被捕的记录。但这些都被她那位公务员嫖客给掩盖了过去，于是她得以在放弃每个月三千块钱的救济金之后重新就业，改头换面成了医学系研究生，拿着哥伦比亚大学的证书加入了Renai。于是她得以走进托里姆先生的房子。而那位施以援手的公务员先生，则有长达十二年的黑帮背景。

"以上我所说的，到目前为止，只是发生在新乔治区的一个故事而已。而这个故事所暴露的问题，却在去年仅仅三百六十五天的时间里，在全球范围内出现了八万七千次。那些主动放弃救济金的人，怀揣着所谓的理想重新加入劳动者的行列。而这群有理想的人中，近六成包藏着犯罪企图，三成则在工作过程中引发了暴力冲突和恶意事故。我们位于埃塞俄比亚的沙漠动物保护中心聘用了五个放弃救济金的动物爱好者。他们在参与动物保护工作的三年中，或是剥去动物尸体的皮毛，或是猎杀动物活体，走私了价值超过一千两百万美元的珍稀毛皮和动物齿骨。被他们夺去了生命的动物多达三百一十七头，其中包含世界上最后一只非洲野犬。

"他们放弃了每个月三千美元的救济金，然后在三年里赚了一千两百万。同样的故事如今在全世界各地轮番上演，近百分之六十二的工厂事故、百分之九十的职员行窃事件和几乎全部的服务业投诉都指向了那些重新回到工作轨道上的穷人。当我们真的把工作，交到那些已经习惯拿钱度日的穷人手里的时候，他们给我们的答卷，实在不忍直视。

"我不否认这个决定的伟大。救济金的诞生，是历史发展的必然，机械化和智能化吞噬了太多工作岗位，而富足的社会资源不仅仅属于资本的占有者，也应该回馈给那些劳动者。尽管他们已经功成身退，但也应该和我们一样享受这个时代给予的财富。这是救济金的初衷，是为了平息被淘汰的劳动者的怒火，为这个繁荣时代的进步扫清阻力，不让工业革命才会发生的打砸机器、焚烧工厂的暴动出现在今天。这是一份我们用税收去填补的慷慨，而在座的各位，我的朋友们，毫无疑问作为税收的源头，这，也是你们的慷慨。

"但这份给予旧时代劳动者们的抚恤和慷慨到了现在，却变成了他们的子孙后代拿来挥霍的天降横财。到了这一代人，他们从出生那一刻开始就被周围那些好吃懒做的人教育着：一定要想方设法活到十八岁，然后就可以过上每个月三千美元衣食无忧的生活。他们根本不知道什么是工作，他们根本不知道什么是劳动，就在那个放弃劳动权的协议上签字。或许你们听过这个滑稽的数字，在纽约这座城市，在领到救济金第一天就花光的人占比百分之六点七，延长到三天则是百分之二十四点五，一周内花光的则突破了百分之五十。当三千块已经无法满足他们的时候, 他们就会在各种势力的教唆下, 去贩毒、卖淫, 去打野生动物的主意、去打借贷机构的主意、去打你们的主意。他们和警察勾结, 和官员勾结, 和无政府组织勾结。这些机构把犯罪率和死亡率控制得分毫不差, 任由他们躲在深不见底的阴沟里。他们只会在投票选举的时候站出来, 攥着那些白花花的选票声嘶力竭地冲着候选人叫喊着钱不够花。而很多国家的政客都只能拜倒在大把诱人的选票之下, 被迫接受这些无礼的掠夺, 承诺给他们更加富庶的未来。我不怪他们, 我也曾是好几任总统竞选办公室里的一员, 我也曾在街头目睹过那些做着总统梦的人亲切地和穷人们握手言欢, 然后转身走进洗手间用清洁泡沫反复冲洗他们的双手和闪耀着钻石光芒的腕表。

"曾经, 我们把他们称为劳动者的后裔, 暂且把当初那场失业率的狂潮认定为我们的过错。而今日, 我们重新把劳动机会摆在他们面前。西澳的牧场还原计划、西伯利亚的冻土改造工程, 我们提供了数不尽的工作机会和上升空间, 我们将无数酬劳丰厚的项目和工程带到他们面前。而他们除了迟到、矿工、偷盗和破坏公用财产之外, 根本没有拿得出手的技能。这群从他们的祖辈、父辈就开始好吃懒做的朋友显然已经忘记了, 我们人类从几十万年前开始在这个星球上慢慢爬到食物链的顶端, 靠的就是无止境的劳作。

"而这些人的手里, 却攥着这个世界上最多的选票、最多的食粮和最大的地盘, 我们能够做的, 只是一味地拉拢讨好他们, 用我们创造的价值去满足他们的胃口。我们甚至为了隔绝他们制造的乌烟瘴气而建造了一个飘浮在空中的监牢, 就是这儿, 寸土寸金的新乔治区。我的朋友们, 我从来没有因为这个亦真亦幻的世界而感到快乐,因为我知道这里的美好只是一个洒满金粉和花瓣的美梦。当我们离开这儿,当我们揭开这个铁球的帷幕,我们一眼望向整个纽约城,遍地都是他们的身影。这个城市中,每十个人里就有七个不需要工作,他们每年唯一一件大事,就是拼命攥紧自己手里的选票,将它投给那个再次提高救济金额度的竞选者。而你们唯一能做的,就是躲在这个玻璃世界里,看着人造的自然景观。但即使是你们觉得宛如天国的新乔治区,也早已被他们扭曲的欲望攻占——"

几束强烈的灯光,跟随着邓肯挥舞的手臂,落在了舞池中央,照在一个被戴上手铐、用惊惧的目光看着周围的少年身上。他的身旁站着好几个身着漆黑制服的警卫,其中一个人几乎是完全贴着少年的背,用一只手紧紧地捏住少年的下巴,将他的整个脑袋扭向人群的方向。而其他几个则紧紧攥着腰间的配枪,分散站在少年周围,像是在看管一件亟待瞩目的艺术品。他们将少年与周遭的人群隔绝开来。

几乎所有人都在第一时间将目光聚拢到了那个少年身上。他穿着细麻编制的日式和服,被紧紧缚住的双手上沾满了在强光照耀下透亮黝黑的鱼子酱。他的双眼瞪得很大,从头到脚都在剧烈抽搐,像是刚刚从无比苦痛的梦魇中惊醒一般。

邓肯走到了少年跟前,抓起少年的左手猛地高举起来,手铐拉扯着少年的右手一并举起。两道深深的刮痕带着醒目的血色环绕在他的手腕间,颗颗晶莹的鱼子随着浓郁的酱汁一同沿着他的手腕滑落,滴在了邓肯白皙的拇指上。

邓肯用另一只手轻轻滑过那抹散发着鲜香气息的酱料,用指尖送入口中,极尽享受地咀嚼了两下,这才满意地点点头,"我听说这是前天才从里海运来的白鲟鱼子,我的生活秘书也不知道从哪儿认识了一个俄罗斯二道贩子，极力向我推荐这个作为今晚宴会的预备菜肴。

"好的食材当然还需要好的厨子。这也就不难解释，为什么我们选中了你们面前的这位，来自中国香港的李凯先生，作为负责今晚宴会菜品的大厨之一。他的母亲曾经六次为极光之夜晚宴料理中式和日式菜肴，据说她曾经还在唐宁街做了几年厨子。我相信各位都不太擅长和服务人员打交道，不过没有关系，今天来的也并非是这位屡获赞誉的名厨，而是她的儿子。请允许我再次介绍一下，李凯先生，去年年底刚刚脱离了救济队伍，打算自食其力为自己的母亲筹集手术费，这是一个励志的故事，对吗？连我都有点感动了。

"根据宴会执行商提供的预算单来看，李凯先生今晚可以赚到一千两百美元，也大概就是他现在手上沾着的这点儿鱼子酱的价格。"邓肯停顿了一下，然后突然抓紧了李凯的手，用力地向下扯去，手铐瞬时绷紧，将那道原本就通红的勒痕刮开了一道血红的口子。剧烈的疼痛让李凯吼出了声，然后又是一阵剧烈的抽搐。

"但一千两百美元只是他作为厨子的收益。他今晚的实际收益，藏在他运输食材的冷藏集装箱中。和这批鱼子酱一同大驾光临的，是二十多位来自旧布鲁克林区的朋友。他们是极光之夜的狂热爱好者，可是却没有买到该死的门票。所以我们的李凯先生，动用了他高速直达的鱼子酱特别列车，将这些人送达这片繁华的夜空之下。而这些人每人支付给李凯先生的车票钱，则高达一万美元。这么说的话，他今晚的收获可真是不容小觑，不是吗？"

李凯忍受着疼痛直起身子，张大嘴刚想要说些什么，却立刻被后面站着的警卫掐住了喉咙。他的双眸正对着迎面投射来的剧烈强光，那股遮蔽一切的刺痛和耀眼，从瞳孔一直贯穿到心脏，仿佛眼前有一千颗正在熊熊燃烧的太阳。

"就在我们的眼皮底下，就在我们的餐桌旁，这样的事情正在发生。"邓肯没有给这个已经利用完的"演讲道具"任何解释的机会，就径直走回台上。当重新在刚才的位置站定后，当确定台下的每一双眼睛都重新看向了自己之后，他才松了松领口，缓缓地叹了口气，眼神中充斥着似乎储备已久的沉痛。"三千块钱已经不再是一份救济和保障，而是无数个欲望诞生的温床。当我们真的以为他们会带着勤劳与勇气为自己赚取酬劳时，他们却表现得如此歇斯底里——他们不在乎地位，因为他们没有；他们不在乎道德与秩序，因为他们不屑；他们甚至不在乎这个养育他们的政府和伟大的城市，因为他们从出生的第一天起就根本不知道什么是集体、什么是合作、什么是礼貌、什么是信用、什么是道德。这些构成我们每个人价值的东西，在他们眼中是多么不值一提——我们养活了他们，他们却像是养不熟的狗，吃完了我们丢去的骨头，却还惦记着我们的血肉。

"我拒绝接受这样的秩序和安排，我拒绝接受这个我热爱的星球因为这群不思进取的蛆虫而变得肮脏堕落。我去过联合国托管的国家中最艰苦、最不堪的土地，见过拿着刀剑相向的原始部族和坐拥武装军团的黑帮头目，我见过这个世界上最丑恶、最阴森的面孔，但即使是那样的邪恶，也远远不及蜂拥在每座城市里，驱之不散，一点点蚕食我们血肉的所谓穷人。他们是蝗灾，他们是黑潮，他们是我女儿的末日，也会是这个城市的末日。

"所以——所以我的朋友，"邓肯再次缓缓呼出一口气，在刚才的一整段演讲里，他几乎没有一句喘息和停歇，他的双手都紧紧攥成了拳头，西装的硬朗线条将他的身形修饰得格外笔挺，"那些媒体把我称作这个世界上权势最大的人，诸国背后的男人，握着天平的赫耳墨斯[①]。很多人说这是赞许，很多人说这是嫉妒和恨意，但这些称号对我来说唯一的价值就是反复提醒我，提醒我肩上的责任与重担，提醒我如果我不能改变这一切，如果我不能做到，那这个星球上就没人可以。

"联合议会从明天开始，会在部分被托管国家率先推行针对福利人群的综合性改革，领受福利津贴的年龄下限从十八岁变更为二十岁，协议一经签署，视为永久有效，除了放弃劳动权之外，还需要放弃包括选举权、被选举权、监督权、再受教育权在内的二十七项公民权利。我们将这部分不具备完整公民权的公民降级为B级公民，而作为享受福利的B级公民，国家有权限制其使用部分社会资源。我们将在全球八十七个城市筛选划分不允许B级公民进入的区域，包括一些主要的商业中心、军政基地和机要部门，以及具有重要价值的公共空间，例如拥有珍稀物种的动物园、收藏重要文物的博物馆和被我们判定为B级公民不具备相应消费能力的酒店、剧院和综合商场；我们还将限制B级公民的部分购买权和信用权益，包括部分股票的购买权，部分银行的信用贷款和住房贷款；针对较落后国家的B级公民，我们还会限制其出入境的权益，包括可入境国家数量、签证的资格认证，等等。这些条款在一周前就已经出现在了我的办公室内，之所以在这里和大家分享，是因为在过去的一年时间里，你们中的所有人都参与了这项伟大的改革，不过你们看到的都只是它的冰山一角，

---

①是太阳神与月亮神之子，为交替的日夜之间进行信息传递。传说他发明了尺、数和字母。

315

金融、信贷、立法、司法、医疗、教育……或许当初你们接触到它的时候见到的都是某个蹩脚的项目名称,或者说社会调查,但现在,我很荣幸地宣布,联合议会给了它一个全新的名字,'公民等级制度'。

"联合议会,乃至各国政府,都有义务为全球人类的未来考虑。近百亿人仰赖的福利救济不会停止,因为我们也明白就算取消福利制度,B级公民也无法回归到正常的职业社会,甚至会引发更广泛、更剧烈的冲突和社会隐患,这无异于断其口粮、逼人造反,但牺牲在所难免。拥有本不该有的救济,就要放弃本该有的人权,这是我们能给他们最大的公平。

"所以在此,我也联合纽约市政府宣布:基于公民等级制度的第一项决定,新乔治区从这个极光之夜后,将不再对B级公民开放。"

邓肯说完这句话后,朝着不远处正揽着金发碧眼的真人芭比一脸陶醉的纽约市长点了点头。他甚至都不能确定这位被惹火红唇围攻的市长真的接收到了他的示意,但这显然已经不那么重要了,因为台下所有人都已经陷入了对这个爆炸新闻的狂热中。正如邓肯所说,他们中的所有人都参与了这个刚刚出炉的公民等级制度。当然,每个人都只参与了其中非常小的一部分,或许他们所有人在出席宴会前都以为,自己经手的那部分,就是这个位高权重的邓肯主席即将宣布的年度要闻。但显然,他们都只是这盘大棋里的黑白棋子。眼前这位邓肯先生,早在一年前就已经铺开了局面,将所有人的利益都绑进了这个不得退出的游戏里。此时此刻,他们的脸上都夹杂着同样一种介于满足和失落之间的情绪,或者说,满意又失落。已经准备为穷人出台新的理财基金的银行行长;正在考虑在第三世界国家新增哪些航线的廉价航空董事;想新建面向穷人的合法赌场却苦于找不到地皮的财团首脑;还有 Neith 的现任老板,他早已经在低配版芯片市场里尝到了甜头,还想继续捞油水;甚至是那些永远光鲜、不染纤尘的时尚品牌经理人,他们已经在构思当那些穷人不能合法购买奢侈品之后,该以什么噱头去掏空那空虚寂寞的三千块钱……这个宴会上所有人的脑子都在飞速运转,他们的钱袋都已经在这个崭新制度的鼓舞下张开了血盆大口。这个突然公布的公民等级制度带给所有人的震撼,就如同整个绿意盎然的中央公园突然宣布割地售卖一般,一整套针对 B 级公民的商业企划,已经在这些人的脑海中快速发酵。

"这一切的水到渠成,都多亏了你们所有人的付出与努力,这包含了你们所有人的利益,就像今晚夜空的极光,它会成全我们每一个人的眼球。或许我应该为你们引荐一下,联合议会最杰出的——"

"邓肯先生——"

在去年《时代周刊》的年度热评里,曾经有一个非常有趣的版块,专门报道了历史上曾打断过邓肯先生发言的七个人的现状。其中包含两个国会议员,一个现在在律师事务所做秘书,另一个在南非给戴比尔斯公司①做会计。其他人大抵都经历了一场非常带感的滑铁卢,其中最惨的莫过于那个差点儿就当上德国总统的保守党领袖。他现在被环境署调到了冰天雪地的斯瓦尔巴德群岛上负责保护北极熊。而现在这个敢再度挑战历史的人,手里正捧着用洒满金粉的玻璃杯精心装饰的蔓越莓芝士蛋糕。最上面那颗被黄桃果肉环绕的恒星,此刻已经化作了他嘴唇上的巧克力酱。

"伯努瓦先生,真是——"邓肯看着突然走到人群最面前的这个

---

① 全球最大的钻石开采公司。

鼻尖上沾满果酱的伯努瓦。他脑内的Neith，那个刚刚帮他完成了那么震慑人心的演讲的Neith，都差点儿没反应过来。这名过气的歌手，就算是在他发言后表演个节目，他都觉得不配，怎么会出现在这里？还一副理所当然的样子。如果不是Neith反应及时，他甚至都没法儿将这个拗口的法语名字念出来，"没有辜负这儿的餐点，看起来这次宴会的餐饮提供商也不是全都不务正业，至少甜品很合我们大艺术家的胃口。"

"我会是什么等级，邓肯先生？"伯努瓦咬下了最后一口蛋糕，直直地盯着邓肯。

"当然……当然不会是B级，伯努瓦。您可是三张白金唱片的持有者，据我所知，光是你收藏的那几幅卡尔·拉格斐①的自画像就足够你买下一整个月球的……嗯……蔓越莓蛋糕，如果你需要那么多的话。"

"这么说，钱才是标准，对吗，主席先生？"

"我不明白你的问题，伯努瓦先生。我们都知道你现在处于舆论的风口，如果你需要我提供什么建议和帮助的话，或许我们可以等到宴会结束后——"

"还是说你才是标准，主席先生？"

"伯努瓦，我想你应该明白，你现在说的话已经毫无礼数可言了。"邓肯松了松领口，看着同样被众人目光裹住的伯努瓦。他原本以为自己可以在这场光辉闪耀的演讲后、舒服地走下台迎接助手递来的威士忌，一切按照既定计划，轻松自然。但此时站在台下的伯

---

①著名时尚创意总监、时装设计师、艺术家、摄影师及讽刺画画家，担任顶级法国时装品牌香奈儿的领衔设计师兼任创意总监，被时尚圈人士称作"老佛爷"。

努瓦，连同那些聚集在他身上的目光，就如同一道拦住巨人的高墙，是他必须要跨过去的天险。

"是啊，说到礼数，我们都得向你学习。邓肯先生，一直都是一位非常懂礼数的人。当你还是个被家族寄予厚望的律师，刚刚走上时代的舞台时，你就非常懂得如何给足那些富人面子和礼数。做他们避税的会计、做他们声誉的公关、做他们正义的律师，甚至还给富人家的小孩开各种避课提分的证明，你和你一大家子律师，不都是这样混起来的吗？你知道以前的人是怎么称呼你父亲的吗？他们说，你父亲就是全纽约的富人集体养的一条狗。但现在不一样了，你摇身一变，成了这个世界上最有权势的人，然后你就开始要求我们讲礼数。"

"伯努瓦先生，我希望你明白自己在说什么！"

"我当然明白，主席先生。我当然明白我根本就不是什么天赋异禀的歌唱家，我的声带缺陷与生俱来。我也曾是个彻头彻尾的穷人，根本没有钱去治疗这个先天疾病，更别说什么超级碗上演唱，我就连发声都无比困难。直到、直到那天一群人出现在我的家里，拿着我在医院的病例和止疼药的取药记录单。他们说，想在我身上做一个实验，让我不仅可以说话，还可以用这副嗓子来演唱，甚至、甚至会真正拥有比拟那些大歌唱家的发声天赋和节奏感。他们说，他们会把我变成世界顶级的歌手。我也是后来才知道，这个看似梦幻的机会会降临到我头上，只是因为我先天的缺陷，是那个还处于研发状态的 Neith 喉入版最适宜的实验场。这个版本的 Neith，比你们见过的单个芯片要复杂得多，我的整个脑袋都被一层密密麻麻的人造神经元件覆盖，而那些紧贴着脊柱神经蔓延向下的丝线则一直缠绕到我喉咙里。就在那里，也有一个专门为了发声而存在的Neith。大家所听到的我冠军单曲里的声音，都来自这个在我的肌肤之下疯狂生长的芯片。他们给了我表演的机会，给了我无数的奖项，为了增加我的演出场次，还让我成为联合国亲派的第三世界国家巡演大使。我在四十个国家举办了超过两百场演唱会。直到那时候，我依然觉得，这群人真的是在帮助我——我依然觉得，我是这个实验的受益者。

"直到很多年前，他们远程收回了所有赐予我的东西。最开始只是所谓的天赋，到现在连开口说话都变得困难——没有给我任何解释，没有再来找我，我甚至想要砸大价钱去延续这个Neith。但我给Neith公司发送的所有申诉和请求都石沉大海，或许你们能够感受到我这些年的沉寂，或许你们能明白我的绝望。我一直都没有放弃寻找这个实验的负责人，经过了那么多年的调查，我终于知道，这个项目背后的老板，就是站在台上的这位邓肯先生。

"我一直可笑地以为自己是这个实验的对象，可是我现在才明白，真正的对象，是那些来听我巡演的第三世界国家的人们。而我，只不过是他们费尽心思培养出来的一个工具，用来将那些人召集到一个封闭的场馆，供他们挑选。

"在他们的策划下，我巡演的票价永远都比当地穷人的平均结余高出百分之二十。他们想要筛选出那些放弃救济金选择工作，或者领着救济金却依旧在通过劳动赚外快的人。而这些人，很快就会在特定的时间里以特定的方式丧失劳动的能力，最常用的伎俩，便是向他们贩卖毒品，让他们吸毒过量，又或是人为地制造灾难和残疾。那些负隅顽抗的人，则会面临更加残酷的命运，被彻底地从世上抹去——他们会被监禁起来，参与根本不合规定的人体实验。

"他们总是为我写奋进的歌,总是在塑造我催人向上的形象。他们要我歌颂青春、歌颂梦想,他们让我把那些已经半只脚踏进地狱的国家里,唯一还热爱生活、怀揣希望的人吸引到我的演唱会现场,然后……然后——掐灭他们内心希冀的火光。

"这就是你所说的不适合劳动,这就是你所说的穷人的堕落,邓肯先生,这就是你拯救世界的方式。公民等级制度,呵,你们为它的合理性准备了多久,为它作假了多少数据,为它杀了多少人?你——利用我,做出连地狱的厉鬼也望尘莫及的事。

"为了今天站在这里说这番话,我只能大量服用维持声带功效、平衡交感神经的药物,并且为了抵消这个药物带来的副作用大量摄入糖分。我站在那个连大一点的孩子都不屑一顾的甜品台,分秒必争地一口口吃光所能看到的一切,就是为了这一刻。

"你——"伯努瓦伸出手,狠狠地指向他面前这个原本该被掌声和鲜花包围的男人,"你不止利用了我,那些你在世界各地发起的工程,全部都是挖好的陷阱,你斩断了每一双想要努力向上攀爬的手。你就是想让他们舔着你给的救济金混吃等死,你根本没打算兑现你允诺给他们的任何机会。这一切,都只是为了你今天在这里展示而伪造的数据。我要在今天拆穿你,邓肯,我要在这个计划最关键的今天,拆穿你!"

"你根本就是在污蔑,伯努瓦先生!这桩桩件件听起来,根本就是些没人会信的故事。"邓肯站在台上,右手手指下意识地摩挲了几下他戴在手腕上那块闪闪发亮的钻表。

"是吗,高高在上的邓肯先生,又怎么会轻易相信这样的故事呢? Neith公司几经转手,背后的老板早就变成了联合议会;而你可别忘了，就算你让那些找上我的人全部消失了，就算你处理掉了每一场巡演后的失踪人口，最好的证据，还留在我的头皮之下——"

伯努瓦对着邓肯冷笑一声，径直转过身，面对所有聚集在周围的来宾。在那些已经克制到极限的好奇目光下，他深吸了一口气，两只手抓住自己两侧的头皮，用力地往下撕扯。伴随着丝线断裂发出的电花声，鲜血开始从伯努瓦的指缝中疯狂涌出。他的整个头皮像是一块被剥离的蜕壳，血淋淋地滑落下来。而整个裸露在外的头部，全都被错综复杂的铜线和内嵌元件塞满，那些穿梭在其间的线路与皮下的血肉交织在一起，贴合着大脑的弧度起伏凹凸，犹如一整块浸泡在血池里的、镶嵌完备的金属屏障。

伯努瓦的整张脸都被不断从撕裂皮层涌出的鲜血染红，在几声痛苦的呻吟之后，他直接跪在了地上，两眼泛白地盯着天花板，刺目的顶灯垂直照在他空洞的瞳孔上，如同一道倾泻而下的金色洪流。

鲜血从伯努瓦的脸蔓延到衣袖，然后开始在大理石的宴会厅地面积聚。周围的人都不由得退后了好几步，像是在躲避一场即将暴发的洪水，而台上的邓肯，则早已被身旁的保安团团围住。每个保安手上，都拿着一把对着伯努瓦脑袋的枪。

伯努瓦依旧直直地看着上方，急促的气息慢慢缓和下来。他手里紧紧捏着那瓣被剥离下来的头皮，上面原本浓密整洁的银色卷发与飞溅而出的血肉纠缠在一起，还有细碎的电火花在断裂的丝线处噼啪作响。

"我——我——"

从伯努瓦喉咙里发出来的第一个音节，伴随着强大的电流噪声和几乎难以忍受的分贝，仿佛有一个年久失修、快要报废的机器，在他的喉咙里短路爆炸了一般。而第二个音节的音量,则几乎把所有人的耳膜震破,就连伯努瓦自己,也极其痛苦地捂住了耳朵。他剧烈地咳嗽了几声,喉咙反复抽动着,张开的双唇间那沾满鲜血的牙齿都跟着不停颤动。

这样持续的咳嗽让他的身躯变态地扭曲着,好像有什么人将他的脊骨打折后再重新塞进去;每一次吸气,都像是有什么东西在他的体内被挤断。最后一声剧烈的咳嗽之后,他整个人几乎在地上化开了,从肢体到躯干都散落成一摊,只剩下被颈部支撑的头颅,还在缓缓地抽动。到最后连抽动都停止了,只剩下仿佛从肺直接喷发出的呼吸在用沉闷的回响证明他还活着。

"伯努瓦先生!"在所有人都已经下意识退开几米远之后,一个透白的身影从人群里穿出,奔向了倒在血泊中的伯努瓦。

"弗——弗洛莉小姐,你现在应该退后!"邓肯看着一把将伯努瓦揽在怀里的弗洛莉,她的整条长裙几乎都被血水浸得鲜红,镶嵌于裙身的数百颗碎钻带着微弱的闪光沉入了暗红的血泊,如同消失在黑云背后的漫天星辰。"至少在那家伙完全被控制住之后,弗洛莉小姐。"

"用力吸气,伯努瓦。用力吸气,吸到腹腔,调整呼吸,伯努瓦先生。"弗洛莉完全没有理会邓肯的忠告,她扶着伯努瓦,将他整个身躯撑起来,"你现在的症状只是因为Neith的内件失衡短路和失血引发的暂时现象,强行拆除Neith都会出现这样的问题。你现在需要保证头部供血,以及尽快将那层人造头皮缝合回去。"

"我——我——"又是几声刺耳的尖叫,从伯努瓦的喉咙里挤出。他下意识紧紧地抓住弗洛莉的手腕,原本就沾满鲜血的手如同一副猩红的镣铐锁住了弗洛莉白皙纤细的手臂。"不要开口说话,现在你颅内的 Neith 已经是超负荷状态了。你这无异于自杀,伯努瓦先生。"弗洛莉一边帮他直起身子,一边紧盯着伯努瓦仍在不时迸发火花的头颅,她的目光滑过了每一根紧密缠绕的丝线,并最终落定在接近额头边缘的那块侧面已经焦黑的芯片上。她盯着那个仍在发出低沉运转声的芯片看了几秒钟,然后猛然抬起头,一脸震惊地看着台上的邓肯,"你们,居然给他搭载了三块 Neith!三块 Neith,在一个人的大脑里,怪不得连整块头皮都要换掉!"

"你、你到底在说什么,弗洛莉!"

"一块在颅中,也就是一般人安置 Neith 的位置;另一块从他刚才发出的尖厉叫声判断,应该在他的声带附近,是内嵌式的迷你芯片;而这一块,邓肯先生,这是 Neith 公司专门为你们生产的监视芯片吧?在 Neith 还在托里姆先生手里的时候,你们就采购了一整批,号称是用在维和部队机要人员和部分雇佣兵身上。现在看来,你们还用在了艺术家身上。"弗洛莉冷笑了一声,"而且,根本就不存在什么先天的声带障碍有助于芯片的植入,我想你们只是觉得,找一个真正名声在外的歌手实在风险太大、难以操控,不如新造一个对你们感恩戴德的傀儡。何况,在利用完之后,这个人的喉咙还会因为先天疾病引发的并发症而彻底报废。"

"弗洛莉,闭上你的嘴,你现在说的话,全都是毫无根据的诽谤!"

"我只是陈述了客观事实,邓肯先生。等这块芯片被拆解之后,一切都会大白于天下。我想伯努瓦先生不惜代价,肯定不是为了在极光之夜和你开一个玩笑。"弗洛莉不慌不忙地扭过头,看着也在死死地盯着自己的伯努瓦,"他一定是真的想要开口——"

"砰——"

伴随着一声剧烈的枪响,宴会厅正中央顶部的水晶吊灯被击中了。那个由整整三千九百颗人造水晶和一百二十颗真钻打造的复古吊灯,还是英国王室在新乔治区设立行宫后,联合国为了欢庆会特别打造的绝世珍品。它被上任英国国王亲封了名字——玻璃糖果[1]。而此时此刻,这个已经闪耀近一个世纪、为无数名流提供了拍照背景的"甜心小姐"在迎接了那一发致命的子弹之后,伴随着无数水晶吊饰的撞击声轰然下落。从最外围的天使雕像和心形水晶开始,灯饰环绕着吊灯中心的金色支撑柱一层层剥落,如同一个疯狂旋转的舞女,在明亮耀眼的光辉中缓缓褪去她斑斓的舞裙。越来越多的水晶下坠,在宴会厅的舞池中央形成了一条倾泻而下的水晶瀑布。即使人潮涌动,惊叫连连,也无法盖过此起彼伏的碎裂声和撞击声。所有宾客都在一群突然闯入的歹徒的驱使下退到了舞池边缘,在几十个枪口的"注视"下蹲了下来,用双手紧紧地抱住自己的脑袋。

而此刻的舞池中央,那个穿着油腻马丁靴的男人,正一步步走向被打翻在地的水晶吊灯。他踩在那些散落一地的水晶上,接着又用一只脚踏在了那个折断的漆金圆环上,就像一个凯旋的海盗首领,耀武扬威地站在他堆积如山的宝藏面前。

他喝了一口酒,朝着身旁的同伴点了点头,然后才清了清嗓子,用格外绅士而又低沉的声线缓缓地说道:"女士们,先生们,现在是特别节目,麦哲伦绑架案。"

---

① 即 Glassy Candy。

：所以……那个叫麦哲伦的，才是真正的绑匪！

：严格意义上来说，你们都是。

：可是，是他、是他杀了邓肯，他杀了议会主席。

：你不用一直强调，邓肯的尸体离我们还不到十米远，所有人都可以看见。不过他死了，你应该很解气才对，他刚才对你做的那些事，还真是让人心疼。

：他……他死了才好。

：愤怒是最无用的情绪，李凯先生。

：可我们现在待在这里，也根本什么都做不了，我们都是人质。

：你不觉得很蹊跷吗？在这群绑匪来到这个宴会厅之前，这里发生了那么多事，比如说你的朋友被带走。我们不知道他为什么会被带走，但现在这群绑匪已经回来了，可他却还没有出现。而刚才，奄奄一息的伯努瓦也被他们带走了。

：你、你是说，闪电和伯努瓦已经被他们……

：如果要杀人，在这里杀就好了，反正他们已经杀了一个身价最高的，还怕第二个、第三个吗？

：那……

：再比如说，你被带走这件事，目前看来，是邓肯先生有意为之，要把你当作他的演讲道具，用你来增强他演讲内容的可信度。但是这里面有个非常值得思考的问题，李凯先生。

：什么？

：他是怎么知道这件事的？

：他……

：当然，他一定是在演讲之前，就知道了这件事。并且他还有时间把你逮住折磨一番,有时间编排出那些义愤填膺的句子。要说这样一个大人物是通过你和你朋友的对话,甚至是什么别的蛛丝马迹自己猜到的,这实在让人难以信服。因为就算是你们西装革履、人模狗样地站在他面前吹拉弹唱一番,他都不见得听得进去,何况是在一场宴会的自助台一角发生的事情。

:所以,你的意思是……

:我的意思是,邓肯在很早之前就知道了你们的计划。不,准确地说,应该是知道了你们计划的一部分。因为我仔细想了想,特别是站在邓肯的位置想了想,虽然他经常卖弄欲擒故纵的技巧,但一味地纵容尼古丁的计划,风险太大。如果他真的知道,一定会预先阻止,而不是把你当作教材。所以,那个告诉邓肯先生的人,应该只告诉了邓肯先生你的那部分——偷渡二十多个人,不太严重的那部分。

:你是说……他就是想让邓肯把我抓住?

:不,他是想让邓肯死得不干净。

:你什么意思?

:李先生,试想一下,如果邓肯刚才说的计划真的实施,那你就是千夫所指的第一个靶子,死有余辜。但是如果刚才伯努瓦先生的那番斥责是真的,你就会瞬间变成政治的无辜牺牲品、邓肯先生作秀的玩偶、全世界最值得可怜的人。

:所以……邓肯没来得及解释,就死了。

:他不仅要邓肯死,而且要邓肯在死前,便彻彻底底地身败名裂。

:所以他们是来杀邓肯的?

:没那么简单。邓肯已经死透了,这群人却还不离开,反而想要完全控制这里。

：他们已经控制了这里，到底……他们到底要干什么？

：这就要先弄清楚，你们到底要干什么。

：我刚才已经解释过了，我知道的我都说了。我、尼古丁、闪电，我们在那个酒吧里说的每一句话，我都重复过了，我们和他们真的没关系。

：不，一定有关系。

：这不可能，我从来没有见过他们，也没听尼古丁说起过他们！

：那个麦哲伦……

：什么？

：你刚才拿着枪去找那个麦哲伦的时候，你没听到他说的那句话吗？

：什么话？

：他说：'不用谢。'

：他、他对我说，不用谢？

：他知道你不是这里的客人，他可能还知道你是谁。并且，李凯先生，就算他现在把我和你单独关在这里，也不影响一个既定的事实，那就是，他救了你。

李凯深吸了一口气，走上前去，他的手里拿着尼古丁从阀口离开前递给他的自动手枪，上面还有一个红白相间的骷髅喷绘，以及旁边粉红色的署名——"Pink Death"[①]。从枪型和这些涂鸦来看，这把枪应该曾经属于某个模仿着电影镜头、一边嚼着棒棒糖一边朝人群扫射的女孩。不过，李凯并不用担心这把枪的归还问题，因为尼古丁将

①意为"粉红死神"。

枪递给他的时候若无其事地说了句"拿去玩,不用还了"。这就表示,这位粉红死神多半已经去见真正的死神了。这不是李凯第一次拿枪,但却是第一次觉得自己可能真的会用到枪。

在旧布鲁克林住得久了,李凯也算见过很多满脸写着不好惹的人物。整张脸爬满镀金恶魔文身的算是最肤浅的一种,把表面的凶神恶煞演绎到极致的他们,本领通常只够在打群架的时候充人数,或者欺负欺负神父和福利社前台。而级别稍高一点的人,则带着足以遮住半张脸的偏光墨镜,腰带上随时插着一把枪,只有在吧台点单的时候才会掏出来,非常刻意地用力砸在桌案上,唯恐附近没人注意到。这些人多半和附近的条子有交情,只要懂得适可而止,总会有人罩着。再厉害一些的就不常在人来人往的地方露面了,在妈妈曾经工作的四川菜馆里,李凯见到过一个半夜披着黑色风衣走进来的客人。那时候已经快要打烊,老板招呼着亲戚好友在最里面的包厢里庆祝除夕佳节,而这位晚来的客人一进来便非常安静地坐在厅堂里,接过老板递来的热茶后还很有礼貌地致谢。那时候才几岁的李凯就在收银台摆弄着从香港寄来的古董时钟,他稍微瞥了一眼那个黑衣人。他抿了一口热茶,饶有兴致地翻阅起中英文夹杂的菜单,还用非常蹩脚的广东话询问了老板一些问题……直到那声刺耳的枪响几乎把他的耳膜震破,李凯都没明白过来到底发生了什么。他能够记得的最后画面,就是那个黑衣人走到自己的跟前,归还了菜单。透过时钟已经蒙尘的盘盖,他看到那张猩红的脸庞仍然在非常温暖地微笑着,然后伴随着众人的尖叫消失在了烟花弥漫的唐人街。后来这件事并没有立案,但似乎有什么人托警局给了老板的家人一笔非常丰厚的抚恤金,说是为了社区的犯罪率着想就这么算了。

　　李凯如今已经不记得那个杀手的模样了，但那种感觉却如同童话读本里最害怕的床下恶魔一般挥之不去。真正带来恐惧感的，从来都不是枪支弹药、文身面具，往往只是稍纵即逝的眼神，又或者挥之不去的凝视。当他慢慢走向那个领头的男人时，那种感觉就被彻底激活了。那个布满文身、被称为"麦哲伦"的头儿，带着一脸杀气，冲到顶层大厅。从宴会厅大门打开的那一刻起，他的眼睛一直在宴会厅的各个角落搜索着，像是一个饥渴万分的孩子在筛选自动贩售机里的每一听可乐。而他手里紧握着的枪把，就是那枚触动可乐下坠的硬币。

　　不过，正是他的出现，救下了李凯的命。在那些人冲进来的下一秒，原本拖着李凯的那几个军官立刻掏出了腰间的配枪。而失去支撑的李凯直接重重地摔在了地上，跟随着他一起坠落到地上的，还有突然泼洒而下的淋漓鲜血。然后是那几个军官的身体。李凯的耳边回荡着连绵不绝的枪声，仿佛自己被丢在了一个烈日灼烧下的战壕中央，只有刺目的光、滚烫的血和不绝的子弹。李凯看着那群人把几乎所有的嘉宾都驱赶到了宴会厅的一侧。他们显然不是这里的嘉宾，他们是坏人，但他们也救了自己。李凯的脑子在枪林弹雨下剧烈地震荡，他发现只有一个人可以把这两件事联系在一起，而那个人的名字，他曾经千万次地说出口，却没有任何一次像现在这么胆怯。

　　"尼古丁……是尼、尼古丁……"李凯走到麦哲伦跟前，刚想要开口，又下意识慌忙地退后了一步，连说话的气息都跟着颤抖了一下，"你是尼古丁的朋友？"

　　麦哲伦看了李凯一眼，并没有回答，只是稍微停顿了一下，然后左腿向前迈了一步，正好踏在水池边的台阶上，手握着枪有序地拍打着自己弯曲的膝盖，像是一个在默默打着节拍等候开场的指挥家。

而这样的节奏，到了李凯的耳朵里，却格外刺耳。他盯着麦哲伦的侧脸，连开口接话的勇气都没有。他觉得那张脸随时都会转过来，对着他礼貌而谦虚地点头微笑，然后在一片欢愉中开出那夺命的一枪。

但好在，麦哲伦真的开出那一枪的时候，对象并不是身旁已经吓得浑身哆嗦的李凯，而是观景台最右侧的卡里忒斯三女神像。"砰"的一声，欧佛洛绪涅的整颗头颅摔落在了溅满血迹的大理石地面上。从那些碎石膏里传出了几声电火花的噼啪声，一阵红光闪烁后，又迅速归于沉寂。原本站在一旁的几位宾客，此时全都应声瘫倒在地上，虽然毫发未损，但看着那颗破碎的女神头颅，却连说话的力气都没有了。

一阵耳鸣过后，宴会厅的聒噪也很快被麦哲伦的人用枪口平息了。

"告诉他们，那个连接地表的远控摄像头已经完蛋了。"

麦哲伦将手里的枪径直丢给了身旁的手下，仿佛一个刚刚在竞技场赢得胜利忙着谢幕的勇士。似乎是因为办完了正事，这位英雄终于侧过脸，转向已经在他身旁经历了一番起死回生的李凯，看着他额头上的冷汗和恐惧的眼神，不以为然地说道："不用谢，我并不是刻意来救你的，所以，现在滚回去吧。"

"你们、你们要做什么？这里可是、可是……国王大厦。"

"我们就是来让国王入殓的。"麦哲伦笑了笑，目光瞥向了不远处那个躺在血泊里的"国王"，毫不在意地说道。

入殓，以及所有和"死"相关的词，总是能最快吸引李凯的注意。

他的眼前立刻浮现出了他睁开眼看到的第一幕——看管自己的军官被射杀在地，那些带着刺鼻腥味的血液不断喷射在他的周身。当他不知道被谁搀扶着再次站起来的时候，几滴鲜血从那人的手臂滴入了他的眼球，那一瞬间，整个宴会厅在李凯的视界里就如同千钧烈焰燃烧的火石炼狱，充斥着哀号与嘶吼。透过那层猩红的帷幕，他看到所有宾客都慌忙无措地叫喊着。一群人拿着枪不停地驱赶着他们，每隔十几秒就传来枪响，片刻的肃杀后，紧接着是玻璃的碎裂、女人的尖叫和又一轮沸腾而起的喧哗。但其实到目前为止，唯一倒在地上的，就只有那个邓肯先生，和已经完全不能被定义为"人类尸体"的那些军官。"你……你要杀了那些人？"

"你刚才，不也以为我要杀了你吗？"麦哲伦像是回忆起了刚才李凯靠近自己时的滑稽模样，不禁冷笑了一声。

"尼古丁……你、你也是尼古丁的，朋友？"

"尼古丁，噢。"麦哲伦几乎是瞪了一旁的李凯一眼，然后大笑了一声，"是谁？"

"他就是，就是那个被我带上来——"李凯犹豫了一下，还是没有把话说下去。即使是在此时此刻，在这个金碧辉煌的地方，在这里每个人都可以心平气和地看着自己这样的人去死的地方，他依旧没法儿承认自己是那个拿人钱财做偷渡生意的人。这样的羞耻心自他母亲得病之后就被点燃，起初是星星之火，如今已经烧得漫山遍野。

"上来哪儿？"

李凯的戛然而止反而让麦哲伦兴趣盎然，他看着面前这个胆小到发抖的亚洲面孔，又骄傲地转过头，看向了那群被枪指着聚拢在一起、跪在地上抱着脑袋的人，像是凯旋的狮王在欣赏着被狮群环绕的猎物，用一种既满足又贪婪的目光。"怎么，你在这里还有朋友？他，是这里的哪一个？"

"你，不……你不认识他？"李凯握紧了手里的枪，在他预想到的所有结果里，其中最好的一个，是这个看起来就像个彻头彻尾的坏蛋一样的麦哲伦抓起自己的手，然后兴奋地说："尼古丁派我来救你了，现在马上和我平安地离开吧！"他还预想了很多可能稍差些的情况，但不管怎么说，枪都是用不上的。而最坏的情况，莫过于"尼古丁是谁？"了吧。

"我应该认识他吗，难道——"

麦哲伦正欲说话，却似乎感应到了什么。他朝着自己的右侧看了看，接着很快抬起了右手，佩戴在手腕上的报警器上，微弱的蓝光透过表盘断断续续地闪现，像是一个倒计时的读条刚刚结束。那是一个看起来有些年头的腕式报警装置，表盘上清晰可见的划痕如同一整张碎裂的蛛网，而那个勉强能称为表带的环绕皮圈，则布满了沾满血腥的细密裂纹。看上去，它刚才一直在陪麦哲伦出生入死，所以才血迹斑斑。不过麦哲伦的注意力此刻已经全然被表盘上不断闪现的数据吸引，他的双唇微微开合着，像是在跟着那些变换的数字一同计时或是倒数。神色从惊喜到焦虑，最后发出一声憋了很久的叹息。看起来表盘上的数字已经足够接近他想要的结果，但最终还是差了一点儿。

"百分之八，还是百分之八。"

麦哲伦读出了表盘上的参数，几个已经凑上来的同伴也都将目光锁定在了那个数字上。说来也奇怪，这群人看起来都比麦哲伦要大很多，而且看上去也已经过了当什么黑帮劫匪的年纪。不过此时，他们的脸上，都和麦哲伦一样，洋溢着一种兴奋和紧张交织的情绪。他们的眼中有着异乎常人的虔诚，似乎一直都在等待着那个数字的变化，他们费尽周折把这些人困在这里却什么也没做，他们甚至没有抢下任何一块手表或是项链，而且看起来比那些沦为阶下囚的客人们还要心急如焚。他们……他们好像就是为了等待那一刻的到来。

"怎么会还停在这儿？"其中一个人凑上前，直接按下了麦哲伦半抬着的手，他似乎已经不打算再留恋这个再次停滞的数字，"是不是哪里出了问题？"

"怎么可能有问题，不会有问题。"麦哲伦回答时，瞥了一眼落地窗外那近乎凝滞的蓝光，或许在地面的人隔着人造云层没法儿看得透彻，但在这样的高空，它已经慢慢地收缩、凝结，就像一条穿行在黑幕中的被速冻的暗流，"刚才去控制中心的人回来了吗？"

"没有，到现在还没有。"那人看起来比麦哲伦还要急切，他直接站到了麦哲伦的面前，仿佛多米诺游戏里倒计时结束前的最后一块骨牌，"我们没法儿停在这个数值太久。我跟你说过，我在启动程序的时候就觉得会有问题。我们、我们现在撤退，也许还来得及。"

"乖乖给我待好，你们所有人都是！"麦哲伦的愤怒跟随着这句话达到了燃点，他从身旁的人手里抽了一把被涂鸦成高尔夫球杆的冲锋步枪，直接指向面前这个男人，"已经没有后路可退了，新乔治区必须掌握在我们手里。离开这里，这个宴会厅里的随便哪个人都有能力让我们死无全尸。"

"可是——如果我们不能去那儿，我们还能去哪儿！"

"我再说一遍，乖乖待着，没——人——要——离——开——这——里！"

"你知道的……"那人看着麦哲伦因为陷入沉思而逐渐麻木的表情，抓住麦哲伦的肩膀用力晃了一下，像是抢救室的医生企图唤醒一个休克病人。他说话时非常用力，咬牙切齿地，可声音却又非常细，他似乎并不想让除了麦哲伦以外的任何人听到，"你知道如果不成功，接下来会发生什么！我们是跟着你才这么干的，你不能这样！"

"不要再让我重复一遍！"麦哲伦最后还是没能守住他极力抑制的怒火，几乎是吼着说出这句话，而面前那个刚刚还义正词严的"医生"则被他一把推倒在地。沉闷的跌倒声在他话音落下时紧接着响起，犹如一道夏夜里乍现的惊雷，唤醒了所有沉睡的人，又很快进入了安静到窒息的黑夜。

虽然他们彼此之间都压低着声线，像一部在沉默中高潮迭起的西部默片，仿佛二人随时都会像那些激进的牛仔一般走到门外，上演定点对射的决斗。那填满空气的血腥味道，吸引着聚拢在宴会厅一角的富人们。

这一百多号人被十几个麦哲伦的同伴用枪包围成了一个非常规则的扇形，不再被要求抱头蹲下后，他们便沿着那个包围圈各自散开了。但即使是在这样狭隘的地方，即使所有人都无一例外地被拿枪指着，必要的"礼仪"依旧散发出了它夺目的光辉——政要和皇室在最里面靠近餐厅拐角的卡座，彼此之前隔着一条宛如国界线一般明晰的界限。他们的身旁簇拥着一大批与其形影不离的人物，大臣、管家、护卫和助理们永远比他们的"主子"要聒噪；而商人们更愿意聚拢在一起，像是在举办一场安静又热闹的战地沙龙，分贝限制并没有影响他们谈话的热情，不断有人加入和离开；影星和模特们则围绕在那些看起来富得流油、同时足够镇定的军官和老板身边，他们有足够多的生存经验，知道要找一个"得体"的肉盾。

但那一幕之后，越来越多双眼睛看向了麦哲伦。原本在枪管下被迫维持的安静，平白又多了几分诡异的肃杀。那些拿枪指着宾客们的"匪徒"也感觉到了周围逐渐凝固的气氛，尽管依旧眼睛都不眨地看着那些穿着华服美袍的"羔羊"，但几乎每个人都在用余光朝麦哲伦的方向瞥去，看起来比他们看顾的"羔羊"还要紧张。

麦哲伦觉察到了那些汇聚到自己身上的目光，就连人质里最胆小的、一直跪着弯腰抱头的孩子都缓缓抬起来头，透过细密的指缝注视着这个不久前大驾光临的恶魔。那个时候所有人也都像现在这样看着他，看着他一步步走向演讲台上的邓肯，看着他的同伴把拦路的保安射杀在地，看着他拎起邓肯先生的脑袋，狠狠地将这个刚刚结束演讲的主席先生摔在地上，然后掏出背上的步枪将上膛的枪口抵在他的额头，干脆利落地开了两枪。这个世界上最有权势的人，在只属于位高权重者的极光之夜上，倒在了一群权贵面前。

麦哲伦深吸了一口气，站在原地看着那个被他推倒在地的人重新站起来。那是一个非常瘦弱甚至有些佝偻的男人，虽然背着枪、戴着遮住半张脸的面罩，但他缓缓起身时扶着腰的动作，看起来既小心又细致。特别是当他完全站直后，下意识地用手在自己的大腿前摩擦了几下，像是要把什么东西擦干净，又很快将手缩了回去。或许他是个什么设计师，又或许是个在实验室里挥斥方遒的专家博士，而他刚才想要擦拭的，就是那件根本就不存在的实验室白大褂。

麦哲伦没有伸手去扶起这个看起来摔得不轻、连站起来都有些吃力的男人。他也没有举起枪。除却掉那双颤动的眼皮，他整个人完全愣在了原地。他的目光跟随着这个被他推倒的中年男人一同落地,然后起来,最后停留在了面前那一整片被天外的极光渲染的大厅中间。如果仔细去感受的话,那些透过玻璃散射进来的幽亮极光,就像是一层飘浮在空中的轻薄而绵密的纺纱。纺纱跟随着呼吸慢慢摇曳,贴近肌肤时,仿佛在轻轻地摩挲皮肤,能感受到它的质量。而鼻腔中,似也回荡着温热的气息,温度还在渐渐升高。

它就像真的存在似的,至少比他此时极力做到的面无表情要真实得多。

"外面,看外面!"

打破寂静的,是一声近乎求救的喊叫。

声音从宴会厅的正大门传来,那扇隔离门完全由VOI镜像技术拼接的而成,它其实只是一堆凝结在空气中的三维像素,将玛丽皇后的殿前花园还原到众人面前。那个声音传来的时候,一个人影也跟着从门外绿意盎然的春色里穿进来。这是一个满头大汗的中年人,从衣着上就能看出他不属于新乔治区,他将步枪当作拐杖,一边喘着粗气,一边迈着大步走向麦哲伦。他似乎是这帮劫匪里负责驻守在门口的一员,而他的表情,看起来却比宴会厅里被绑架的人质们还要惊恐,"新、新乔治区里,还有别人。"

在他说完这句话之后,这间原本沉寂的宴会厅突然沸腾了起来。所有人,不管是绑匪还是人质,全都将目光投向了覆盖一整面墙壁的景观落地窗。那些纠缠在一起的极光还是一如既往地绚烂,可能对于住在新乔治区或每一年都要来这儿一遭的人来说还有些过于乏味,乏味到就像一片重复着日升月落的海滩。他们已经失去了站在窗边认真观赏的激情。不过此时此刻,如果再靠近一点点,把瞭望的目光变成俯瞰,就会发现在这栋超高的摩天建筑下面,是比夜空中虚拟的漫天星河还要密集的人潮。如果这样的场景不是真切地发生在二十四世纪距离地面几千米的云端，就会被误以为是迈克尔·杰克逊的布加勒斯特演唱会的重演。

而这场"演唱会"真的有一个主舞台，那就是新乔治区正中央的人工湖上的湖心岛。平时那里是湖里的天鹅的聚集地，但到了极光之夜，这里则会竖起一块环形的三维荧幕，除了不断循环播放极光之夜宣传片和特别播报之外，这块只有在极光之夜才会出现的号称全世界最贵的广告牌便会成为每年各大广告商争相抢夺的风水宝地，除了可口可乐的五年连续投放的记录之外，三星和索尼都是不折不扣的钉子户。人们甚至能从这块广告牌，看出哪家公司的老板又在这一年赚得盆满钵满，以至于想让住在这里的其他老板横生嫉妒。

不过此时此刻，广告牌投放的却是一个青年男孩的面孔，他布满疮疤的脸近乎扭曲地抽动着，露出难以抑制的兴奋和喜悦。从他不停开合的嘴可以看出，他此时正在歇斯底里地喊叫，而那些簇拥在湖畔的密密麻麻的人群，也都跟随着节奏不停地挥舞手臂。

隔着完全隔音的玻璃，宴会厅里丝毫感觉不到外面的热潮。悠扬的G大调仿佛是嵌入了这里的一砖一瓦，久久不散。麦哲伦站在落地窗边，看着那不停翻腾的人浪和荧幕上歇斯底里的面孔，他能感受到外面连空气都烧着般的炙热。而耳畔的寂静，他简直一刻都无法忍受。

他拿起枪，上膛，然后对着那块比他高出半截的落地玻璃毫不犹豫地扣下扳机。

这一次，比枪击声和玻璃碎裂声更先抵达众人耳朵的，是从地表传来的、仿佛快要突破分贝极限的笑声。人群爆发出一阵阵呼喊。

有人在拥挤的人群里点燃了火把和烟花，盘旋上升的烟雾吞没了麦哲伦的视线。那些欢笑穿越五百多米，到达麦哲伦的耳边，却还是如此清晰，震耳欲聋。

"今晚，就在今晚！"广告牌上的人用力呼喊着，荧幕上的他兴奋到了极点，浑身上下每一个细胞都在抽搐，从鼻腔到下颚，从瞳孔到双颊，仿佛连皮下的血管都在剧烈地贲张。如果将他此时的任何一个神情截取下来，药物学家都会直接备注上"药物过量的人体特征"，张贴在禁毒广告上。"极光之夜，我的宝贝们，这就是极光之夜！

"这是所有人的极光之夜，听到了吗，纽约！听到了吗，全世界！听到了吗，全银河系！全宇宙！阿波罗！阿尔忒弥斯！甚至是哈迪斯①！我要你们所有人都看到，看到头顶的极光，看到这美丽的地方，看到这里的人，看到你们每一个人。

"然后，然后你们现在都看着我！都看着我！看着！我就是邀请你们来玩的人，我就是你们所说的那个，新乔治区的BUG②。不过，这不是BUG，那些有钱人雇的是全世界最好的科学家和电脑工程师，他们设计的系统，怎么会有BUG？噢，不对，不对，如果没有BUG，那我怎么会进来呢？那我怎么会出现在这个荧幕上呢？这个荧幕……这个荧幕本来是要放华为广告的，人家可是投了不少钱呢！对，这是一个BUG，是BUG。

"你们说要钱才可以上这块屏幕，你们说要钱才可以来这个地方，这才是BUG。新乔治区，你在听吗？这才是BUG！这才是你们操蛋的BUG！

① 古希腊神话中的冥界神，同时还是掌管瘟疫的神。
② 程序漏洞。

"今天，今天我要修复这个BUG。他们用三千块钱，把我们赶到龌龊肮脏的地下，赶到城市边缘，然后自己在这片应该属于所有人的土地上，建起一栋栋高楼，建起一个天堂，再用不可一世的价格，把我们拒之门外。你们真的认为三千块钱是福利，是补助吗？不，蠢货们，根本不是！你们知道'集装箱之父'吗？就是发明集装箱的那个人，他叫麦克莱恩。几个世纪前，他发明的集装箱就和现在代替我们在工厂里劳动的机器一样，吞没了大量工作岗位，特别是那些码头工人。他们吵啊、闹啊，喊着自己丢了工作，他们要共享科学进步带来的红利，就和当初我们的父辈一样。后来资本家给了他们红利，那些码头工人看到自己不用劳动也可以白拿钱，兴奋得睡不着觉。可是他们不知道，这样的变革能够创造出多少的财富，能够带来多大的利润，而分给他们的，只是其中的冰山一角。这在那些真正享受红利的人看来，只是比轮渡维修费还要少的成本。没有人告诉过你们，对吗？没有人告诉你如今的富豪都过着怎样的生活。他们害怕，怕你们知道他们在以兆为单位计算着财富，怕你们发现那些对外宣布灭绝，却每天行走在他们自家花园的珍禽异兽，所以他们建造了这里。这里才是这个世界的真实面貌，那些救济金不是恩赐，而是剥削。极光之夜的门票一万块一张就已经是个信号，很快这个世界上所有的好东西都会标上我们出不起的价码。而我们却还拿着三千块钱，无能为力地缩在角落。这一切不会停下，他们还会拿走更多。

"我和我的朋友也说过这些，他们都会劝我少喝几杯。是啊，这些东西真复杂，真难懂。

"我不指望你们懂，连我都不过是随便叫唤几声。我们的父辈们替我们做这个决定的时候，他们决定收下这笔钱、放弃工作的时候，就已经注定了我们被抛弃的命运。我们没有价值，我们只是社会安定的成本，而这个成本会越来越小。因为我们是被剥削的一群人，我们是没有价值的东西。不过，我等不到那个时候了，我等不到看着你们变成富人可以随便踩死的蝼蚁了。不过没关系，没有关系，今晚，我们还有今晚。今晚所有人都可以来到这里，所有人都可以共享头顶的极光，所有的酒水饮料都免费，所有的犯罪都合法。尽情享受，我的朋友们，享受新乔治区的一砖一瓦。这是不常有的事，不是吗？

"今晚所有的阀口都会通宵敞开，今晚我们会狂欢到军队和警察占领这里，今晚会很漫长的，宝贝们。极光之夜，都很漫长。"荧幕里的人，深吸了一口气，陷入了令人捉摸不透的镇定之中，似乎连他自己也在思考为何会突然说出这些话。和刚才的热烈截然不同，他陷入了沉寂。而整个环湖公园的人潮也陷入了沉寂，透过立体环绕影像，几万人看着这个年轻的男人从兴奋到安静，从狂笑到呆滞。他们一边举起手里的镜头，一边看着他闭上眼睛，看着他慢慢地靠近镜头，一直到他纤细的睫毛几乎贴在了镜头上，一直到所有人都能通过荧幕看到他的眼球在闭上的眼睑下缓慢地移动。

一直到，那双眼睛猛地睁开，像是恐怖片里恶灵附体般地睁开，布满血丝的浑浊瞳孔，带着肆意的狂野注视着新乔治区的每个人。

"派——对！"

又是一声响彻整个新乔治区的嘶吼。他的肺似乎都被撕扯成碎片，要从喉咙喷洒出来。越来越多的人聚集在一起，人群被这突然爆发的、宣泄般的话语瞬间点燃，所有人都举起双手，在那声嘶吼中摇摆。漫天的极光挥洒而下，如同无数悬挂在天际的迪斯科球。

"记住今晚！记住它！！！！！你们都给我记住它！！！！！！！！记住我

的名字!!!!!!!!! 你们记住了没有!!!!!!!!!!!!!!!!!!!"

声嘶力竭的尖叫，堪比隐形的来自湖心的海啸。此时的荧幕上，全都是这个年轻男人用尽全力嘶吼的模样，全是他扭曲的笑脸、抽搐的鬼脸。

纽约城就像是大雨前的山丘，从四面八方赶来的人们，如同从地底倾巢而出的蚁群，不顾一切地朝着制高点移动。人流从四处的阀口朝着中央汇聚。人们进入这个天国，刚开始只是站着观看漫天的极光，然后涌进豪华酒店的吧台。还有人抓起天鹅和麋鹿合影。逐渐地，有人开始走进那些只有在新闻里才能看到的联排别墅，把所有看起来值钱的东西都装进口袋。每一个人都知道这是千载难逢的机会，每个人都在享受着这种刺激。他们被前仆后继赶来的人潮簇拥着前进，这是一种前所未有的安全感，被掩埋在人群里的安全感。而给他们这种安全感的人，他的名字，早已如雷贯耳。人们跟随着荧幕里他用响指打出的节奏，一遍一遍地高声呼喊他的名字。

"当那些条子们问起，是谁做的这一切，你们要怎么回答?!"

"尼古丁! 尼古丁! 尼古丁! 尼古丁! 尼古丁!"

浪潮们的呼喊，从大开的阀口，一直传递到国王大厦的顶层。

"尼古丁。"麦哲伦咬了咬牙，瞳孔里的颤抖已经蔓延到脸颊和整个下颚，这样的神情映衬在他那为好莱坞杀手量身定做的脸上，显得格外扭曲。这一次他的音量，足够歇斯底里，"去他妈的!"

所有人都在看着他，用着神情各异却同样专注的目光。

他再次看了一眼手腕上那个不再变化、凝固在屏幕上的数字，海啸般的失落感从闪着荧光的像素里涌出，顺着表皮的神经末梢蜿蜒而上。他能清晰地感觉到那股绝望在体内疯狂地升腾，他可能永远也等不到那个理想的结局了。

但他不会允许这样静默的等待在这个金碧辉煌的屋子里持续太久，就像他不会允许那股失落真的顺着自己的血管直达心脏。至少在此时此刻，他不希望表现得像一个拿不定主意、只能等到大人回家的孩子，特别是当他已经把一些"大人"推倒在地，特别是当所有观众都在屏息凝神，期待着他的下一个动作，哪怕是抬起一只手，哪怕是呼出一口气……

哪怕是，再次拿起枪，将枪口对准同样愣在原地、脑子里还回荡着那一声声呐喊的李凯。李凯从没想过尼古丁的名字会以这样的形式，被反反复复地如同合唱般"演奏"出来。透过被射穿的玻璃，外面不息的呼喊声如同阵阵雷霆，此刻的尼古丁就如同凯旋的亚历山大，沐浴着鲜花与欢笑，享受着子民的拥戴。

李凯看着麦哲伦一步步逼近，可两条腿却像上了枷锁一般无法动弹。他痴痴地站着，用绝望的目光看着那个渐渐靠近的阴影，感受到了死亡的彻骨寒意。

麦哲伦直接走到了李凯跟前，拎起他的脑袋，然后将他重重地摔在了地上。

"我现在很有兴趣听一听，尼古丁的故事了。"

：总之，还是谢谢你刚才救了我，弗洛莉小姐。

：我还没有完全救下你。

：至少，至少你是唯一一站出来的人，你刚才对麦哲伦说你可以救活伯努瓦先生，是真的吗？

：是真的，但是能救活多久，就是另外一个问题了。

：你为什么知道，他们想要救活伯努瓦？

：当时他们闯进来的时候，伯努瓦先生就在我的怀里，我能非常清楚地看见他当时的眼神。伯努瓦知道他们会来，而且无比期待。不过光凭眼神无法完全确定，但他们后来带走了他，那就是铁证了。

：铁证？

：一个杀人犯，会平白无故地管一个瘫在地上快要死的人质吗？

：你的意思是，伯努瓦和他们是一伙儿的？

：别这么武断，李凯先生。伯努瓦先生会不高兴的，你看我刚才误以为你和他们是一伙儿的时候，你就很不开心，不是吗？

：伯努瓦，伯努瓦也是劫匪之一……

：我暂时只能这么认为，这是无限趋近合理的解释。不过，如果不是为了接近你，我也没打算站出来，用这个要挟他。

：至少，至少他没有杀我。

：他本来就不会杀你。

：那你为什么还要……我们现在一起被绑在这儿。这里没有你的朋友吗？为什么他们都不管你？我是说，你至少，你至少看起来像是有钱人。

：如果有朝一日你和有钱人做了朋友，你就会知道，此时此刻他们最不愿意做的事情就是靠近我们。我和你是被那个叫麦哲伦的人亲自命人绑起来的，而且被单独搁置在吧台边。至少他还没有这么对付其他宾客，这就说明我们的处境比他们还要危险。趋利避害，远离危险，这是自然法则。

：既然你知道……你还要站出来帮我？

：你不用太感动，你被邓肯先生折磨得快死的时候，我也和其他人一样端着香槟杯在一旁无动于衷。

：那你……

：我是故意站出来义正词严地说那些废话的。你刚才说的那些我都听到了，我也知道，不管你怎么回答他的问题，我的意思是，就算你一五一十地说出"尼古丁的故事"，你的结局都会是眼前这样。那如果是这样，作为宾客的一员，我就会失去和你说上话的机会。我得和你待在一起，和你一样变成VIP人质。

：你是故意……你知道他会怎么处置我们？你不怕他杀了我们吗？

：我刚才已经说过了，他要是想大开杀戒，他早就这么做了。

：那他？

：他闯了进来，杀了邓肯，然后就把我们全都关在这里，却什么也不做，而且……他好像也遇到了一些变数。

：你是说，尼古丁？

：他一定不喜欢尼古丁现在正在做的事情。但这一点尤为可疑，因为如果我是麦哲伦，有一个倒霉鬼不仅自报家门，而且还搞了这么大的乱子出来，我大可以办完我的事情，然后一走了之。至少我可以光明正大地说，自己和尼古丁是一伙儿的。警察最后只会把这一切归咎在你的朋友身上，而麦哲伦的所作所为，只会是这场大暴动里的附带损伤。

：他会把这一切都赖给尼古丁？

：是你的话，你也会这么做吧？而且你的朋友看起来也不像会介意的样子，可……

：可他没有这么做。甚至他看起来，还很恼怒。

：像是尼古丁破坏了他的计划。

：他的计划是什么？

：这也是我想要弄明白的，李凯先生。但至少有一点可以肯定，那就是你的朋友，尼古丁先生的这场免票"演唱会"，确实给麦哲伦添了很多麻烦。想要知道他的计划是什么，就得先知道尼古丁添的麻烦是什么。

：我、我刚才已经和他说过了，我知道的都说了。

：我听到了。尼古丁找了一群黑客，破解了新乔治区控制中心的主控系统，然后借你的集装箱偷渡，占领了控制中心，开放了所有的阀口。你讲得那么情真意切，我才会以为你是那个做错了事所以挨打的跟班。不过既然是两起绑架案，一个绑架了国王大厦，另一个则绑架了整个新乔治区，现在想想尼古丁先生还真是勇气可嘉。

：可我们现在就在国王大厦，我们被枪指着，我们、我们应该想办法通知……

：你是想说警察吗？你看看下面的人潮，已经把新乔治区堵得水泄不通。我估计连新乔治区下面的道路也已经被在网上看到尼古丁的"邀约"想要上来的人塞满了。而且，这里的网络早就被屏蔽了。当然，这是邓肯先生要求的，他想在这里提前发布他的宏图大业，但是由于这些话并没有经过联合议会决议，完全是他的个人意愿，所以他不会留下任何证据。我猜，麦哲伦也知道这一点，所以他甚至都没让我们上缴电子设备什么的。

：也就是说，这里发生的事情，现在只有我们知道。

：是的，现在知道邓肯先生死亡的人，仅限这个房间里的人。

：我们得让别人知道，我们得通知警察，我们得……

：别再想着那些还堵在41号大街的警察了，好吗？现在能救我们的，只有尼古丁。

：尼古丁？

：我们现在需要促成一场谈判，但不是劫匪和人质，而是劫匪和劫匪。一场谈判，有两个必不可少的前提，其中一个是双方都对现状感到不满意，麦哲伦先生现在看起来就很不满意，但是尼古丁……

：他根本就不知道这件事。我们、我们得让他知道。

：这个不用你担心，麦哲伦先生看起来正在筹备这件事呢！你还记得他最后对你说的话吗？

：他……他说，我们很快就会见面的。

：在这一点上他比你着急，他应该已经派人去控制中心了。

：那第二个，满足谈判的第二个条件是什么？

：近乎等价的——筹码。

：筹码？

：他们必须有双方都想要而不可得的东西，这是我最想不清楚的地方。尼古丁的计划把新乔治区弄得人满为患，八方大开，这简直是拱手相让的凶犯潜逃最佳环境，可麦哲伦看起来却因此感到非常焦虑，甚至很不希望这一切发生，这只有一种解释……

：他根本没打算离开。

：你变聪明了，李凯先生。

：可这是为什么？麦哲伦他们杀了邓肯，求了我，救了伯努瓦先生，他们甚至没有从你们的脖子上扯下一根项链。他们……他们到底想干什么？

：想要知道他们想做什么，就想想他们现在不能做什么。

：不能做什么……

：他们可以离开，可以抢劫，可以杀人，甚至可以一把火烧了整个国王大厦，但他们都没有这么做。相反，你的朋友尼古丁这么做了。现在的新乔治区已经乱作了一团，到处都是汹涌而来的平民在打砸抢烧。在尼古丁先生的鼓动下，他们现在应该在湖畔的别墅、酒店和商场里忙活得不亦乐乎吧……

：你是说，麦哲伦不希望看到这一切；你的意思是，麦哲伦想要……他想要新乔治区井然有序，他想要看到正常的极光之夜，可是他自己……他？对了，他在等什么东西！他在和我说话，然后手腕上的表就响了。对，对，是的，我听到了，我刚才听到了！他说，百分之八，什么东西还剩百分之八。

：还剩百分之八，不管是什么东西，都只剩百分之八却无法实现，那确实足够让人沮丧的。

：可到底是什么？

：不管是什么，我猜你的朋友尼古丁一定阻止了它的发生。这是麦哲伦不满意的地方。他现在只缺一个筹码了，李凯先生。一个能够让尼古丁放弃干预的筹码，噢，不对，说不定，是两个。

：你、你在说什么，什么两个？

：你还有一个一起来这儿的艺术家朋友，不是吗？

：你说闪电？

：谁的筹码越重，谁的胜算就越大，这是谈判学的基本常识，只不过这一次——等等——

：什么？

：那些极光——那些极光开始下落了！

：那些极光是，是真的光？

：不，新乔治区的天空，是由VOI虚拟镜像和人造大气共同组成的。那些人造大气，据我所知，是一团经由各类气体和液体集合在电子环境下生成的人造粒子云。它们被固定在新乔治区的上方，用来模拟真实的大气环境，并且可以结合虚拟现实，来还原各种真实的场景——云、霾、雾，甚至是晚霞和极光。但，它们绝对不能真的下落，或者以任何形式接触到新乔治区的空气和土壤。

：为什么？

：人造大气很复杂，包含了臭氧在内的很多成分。也有人说，它是新乔治区的液化屏障，是之前的科学家研究出来的、真正的大气环境的最好替代品，可以兼容风、霜、雨、雪，又可以让动植物们感受到真实的"自然"效应。但它严格意义上并不属于气体，比起气体，它更像是黏液；比起液体，它更像是光，更易驱策。只要稍加电离引导，它就可以千变万化。但有一点我可以确定，它的杀伤力比维埃克斯毒气①还要强很多倍。这是为了防止这里的飞禽飞进并不存在的天空，鸟类可以识别这种障碍和威胁，这样它们就会远离新乔治区脆弱的天花板。

：它们、它们顺着那个玻璃的裂缝，流进来了！

：有人关掉了反向引力系统。

：引力系统？

：引力系统有两套，正向的是为了保证该在地上的，会在地上；反向的是为了保证该在天上的，都在天上。任何一个造物主都是从

---

① 即VX化学弹药，是致死性极强的有机磷毒物，主要是装填在炮弹、炸弹等弹体内，以爆炸分散法使用，一旦接触到氧气，就会变成气体。

开天辟地开始创造世界的, 新乔治区也不例外。一旦失去反向引力, 新乔治区的人造大气就会和下层空气交融, 供我们呼吸的空气就会被污染。

: 它们、它们正在流向我们……

: 他们过来了。

: 他们! 他们要干什么?!

: 冷静, 李凯先生。如果他们要杀你, 你早就已经死了。

: 你们! 你们别过来! 你们要干什么?!

: 冷静, 李凯先生。

: 你们! 放开我! 我不要过去! 那些气体有毒, 我知道有毒!

: 把这个拿好, 捏在手里。

: 这是? 你们别过来!

: 拿着!

: 你们别过来! 别过来! 你们要带我去哪儿? 等等, 你们要带她去哪儿?

那声刺耳的枪响, 伴随着无数玻璃的碎裂声, 将恐惧带到了这个高耸入云的空中楼阁。幸运的是, 这并不是真正的万里高空, 被麦哲伦打碎的裂口没有如同破裂的飞机机窗黑洞般地吞噬万物。

那场碎裂之后, 整个宴会厅都再次陷入了真空般的死寂。直到那些徜徉在窗外的极光, 开始沿着破碎的窗沿, 一点一点地滑落进来。它们看起来不像是光, 更像是在空中暗涌的洋流。开始的时候只有几簇。随后, 越来越多的极光束像是追逐焰火的萤火虫席卷而来, 大片大片倾泻而下的绿光从宴会厅落地窗的裂隙慢慢地渗入, 与宴会厅香甜的空气交织在一起,重叠再升腾。很快,宴会厅的外围就被透亮的绿光包围。宴会厅仿佛是一个实体的巨型气泡,将所有投进的光线反射、折射,笼罩在绿光下的所有物体映在众人的眼里,全都扭曲了模样——被无限拉长的座椅、整个翻转倒立的吊灯和看起来只有指甲大小的花簇。坍塌在地的卡里忒斯女神头颅,那双大理石雕刻的瞳孔被放大了数倍,如同一轮在幽暗深渊升起的圆月,死死地盯着宴会厅里的每一个人。

　　这个星球上无数人热切期盼并心之所向的极光,从未被人如此近距离地欣赏过。但或许,没有人有心情欣赏这样的极光,这片如同噩梦般降临的绿光除了带来歇斯底里的尖叫、迫使人群潮水般地后退外,就只剩下倒映在每个人瞳孔里的无边的恐惧……如果再加上一片蛛网或者几只蝙蝠和鬼影,此时的国王大厦顶层简直就是现实版的《德古拉》①。而那个满怀恨意、嗜血成性的吸血鬼——没有獠牙却手持机枪的麦哲伦伯爵,此时双脚正踏在舞池边那个巨大的椭圆形赌桌上,背后则是不断逼近的幽暗雾霭,他宛如一个在诡谲夜幕下降临的死神。据说这张桌子外围的木质材料和白宫里那个被写进历史课本里的"坚毅桌"一样,全都来自传奇帆船"坚毅号"②的甲板,油光锃亮的红色木漆加上烫金的巴洛克浮雕,远胜那张无聊透顶的总统办公桌。

　　"是你下令关掉的吗,你疯了吗?"

---

　　① 著名的吸血鬼电影。

　　② 即"坚毅号"军舰。一八五三年,英国皇家海军"坚毅号"军舰在北冰洋迷航,被美国的捕鲸船拯救,美国国会随后将"坚毅号"归还给英国。"坚毅号"退役之后,其船身木材被打造成为一张书桌,并于一八八〇年由维多利亚女王赠送给当时的美国总统海斯。

刚才被麦哲伦推倒在地的中年男人，拖着仍旧在微微发颤的身子走到他面前。男人的声线沙哑而无力，带着还未消散的疼痛。他一脸惊恐地看着眼前这个发了疯的魔鬼——这个在十分钟之前，还格外冷静地说"再等等"的人，刚刚一枪击碎了宴会厅正面的落地玻璃。而他真正恐惧的东西，似乎早已透过一言不发的麦哲伦，以实体的形态降临在了他的面前。他凝视着那团渐渐浓密的雾气，感觉到了自己的瞳孔在跟随着那团幽暗的绿光一同闪动。那浓雾慢慢地靠近，吞噬掉了残存的血丝与眼白，只剩下死亡般的漆黑。而这样无助的凝望，也同时出现在了所有本该持枪警戒的其他劫匪身上，甚至有人的枪掉落在地上，才回过神来，拾起枪，将枪口和目光重新投向一样呆住的宾客身上。但他们脸上的表情比人质更凝重。好像对于他们来说，真正的死神才刚刚降临宴会厅。这次没有劫匪，也没有人质，只有死亡的阴影。

"你知道的，你明知道那是什么！

"我告诉过你，你这样只会什么都得不到！"

这样的质问伴随着唾沫从他的嘴里不停地涌出，每一句都比上一句更加撕心裂肺。可麦哲伦却一直垂着头，手里紧紧地攥着那块刚被取下的腕表，上面的数值仍停留在百分之八。直到面前的这个男人停止了叫嚷，用手扶在胸前大口喘息，麦哲伦才深吸一口气，缓缓地抬起头，看向正对着自己的所有人。就像小说里写的，艰难的抉择最后都会以长久的凝视宣告结束。他也用那样坚毅而决绝的目光回赠给每个注视着他、不知什么时候开始已经变得猩红的眼眶。那些眼神和身后的滔天绿幕都在告诉他，不可回头。

"我问你，这样的话，控制中心就一定能看得见，对吗？"麦哲伦抓着那个男人的领口，将他整个人提了起来。他瞪着那张惊恐的脸，语气却格外冷静。

"是、是的。"男人看起来完全被吓愣了，说话都结巴。他宁愿和麦哲伦争吵或者歇斯底里地搏斗，但麦哲伦看起来却那么镇定，像一个在观看滔天灾祸的死神，寡言少语。"新乔治区上层的半球装置……"

"省省那些废话，能看到就好，那个人能看到，就好。"

"你，你到底想干什么?!"

"这句话，我找到你们的时候就已经说过了。我要干成你们很多年前，差一点就干成，却没有干成的事情。"

麦哲伦将男人放下来，深吸了一口气，从破碎的玻璃窗看向了漫天繁星背后渐渐清晰的、新乔治区的穹顶。

"都给我听着，"麦哲伦用手指了指窗沿那些不断倾泻而下的极光，他缓缓张开的手掌像是随时都能捕捉到那些萦绕在空气中的丝丝缕缕，"各位总统、总理、总裁、国王和王后，有着各式各样尊贵身份的朋友们，还有，此时此刻正在遥远天际，看着我的那个人，请允许我自我介绍一下。

"我出生在新乔治生态研究基地。对，基地，在成为什么狗屁新乔治区之前，这里是个正儿八经的研究基地。那时候联合议会找来了世界上最顶尖的生物学家、气象学家、地质学家、环境学家、化学家、天体物理学家……为了建造你们现在所看到的这个球体，需要各种各样的知识。而在这些领域中，造诣最高的那群人，都被集中到了一起。让他们在已经沦为废土的旧纽约城的展望公园上空，建造一个完全隔绝外部气压、空气、阳光和一切环境的全新生态区，用以探索地球生态的发展和持续。这项浩大的工程得到了联合国源源不断的资金支持，花了足足七兆亿，用了足足二十五年，这片废墟的上空，冉冉升起了一颗夺目的黑色球体。

"后来，在这片土地上，这群科学界的艺术家们开始按照起初的规划完善这个亟待开拓的全新世界。在这片土地上，有各种历史上出现过的适宜人类居住的气候环境，有适宜居住的土壤、水质、空气湿度和氧气浓度，融合了所有你们能够想象到的自然地貌和天气变化。他们引进了植物、动物，并为它们规划了合理的生态区和经由改造的全新食物循环链。当然，他们也引进了人，伯努瓦先生日夜不停地巡演，为新乔治区的各种人体实验和环境测试带来了源源不断的活体，抹去姓名，注册死亡，这些来自第三世界国家的人们被运送到这里居住，配合科学家们的试验，感受新乔治区的风吹日晒、风霜雨雪。他们甚至为了观察气候对繁殖的影响而鼓励这些人生育。这些人配合着科学家的要求，在这里按部就班地活着；这些人为了人类的命运与未来，为了调试出最适合人类的生态而牺牲。那个时候的新乔治区是个漏洞百出的地狱，前一秒还微风徐徐，下一秒就滴水成冰，每天都有人死去。但当这一切刚刚走上正轨，当这里天堂般的模样开始呈现在我们面前时，联合议会终于露出了他们真实的嘴脸。这个项目真正的投资人，也终于从阴影里走出。从始至终，他们只是委托联合国出面，以便集合这个世界上的精英，来为他们打造一个完全隔绝污染和穷人、充满鸟语花香的新家。

"他们以考察的名义在这里建起了房屋，他们驱赶甚至直接宰杀了对他们的新家和孩子构成威胁的动物，他们删除了不太喜欢的沙漠地貌，然后将沙滩的面积扩大了三倍以便开一个度假酒店。一排排的别墅沿着属于鸟禽和变温动物的河谷耸立起来,然后是公路和公园,然后是丽思卡尔顿,然后是精品百货,然后是百老汇和赌场。他们叫停对他们来说没有价值的研究项目,拆掉碍眼的实验室和研究站,他们把原本用于观测夜行动物的监控塔变成了全世界海拔最高的怀石料理店。

"那时候新乔治区甚至还有一大半没完工,科学家们只有两个选择,要么拿着高薪变成新乔治区的员工,替富人定制天气——圣诞节一定要下雪,卡塔尔①王储的生日必须天晴;要么就携家带口拿钱走人。他们中的一些人试图反抗过,试图去和联合议会申诉这种不正当的商业绑架,但最终,却被说成是科学家的暴动。十八人,包括基地的设计者——乔治博士在内的整整十八人在这次正义的斗争中死亡,而剩下那部分人的下场,就是连遣散费都拿不到,直接被赶出了这个他们为之耗费了一生的地方。那些新乔治区的居民,居然报复心强到切断了他们所有的后路。他们无法被任何研究项目接纳,无法回大学教书,甚至无法去做一些最基本的工作。而那些实验人群,那些曾被捧为人类命运先驱的人,却连妥善安置都没法儿得到,他们甚至连排队领救济金的资格都没有。你们能想象吗?世界上最伟大的建筑师和物理工程师的儿子,甚至都不能继承家族的姓氏。他找了一个已经暴尸街头的赌鬼,抢走了他的证件,用上了他肮脏又愚蠢的名字——麦哲伦……

"你们急功近利地打压,不遗余力地迫害,不知廉耻地掠夺,这就是你们的做派,这就是联合议会的做派。

---

① 亚洲西南部的一个君主立宪制酋长国,地处阿拉伯半岛东部,著名的能源富国。

"现在这个宴会厅里，拿着枪指着你们的这群人，就是那些还没有被你们弄死的科学家，和那些连名字都没有留下的试验品。那些为你们打造天堂的人。"麦哲伦吐了一口口水，重新端起手里的枪，朝着天花板扫射了一圈，那些彩绘的复古壁画，被沼泽仙女簇拥着饮酒作乐的诸神，被舞娘歌姬围绕着纵情声色的君王，都挨个被冰冷的子弹划过，弹口击中的地方朝着四周碎裂开来，将这些镌刻在宴会厅顶端的传世画作一一粉碎。那些斟满酒的银杯和沾着果酱的权杖，贵族的谄笑和女神的裙摆，都在麦哲伦的枪口下破碎。那些炸裂的墙体和碎落的石屑，都是他对这个地方满满恨意的具象。"这里的每一个被你们称为绑匪的人，在被你们当作地痞流氓之前，在拿起手里的枪之前，都曾经和父辈一起生活在这里。早在你们之前，早在你们的五星酒店和豪华剧院拔地而起之前，早在——早在这一切开始之前。

"今晚，我们来到这里，为了杀该杀的人，为了拿走属于我们的东西，该死的人已经死了——"麦哲伦说到这里，瞥了一眼倒在地上的邓肯，他的尸体倒在那几个护卫的尸体中间，他的胸口被击中了，大片涌出的血污了那件名贵的衬衣。说来也很奇怪，这具刚才迎接了无数喝彩、备受推崇的尸首就躺在人质们聚集的舞池边，无数宾客带着惶恐和焦虑走过邓肯身边，却没有任何目光停驻。他们礼貌而克制地穿过这具冰冷的尸体，没有人将他磕碰在舞池边沿的头颅摆正，没有人想要将他挪到一个看起来体面的地方，甚至没有人愿意为他盖上白布或是蒙上瞪大的双眼。所有人都注意到了他扭曲的姿势，但没人为他做些什么。"可该拿走的东西——"

麦哲伦冷笑了一声，他能感觉到自己正被无数双充满疑惑和恐惧的眼睛注视着。那些汇聚在他身上的目光，那些目光背后的每一张面孔,是他的朋友、他的人质、与他生死与共或毫不相干的人,如同大幕渐起前的剧场,所有人都已就位。特别是,在遥远天际,透过那些一片一片拼接的穹顶看着这一切的人。"我们也一定要拿到手。我知道今晚的新乔治区,也有一群和我一样,对这个华贵宫殿里的人分外不满,被这些高官厚禄的人厌弃的朋友,我们本来应该在这一切结束之后相互庆祝。我聆听了你精彩的演讲、你的舞台天赋、你的实况直播……如果不是有正事要忙,我还挺愿意喝着啤酒听你聊上一会儿,但是我的朋友,现在看来,你的小派对,你邀请来的这些宾客已经给我造成了非常、非常具体的麻烦。

"尼古丁先生,我可以这么叫你吗?"麦哲伦走到了绑着李凯的桌子后面,看着这个双手双脚都被完全束缚的人质。他被邓肯折磨过的嘴角和手臂还在不停朝外渗着血,而麦哲伦直接学着邓肯的姿势,用力地掐住李凯的下巴。他将李凯的背拖直了用力按在靠背上,一声挤压的闷响,李凯的整个脊椎就仿佛一条拉伸到极限的弹簧,被撑得笔直。"你拿出整个新乔治区来招待纽约的穷人,却独独忘了招待好你的朋友。他看起来真是可怜,你知道我握着他的嘴的感觉吗?就像是握着一颗已经破损得不成样子、不停地往外渗着蛋液的鸡蛋。我只要稍微用点力气,这鸡蛋就要破碎。"

实际上,他真这么做了。如果在寂静的宴会厅认真细听,就能从李凯近乎绽开的皮肉之下,听到腭骨碎裂的细微声响。而他的嘴依旧被紧紧地攫住,发不出声音,所有的痛苦都只能凝结在他瞪大的眼珠和不断抽搐的身体上。

"我知道你现在就坐在控制中心的主控台边上,你可能还在绞尽脑汁地想,怎么才能恢复反向引力装置,怎么让那些可以毒死纽约所有人的毒气，回到天上继续扮演可靠的大气。你可以带着你的黑客团队把新乔治区的控制系统翻个底朝天，你就会发现，你找不到任何办法，控制中心里甚至都没有属于引力位面的操作区域。霸占了控制中心，和霸占新乔治区还是有距离的，尼古丁先生。不过没有关系，我给你另外一个更好的选择，现在，用你的广告牌宣布这场宴会结束了，让所有人离开这里，离开新乔治区，然后把那几扇阀口大门给我全部关上。

"当然，你的这些宾客们也可以不走，反正他们要是愿意留下，也会被全部毒死，变成新乔治区土壤的新肥料，而且还得从你的好朋友开始。

"我解释得，够清楚了吗？

"失去反向引力的大气，还残存着一部分的电离沉淀，它们会移动得非常、非常缓慢，所以留给你的时间不算少——但也不算多，我想我的耐心大概只有四十分钟。"麦哲伦抬起手，将那个始终停留在百分之八刻度的表盘对着他面前的人，包括那些还没从刚才的枪响和这些不断蔓延的浓雾中回过神来的人质。他一边朝着人群转动手腕，一边学着古怪的时钟从喉结里发出倒数，"嘀嗒——嘀嗒——嘀嗒——"

"嘀嗒——嘀嗒——嘀嗒——"

通过监控设备的音响听到这样的倒数声，麦哲伦的古怪腔调听起来就像是密室电玩里那些操控全局的幕后黑手在用格外诡谲的声音播着死亡的倒计时。

特别是当这样的声音，在密闭又狭长的空间里回荡时，恐惧的暗潮从四下里朝着心尖涌去。闪电从没有见过这样的地方，连一扇窗都没有，三面几百平方米的墙上，全都悬挂着鳞次栉比的机器。它们高高低低，每一个都闪烁跳动着纷繁的数据，就像是一个被挂在墙上的城市。间隙里时有时无的蜂鸣声，就如同城市夜晚的车水马龙。十几个人在这个城市的横切面走来走去，手里拿着各式各样的仪器不停地来回切换。他们偶尔会交流几句，但是大部分时间都在埋头做着自己的事情。直到几十分钟前，他们才重新聚在了一起，像是遇到了什么难题，每个人都疲惫不堪，保持着难以名状的警戒，好像危险随时都会透过那些跳动着数据的墙壁渗进来。闪电只在版本非常老的电玩里见过这样的场景，隐匿的地下室，脸色阴沉的工作人员，仿佛在避难所里等待末日的幸存者。从闪电被带进这里开始，他就一直在想，这里到底是什么地方。

首先这肯定不是新乔治区的控制中心。不仅仅是因为他在这里没发现尼古丁，还因为被新闻播报过无数次的控制中心完全不是这个样子。那是新乔治区北部的一个下沉谷地，嵌在一个山坡上的控制中心宛如那些被《孤独星球》推荐过无数次的悬崖酒店，比起"控制室"这样看起来严谨又专业的字眼，那里看起来更像是科幻主题的高级度假屋。那些在新闻里被记者采访的控制中心员工，永远都是一副绅士模样，他们高举着香槟杯，仿佛下一秒就要吟诗作对。不过这也难怪，在新乔治区这样的地方，需要被"控制"的就只有日复一日的好天气，以及适时出现的极光和大雪。任何人摊上这份好工作，应该都会想要在办公室里喝上一杯。

其次，这里肯定不是新乔治区的地上。当闪电踏进那个一直下沉的电梯时他就确定了这点。闪电当时以为自己在乘坐某部直通地狱的高速快轨，下一秒就会掉进发动机的熔炉或者凭空出现的黑洞。这里离新乔治区的地表应该非常远，闪电没法儿估计到底有多远，但从这个黑暗的房间密不透风的状况和黏稠的空气来看，可能比自己曾经租住的地下十六层的公寓还要深。不过应该不是真正的地底，因为这里至少还是新乔治区，相对来说，自己还被挂在这颗高高悬空的巨大球体上。

最后，是那群"工作人员"里最年长的那个无意间说出了这里的名字。他当时看着手里刚刚被电脑测算出的数据，非常严肃地说道："堡垒承受不了那么大的压强。"似乎是因为这件事确实重要，所以他说得足够大声，以至于闪电抓住了那个关键词——堡垒。在他多年积累的新乔治区偷渡经验里，他从没听说过这个地方。况且以这样的布置，就算他真的来了拍下照片，告诉大家这里是新乔治区的秘密基地，应该也没有人会相信。老人提到"堡垒"的下一秒，就立刻意识到了这里还有一个外人。他和身旁的几个人同时看向了闪电，有那么几秒钟，闪电和老人四目相对。闪电甚至可以清楚地看见那个人脸上的迟疑和贯穿始终的担忧。但他们什么也没做，甚至都没有将这个不速之客拿出来讨论几句，而是径直开始了下一个话题，用更加低沉的音调。

在听到麦哲伦的"演讲"之前，闪电就一直待在这个略显阴森的堡垒中。唯一没有被机器覆盖的那一面墙，也堆满了各式各样的杂物。它们看起来已经放在这里很久很久了，几个用木头和泡沫密封的箱子外表已经潮湿得如同刚刚被打捞上来。那些贴在外面的标签上的文字，已经化作了一团墨渍，根本看不清任何内容。闪电就靠在一个看起来还算稳固的大箱子旁，后来，他的身边多了一个一直在不停大口喘着气的伯努瓦。

"你，照看他。"

这是把闪电带来的那伙人的头领对闪电说的第一句话，也是最后一句。因为他把已经没力气挣扎的伯努瓦丢在墙边之后，就急匆匆地加入了工作人员的讨论。他们在那个老人面前待的时间最久，似乎在认真地描述着什么。而那个老人则对照着手里捧着的机器投射出的数据，一遍遍做着确认。

这是闪电人生中第二次见到伯努瓦，但和第一次的对比实在太过强烈，如果不是那件西装作为铁证，闪电一定会以为这是一个像自己一样，将要被折磨致死的因犯。开始的时候，闪电还警觉地看着周围来来往往的人，不停地询问伯努瓦问题——这里是哪儿？你还好吗？你怎么会变成这样？

后来，闪电发现了两件事，第一件是这里的人完全没打算把他怎么样，甚至都没空多看他几眼。闪电最大胆的一次尝试是从最初被抛下的那个空地移动到了离伯努瓦先生更近的一面墙，中途他摔了一跤，撞倒了两个空箱子，还差点儿按下了某个看似很重要的按钮，但那些人基本上都无视了闪电的举动。他们就像忙着迁徙的犀牛，实在没空理会停在自己身上的燕雀。而第二件事则是伯努瓦的情况。闪电发现他几乎听不见、看不见周围的一切，嘴巴和鼻腔都不停地朝外渗血，最恐怖的是那块被撕拉下来的头皮——闪电花了很长时间才接受那是一块头皮——那上面还布满了迸发着火花的线路和闪电看不懂的电子元件。那些东西就像是长在了伯努瓦的脑袋里，像一张密集的蛛网将他的整个头部牢牢罩住。这样的伯努瓦，让闪电根本不忍心注视。他脱下了西装，将伯努瓦的头部垫高，然后开始擦拭他顺着脖子一直下滑的血迹。那些鲜血不断地涌出，像是一条无尽的河流。他一遍遍地擦拭，直到他的双手都沾满了滚烫的鲜血。他知道出血最多的地方是头部，但他不敢处理那里，他甚至连多看一眼都不敢。

整个堡垒一度就只有伯努瓦的呼吸声，和闪电永远得不到回应的提问。他甚至尝试过站起来，向那些不停来往的"工作人员"求助——"你们能帮帮他吗？""我觉得他需要治疗。""他好像就快要死了！"但即使是这样，他就仿佛一团凝结成人形的空气，或者与世隔绝的鬼魅，没人能够听见。这样的情况一直持续到麦哲伦的演讲开始，所有人都停下了手里的活儿，站在原地，听完了音响那一头从国王大厦宴会厅传来的声音。

"最好那个叫尼古丁的，可以乖乖听话。"把闪电和伯努瓦送来这儿的那个男人，听完之后用力捏紧了拳头，他的恨意透过那些暴露的青筋和咬紧的牙关渗入了空气，"他的人把我们埋伏在控制中心的人当作其他工作人员一起干掉了，我现在恨不得直接去控制中心把他给剁了。"

"阿斯尔，你进不去的，他们黑进了新乔治区的主控系统，虽然不会对我们的系统造成影响，但地面的一切现在已尽归他掌控。"老人把捧在手里的控制面板递给了这个叫阿斯尔的男人，那上面密密麻麻跳动的参数红绿相间，一屏屏出现的数据倒映在二人的瞳孔里，像是一个个纠缠在一起的谜，"那个尼古丁，看起来并不是新乔治区的人。我觉得他可能根本不知道我们的计划。如果麦哲伦可以成功要挟他，加以利用，甚至和他合作，我们的计划依旧可以顺利进行下去。"

"控制中心,会不会发现堡垒?"

"他们怎么可能会发现一个系统里根本不存在的东西。"老人笑了笑,显得信心十足,他有些吃力地拍了拍阿斯尔的肩膀,"他们能够控制的,只是新乔治区的一小部分,就像是那些奋力探索星河的飞船,忘了自己徜徉在浩瀚的暗物质里。他们根本对新乔治区一无所知。"

"不过,阀口现在还是没有关上,麦哲伦还让你关掉了反向引力系统,这真的、真的没事吗?"阿斯尔似乎从荧幕上的数据看出了些什么,不禁问道,"自新乔治区建立以来,这个系统还从来没有停止运行过。麦哲伦,他这次真的、真的会害死很多人。"

"是……"老人沉默了一会儿,有些无奈地转过身去,"我也没想到麦哲伦……他如果执意要这么做,他就会做到底,做到最狠。新乔治区,他势在必得。这一点倒是很像他父亲。"

"那眼下唯一的麻烦,就是那个尼古丁了。"

"他到底是谁,联合议会的人,还是……那个组织的人?"

"刚才查过了,他只是一个无业游民,一个只会拿警察寻开心的混混。"

"可他能做到我们花了这么多年才做到的事,他和我们一样占领了新乔治区。"

"尼古丁,呵呵,光是这个名字就已经没什么好怕的了。"

"尼古丁……"闪电想要说出这个名字,但这一次却轮到他不敢发出声音。他曾经无数次在背地里听过有人说想要杀死尼古丁,有些甚至是光明正大地发在网上,闪电有时候甚至还会帮着出出主意,或者饶有兴趣地观看那些人是怎么失手的。因为他知道,凭借那些把戏根本没法儿把尼古丁怎么样。但是这次，是他第一次看到有人把尼古丁当作了刀俎上的鱼肉，而且那么急切地想要把他开膛破肚。他们议论尼古丁的时候，并没有像那些地下酒馆的人一样，义愤填膺，恨不得对着话筒广播。他们只是冷静地计划着尼古丁的死亡，就像两个漫步在阴间鬼道的死神，不带丝毫情绪。

而就在这时，那扇紧锁的门再次打开了。

和闪电面目狰狞地被抬进来的情形完全不一样，这次被押送进来的"犯人"至少走在了队伍的最前面，既没有被铁链锁着，也丝毫没有经过扭打的迹象。她甚至看起来就像是被两个保镖护送前往聚会的名媛。如果非要挑出什么不正常的地方，那就只有那条镶嵌着细密水晶的白色礼服上，有一大块鲜红的血迹。

不过眼前的这个女人看起来毫不在意那块血迹。她径直走到阿斯尔和老人面前，拂了拂被地道的风吹散的金发，开门见山地问道："伯努瓦在哪儿，解质器在哪儿？"

阿斯尔愣了一下，他似乎还没接受眼前这个女人居然如此招摇地走了进来。不过他一下就明白过来是怎么回事，转过身注视着这个带着一身血腥、刚刚从宴会离开的女人，然后又看了看她身后那两个表情十分难看、原本应该"押解"着她的男人，有些谨慎地问道："你就是麦哲伦说的可以救活伯努瓦的人，你知道怎么用解质器？"

"如果解质器有使用说明书，那也一定是我写的。好了，我不想再把在宴会厅说过的话重复一遍，伯努瓦身上现在有三块过载的芯片，如果你再不把解质器给我，你就可以开始准备给伯努瓦的葬礼预约教堂了。"

"你是……"老人愣了一下，然后很快说道，"你是弗洛莉，那个医生！"

"老头，你认识她？"阿斯尔不可思议地睁大眼睛，看起来一脸迟疑。

"她就是那个解决日本的Neith戒断危机的心理医生。"老人说话的声音变得有些激动，他本能地前进了一步，仿佛如果不是碍于此时的"对立"局势，他就会立刻扑上去，像所有科学家见到其他科学家那样来一个"聪明人"之间的拥抱，"她的很多理论，她关于神经系统和人体应激情绪的很多研究都非常、都非常……总之，她很了解人的生理、人的感情，也很了解Neith。"

"她可以一次解决三块Neith芯片吗？那可是——二十多个模块！"阿斯尔从身旁的桌上拿起了一管针头还滴着血的解质器。如果忽略那上面不停跳动的参数和几根颜色各异的导管，这个所谓的解质器看起来就和一般的注射器没什么区别。这是Neith戒断反应的特效治疗用具，可以通过外部手段连接颅内的带点神经，从而达到唤醒或者拆除Neith芯片的目的。只不过，虽然这东西弄到手已经很久了，他们却一直不知道如何使用。

"乘以十倍的情况我都处理过，"弗洛莉笑了笑，直接从阿斯尔的手里拿起解质器，"不过我喜欢这样的激将法。看这根解质器上的血迹和参数，你们的人之前应该已经尝试很多次了，甚至不惜以要了他性命的方式来遏制监视芯片的影响。"

"不懂就住嘴！"阿斯尔一把按住弗洛莉，他盯着弗洛莉看的眼神，就像是幽暗森林里扑向女孩的灰狼。

"阿斯尔，住手！"老人抓住了阿斯尔的手，然后转过身，看着一脸镇定的弗洛莉，"我们之前就尝试过移除他的芯片，但失败了很多次。伯努瓦还是坚持要去揭发,为了让大家相信,他、他执意要当场那么做。为了抑制监视芯片对他的作用,我们确实采取了一些手段。他也非常清楚,这么做是在残害他自己。"

"他的演讲,很精彩。"弗洛莉沉默了一会儿,用指尖拂过那根已经染血的针头,它无数地穿刺进伯努瓦的大脑,又无数次地拔出来。而且从荧幕上的神经感应数据来看,剂量一次比一次重,时间一次比一次长。弗洛莉用指腹拂过针尖,将残余的血迹抹干。

"我知道这么说非常奇怪,但是我们全然没有恶意,我们所做的一切,都是为了拿回曾经属于我们的东西。"老人咳嗽了一声,继续说道,"弗洛莉小姐,如果你真的可以救活伯努瓦,我们都会非常感激。我们、我们也不希望他死。"

"新乔治区是属于你们的东西?"弗洛莉笑了笑。

"联合议会早就答应了我们,答应我们可以永久居留在这里!"阿斯尔咬着牙说道,他的恨意,对这个地方和这里的主人的恨意,已经穿破了血管、皮囊,在空气中无形地挥洒开来,"他们早就知道这里会变成什么样子,他们允诺我们这里会变成科学的圣地,会让全世界最优秀的人生活在这里。结果最有钱的人,代替了最优秀的人生活在了这里。乔治博士一早提供的蓝图里,就已经把这一切都规划好了,这里的一切!你知道有多少人把一生的心血花费在这里吗,你知道吗?"

"乔治……"弗洛莉愣了一下,突然又有些满足地点点头,"新乔治,呵,果然这个人是真实存在的,新乔治区真正的设计师。"

"他本来就存在!是你们,让他死还不够,还要将他彻底抹去,你们才是——"

"他的儿子倒是非常有出息,苟且偷生了这么久,现在回来打算把整个新乔治区都化作人间地狱。"

"你再说一遍!"

"够了,阿斯尔。"老人打断了阿斯尔的话,他摘下了一直戴着的防尘帽,露出了被稀疏银发遮盖的额头。额头上有个格外清晰、像是图腾一般的印记,是一个被切成两瓣的球体,弗洛莉认得这个符号,那是第一批新乔治区的科研人员自发印刻的标记,据说是模仿《阿丽塔:战斗天使》①里的撒冷城居民的图腾。一样的空中之城,一样的高不可攀。只不过似乎真的已经过了太久,如今这位先驱的样子,看起来格外疲惫,就像是每多活一秒,都要倾尽全力。他应该见过乔治,说不定还是那个乔治博士的搭档或者故友,他或许也经历过那次暴动。他应该无数次听到后来的人说起新乔治区的瑰丽和美好,却没人知道,为什么这个地方会被称为新乔治区。"弗洛莉小姐,如果你能治好伯努瓦,麦哲伦答应你的都会实现,你可以安然无恙地回到地面。"

"那如果我治不好呢?"弗洛莉将擦拭干净的针头放在掌心,它泛着银色的锋芒,就像一把迷你匕首,"我会死在这里吗?"

"你那么聪明,你连Neith都可以战胜,"老人平静地说道,"你应该知道我们想要的是什么,我们不是天生就是绑匪和杀人犯。"

弗洛莉看着这个有些佝偻的老人,听着他费劲心力才从喉咙里吐出来的声音。如果光是从身形和面容来看,已经衰老成这样的人,早就应该躺在特别看护病房里每天靠着营养药剂吊命。而他却站在

---

① 二〇一九年上映的科幻电影,根据日本漫画家木城雪户的作品《铳梦》改编,撒冷是电影中的上流城市,每个居民的额头都有一个特定的徽记。

这里，还能看得懂那些快速滚动的字节和错综复杂的参数，他甚至还可以阻挡那个像是被激怒的公牛般狂躁的阿斯尔。这真是不太常见的事情啊。

弗洛莉点点头，没再回答，转身走向了伯努瓦和闪电的方向。她在奄奄一息的伯努瓦面前蹲下，看着那颗不断渗血的头颅和规律地颤动着的身体，即使是经验最丰富的外科医生，应该也不会太常见到这样的场景——完全扭曲的面容，浸泡在不断涌出的鲜血里，那双被淹没在血红中的双眼，瞪着弗洛莉。

"按住他的前胸。"弗洛莉侧过头，看着一旁惊魂未定的闪电，她直直地注视着他，加上命令的口气，完全没有给闪电思考"她是不是在叫我"的机会。闪电看了一眼站在弗洛莉身后的阿斯尔，又看了一眼弗洛莉，然后哆嗦着手慢慢靠近伯努瓦那副快要散架的身体。他慌张地将手搭了上去，然后又突然收了回去，他从未感受过如此强烈的心跳，就像心脏在带动着整个身体剧烈颤抖。闪电想要说些什么，但嘴却也跟着哆嗦着发不出声音。

"他是伯努瓦要求带来的。"阿斯尔站在弗洛莉的身后，有些不屑地说道，"也不知道这小子有什么用，笨手笨脚的。"

"我、我是——"闪电正要说些什么，却发现自己悬在半空的手，直接被弗洛莉一把抓住。

"按住。"弗洛莉没有给闪电开口的机会，她抓起闪电已经沾满血迹的手，朝着伯努瓦的胸口贴了上去，"就压着这里，不要动。"

在接下来的几分钟里，闪电就一直保持着那个僵硬的姿势，看着弗洛莉一点点将那根细长的针管从伯努瓦裂开的头皮刺入，穿透头骨，然后看着颜色各异的药剂，从那根细小的管道慢慢汇入伯努瓦的颅内。而他按压着的伯努瓦先生的胸口，也随着那些药物的渗入，开始慢慢从剧烈地跳动变成舒缓而有规律地起伏。

"去准备C-2P-3管剂，你们的解质器应该是从德国的分院偷来的，德国……最近的批次……在那个盒子的第三层，七号试管，淡黄色液体。"弗洛莉说话的同时直了直身子，但并没有抬头，"它不能接触体温，记得戴上旁边的手套，然后等至少三分钟再取。"

一直站在她身后的阿斯尔显然足够聪明，他看了一眼逐渐平静下来的伯努瓦，然后点了点头，直接走向了堡垒的另一头。

弗洛莉回过头，看了一眼离去的阿斯尔，然后直接侧过身子，看着一直死死地盯着自己双手的闪电，他的眼睛里满是恐惧。不知道他惧怕的是自己沾满鲜血的手指，还是在双手捂着的皮肉之下，那颗感觉随时都会炸裂开的心脏。

"你做得很好。"弗洛莉说道。

"这样……这样真的可以救伯努瓦先生吗？"

"不可以。"

"你……你什么意思？"

"我说，按住他的胸腔对治疗毫无帮助，这纯粹是为了让你有机会离我近一点，和我说上话。包括那个试管，需要隔绝体温也是我编的，闪电先生。"

"我、我只是……等一下，你怎么知道我叫闪电！"

"我见过李凯了，在宴会厅。"

"李凯！他还好吗？他是不是就是麦哲伦刚刚说的那个，他是不是已经被麦哲伦给——"

"他还活着，但他现在比你惨得多。"

369

似乎是因为太过紧张，闪电咽了一口口水，再贴近了弗洛莉一些，"他们知道我在这里吗，他们会过来救我们吗？"

弗洛莉摇摇头，余光瞥向了已经重新关上的大门，她一被带离宴会厅就被蒙上了眼睛，虽然麦哲伦确实承诺了要"客气"，但这丝毫不影响他隐瞒堡垒的位置。除了那个高速下坠的电梯之外，所有关于方位的记忆就只有不停地拖拽。"如果我猜得没错的话，这里就是他们在新乔治区的聚点，而且，是在非常深的地下。"

"他们管这里叫'堡垒'！"闪电努力回忆着自己听到的每一句话，甚至连手都不自觉地从伯努瓦的胸膛抬起来，但他很快就意识到了这是一个多么愚蠢的行为，便又非常平稳地放了下去，"在那个麦哲伦发言之前，他们一直在研究什么启动的问题，说一直停留在百分之八，然后又说，堡垒没法儿长时间稳定在什么状态。后来，有人说要关掉反向引力系统，当时很多人反对，他们当着我的面争吵，都是一些我听不懂的内容。最后，那个老头说了句，如果带不走，就只能毁掉。"

"带走？你确定那老头说的是，带走？"

"是、是的。"闪电显然没明白弗洛莉突然插入的这句话的意思，他有些不知所措地点点头，然后解释道，"我想、我想应该就是，据为己有的意思之类的。"

"科学家是很严谨的，从试验品的成分，到用词的专业。"弗洛莉就像是嗅到了花粉的王蜂，她回过头，看着仍然忙碌在那堆仪器前的科学家，那些看起来陈旧却依旧高速运转的机器一直在发出嗡嗡的低频声，"他们要带走，新乔治区……"

"新乔治区怎么可能被带走，这是——"闪电一边回答，脑子里一边想起一部他曾经看过的科幻电影，那里面的外星人去便利店里买行星，然后捧在手里去收银台结账。那些颜色各异的行星堆放在一个黏糊糊的蛋挞上显得格外鲜嫩可口，然后那个拿着地球和木星双拼套餐的外星人，成功地把地球摔在了便利店的门口。那是闪电对于"带走"一个这么大的物体可以产生的全部联想。这可是新乔治区，一个比中央公园大四倍的新兴社区，它可以发生偷渡、抢劫、杀人、放火等一切罪行，但是——打包带走这样的事情，实在有些太超乎想象。

"你对新乔治区了解多少，闪电先生？"

"新乔治区？"闪电先是愣了一下，然后摇摇头。这显然是纽约地理常识里他最不熟悉的版块，一个悬在天上的大黑球，里面全是穿金戴银的有钱人，如果还要编出什么词儿的话，那就只剩下所有纽约人都听过的故事——"那里以前是个什么科研基地，后来发生了暴动，那些科学家都被赶了出来，然后富人住了进去。"

"你知道它是研究什么的吗？"

"不是说，做什么生态研究吗？听说是把地球上仅剩的动植物，什么生态样本，什么气候数据，都复制到上面去。"闪电显然完全没明白弗洛莉这么问的目的。去问一个住在旧布鲁克林廉租公寓里、每天都只能仰望着新乔治区、想着怎么偷渡进去的穷人，新乔治区是做什么的，如果放在平时，他一定会一边骂脏话一边把这个做白日梦的傻瓜给哄出自己的街区。但此时此刻他还是绞尽脑汁把他想到的都一股脑儿说了出来，因为面前的这个女人看起来一点儿也不像是来闲聊的。而她好像真的可以救活伯努瓦，甚至是救自己。"新乔治区……他们把地球上所有最好的东西都搬到那里去了。"

"如果你想要这么做，你应该去加拿大或者新西兰找一块原本就物产丰饶的土地，然后再进行改造，这样显然更划算一些，不是吗？可他们却把这样一个耗资巨大的工程放在了寸土寸金的纽约，富人和公司聚集的纽约。"弗洛莉挑了挑眉毛，她只有在非常得意的时候才会这么做，上一次还得追溯到半年前，她说服世界卫生组织将Neith戒断反应从高风险性疾病名录里移除。"并且，他们造了一个，明显和我们的世界没有任何直接接触的、悬浮的球体，然后把这个世界上所有最好的东西都搬了上去。"

"你，到底想说什么？"

"再看看这个叫作堡垒的地方，它被建在新乔治区的土壤之下那么深的地方，却可以控制连正儿八经的控制中心都没法控制的反向引力系统。"弗洛莉说完，将最后一管湛蓝色的药剂全部推进了伯努瓦的颅内，"一场那么声势浩大的绑架，绑匪却安排了这么多人力在这个深不见光的地方调试数据。而且这里的气氛，比国王大厦的顶层还要凝重。你说，他们是来干什么的？那个被他们奉上神坛的乔治博士，发明的到底是个什么？"

"是、是一艘飞船！"闪电脱口而出，尽管声音还在颤抖，但他的脑海里却已经构建出了那朵瑰丽的蘑菇云，和在阵阵烟幕中冲上云霄的新乔治区，逐渐消失在天际的画面，"是飞船！"

"准确地说，乔治博士打造的，应该是一艘带着人类文明瑰宝和自然馈赠，逃离地球的飞船。"弗洛莉笑了笑，像是个终于见到黄金和宝石的航海猎人，"不知道为什么这个计划被终止，甚至被抹去了。乔治博士也死了，现在这里的这群人，应该就是来抢夺这份宝藏的。如果我没有猜错的话，这个所谓的堡垒，就是新乔治区真正的控制中心。"

"真正的控制中心？可、可我们还不知道这是哪儿！"

"会有人替我们找到的。"

"有人？是谁？"

"我被带走的时候，我知道他们八成是想要我来救伯努瓦，那就一定会带我去他们的秘密基地。所以，我给了李凯我从伯努瓦头皮上拆下来的一根线向神经导管。我原本是打算偷偷将它保留下来好好研究，但显然它还有更大的用处。"

"那是什么？"

"那是连接Neith芯片和外部信号的导管，它受生物电驱动，会自动寻找寄主的信号，只要我重新让寄主的Neith工作起来。"弗洛莉笑了笑，静静地看着呼吸逐渐均匀的伯努瓦，"就像现在这样。"

"可是，伯努瓦先生——"闪电还没说完，就感觉到自己的肩膀被一只粗大的手狠狠地按住了。他回过头，视线先是被巨大的黑影填满了，然后阿斯尔的轮廓才慢慢清晰起来。

"你们在讨论什么？"阿斯尔问道。

"病情。"弗洛莉没有回头，只是侧过身子把手伸向了阿斯尔，"我已经稳定住了伯努瓦的颅内神经关联，但是现在最大的问题是出血和Neith脱离后的戒断反应。他的大脑没法儿产生任何神经回馈，近乎是一个随时都会血脉偾张而死的人体炸弹。"

阿斯尔将一罐被塑封的细管放在了弗洛莉手上，然后又看了一眼伯努瓦。他规律的颤抖明显比之前更弱了一些，甚至连喉结的跳动也趋于平稳，至少现在看起来，像是正常的呼吸。

"他，还有救吗？"

"有，C-2P-3可以针对性地缓解戒断反应产生的神经抵触，并且让他具备正常的意识。但这只是暂时的恢复，一旦药力散去，他还是会完蛋。想要彻底的治愈，"弗洛莉停顿了一下，"需要长期接受针对性的神经清洗和观察治疗，全世界乃至整个宇宙只有四个地方可以承接这项工作，纽约、上海、东京和法兰克福。"

"梅奥医学中心的四个Neith戒断研究机构。"阿斯尔冷笑了一声，"我去过你说的每一个，带去了伪造的病例，但他们根本不会管，这个解质器就是从法兰克福偷来的。"

"那应该是你和他们的交情还不够。"弗洛莉笑了笑，将那管淡黄色的C-2P-3缓缓推进解质器的循环管道，"发明了C-2P-3那么久，我还是第一次不在实验室里注射它。"

"不用这么强调你的用处，医生。如果你没用，你早就死了。"阿斯尔毫不客气地说道。他显然对这种"自吹自擂"式的自我介绍非常反感，"你们一会儿就会知道，能够进入这里对你们来说是何其有幸的事情，所以在此之前，你们最好乖乖——"

"阿斯尔！"

声音从三人的背后传来，是那个老人。他高高举着一个不停闪着红色信号灯的控制面板，看起来兴奋异常，也可以说是极度紧张，"有信号接入我们在宴会厅的通信，请求立即通话。"

"是纽约警察？"阿斯尔回过身，有些警觉地问道，"我们不是屏蔽了新乔治区外的信号吗？"

"不，信号来自新乔治区内部，地表的控制中心。"老人非常肯定地说道，同时指了指手里握着的面板，那个拨入警告在不断跳动，"而且，他们是直接发起的通信。"

"直接发起？可是、可是这不是需要……"

"需要先接入堡垒的单线频道，地表的控制中心根本没有这个接口选项，他一定是用手动检索找到了我们，而这个需要的是，信号源在新乔治区的物理坐标。也就是说，他已经知道了堡垒的存在。"老人长叹了一口气，似乎他也花了很久才接受这个事实，"那个尼古丁，他想找我们谈谈。"

"尼古丁？"阿斯尔说出这个名字之后，原本紧皱的眉头却突然松开了。他不自觉地伸出舌头，舔了舔自己的上唇，像是一头饥饿已久的猎豹，终于在密林中嗅到了猎物的气味，"他是怎么找到我们的？"

"我也不知道。难道，我们这里有什么信号源直接发射出去了？"

"管他的，那就谈谈。"

：收起你的客套话，这个频道里只有我们两个人。

：谁说的，不是还有一群人坐在那个阴森恐怖的房子里一同听着吗？

：别这么得意，你的位置不也暴露在所有人面前了吗？你信不信我现在就让人过来把你们所有人都杀干净。

：要是那么简单你早就做了。这个控制中心是你们亲自设计的吧？这种程度的墙体结构，你至少需要在新乔治区引燃一颗核弹，才有可能把我给炸出来。不过这样，你的理想国度就会变成一个新鲜出炉的切尔诺贝利四号反应堆现场，几十万年都不能住人。

：我不需要一颗核弹，我只需要你朋友们的脑袋，和这几万人的脑袋。我还是很开心你能够主动找我聊聊的。毕竟我也没想到，居然有人选择在同一天，和我做同一件事，这样的运气也不是人人都会有。做了那么多事、那么多准备，却只想着一个晚上的欢愉，你的理想还真是肤浅又无聊。

：那你的理想呢，就是要置几万人于死地？

：那些人都是你找来的，是你妨碍了我的计划。你看看他们的样子，他们还以为那些下坠的极光是今晚的特效演出，他们都不知道死亡已经临近了，你现在还有机会挽救他们。

：就算我让他们撤离，如果按照你的要求关闭阀口，能够撤走的人，可能不到十分之一。

：那是你要考虑的问题，我刚才已经说过了，这是你惹的麻烦，你本来不就想着这样收场吗？

：我想要的收场，是我一个人伏法，这些人都会在明天平平安安地回到地上，而你现在要他们全都死在这里！

：我要的，只是你关上阀口的门。不然，他们一样会死，而第一条死讯，一定会是你朋友的。

：如果，我拒绝呢？

：其实你没有任何理由拒绝，尼古丁先生，你想要一晚的聚会，我可以把它延长到你做梦都不敢想的时间。你可以一直待在让你日思夜想的新乔治区里，一遍一遍地举办派对，你可以永远告别以前的穷苦时光，告别不经用的三千块钱，不用再做这个城市的寄生虫。

：你把我叫作寄生虫？你把这几万人叫作寄生虫？

：难道不是吗？还是说，就算在这样的频道里，我也要把你冠上"共享科技红利的后劳动人群"这样荣耀而愚蠢的名号？我没有时间和你耍嘴皮子，尼古丁先生。既然你能找到堡垒，你就已经知道，新乔治区到底是个什么；你也知道，我的提议对我们来说，都是最好的结局。试着不要把它当作威胁，这是合作。一旦新乔治区脱离地球大气，它就会按照原定的程式，变成一个围绕地球运行的人造卫星，就像月球一样的，超级卫星。那个时候，这个宴会厅里的每个人都是我们和地球对抗的筹码，我们可以争取无穷无尽的资源，我们会在这片初生之土上变得前所未有的强大，我们可以建立一个崭新的国家，一个乔治博士希望看到的世界。

：这就是你的计划？

：这就是我的计划，这也是——我父亲的遗志。

：乔治博士，呵呵，这还真是，传说级别的人物呢……你确定他想要看到的是几万具躺在草坪上，和泡在湖里的尸体吗？你好心好意地劝我，赶紧让他们离开，但是你比我还要清楚，一旦我告诉大家，那些坠落的霓虹不是极光，而是致命的毒气。在毒气还没落地之前，就会有无数人彼此踩踏、殴打，相继死去。按照你的计划，不管如何进行，他们都会死。

：是，当我透过落地窗看到你召集来的那些人的时候，我就已经恨不得用机枪朝着下面扫射。他们在我眼里早就是尸体了，我留着国王大厦的那群废物，可以要挟全世界的政府，可我留着他们，却只能让我辛辛苦苦夺回来的伊甸园，瞬间变成拥挤的孟买街头。人口，尼古丁先生，人口是唯一的麻烦，你大可不必为这些人的死去而烦恼。没有他们，这里就会成为你的极乐空间，而如果这几万人活着，新乔治区就会变成一个绕着地球运转的悲惨世界。

：所以不管我说什么，不管我怎么做，那些毒气都终将落下。

：是，如果你愿意合作，现在就关上所有的阀口，你的人，我的人，都会平安无事地在堡垒里等待新世界的到来，新乔治区的净化系统只需要短短数周就可以把这里打扫得一干二净。然后，这里就会变成一个全新的国度，我们的国度。这就是我们的交易。

：你在和我谈一笔，杀死几万人的交易。

：几万人？这能算什么？这个星球上最不缺的就是人，联合议会巴不得我们在纽约的地面病光死绝，腐烂变质，最终被埋在地下。你很惜命吗，尼古丁？我这个宴会厅里的宾客们可不惜。你把整个新乔治区都拿来开办你的万人"演唱会"，想想你会受到的折磨，想想如果你安然无恙地回到地表，他们会在你的余生里如何折磨你？别相信那些毒品带给你的勇气和刺激，你撑不下去的。你会生不如死，而你只有和我合作，才能真正摆脱这些。你会在新乔治区拥有自己的房子，你会过得比任何人都舒适，你会在云端俯瞰那些人咬牙切齿、却够不到你的模样。

：所以，你一点儿也不在意这个。

：什么，你说这些死人吗，你在意吗？

：呵……是啊，这听起来是个不错的计划。

：难道你没有看到吗，这个计划已经在按部就班地进行了。

：你真的觉得，逃离了地球，拥有了新乔治区，一切就都结束了吗？

：……当然！当然！这是乔治的计划，这是他一直梦寐以求的计划，他倾尽一生想要做的事。今晚，这个极光之夜，新乔治区就会变成我和你的新家！

：麦哲伦……

：什么？

：我喜欢这个计划，我很喜欢，我策划过很多犯罪，但都比不上这一个来得刺激。

：现在你已经是这个计划里的一分子了。我说过，这从来不是威胁，而是合作。

：这样的计划，你策划了多久？

：从我被赶出新乔治区开始，我就在等待着这一天，我知道我一定会回来。你相信吗，尼古丁先生？当你的意志足够坚定，就会犹有神助。

：还真是好看啊，那些极光下落的样子。

：它们已经离地表很近了。

：我会关闭阀口的。

：很好。

：那我的朋友？

：阀口一旦关闭，我就会放了他们。

：你最好言而有信。

：当然。不过阀口一关，下面的人恐怕都会乱套。

：我会为他们广播，告诉他们，这是演出的一部分。我会交出控制中心的控制权，但你说的，你最好做到。

：当然，他们现在也是我的朋友了。

：你还会看到更多，我合作的诚意。

：真是感激，尼古丁先生。

：合作，不都得是这样吗？

：或许我们现在应该喝上一杯。

：会有机会的，我等着。

"那些、那些图标代表着什么？"

"阀口在一个个关闭，那是新乔治区的主控面板。"弗洛莉看着那些不断从眼前巨大荧幕上弹跳出的"关闭"字样，最后一个货物阀口在读取完整个进度条之后，也在一串字符的数据确认下显示为关闭状态。这就意味着，整个新乔治区变成了一个完全密封的监牢。"这说明，你的好朋友尼古丁已经妥协了。"

"所以……"闪电的眼睛始终盯着那些已经停止变化的数值和八个"关闭"图标，他的耳边是弗洛莉依旧沉稳的呼吸，再远一些，则是阿斯尔的笑声。他甚至用力锤击了几下布满仪表和按钮的桌案来表达自己的兴奋。如果闪电把视听的范围放得更远些，这些大型机械似乎都开始加速运转起来了，这里是新乔治区真正的控制中枢，这艘飞船的主控室。这里的一切如果都在加速运转，那只能说明他们正在一趟离开地球的特快列车上。闪电到现在还没法儿相信尼古丁答应关闭阀口，他甚至在那段谈话的最后，在讯号机的那一头不住地笑了起来。"他真的不打算救那些人了吗，他真的要带我们离开地球？"

"就目前看，是这样。"弗洛莉停顿了一下，似乎也不知道如何回答这个问题。周围的人逐一忙碌了起来，就连伯努瓦看起来也像是因为注射了C-2P-3而恢复了些气力。但不知道为什么，弗洛莉能感觉到的，只有一种比死亡还肃杀的寒意，就像是一幕轰轰烈烈的歌剧，突然到了最沉寂的尾声，所有的欢愉都在那一刻化作了如鲠在喉的不甘。"也是，就算是一个身患绝症要死的人，也没法儿拒绝在天堂死去的诱惑。"

"他不是这样的人。"闪电咬了咬牙，在这个阴森的地狱里，所有发出的声音都会在几秒钟后回荡在自己的耳畔，那么真实，又那么虚幻，"他不会这么做的！"

"你没听到吗？这里的一切已经运转起来了。"弗洛莉放下握在手里的解质器，缓缓地站起来，"不过你不用太担心，你甚至应该开心一点，你的朋友尼古丁为你做了一个相当划算的买卖，短时间内，你会过上无比舒坦的日子，鸟语花香，清风徐来。你可能还会分到一栋可以俯瞰整个湖心公园的别墅，你会非常、非常享受这一切的。"

"那里面……那些人里面还有我的朋友，还有尼古丁的朋友，他不会这么做的！尼古丁不会这么做！"

"这个决定对于你们三个来说，百利而无一害。"弗洛莉冷笑着说道，"你们对脚下的土地还有什么留恋吗？是那三千块钱？还是马上就要变成的B级公民，要永久放弃投票权、劳动权和再教育权的人形垃圾？"

"不，李凯的妈妈还在纽约的医院里。我的、我的……"

"你的音乐梦想吗？"

"我……"

"你可以在这个天圆地方的四角天堂里放声歌唱。"

闪电看着站在自己面前的弗洛莉，看着她沾满鲜血的双手，看着她高挑而阴暗的背影，"我们……我、我根本没想过……"

"你最好没想过，因为这一切很快就会逝去。你们可以靠着宴会厅的人质，获得短时间内的和平。你们甚至可以用那些价格不菲的人头，换来任何你们想要的资源。但是你觉得地球会为了供养这几百颗脑袋花费多少精力？麦哲伦有句话没说错，这个世界上最不缺的就是人头，这不单单指穷人，不能带来财富却一再耗费财富的富人也是一样的下场。你等着看吧，很快，富豪们就会出现继承者，公司会易主，王室会有新的储君。身份再尊贵，也不会有人等你太久。到时候，新乔治区就是一块任人宰割的蛋糕。

"你大可不必听懂我现在说的话，闪电先生。只用知道，你的朋友尼古丁给你们找了条死路。"弗洛莉利落地拎起裙摆，擦干满手的鲜血。她走上前一步，对着不远处的阿斯尔说道，"这里忙完了，如果没有其他事情，我还是更愿意回到国王大厦。"

"什么？"被突然惊扰的阿斯尔正在注视着面前那个比他还要高出两倍的荧幕。他回过头，看着一脸漠然的弗洛莉，她看起来就像是那个电影史上最经典的从婚礼上落跑的新娘，当然，同样带着埋藏在肌肤之下的复仇火焰。

"我说，我现在想要回到宴会厅，现在的结果你们应该很满意才对。你们的头儿，是个为了夺回一块人间乐土，不惜尸横遍野的杀人狂魔。"

阿斯尔沉默了一会儿，没有回答。说到底，麦哲伦刚才的那些话，也让他十分意外。那种说不出的感觉，就像是被什么东西狠狠地拽住了心脏。

"现在送我回去吧。"

"这么想要回到那个被毒气灌满的地方吗？"

"那里才不会被毒气灌满，宴会厅里的人的性命可比这里的闲杂人等金贵。每颗人头都是真金白银的筹码，既然是这样，我更愿意在那里的行政楼层睡个好觉，然后被你们待价而沽。"弗洛莉冷笑了一声，她看到阿斯尔的目光瞥向了她身后的伯努瓦，"等你们用不知道谁的人头谈妥了那些器材，我自然会帮你们解决伯努瓦先生的麻烦。

然后你们兑现承诺,让我离开这里,这样说够明白了吗?"

"你打算怎么回去? 我们可没有人手护送你,还流着血的公主殿下。"

"不就是在湖底吗,通过下沉电梯连接到国王大厦。"弗洛莉似乎有些被"公主"这个词惹恼,她十分不屑地说道,"既然建在发动机上,那就只能是和人工湖平行的地下。乔治博士还真是聪明,在这上面建了一个如此庞大的湖泊,既可以冷却发动机,又可以得到人造地热的供给。"

"我劝你还是晚点出去。"阿斯尔按下了某个按钮,然后直接转过身,看着仿佛游戏结束后意兴阑珊的弗洛莉。他身后的巨大荧幕,很快就弹出了由实况镜头记录下的、几个阀口的实时画面。那些拥挤在阀口边缘的人们,都在冲着四面八方喊叫,有人举起了安全护栏砸向人群,有人爬过了阀口的隔离带想要攀爬到新乔治区的边境。正中央的画面,是正对着阀口的摄像头,透过那个圆弧形的广角,弗洛莉能清晰地看到阀口闭合的地方,整个墙面都被喷洒的鲜血覆盖,甚至还有无法辨别的模糊血肉。而这些监控收录的所有音效,都是一阵阵求助的呼声和沸腾的哭喊。阿斯尔笑了笑,似乎格外满意镜头里的情景。"宴会早就已经结束了,现在上面的几万人都被困住了,不停地朝着阀口、别墅和高楼建筑涌去。堡垒的折返路径有一段需要经过国王大厦,那里已经全都是闯入的平民了,所以并不安全。我劝你还是留在这里,你穿得那么华丽,应该会有不少人想趁乱做些什么吧。"

"你们……"

"这就,害怕了吗?"

"这不可能。"

"如果被吓傻了就去那边乖乖坐着,看好伯努瓦。"

"呵,原来弗洛莉小姐连开膛破肚都不怕,却还是被这些血腥小场面吓坏了。"

"你们⋯⋯你们可以看到地面的监控?"弗洛莉看着荧幕上不停切换的画面,每一次都是一样拥挤的人潮,整个新乔治区仿佛正在爆发一场凌乱的海啸,朝着四面八方泼洒着带着哭喊和尖叫的洪流。不过她似乎压根儿就没注意那些看起来不那么容易被忽略的血腥和惨叫,她只是看着那些画面,瞳孔随着那些跳跃的画面一同起伏。"而且,每一个地方都可以。"

"那个小子把新乔治区的主控系统对接到了我们的频道。"阿斯尔咧着嘴,有些得意地说道,"真是个住惯了垃圾堆的穷鬼。一知道有办法永远留在新乔治区,就把什么都拱手相让了。不过这也难怪,一个领三千块钱救济金的寄生虫,能有多少远见卓识?这样,我们就控制了整个新乔治区。"

"远见卓识?"弗洛莉突然冷笑了一声,她的神情就像是蛇褪去了壳般犀利清冷,惹火的双唇,像是随时要吐出瘆人的蛇芯,"据我所知,阿斯尔博士可是宾夕法尼亚大学毕业的高才生,还没毕业就参与到了新乔治区的工程里。那些科学家被赶出去的时候,你委曲求全留了下来,变成了新乔治区控制中心特聘的机械修理师。一个机动能源系统的博士做起了物业修理工,原来是长期卧底在这儿,随时准备一举翻盘。这样说来,阿斯尔博士确实有远见卓识。"

"你,知道我?"

"《月球能源分布调查:循环社会体系在月球的运用》,你的毕业论文不是吗?"

"你……不,等等,你是Neith用户? 等等,我们明明屏蔽了讯号。"

"是吗?"弗洛莉走到阿斯尔跟前,她将头侧向一边,"你自己回头看看吧,这里发生的一切,很快就会人尽皆知了。"

不过,阿斯尔并没有回头,因为根本不需要回头,他就能听见从那些监控设备里传来的呼喊声,慢慢被焦急的语调和此起彼伏的响铃取代。人们似乎都拿起了手里的电子设备,他们对着周围崩裂的火光和逐渐低垂的极光拍照,他们涌上新乔治区高处的绿化带,将镜头对准高耸的阀口。他们扒光那些尚未搞清楚状况的工作人员,用脏话和口水将无能的他们淹没。阿斯尔站在荧幕前,眉头紧皱。

"怎么回事?"似乎是觉得这样的一句询问实在不足以表达此刻的愤怒,阿斯尔干脆大吼了一声,"谁来告诉我怎么回事?!"

这一声怒吼让原本在周围忙碌的几个科学家连忙抬起了头,他们的目光看向了一片喧闹的监控荧幕,然后又转回到阿斯尔身上。其中一个穿着白褂的年轻男人指了指他电脑上的一串数据,格外谨慎地说道:"这是在我们重新接入主控系统之后发生的。"

"是那个尼古丁?"阿斯尔警觉地转过身,看向了最右侧的那块荧幕。那块今晚一直被霸占的广告牌上,又出现了那张既年轻又苍老、既欢愉又哀伤的脸。"他现在在哪儿?"

"你应该能看到,"年轻人哆嗦着回答道,"他正在给湖心公园的那些人实况直播。"

"有哪里不对劲,一定有哪里不对劲!"

"或许只是屏蔽系统失灵了,或者自启动的误差……"

"滚开!"阿斯尔走到了那个年轻人面前,一把将他从电脑前推开,他直接端起那台用来监控启动程序数据流的电脑。他的瞳孔里倒映着一排排纷乱错杂的数列,他的整个人生几乎都在这些数列里穿行,他仔细地浏览着每一个报错、每一个进程、每一个参数和每一个结果。此时此刻他甚至可以清晰地听见自己的脉搏,听见自己呼之欲出的心脏,仿佛是那颗火热滚烫的东西,在代替他看着这一切。"新乔治区是个球体,它所有的信号源都只会有一个发射点,我们关闭了它,有人打开了它,就是这么简单。

"发射进程……生命维持程序:65.6%;加固指数:±3.31;中枢压强……一氧化碳含量……燃料储量……"

"数据看起来很正常。"那个年轻人完全不敢靠近阿斯尔,甚至连插话的声音听起来都像是一阵毫无意义的嘀咕。

"系统正常和存在风险是两件事,蠢货!"

阿斯尔默念着那些名词和数值,脸上的神情如同一个医生在抢救奄奄一息的病人。但这个病人,看起来却安然无恙。他好像在和那些数据赛跑,他不断赶超,却还是有东西挡在前面,他拨开一串数字,又掉进另一个数字的旋涡里。

最后,是一阵碎裂声终结了这场追逐。

阿斯尔将那台电脑狠狠地摔在了地上,支离破碎的玻璃荧幕上,还在闪烁着断裂的霓虹色块,以及不断变化的数字。

整个堡垒几乎都在那一刻安静了下来,所有人都在看着阿斯尔。他被玻璃划破的手心,还抓着电脑的边缘框架。他的伤口往外迸发着暗红色的血液,他立在原地,双眼怒火中烧,像是一个沐浴在红莲业火里的修罗。

"系统一切正常,除了、除了引擎预计器被暂停之外。我们的系统自动把发射计划延后了,永久延后。"

最先靠近他的,是那个老人。他拾起地上已经破损的电脑,看着荧幕上纷繁的雪花和已经完全暗淡的数据,先是沉默了一会儿,然后抬起头,平静地看着阿斯尔。

"我说过,他没那么简单。"

"他让我们接入的,根本不是新乔治区的主控系统,而是他们编写的,蝉蛹病毒。"阿斯尔深吸了一口气,像是费了很大力气才承认这一点,"堡垒的启动系统无懈可击,除非……"

"除非,是我们主动接入。"

"这是个陷阱。"阿斯尔咬了咬牙,微微张开的双唇一直没有合拢,显得格外不甘,"这是个陷阱,那个尼古丁是故意的,而且……"

"又是蝉蛹病毒,乔治博士的病毒。"

"他是故意的,他是故意把系统交还给我们。我们一心想着关闭阀口,根本来不及检查。我们犯了同一个错误,第二次。"

"那是乔治的病毒,那是他的意愿。"

"乔治的意愿?"

"现在,你还觉得尼古丁只是一个拿警察寻开心的无业游民吗?"

"尼古丁,他是?"阿斯尔咬了咬牙,他格外用力的样子看起来就像是咽下了一口鲜血,"可是,麦哲伦……难道?"

[新乔治区科学家暴动事件发生前98小时]

:爸爸!

：嘿，我的小乔治！我说过你不能到这儿来，这里还不安全。

：可是天鹅就要回到岸边的木屋了，你答应带我去看那些天鹅的。

：可以再等爸爸一小时吗？这次会很快。

：可是、可是就要日落了。

：爸爸可以让天鹅等我们，只要改变日落的时间、湖水的温度，然后把水流的方向逆转，天鹅们就会以为现在还是下午。是不是很神奇，我们可以骗那些天鹅。

：我说的是，日落了，你还一直待在这个什么控制中心，从来都不出去，已经好几天了。

：爸爸有非常重要的工作要完成，你会原谅爸爸的，对吗？

：爸爸在做什么？

：爸爸在想办法让我们脚底下的大家伙停下来，就在那些天鹅的下面，有一个很大的大家伙。

：大家伙？是什么大家伙？

：一艘巨大的飞船，可以把我们送到非常非常远的地方去。

：可是我们在一个大球里啊！

：它能连这个大球一起送过去。

：多远的地方都可以吗？

：多远的地方都可以。

：那你为什么要它停下来？

：因为爸爸还不想离开这里，小乔治想离开这里吗？

：我只想待在有爸爸的地方。

：可是很多人并不这么想。有很多人，都想离开地球，去很远很远的地方居住。

: 他们为什么要去那里?

: 因为, 现在的地球, 非常乱, 非常脏, 有非常非常多的人。那些人不喜欢这样, 他们觉得很拥挤, 很不安全。如果有了爸爸发明的大球, 他们就可以在任何他们想去的地方生活。

: 他们要把天鹅都带走吗?

: 是的, 他们要把这里的东西全部都带走。

: 可是这里的东西都是地球上的, 都是爸爸、妈妈, 还有很多人从世界各地找来的。

: 是啊, 爸爸答应那些人建造这个大球的时候, 就很好奇他们为什么会鼓励爸爸妈妈去搜集那么多美丽的东西, 还把这个大球建在那么漂亮的地方。原来他们一直都在骗爸爸, 他们根本不是想做研究, 他们在这个大球的下面, 建造了一艘很大很大的飞船, 那些人想要永远永远离开地球, 再也不回来。

: 他们真的不会再回来吗?

: 他们是这个世界上最聪明、最有钱、最尊贵的一群人, 如果他们离开了地球, 地球就会陷入非常非常可怕的混乱。没有人会关心还在地球上的人、动物和植物, 他们会一直待在大球里, 看着地球死去。

: 他们真坏!

: 对啊, 他们真坏!

: 我知道了, 就是那天来家里把爸爸的东西砸碎的人!

: 是的, 就是他们。

: 他们还关掉了我们经常去散步的雨林区!

：他们还会关掉更多他们不想要的东西。

：那……那爸爸可以关掉它吗？

：爸爸在努力。爸爸已经同意了他们的计划，这样爸爸才可以留在这里一探究竟，才发现这艘飞船所在的地方原来是完全不同的，一个全新的世界，一个全新的系统。

：不是爸爸设计的系统吗？

：不是，它还可以控制很多爸爸不能控制的东西，比如说引力。小乔治知道引力吗？

：知道！《聪明汤姆》①第二百七十六集里说，引力是最强大的力，也是最弱小的力！

：是的，小乔治说得没错！为了让大球在太空里不会到处颠簸，他们就必须要给这个大球施加内置的引力，让天看起来是天，让地看起来是地，这样人们才可以生活。

：爸爸不能控制这个吗？

：爸爸的系统没法儿控制这个，而且，他们要爸爸把自己设计的系统也交给他们。

：那怎么办？这样坏人就要成功了，好人就要失败了。

：所以，爸爸现在在动用小聪明，教训大坏蛋。

：什么小聪明？

：爸爸要把自己设计的系统，变成一个超级厉害的病毒。

：电脑病毒，我知道，我知道，《聪明汤姆》的下一集就是说这个！

：爸爸把它叫作，"蝉蛹病毒"。

：为什么叫这个名字？

---

① 作者虚构的科普类少儿节目。

：因为进入蝉蛹的是一只小青虫，而从蝉蛹里出来的，却是一只大翅膀的怪兽。

：爸爸在发明怪兽，爸爸在发明怪兽！

：一旦他们拿走了爸爸的系统，爸爸的系统就会把他们的系统变成小小系统，就像我是乔治博士，你是小乔治，那样会发生什么？

：小乔治就会听爸爸的话！

：小乔治真是聪明。除了危及生命的特殊情况，蝉蛹都会让大球处于自我封锁的状态，以维持研究基地的生态稳定，特别是以引力稳定为前提……

：爸爸又在说我听不懂的话了。

：引力，小乔治，蝉蛹会控制引力的稳定，而发射飞船会打破这种稳定。爸爸的病毒会拒绝这个操作，确保大球达不到理想的发射状态。

：听起来真深奥。

：小乔治以后就会懂了。蝉蛹是一个"愿者上钩"的病毒，它不会主动招惹，不会主动侵入，它是专门为坏人准备的病毒。

：那，爸爸现在进行到了哪一步？

：爸爸现在发现，蝉蛹起了作用之后，会留下一个非常严重的后遗症，爸爸不知道怎么对付它。

：什么后遗症？

：电离溢出，它会让大球的大气层不那么稳定，这个漏洞会积蓄因为病毒的植入负荷而导致溢出的电离，大概每年都会暴发一次。虽然不是什么大事，不过可能会吓坏很多生活在这里的动物，所以爸爸想要修复它，特别是那些高能带电粒子。

：高能带电粒子！《聪明汤姆》第一百零八集讲了，极光的组成三要素是大气、磁场、高能带电粒子，这三者缺一不可。

：极光？

：就是妈妈和爸爸探险照片里那个，芬兰的天空上的光。

：极光……噢，是啊，极光……

：是很美很美的光！

：如果我们的大球每年也都有极光会怎么样？

：会很酷！

：小乔治想看极光吗？

：当然想。

：那爸爸就把它变成极光，好不好？只要在穹顶加上一些光效，它会非常逼真的。

：爸爸，什么是逼真？

：逼真，就像这个大球里的世界，非常美，可它并不是我们真正的家。我们的家，在这颗大球的正下方，那是我们真正的家园。而这颗大球，就是逼真的家园。

：那我们什么时候可以回到真正的家园？

：小乔治想要去那里吗？

：那里好玩吗？

：那里会有好玩的人和事情，但是也有非常伤心的人和事情。

：叹气，这是叹气，你在叹气！妈妈说过，如果爸爸叹气，就要拍拍爸爸！

：小乔治真是这个世界上最棒的人。

：比聪明汤姆还棒吗？

：那当然，小乔治以后一定会成为比爸爸还聪明的人。

：到我比爸爸还要聪明的时候，我一定要在大球上告诉所有人这件事。

：那如果有一天，大球不欢迎你来呢？

：可是大球是我的家……我一定会想办法回家的。

：小乔治，过来，看到这个了吗？

：这个是……这个是巴瑶族①的酒壶。我知道，我知道，巴瑶族是没有国籍的民族，他们没有家，他们只有海上的房子。后来爸爸和妈妈给他们找到了家，把他们变成了菲律宾人，他们就给了爸爸这个酒壶！

：这个是海盗的酒壶，这里面可是装过人血的哟。

：上面的图案真吓人。

：爸爸现在要把它送给小乔治。

：为什么？

：你听。

：这里面有东西，这里面是什么！是礼物吗？

：是啊，是爸爸送给你的礼物。

：是什么，是什么！

：有一天你会知道的，有一天，它会告诉大家你是谁。

：不，不，我现在就想知道，快告诉我，是什么，是什么！

---

① 巴瑶族（Bajau）是东南亚的一个民族，生活在菲律宾、马来西亚和印度尼西亚之间的海域。多数人潜海捕鱼为生，常被称为"海上吉卜赛人"，没有国籍，被认为是最后一支海洋游牧民族。

"蝉蛹病毒，为什么还会有蝉蛹病毒?!"

在对着那个麦克风持续谩骂了几分钟之后，麦哲伦直接将还在发出电流声的设备从耳郭上摘下来，重重地摔在地上。整个宴会厅的目光，再次聚焦在了勃然大怒的绑匪身上。在过去的二十分钟里，他变幻的情绪就像那些坍塌的极光一样。此时此刻，他的脸色显然比那些荡漾的极光还要更先沉到地底。

而在他的周围，那些手持着机枪的人，他们的机枪依然对准了惊恐不已的宾客，却把身子都转向了如同定时炸弹般的麦哲伦。看着他对着麦克风大吼大叫，看着他用手里的机枪朝着吧台的酒柜连排扫射，看着他像现在这样，毫无逻辑地自问自答，带着疑惑又恐惧的神情。他们没法儿判断麦哲伦下一句要说什么，下一步要做些什么。他现在看起来就和一个手舞足蹈的疯子没有任何区别，让人本能地想远离。

"根本不可能，这根本不可能！

"阿斯尔说我们都弄错了，阿斯尔怎么会错？你们这些科学家，你们怎么会错？

"我那么努力，我说过的我一定会得到这一切。

"没有新乔治区，不，我不能没有新乔治区。

"把那个中国人，把那个叫李凯的中国人带过来！"

或许是因为根本无人回应，麦哲伦在喊叫的时候，开始用力地踩踏地面。他的神志似乎已经濒临崩溃，每一次吼叫，都伴随着整张脸不住地抽动和震颤。

"你们没有听到吗，我要那个中国人！

"我是乔治博士的儿子，我命令你们这么做，我命令你们，我命令你们！"

没有人回答，没有人有任何动作，也没有人敢靠近。事实上从他把那个年迈的博士两次推倒之后，就没人敢再和他说话。随着他每一次咆哮，整个宴会厅便越发安静，除了那些泄漏进来的极光在慢慢地逼近，所有人都静止在了原地。

而被绑在椅子上的李凯，浑身颤抖地看着一步步朝自己逼近的麦哲伦，就像一个提着镰刀、一步步逼近的死神。他人生中有很多次和死亡擦肩而过的经历，溜进黑帮的仓库偷黄金、混在警察的队伍里泼油漆，最危险的那次，他们三个人一起在帝国大厦的旧址蹦极。但似乎是因为这些事情都是和尼古丁他们一起做的，李凯能感觉到死亡在迫近，却和坐着过山车穿过最大的悬空弯道时那样，害怕、恐惧，但却知道一切不过如此。可是这一次，只有他自己，他能感觉到自己的身后，那些宾客们都开始遮住自己的眼睛。死亡真的要到了，带着子弹上膛的轻响和浓烈的血腥之风。

这是他唯一还能感觉到的东西，他迫切地希望可以有些别的什么，像是电影里救兵来临时的那句"住手"，又或者是最简单的一句"不"。但什么都没有，一切都安静了下来，安静到只有他们两个人的呼吸——

直到宴会厅的大门再次被唤醒，从那扇虚拟的仿古石门走进来的，是尼古丁。他穿着一件非常陈旧的白色衬衣，胸口还嵌着一枚格外显眼的徽章，那是一只黄白相间的猫，蜷在一块方格子毛毯上。它戴着俏皮的学院帽，脖子上还系着一个花哨的项圈，上面的小名牌上用大写的英文单词刻着：TOM[①]。

---

① 意为汤姆，是作者虚构的科教片《聪明汤姆》里的角色，形象是一只猫。

"尼古丁！"

麦哲伦和李凯同时喊出了这个名字。

"你还敢来？"

麦哲伦就像是一头饿坏了的狼，掉转方向径直扑向了眼前的猎物。他端起手里的枪，直接对准了尼古丁的额头，"把那个该死的病毒关掉，我要它启动，我要这艘飞船启动！"

被枪口对准的尼古丁，却显得格外冷静。他微微抬起头看着麦哲伦，看着他那双猩红的眼睛，如同地狱里燃烧的业火，"蝉蛹是一个愿者上钩的病毒，它不会主动招惹，不会主动侵入，它的原型是新乔治区的自我修复功能。它会让新乔治区的主控系统基于现状调整到最佳状态，它不会产生任何破坏，它是专门为坏人准备的病毒。"

"收起你的狗屁理论，我要你现在就关掉它！"麦哲伦直接掐住了尼古丁的脖子，他咧开的嘴贴向了尼古丁的脖子，像是下一口就会咬开尼古丁的动脉，"我告诉过你，这是一笔再划算不过的交易，我们可以把整个新乔治区绑架到太空。你为什么要阻止我，你为什么要阻止一件本来应该发生的事情？"

"因为，我的父亲不会同意这么做。"尼古丁笑了笑，他的表情有种难以名状的平静。与那些伤疤、文身、不知道得什么病才有的斑点特别不般配的平静。他一字一句地念出接下来的话，就像冥冥之中有人在引导着他，教他识字一般，"我们的地球就像一片草原，狮子和斑马住在一起。如果有一天，狮子想要甩开斑马去到别的地方，斑马就会因为没有天敌而变得越来越多。草会被吃光，而狮子也会饿死。草原必须有狮子和斑马，它们才是草原的本质。"

"你……你到底是谁？"

"你又是谁，AP2379。新乔治区环境试验中出生的第一批婴儿，你是很多不幸运的孩子里幸运的那一个。"

"闭上嘴，我是乔治的儿子，我才是乔治的儿子！"

"那些人劝说你的家人和同胞，他们告诉你们，你们本来可以永远待在风景如画的新乔治区，但是乔治博士和他的同僚不愿意带着你们一起离开，他们想要把你们赶走。你们信了。那一天根本没有暴动，那是一场赤裸裸的谋杀，你的父辈们闯进去，杀害了他们认为该死的人。你们以为这样就没有人阻止你们了。但发射还是失败了，他们只能掩盖住那个事实，把这归结成一场科学家们发动的叛乱。新乔治区从一开始就是一个骗局，他们看中了父亲的设计，他们主动找到父亲负责这个伟大的项目，但是却在暗地里，造了一颗可供发射的卫星。他们原本打算等到这颗卫星发射成功，就开始开放居民申请，把那些不想再看到贫穷和肮脏的人，送到他们的理想国里去。但是他们失败了，他们只有把那些发现秘密的科学家们都干掉。而其他不知情的，像是……你身后的那些人，则被他们想方设法地驱逐，为了避免剩下的科学家们未来有所发现，甚至不允许他们再参与类似的研究。

"而你，"尼古丁转过脸，直视着那双已经通红的眼睛，"而你相信了那个谎言，相信了是我的父亲制造了这一切，你给了这些原本还可以活下去的科学家一个美梦，把这些一辈子都没做过恶事的科学家聚集到一起。你教他们拿起枪，变成匪徒，变成罪犯。"

"他们都是自愿的！他们还不是一样是受害者？他们还不是想过上新乔治区的神仙日子？是，是我教唆的他们，这群连枪都拿不稳的蠢货！可是这又有什么用！他们不仅拿不动枪，甚至连一个小小的病毒都解决不了，阿斯尔和那个老头是两个蠢货，他们就只会一直说，别杀人，别杀人。要我说，你们都要死，你们全部都去死！你们这些科学家算什么？你们这些富人算什么？我的父亲被你们的人抓来这里当作试验品。如果没有新乔治区，我根本什么都不是，没人知道我是谁，我连该死的三千块钱都没有！"

"所以你就把自己变成了乔治博士的儿子，变成了我。我也是靠着三千块钱活下来的，我在一个瘫在地上的毒贩那里找到了身份ID，有人以为我是哪个妓女生的野种，他告诉我必须要等到十八岁才能用它。而且，我要长得足够像躺在地上的那个人，足够像一个毒贩，我才可以用它。不只你这么悲惨，麦哲伦，不只你要靠着别人的名字活下去。"

"放屁！如果不是你们，如果不是你们要建造这个地方，我根本不会这样。我根本不会来到这个国家，我根本不会变成这样，凭什么他们就可以霸占我的家，新乔治区是我的家！"

"你怎么敢，"尼古丁深吸了一口气，他能感觉到有什么东西，从自己的鼻腔，一直逼入自己的眼眶，湿润的、温热的、晶莹的，他从未有过的东西，"你怎么敢把这儿叫作你的家，在你们杀了我的父亲之后！"

"我现在就告诉你我为什么敢！"麦哲伦直接按住了尼古丁的头，将枪口对准了他的额头，用力地按了下去。他按着扳机，用尽全身所有的力气按着扳机，"我现在就告诉你，我为什么敢！为什么我要做狮子，就算一头斑马也没有，我也是那头狮子！！！我才是乔治的儿子，我才是他的儿子，我才是应该活在新乔治区的——"

砰——

砰——砰——

宴会厅里，再次响起了枪声，有人倒在了地上。鲜血从他的右臂、前胸和大腿渗出，变成了一摊黑红的血池。他的身体剧烈地抽动着，眼睛死死地盯着天花板上那些耀目的壁画——圣洁的天使在岩石和河流边滑翔而过，他们簇拥在众神的身边，递来琼浆玉露，金色的阳光洒在地上，如同繁花铺道，所有人都在交谈、歌唱。

阿斯尔慢慢地放下枪，大口喘着气。他看着倒在地上的尸体，整个人愣在原地。而他的身后，开始出现越来越多的身影。最先出现的，是几个气喘吁吁的男人，他们都穿着科学家的白褂，而那些白褂上，全都蹭满了各式各样的颜料和根本无法辨别的污渍。看起来他们是这个赶来的小队里走在最外围的人，他们挡住了那些汹涌的人潮和随时都抛来撒去的不明物体。然后是一个老人，他走进来的下一秒就看到了倒在血泊中的尸体，他本能地侧过头，因为情绪激动而咳嗽了几声。接着是一个女人，她的白色长礼服不知道什么时候被裁到只剩半截，沾满鲜血的双手非常不自然地放在两边。从她走进来开始，她的目光就直接看向了站在原地、一动不动的尼古丁，像是在看博物馆里难得一见的展品，抑或是难掩真容的神迹。而之后跟进来的那个男人，则是直接喊着尼古丁的名字扑了上去。

"尼古丁！"

"闪电！"

"尼古丁！"

第二遍呼唤尼古丁的，是还被绑在椅子上的李凯。事实上，一直到他被救下来，被安置在吧台边坐下之前，他都一直用木讷的眼神看着他身旁的尼古丁和闪电，一遍遍地说着："尼古丁……尼古丁……

尼古丁……"如果只是听到这样迷离又无力的声音，谁都会以为这是一个因为找不到毒品而倒在街头、逢人就苦苦哀求的瘾君子，不过尼古丁还是一遍遍地反复答应着，并且不停地帮他擦干顺着脸颊流下的血迹。每当他感觉到李凯在发抖，都会更加用力地抱紧他。

而另一个被拥入怀中的，则是真正奄奄一息的麦哲伦。阿斯尔将他扶起来，让他靠在宴会厅最外围的罗马柱上。

"如果按照你刚才所说的，伯努瓦的事情……"阿斯尔侧过头，瞥向了一直站在他正后方的弗洛莉。

"麦哲伦根本毫无善心可言，他在计划开展之前就说出了为什么要理会伯努瓦死活这种话。"老人气喘吁吁地说道，好像光是回忆起那些情节，就已经让他足够痛苦，"如果不是我让阿斯尔务必把伯努瓦带回来，麦哲伦……他把伯努瓦带进这个计划时，就没考虑伯努瓦的死活，他没考虑任何人的死活。我们已经没法儿启动新乔治区了。这场、这场行动的代价太大了，早在这一切开始之前我就知道，要付出那么大的代价才可以获得的快乐，一定……一定不是真正的快乐。伯努瓦、伯努瓦应该也知道。"

"伯努瓦，他是为了赎罪，可……"弗洛莉沉默了一会儿，径直蹲了下来，"可不会这么简单，如果这就是麦哲伦全部的计划，那邓肯，就是他所有人质里最值钱的那个。邓肯，就是他未来交易筹码里的'南非之星'。可是，他闯进宴会厅做的第一件事，就是杀了邓肯，而且更奇怪的是，在此之前，邓肯就已经被伯努瓦弄得声名狼藉，变成了一个毫无价值、甚至人人唾弃的肮脏政客。"

"你的意思是？"

"今晚的新乔治区，还有第三起犯罪，一场堂而皇之的刺杀。"弗洛莉看着剧烈抽动的麦哲伦,"如果不是为了救下乔治博士真正的儿子,我绝对不会让你死得那么轻松。不过我想,那个让你来刺杀邓肯的人,应该也是帮你穿上这一身戏服、帮你策划这一切的人。你看啊,多么可怜,最后只有他得到了想得到的,只有他摘得了甘甜的果实。真是可怜,你只是他的棋子,只是他可有可无的帮凶。"

"他现在根本没法儿再讲话,你到底……"阿斯尔看着弗洛莉,他显然没法理解弗洛莉刚才这番"激将"的目的。

"别说话。"

弗洛莉伸出手,示意阿斯尔停下,她的眼睛一直死死地盯着麦哲伦,从他抽动的脸,到他缓缓瘫软的身体,到他原本紧握着扳机的手一点点松开。他转动手腕,用伸开的指头,沾着浑浊的血液,按向地面,一圈圈地旋转。

"你到底在做什么?"阿斯尔不解地问道。

"他在这里。"

"谁在这里?"

"人不是天生就懂得语言,也不是天生就懂得如何通过面部表达情感。事实上,人这种生物最开始、最原始也是最本能的一种信息表达,是通过手势。所以,不能说话不要紧,甚至整张脸变形了也不要紧,只要人有表达的欲望,他就会采用最原始、最直观的表达方式。"弗洛莉站了起来,指着地上被麦哲伦画了一遍遍的圈,"麦哲伦不过是一个利欲熏心的傀儡,真正策划这一切的人,就在这里。他给麦哲伦安排了一场好戏,说不定他一直都把麦哲伦当作弃子,想坐收渔利,顺利登上那艘开往天国的飞船。而那个人在这里,麦哲伦告诉我们了,那个人在这里。"

"你是说，那个人就在这里？"阿斯尔显然被这个答案吓住了。他抬起头，看着那些慌张的宾客和早已经纷纷抛下枪、朝着阿斯尔走来的同伴，以及不知道从什么时候开始，已经走到自己面前的尼古丁。

"或许，"尼古丁看了一眼已经没了气息的麦哲伦，然后又将目光投向了阿斯尔和弗洛莉，"我们还有更紧急的事情要解决。"

"什么？"阿斯尔不解地问道。

"你们没注意到吗，宴会厅的极光并没有减少，只是不再增加了。"

"这难道不是好事吗，蝉蛹重启了反向引力系统。"

"反向引力系统，是为了维持新乔治区两极稳定的系统。它的作用范围有海拔限制，我确实重启了反向引力系统，在那个海拔高度内的所有物质都被重新吸附了。但是，已经逃脱那个范围的大气，"尼古丁指了指窗外，"它们还在向下沉淀。"

"那些下面的人！"阿斯尔一边说道，一边走到了宴会厅的落地窗边，他完全没法儿看到下面的状况，一层胶状的浓雾已经挡在了地面之上，遮天蔽日的暗绿光团，仿佛是一场擎天而下的风暴，又或是横世恶魔的吐息。"他们还是会死。"

"现在打开所有的阀口，让他们全部都离开。"老人急忙说道。

"打开阀口，只会让阀口立刻变成人间地狱。"弗洛莉说道，显然她还对那些仿佛能透过屏幕流淌出来的鲜血记忆犹新，"而且，大气已经到达了阀口的垂直上方，如果现在开门的话，整个纽约的空气都会被污染。"

"蝉蛹已经把反向引力系统提升到最强了，但还是没法吸附那些大气。"那个被麦哲伦推倒了两次的科学家,喘着气说道。不知道什么时候,那些人都已经丢弃了手里的枪,可能他们早就想这么做了,早就不想拿着这些要人命的玩意儿。"我提醒过麦哲伦,但他就是不听,反向引力系统根本没办法捕捉到那么远的有毒气体。"

"那是什么在捕捉它们?"

尼古丁站起来,指了指那些沿破损的玻璃窗渐渐蔓延过来的毒气,一脸严肃地说道:"新乔治区是一个大球,如果它被设计成一个可以飞行到外太空的设备,那它就一定不能依赖自然的引力。关上阀口全封闭的新乔治区,应该是一个完全真空的地带,而让它维持现状的,是两套引力系统,维持大气的反向引力系统和让我们得以站立的、模拟地球引力的引力系统。只要把这套引力系统关掉,新乔治区就会变成宇航空间站的休息舱。"

"然后,那些大气就会被吸上去!"声音从人群里传来,看起来带着异样的兴奋,仿佛此时毒气萦绕的宴会厅是一场天体物理学研讨会,科学家总能在这种时候非常快地产生共鸣。

"那,我们会被吸上去吗?"说话的人,是闪电。他和李凯都直勾勾地盯着尼古丁,如果把他们的友谊历史摊开的话,这样的场景其实并不难见到,从纵火中央公园到涂鸦自由女神,几乎每一次合伙作案都是闪电负责问很蠢的问题,李凯负责取笑,尼古丁负责解答,但这一次,他们提的是正儿八经的科学问题,而他们提问的对象,是正儿八经的科学家——的儿子。他们简直比远渡重洋多年、终于找到宝藏的杰克·斯帕罗①还要兴高采烈。

"引力,"尼古丁拿起了地上的一把枪,朝着沉淀的大气扔了过

---

① 美国电影《加勒比海盗》的主角,是一个职业海盗。

去，很快，原本平静的绿色雾面涌起了一大波涟漪，"引力是最弱小的力，任何一点儿其他作用力，都会让物体不受引力束缚。但同时，引力也是最大的力，包罗一切，影响一切，质量越大，影响越大，只要调到合适的数值。"

"可是，"阿斯尔皱了皱眉，甚至不自觉地舔了舔上牙，就是科学家们发现难关或者BUG时的经典表情，"可是，蝉蛹不会允许我们这么做。现在它已经接管了新乔治区的主控系统，上一次新乔治区的主控系统被乔治博士入侵，我们花了四个月才恢复。如果我们强行干预的话，可能会造成非常严重的后果。新乔治区的地表全部都垂直连接着引力系统的脉冲导管，再下面就是堡垒的发射装置和引擎，一旦蝉蛹排斥了这个操作，或者有什么其他情况，例如爆炸或者泄漏……蝉蛹只是暂停了发射，但是程序还在加载，摆脱引力系统的引擎，简直就是一颗不定时炸弹。新乔治区的地表会产生非常强大的连锁反应，地震都有可能。"

"我记得新乔治区设计有紧急避难区。"老人回答道，"是防止生命维持系统出故障的，应该可以应付这种情况。"

"最多可以容纳五百人。"阿斯尔摇了摇头，"我们现在讨论的是几万人的性命，而且，避难所在暴动之后已经移交给了新乔治区的治安部门，我们没有密码和权限。"

"我有密码。"

这次插话的，是一个穿着紫色西装的中年男人，似乎从麦哲伦夺门而入之后，他一直躲在那群惊恐的宾客后面。不知道从什么时候开始，可能是那些科学家纷纷放下枪之后，他突然就出现在了人群的最前排。那一身西装布满亮片和彩色织纹，他看起来简直是一颗行走的迪斯科球。这一次,他索性走到了尼古丁面前,理了理领子,看起来非常别扭却格外认真地说道:"我是莱德利,新乔治区的警察局长,我知道那个地方在哪儿。阿弗莱环湖大街的东侧,那里需要我的授权和密码才可以进入。"

而在这之后,原本一直小心翼翼地待在宴会厅里侧的宾客们,就像刚刚烧沸的水,突然聒噪了起来。

"莱德利? 他就是莱德利警长?"

"他的女儿嫁去卡塔尔当王妃,这是卡塔尔国王给这位国丈找的工作。"

"他为什么要穿成这样?"

"听说是因为卡塔尔航空①开启了月球专线,他是股东,所以穿成这样来做广告。"

"他这样的人真的可以抓到犯人吗?"

"刚才那么多犯人在这里耀武扬威的时候你看到他了吗?"

"他刚才好像还踢了邓肯一脚。"

"他有密码,那我们现在应该去避难所,等这里的一切都解决了再出来。"

"当然,那是新乔治区的避难所,当然要给我们。"

"我们必须要和我们的家人优先使用避难所。"人群里突然响起了一个声音,格外清晰。然后所有人都附和了起来,他们原本紧缩的阵线越来越宽松,所有人都开始向着宴会厅的门口移动,甚至有人重新端起了酒杯,就像是已经准备好前往下一场在避难所的宴会一样。

"我想,新乔治区的真正的住户,应该是有权优先使用的。"莱德

---

① 由卡塔尔王室成员在一九九三年开办,是全球顶尖的航空公司。

利走到阿斯尔面前，费了好大的劲才将他的警徽从那条已经紧绷到极限的西裤里掏出来，"你知道的，我是说，这也是新乔治区的规……规定。"

"你们这群不知羞耻的——"阿斯尔已经张开的巴掌伴着嘴里的这句脏话就快要一起赏给莱德利的时候，却被尼古丁打断了，"你？"

"别这么激动。"尼古丁抓住了阿斯尔已经挥到半空的手，冲着莱德利摇摇头，"警长，相信我，没有人要去避难所。避难所在地下，那里会比地上还危险。"

"可是，如果暴露在外面，所有人都会——"阿斯尔原本的疑惑，如今完全被满腔的怒火取代，"这些人就只想着自己的死活。"

"既然蝉蛹已经暂停了发射程序，那我就去手动关掉引擎。进入堡垒，拉出即停拉杆，就像是玩电动游戏的最后一关，一拉，然后游戏结束。"尼古丁说道，表情非常轻松，"彻底地关掉它，这也是父亲的愿望。"

"我刚才说了，引擎还在预启动状态，你那样的操作，不是在关停，是在把一团熊熊燃烧的气体压缩进——"

"我知道，会爆炸，但引力系统如果还在的话，应该不会影响到新乔治区的地表。我实际测算过，最多是三级以下的地震，不会有人死的。"

"可是堡垒会彻底被炸毁。"

"我知道。"

"可是那时候你在堡垒里。"

"我知道。"

"那是去送死！"

　　这句话,几乎是被包括阿斯尔在内的很多人同时说出口的。而这句话过后,整个宴会厅又再次陷入了一场绵长的寂静,就像是那些文艺电影里反复出现的空镜,所有人的表情看上去都复杂得难以描述。

　　只有尼古丁一个人依旧微笑着,保持着他数十年如一日混迹于酒馆和赌场的轻松,就像悠然自得的老千,手里永远捏着一击必杀的王牌。

　　"这没什么,我怎么都会死,我已经是个死人了。"尼古丁笑着挥挥手,像个千杯不醉的烂酒鬼在毫不客气地迎接下一杯,"我的兄弟可以作证,我给他们看过证明,是长生不老药都治不好的那种病。"

　　"那根本不一样!你至少可以躺在床上,注射着吗啡,喝着酒死,你至少可以坐牢坐死,"李凯走到尼古丁的跟前,不知道从什么时候开始,他的脸上不仅有快要干透的血迹,还有新鲜的、温热的泪痕,"你只能这么死,而不是被……"

　　李凯停住了,他不知道接下来的话要怎么说,因为在他有限的人生里,实在不知道,那些科学家说的"送死"到底是什么死法。

　　"而不是被三千摄氏度的高温和废气直接烧成灰。"阿斯尔接过话,缓缓地说道。

　　"对,而不是被烧死!"闪电抓住了尼古丁的肩膀,似乎想要用力地晃醒他,"你最好、你最好找一个地铁站旁的公厕,找一个废旧石油工厂,反正找一个我永远不会去的地方慢慢地死。你不能死在这儿,你不能死在我面前!"

　　"我不会死在你们面前。"尼古丁像是听到了一个笑点十足的新闻,不住地哈哈大笑,"我会死在你们脚下,在地底深处。不过那个时候你们应该都在忙别的事情，你们要负责把地面的人照顾好，要告诉他们是怎么回事，还要引导那些人躲到室外，抓住坚固的东西。任何！任何牢固的东西。不要喝水，不要吃东西，任何NASA的《宇航员教程》和《月球漫步指南》里提到的知识点都有用，你们知道的，就是半年前我带你们去玩的那样——反向引力系统完全吸收掉那些大气大概需要半个小时，你们要确保那些人安全地等到引力失效结束，利用所有的广播。但是你们也知道穷人都不爱听广播，所以你们要下去，下到地面去，他们一辈子都没去过什么NASA或者月球，他们没应付过失重，你们要告诉他们怎么做，你们要救下那些人，听到没？"

尼古丁看向闪电和李凯身后的阿斯尔、弗洛莉、莱德利，以及那些科学家。

"你们都是。"

"尼古丁……"

"你们有的忙了，这次还是分头行动，OK？"尼古丁将闪电和李凯抱在怀里，之前无数次的犯罪行动，他们都是这样顶着脑袋抱在一起。闪电会跃跃欲试，手会颤抖，李凯会胆小地哆嗦脚，而尼古丁却驾轻就熟。毫不夸张地说，他是全世界最优秀的犯罪前心理安慰大师，而此时此刻，他也能感觉到闪电和李凯的情绪。他能感觉到闪电揽着自己肩膀的手在颤抖，感觉到李凯的脚还是在哆嗦，一切都和之前的成百上千次没有任何区别，非要说有的话，那就是他还能感觉到李凯和闪电湿润的脸。那不是血，是比血还热的东西。

"我现在要去引爆一个，比我平生引爆过的所有东西都要酷的东西。"

"尼古丁,你就是个浑蛋!"

"你根本就是个浑蛋!"

"和我相处了那么多年,你们第一天知道我是个浑蛋吗?不过你们和我一起当了这么久的浑蛋,今晚可是要当英雄的,你们要当新乔治区的英雄。"

"谁他妈要当英雄!"

"尼古丁!"

"嘿,我的朋友,你们会喜欢的,我保证。"

尼古丁用力拍了拍闪电和李凯,便径直走向了宴会厅的大门。当他就要跨过那道VOI镜像时,被一只粗壮的手臂拦住了。

是阿斯尔。

他低着头,他一直低着头。

"我们都没有理解乔治,我们都认为他只是……"

"那你一定要理解我今晚的所作所为,因为如果乔治还在,他也一定会这么做。"

"我不是来阻止你的。"

"我知道,我知道你想问的问题。"

"你把那些人都引到这里来,是为了阻止麦哲伦的计划,也是为了惩罚我们。你把我们变成了当年的那些人,把下面的几万人,变成了当年的我们。"阿斯尔的声音非常低,低到抵达尼古丁耳畔的时候,已经到了几乎无法被听见的程度。他自己也很害怕,害怕听到这个问题,"如果……如果麦哲伦没有做那么绝,如果他想要保住那些人,你会让这个计划顺利进行下去吗?你会和我们一起离开这里吗?"

"阿斯尔。"尼古丁沉默了一会儿,贴近了阿斯尔的耳朵,他第一

次收起了自己的笑意,他的神情,第一次看起来如此成熟而镇静。他
吸了一口气,缓缓地说道:

"Hinc itur ad astra." ①

:下载Neith信号记录源副本,编号7653-454。

:你好,弗洛莉。正在下载,检测到用户死亡,请选择读取区间。

:用户死亡前四十八小时。

:读取完毕。

:采用智能交互。

:此用户智能交互的信息源不完整,可能会造成信息缺失。我会
尽可能模拟用户的思维网络来作答。用户的行为动机可能采集不完
全,但我会尽量还原用户的实际脑内活动。如需开始,请说,你好。

:你好。

:你好,弗洛莉。

:首先,还是得谢谢你,谢谢你为新乔治区做出的贡献。

:谢谢。

:引擎,真的毁掉了吗,你亲手毁掉的吗?

:是的,当我按下拉杆之后的三点七秒,引擎就和我所在的发动
操作间一起被喷射的高热量冲击波摧毁。我的视觉神经还检测到了
一定量的放射性污染以及强电暴反应,具体数值目前提取非常困难,
基于最后上传的数据我只能监控到这些,在这之后用户脑内的芯片
就已经被完全摧毁了。

:在这之前,你知道你会死吗?

---

① 拉丁文,意为"我们自此通往繁星",是立陶宛维尔纽斯大学的校训。

：我想，我知道。

：分析得出这个结论的原因。

：第一，本次计划的核心目的并不涉及我的安全；第二，我的生命体征在参与本次计划之前已经非常微弱，预计可存活时长小于十七天；第三，我深刻了解并知晓本次计划中我所要承担的风险。

：说说你为什么会参与这个计划。

：我没有读取到可以完整回答此问题的脑内活动，原因可能是：一、此脑内活动的产生在安装Neith芯片之前；二、此用户死亡时颅内受损导致的数据丢失。你是否需要我进行合理猜想？

：说说看。

：分化，会导致割裂。我意识到这个世界在支离破碎，当越来越多的人因为丧失劳动权而变为次等的存在，社会阶级的差距就会越来越大。但由于这个社会的物质财富足够充盈，即使是最次等的阶级，也可以衣食无忧，甚至以各种福利手段对政治和上层进行威胁，绑架政治体制和社会物资分配，这势必导致社会的割裂和分化。上层社会会需求更加明确的阶级分层，最简单的办法，就是地域分割，和下等人在空间上决裂。这是阶级分化的必然结果。所以新乔治区的诞生是偶然，也是必然。上层社会想要寻找阶级的界限，而乔治博士的模型提供了方案。但是这一切由于人为干预和技术难度只能部分实现，所以上层社会会去寻找另外的分化界限，其中最主要的就包括权利剥夺，也就是所谓的，公民等级。把同样的人，变成法律意义上不一样的人。这种分化，比地域分化来得更加彻底，因为有了公民等级的区别，上层社会就可以任意地进行包括地域分化在内的各类形式的社会分化。上层社会会因为天赋的人权享有特殊的地域、特殊的资源和特殊的上升空间,这就是社会割裂的前兆。

:预测社会割裂的后果。

:下层阶级会越来越腐化、堕落,生育率、出生率会明显降低,死亡率、犯罪率则会明显上升。地球公共资源的消耗会在短时间内显著加剧,并最终导致更多的污染、暴力冲突甚至战争,但最终下层阶级会完全消亡。

:你的意思是,穷人会完全消失?

:是的,这是我的预测,上层阶级会在公共事业、教育、地域、军事、艺术等多个领域完全垄断人类文明。这个族群的社会性会急剧降低,渐渐脱离法律和道德束缚,最终会因为去人类化而消失。

:所以,你一次解决了两个麻烦。

:不是解决,只是延缓,社会割裂是必然。

:你得出这样的结论,真让人伤心。

:丧失劳动权,就是社会割裂的开始。劳动本身就是人类社会性的原始驱动力。

:那在这之后呢?

:幸存的上层社会会诞生新的阶级,分为三六九等,然后开始新一轮的割裂。目前这一族群,就像曾经的奴隶一样,是注定被抛弃的阶层,这是由劳动力和社会所有制决定的历史必然。

:真期待会诞生什么样的阶级。

:不论诞生什么样的阶级,都是历史的重演,旧的消亡,新的产生。

:回到这个用户本身吧,你……你后悔过吗,为你做过的那些,不太光彩的事情?

:并不。

:分析得出这个结论的原因。

:第一,这是我自己所要承担的命运;第二,这造就了我。

:那你后悔过,加入这个计划吗?

:并不。

:那你的计划里,本身包含了杀死邓肯先生这件事吗?

:是,但这个部分的执行人,是麦哲伦。

:是谁下达的这部分的指令?

:我没有读取到可以完整回答此问题的脑内活动,原因可能是:
一、此脑内活动的产生在安装Neith芯片之前;二、此用户死亡时颅内
受损导致的数据丢失。你是否需要我进行合理猜想?

:说。

:我遇到过一个人,不,应该是一群人。

:他在当天的宴会厅里吗?

:是的,其中一个。

:他的名字。

:我没有读取到可以完整回答此问题的脑内活动,原因可能是:
一、此脑内活动的产生在安装Neith芯片之前;二、此用户死亡时颅内
受损导致的数据丢失。你是否需要我进行合理猜想?

:是。

:1,2,3,5,7,11,13……

:这是什么?

:这是根据用户的脑内活动,进行的合理猜想。

:我需要读取那个人的名字。

：我没有读取到可以完整回答此问题的脑内活动，原因可以是：一、此脑内活动的产生在安装Neith芯片之前；二、此用户死亡时颅内受损导致的数据丢失。你是否需要我进行合理猜想？

：你知道那个人是谁，麦哲伦也知道那个人是谁，他知道那个人就在宴会厅里。

：我没有读取到可以完整回答此问题的脑内活动，原因可以是：一、此脑内活动的产生在安装Neith芯片之前；二、此用户死亡时颅内受损导致的数据丢失。你是否需要我进行合理猜想？

：他就在那里，他就在那里看着这一切。

：1，2，3，5，7，11，13……

：分析这段数字。

：1，2，3，5，7，11，13……

：解构这些数字，找出关联性最强的那个。

：我认为是13。

：分析13。

：13就在那里。

：什么意思？

：13，就在你看得见的地方。

：13……是什么意思？

：这都是13的意思。

：找出所有用户脑内出现13时的颅内活动和感观记录。

：一共找到三万八千七百四十六条与之关联的颅内活动和感观记录。

：筛选近一个月的记录。

：筛选出一千二百三十七条与之关联的颅内活动和感观记录。

：筛选出视觉神经元和听觉神经元触发记忆共感的记录。

：筛选出三十九条与之关联的颅内活动和感观记录。

：读取它们。

：正在读取中……发生了一个错误。

：重新读取。

：发生了一个错误。

：什么意思？

：发生了一个错误。

：退回到那一千二百三十七条记录。

：发生了一个错误。

：退回到所有记录。

：发生了一个错误。

：返回到最初的副本状态。

：发生了一个错误。

：退回到选取面板。

：正在加载……请稍等……你好，弗洛莉。我是母体，有什么可以帮你？

：下载 Neith 信号记录源副本，编号 7653-454。

：对不起，没有找到编号 7653-454 的副本。

Oh, back from the edge

Back from the dead

Back from the tears that were too easily shed

Back to the start

Back to my heart

Back to the boy who would reach for the stars

Who would reach for the stars

"你的演唱显然比你的演讲精彩多了,闪电。"

当弗洛莉举着酒杯走到闪电和李凯面前时,距离闪电下台已经过去了半个小时。她看着《晨间新闻》的记者、《镜报》的记者、拿着授勋协议的白金汉宫大使和莱德利警长依次离开,才终于找到机会来到这个炙手可热的大明星面前。环湖公园的草坪已经翠绿欲滴,特别是空气成分表里添加了千分之五的薰衣草和红酒提取物之后,让这个普罗旺斯主题聚会显得格外香甜可口。这是新乔治区恢复居住后的第一场社区聚会,而不是社区居民的弗洛莉再次非常幸运地成了受邀嘉宾。

"说实话我看到电子邮件里的邀请函的时候,已经产生了阴影,我能透过那些紫色的薰衣草和杜鹃花看到满屏幕的血腥。"弗洛莉笑了笑,然后在闪电身边的吧台坐了下来,"不过我看到了邀请人是你,所以我想,应该不会出什么大事,最多只是唱几首已经被循环播放的歌而已。不过,你适应起新乔治区的生活来还真是够快,普罗旺斯主题,呵呵。"

"我的经纪人,拿着九十页的派对方案来问我要怎么选,我就选了我的幸运数字的那一页。"闪电拥抱了弗洛莉,他羊绒材质的定制西装在新乔治区温柔的午后阳光下,泛着格外迷人的金色光点,"后来,当我听到珊瑚礁、抹香鲸和古因纽特人的鱼叉之后……"

"他就换成了我的幸运数字。"不知道什么时候出现的李凯，直接打断了闪电的回答，"然后，你应该觉得还不赖？"

"怎么，今天的寿司自助台不忙吗？"闪电掐了掐李凯的肩膀，"还是伯母终于拍够了照片，我看到她抱着那只天鹅已经按下了几百下快门。"

"她很喜欢那些天鹅，我们住的房子的客厅就能看见天鹅。"李凯满意地笑了笑，"他们让我选的时候，我几乎没有任何犹豫就选了那一栋。"

"哪一栋？"弗洛莉问道。

"就在湖滨，那个联排的别墅群里，离码头最近的那个。"李凯兴奋地指了指湖的对岸，"我妈妈出院的第一天，就在那个阳台上，看了一下午。"

"那一栋，呵呵，莱德利可真是会废物利用。"弗洛莉望向那栋房子的第一秒就明白过来是怎么回事了。她笑了笑，似乎完全不想在此刻提起那件往事，"这栋房子的日式庭院也不错，那上面的鹅卵石都是一样大小的。"

"你怎么知道？"

"它曾经属于我的一个老朋友，那家的女主人，也很喜欢看着湖边的天鹅。"弗洛莉抿了一小口香槟，眼睛已经瞥向了别处，"他，没来吗？"

"你说尼古丁？"闪电回答道，似乎已经对弗洛莉此时飘忽的眼神见怪不怪了，在为数不多的几次会面里，不管是李凯妈妈的新店开张，还是闪电的草坪音乐会，弗洛莉都会出现一会儿，然后又意兴阑珊地离开，"你还在找他？"

"所以，你不是真的想来听闪电平生第一次演讲，你是觉得，闪电第一次演讲，尼古丁一定会来！"李凯似乎一下子就明白过来弗洛莉的心思，"这真是让闪电先生，好失望啊！"

"这么说，他真的没来？"弗洛莉笑了笑，以此来掩饰自己的失望。

"自从那件事情之后，他就离开了纽约，一直都没有回来。除了……除了伯努瓦先生的葬礼那次。不过很可惜，你偏偏错过了那一次，不过那一次他也只待了一小会儿。"闪电收起了为了应付记者和宾客而练习的标准笑容，认真地回答道，"我觉得他只是不太能接受，伯努瓦先生替他做了那件事而已。伯努瓦先生，应该是一早就恢复了知觉，他听到了所有的事情，才愿意那么做，愿意替尼古丁去死。"

"你的偶像真是个了不起的人！"李凯叹了口气。虽然这几个月以来，整个纽约几乎所有的广场、剧院和商场门口都换上又撤下了伯努瓦先生的海报和广告，似乎所有人都已经"怀念"到麻木了，但李凯还是没法儿释怀那一晚发生的一切，没法儿忘记那天。伯努瓦先生封锁了堡垒的门，一个人在里面拉下拉杆，一个人拯救了整个新乔治区。

"伯努瓦，走的时候内心很平静，非常平静，他甚至……"弗洛莉想要说些什么，但很快停了下来。

"你怎么说得好像当时就在现场一样？"李凯有些吃惊地问道。

"你这就不懂了，心理学家都有这种通灵的本事。"闪电接过话，重新为弗洛莉拿了一杯酒。然后对李凯瞪了瞪眼，有些骄傲地说道："弗洛莉小姐还专门在电话里和我说，伯努瓦是真的很感激在死前遇到我。虽然我不知道她是怎么判断出来的，不过我觉得这一定是真的。"

"看来今天，尼古丁是不会来了。"弗洛莉笑了笑，也叹了口气，"想要和他谈谈还真是很难。"

"不只是你，他好像在故意躲着我们。"李凯有些无奈地耸耸肩，"我们去过了所有可能找到他的地方，甚至去了罗德岛的垃圾焚烧塔。那里的味道，让我请的保姆都差点儿罢工了。"

"真是不错，李凯先生，对味道的敏感是新乔治区的必修课之一。你现在可是如假包换的富人了，果然没有辜负你们好兄弟的一片苦心。"

"不过，我一直想问，你说的那些是真的吗？"李凯似乎突然想到了什么，他靠近了弗洛莉一些，非常小声地问道。

"什么？"

"尼古丁，早就设计好了这些，他想把我们两个，变成现在这样。我是说，你那天告诉我们的，尼古丁想把我们打造成拯救新乔治区的英雄，他是故意把我们搅进这件事情，故意让我们……他早就计划好了，在死前把我们变成——有钱人？"

"有这种可能，但我不能完全确定。不过，正如我和李凯先生分享过的，谈判是需要筹码的，你们两个，也有可能是尼古丁白送给麦哲伦的筹码，好让麦哲伦相信尼古丁除了交出控制权外无计可施。不然，麦哲伦一定不会那么轻易而且毫不怀疑地让尼古丁早就准备好的病毒直接接入堡垒的系统。给对手胜券在握的错觉，才会让对手放松警惕，所以你们越是可怜，越是被麦哲伦捏在手里，这一切就会越顺。一个大科学家的儿子辛辛苦苦扮演了这么多年的地痞流氓，也真是不容易。"弗洛莉摇摇头，然后又笑了笑，转头看向如今明星范儿十足的闪电，葆蝶家[①]和他联名的香水广告如今闪耀在每个商场最醒目的橱窗旁，而闪电更是亲自命名了这款香水的名字——伯努瓦，用来祭奠他心目中的恩师和英雄。这个伯乐与千里马绝境相逢的故事在社交网络上被演绎了无数个版本，就连闪电自己也不厌其烦地对着麦克风一遍遍讲述。"不过，有一点我倒是可以确定，那就是伯努瓦从未听过你的歌，也从来没有给你写过什么邮件或者送过吉他。"

"你……"闪电的脸瞬间僵住了，"你是说，伯努瓦他根本不认识我？"

"从头到尾都只有尼古丁，给你写信，给你寄吉他，那些安慰和鼓励的话，是他给你的精神慰藉。不过，这一切重要吗？你们现在是整个新乔治区的偶像，我想要见你们，还要端着酒杯在吧台等半个小时才行。"

"那我下次去预约你的诊疗，听说有些要等上一整个月。"李凯也跟着哈哈大笑了几声。

"所以……这都是因为尼古丁。"闪电还想要说些什么，却仿佛被掐住了喉咙般欲言又止。他的眼睛、耳朵和鼻腔都浸泡在这个像荡漾着花蜜的美丽世界里，他的脑袋、他的每根神经似乎都极度厌恶去回忆从前。记忆中阴暗的酒馆、狭窄的公寓，就连其中美好的部分，也总像是恐怖片一般让闪电毛骨悚然。"他为我做了这一切。"

"没有人会喜欢这个故事真实的版本。"弗洛莉看着闪电脸上昭然若揭的哀愁，与此时遍地的欢愉格格不入，"你只需要记住你是伯

---

① Bottega Veneta，意大利奢侈品品牌。

努瓦先生这个世纪大功臣的爱徒，你只需要记住大家都在传颂的那个故事就好了。伯努瓦……他没有这个机会来当面反驳你的。至少你们现在不用操心地面上闹得沸沸扬扬的公民等级预设案，每天游行传来的反对声让纽约城听起来就像是一个烧开的水壶。"

"所以，他们还是要推行邓肯先生的那个分级制度。"

"那不是邓肯先生一个人的意愿，他代表的是整个上层阶级的意愿。现在，新的'邓肯先生'也在代表你们两个的意愿，作为新乔治区的新户主，你们会希望那晚的极光之夜再来一遍吗？"

闪电和李凯同时摇了摇头，然后又同时愣住了，像是一时间被什么记忆狠狠地赏了一个耳光。事实上，也就是在三周前，他们参加了关于新乔治区安保全面升级的听证会。未来的三十年，新乔治区都不再对未达到标准评级的公民开放。虽然打着社区安全的旗号，但所有人都心知肚明，那就是公民等级制度的第一次变相施行。而闪电和李凯都在那份文件上签字确认了。

"那样的极光之夜，不会再有了。"闪电的声音低沉了下来。

"这是你们没法儿解决的烦恼，所以尼古丁替你们免去了这部分的烦恼。你们只需要好好享受新乔治区温暖的阳光和永远不会终结的派对就好了。"

"你很早就知道了吗？你很聪明，你什么都知道。"闪电垂下头，像是在尽力掩饰他那张已经投保了几千万美元的脸上突然涌起的热泪，"连那时候，你也什么都猜到了，作为一个局外人。"

"那是因为，我经历过类似的事情。"

"类似的事情？"闪电不自觉地看了看新乔治区的天空，像是在回忆这颗悬浮的巨大球体还有哪次腾空而起的经历，"你确定你说的

421

是新乔治区吗？"

"不，是一个更大的东西。"弗洛莉笑了笑，正打算说下去，却被身后突然出现的酒保打断了。

"弗洛莉小姐。"

"什么？"

"这是您点的酒。"

"我没有点酒。"

"这是给您的特供。"

"特供？"李凯看着那杯湛蓝色的液体，上面漂浮着一些白色的粉末，看起来就像一个装在高脚杯里的南极洲，"我怎么不知道餐饮部还安排了这种东西？"

"这杯酒，叫作13。"酒保点了点头，微笑着回答道。

"13？这是什么名字？弗洛莉小姐？这是怎么了？弗洛莉，你去哪儿？弗洛莉小姐？"

"弗洛莉小姐！你的酒！"

"弗洛莉！"

：让我穿着露背礼服来新乔治区的极地区，你就是这么对待女性的吗？

：这里的地质结构还没有从那次爆炸事件中恢复稳定，所以既不会有人来，也不会有野兽。

：可是，你也没有来，让我对着一台荧幕说话，这让我觉得自己像是我诊所的病人。

：因为我就是来请你，不要继续想着和我见面的。

：是吗？可是，你分明不是尼古丁，所以不用在我面前装腔作势。

：你很聪明。

：是啊……抹掉Neith的数据很容易，但我也有很多其他办法。

：过于聪明，并不见得是好事。

：是吗？那我要怎么称呼你，消失的卢登，没死的尼古丁，还是，神秘的13？

：我可以是这里面的任何一个人，也可以都不是。

：嗯……看来我还得浪费些时间猜一猜。

：质数，我们，叫作质数。

：就这么大方地告诉我了吗？

：反正你离这个名字已经不太远了。

：也对，卢登离开Renai，已经让联合议会疑心很重了。

：他短时间内还不能出现在这个世界上。

：什么意思？

：卢登曾经是我们非常看重的合作伙伴，我们把他安插在邓肯的身边，又给了他很多肥美的差事。不过，似乎也是因为这些差事，让他误以为自己有了摆脱我们，甚至忤逆我们的能力。

：你的意思是，卢登背叛了你们。

：他从我们这里知道了新乔治区的秘密，又找到了那个不中用的麦哲伦，还给他编造了完满的故事。在他们原本的计划里，卢登会在新乔治区升空后站出来，以一个英雄的身份和麦哲伦谈判，然后在他慷慨激昂的演讲之后，变成新乔治区的新首领。

：所以，真正要邓肯死的人，就是卢登。

：邓肯的死并不在我们的考虑范围内，所以我们对挽救他的生命不感兴趣。

: 你们只对阻止新乔治区独立带来的社会割裂感兴趣，所以你们找到了尼古丁，找到了真正可以阻止这一切的、乔治博士的儿子。

: 社会割裂，呵呵，真是专业的用词，看来你从伯努瓦的脑子里下载了不少知识，弗洛莉小姐。既然是这样，你也应该知道社会割裂无法避免，但我们对下一次社会大割裂的到来有一个基本的时间预期，显然，卢登的计划如果成功，会打破我们的规划。

: 我很好奇你们到底还在规划多少事情，不过西非三国合并应该有你们的功劳。

: 海盗这个职业必须要退出历史舞台了，索马里问题已经拖了两个世纪了。不过，近期最让我觉得迫在眉睫的还是《月球土地私有化法案》。

: 二十二世纪中叶。

: 委内瑞拉的国家破产和石油分权。

: 二十一世纪。

: 比如二战的进度太慢了，我们得帮近卫首相①坚定意志。

: 二十世纪。

: 比如为了让整个欧洲的势力布局达到预期，我们让法国大革命在短短三年内就结束了。我们在罗伯斯庇尔②的弟弟身上花了一些时间，但总体还能接受。

---

① 日本首相近卫文麿，日本第三十四、三十八、三十九任首相，在任期间发动了震惊世界的偷袭珍珠港事件。

② 全名马克西米连·佛朗索瓦·马里·伊西多·德·罗伯斯庇尔，法国革命家、政治家。在法国大革命中被推举为主席，后在"热月政变"中被逮捕，第二天被送上断头台。"热月政变"也标志着法国大革命的结束。

：十八世纪。够了，你已经暗示得很彻底了。

：有了 Neith 的脑袋就是不一样。

：你们……是他们的后代，光照派[①]……真的存在……

：我们有很多名字，但现在，我们更愿意接受质数作为我们的代称。不过这些都是我们的一部分而已，正如麦哲伦、伯努瓦、阿斯尔，他们都只是这件注定会发生的事的一部分而已。

：那我是什么？

：这很有趣，弗洛莉小姐，我还没法儿定义你。

：我也没法儿定义你。

：在大于1的自然数中，除了1和它本身以外不再有其他因数。我们源远流长，我们有无数个，我们存在于任何地方。

：是吗？至少你不在我的脑子里。

：嗯……这也是我们想要攻占的地方。

：怎么，准备好了足够的福尔马林来浸泡我的大脑了吗？

：我们感兴趣的是你大脑里的，那个东西。

：我猜，我读取的那个副本，本身就是一个病毒吧。

：它不会对你造成任何影响。事实上，你脑子里的那个东西太强大了，病毒可以摧毁新乔治区的系统，但是摧毁不了它。它，是一个被你豢养的生命啊。

：看起来，你们已经把我研究得差不多了。

：你不也是吗？不然，你为什么费尽心思想要找到尼古丁呢？因为你早已认定他是我们的一员。

---

①也被译为光明会或光明帮。广义上是指一直秘密控制人类的古老神秘组织；狭义上是指启蒙运动时期的一个巴伐利亚秘密组织，成立于一七七六年五月一日。

：不是吗？

：是的，但也不全是，我们和他是合作关系，长期的合作关系。

：从乔治博士去世之后，合作到现在吗？

：你很聪明。

：你们也很聪明。

：我们并不喜欢用聪明来形容自己。

：那应该用什么？

：掌控，弗洛莉小姐。

：那你们主动来找我，这次又想掌控什么？

：质数只对真正推动世界进程的事情感兴趣，我想你也是。所以，我们给了你一份美差。

：看起来，会是我无法拒绝的美差，但愿别又是出生入死的活儿。

：当然不是，只需要弗洛莉小姐在自己的诊所就可以完成。

：说说看。

：有一艘货物航舰，是荷兰皇家星河航空的"代达罗斯①号"，它正在从织女星附近返航的路上。大概三个月后，会抵达月球港。这艘货物航舰上，有我们非常感兴趣的东西。

：据我所知，那上面，只有满满当当的放射性矿物。

：不，还有另外一个东西。

：什么？

：它的航行官，安德里·P.厄迪斯，会是你的病人，而这次诊疗则是你的任务。

---

① 希腊神话人物，一位伟大的艺术家、建筑师和雕刻家，最著名的作品是为克里特岛国王米诺斯建造的一座迷宫，因此世人常用他的名字指代迷宫。

：他……怎么，这么快，你们就找到了下一个唯恐天下不乱的恐怖分子吗？

：不，我们找到了人类历史上第一个与外星生命接触的人。

后　记

写这篇后记的时候，地球上发生了两件事。

第一件事是据"全球生态足迹网络"的报告显示，截至二〇一九年七月二十九日，人类已经用光了二〇一九年全年的水、土壤和清洁空气等自然资源定量。按照目前的消耗进度，一点七五颗地球所产生的自然资源才能满足我们未来的生存，不过很遗憾，我们并没有。

第二件事听起来更可怕一些。二〇一九年七月二十五日那天，一颗长一百三十米、宽五十七米的小行星以每秒二十四点五千米的速度从地球上空掠过，距地球只有不到八万千米，相当于五分之一的地月距离。它只要稍稍更改方向，后果将不堪设想。而我们的科学家在它来临的前一天，才发现这一巨大威胁。那一天，我们离一场惊天浩劫的距离只有八万千米，而对于这个地球上百分之九十九点九九的人来说，这都只是一个炎热（至少在我的城市是这样）、平凡，看上去很正常甚至有些无聊的、七月的某一天。

428

　　未来，对于大多数人来说，分为可控和不可控两种。但人类有时候真的很贱，我们喜欢在可控里找不可控，又企图为不可控的未来添加可控的部分。

　　可控的未来很好理解，因为可控，它通常是乐观、轻松且便于理解的。比如你现在可以控制你的眼球在三十秒内顺着我的描述从这一段看到下一段，比如你也可以选择立刻合上这本书，可以选择省吃俭用在月底存下一笔钱，这些都是建立在你的选择上的未来；这和我刚才列举的"地球能源要被耗尽了"本质上是一样的，这部分未来完全由我们的意愿驱使。比如你选择现在合上这本书，那你就会错过一篇"或许"很精彩的后记，但同时你也可以选择继续读完它；比如我们继续这样肆意地挥霍地球资源，那我们早晚会因为能源枯竭而走向终结，但同时我们也可以选择省着用，节能环保。但应对这一类"板上钉钉"的未来时，我们通常采用的方式却是为它添加不可控的因素——我现在不看这本书也没什么，以后肯定也会看的（这么想的人请记得我在默默地流泪）；我们现在浪费点儿能源还好吧，没准儿过几年就发明了超棒的新能源呢？这并不仅仅局限在人类总是"无理由"地看好全人类的前景。他们在这些事情上也同样乐观：今晚不去健身房可以通过下周去来弥补；坚信现在吃下去的这口芝士冰激凌的热量会被身体"不经意"地忽略掉；不努力也可以变有钱；几天不睡觉也不会真的猝死；要不先分期吧，以后肯定还得起的……我们对可知、可控、可预见的未来拥有强大的偏性乐观主义——它应该总是会往好的方向发展，不管我怎么做。这并不是什么不好的事情，当然重度的拖延症患者还是应该接受社会的教育（就像拖稿的作者要接受编辑的毒打），事实上我们的社会客观上需要这样"不可控"的缓冲,来让未来"不确定"的希望照耀当下的人们。银行就是因为"你说不定可以还得上钱"贷款给你,还有奖金水涨船高的福利彩票,更不用说各种创业公司"孟姜女哭长城"哭来的天使投资,以及种类繁多的信用投资和未来科技融资。以上种种,都是基于这种不可控性而发展起来的。谁都知道,每天收入一块钱一个月后能获得三十块钱,但文明发展的公式里从来不用加减法,而人类的进步也从来不是排队叫号的游戏。如果非要挑选一个正面的形容词来描述这种"不确定"带来的红利,那就是梦想。

不可控的未来就像是刚才所说的第二件事,没准儿人类明天就集体完蛋了。穷尽目前我们的科学水平和集体智慧,我们也拿那颗天外飞仙没有任何办法。它就像是戴着手套、喝着冰可乐、路过地球的灭霸,打不打响指全在它一念之间,我们既没法儿干预,当然也没法儿延缓。我们甚至都没法儿在临死前弄明白这一切,和几亿年前呆头傻脑的恐龙毫无区别。但人类又不情愿就这样听天由命。除了想象力丰富的编剧、作家和导演,科学家们也花了很长时间去研究地球的命数——它终将消亡,这一点是确定的。多久呢?大概是四十亿年。因为那时候的太阳会变成一颗红巨星(你可以理解为太阳退休并开始了它"狂野"的晚年生活),它会吞噬地球,或许还有其他我们所知的行星。所以我们离地球的末日不会超过四十亿年,希望到时候《流浪地球》会以一部纪实片的题材重新上映。如果真的还有四十亿年的时间,那大体上大家还不用慌,但我们害怕的显然是,有什么东西会比太阳更早地要了我们的命,就像那颗路过的小行星。因为这些不可控因素的存在,每一天都有可能是世界末日。银行家们最先考虑到了这个,所以他们很喜欢在各种合同的免责条款里加上"不可抗力"。世界末日的话题或许有点太大、太遥远,那我们就来讲讲和我们息息相关的、不可控的未来——你的死期。伟大的人类甚至为不可控的受伤、重症和死亡发明了一个全新的行业——保险业。我们都不知道自己什么时候会死,但我们为自己找到了一个参照标准——平均寿命。截至我写这篇后记时,我搜索到的人类最新平均寿命是六十九点三岁。而在中国,男性是七十一岁,女性则是七十四岁。别小看这个平均值,它是社会框架构建的基准之一,几乎你在经历的所有事都和这平均值有关。九年义务教育,十八岁成年,二十二岁可以结婚,六十岁退休,七十岁以上属于高龄,中国《兵役法》规定的服役期限,驾照、护照和信用卡的更新期限,当然还有判刑的年限、公司年假时间,甚至包括房贷偿还时间……所有这些时间概念都是基于平均寿命打造的,这个在《上帝的鸿沟》里有提到。如果出于某种原因,人们的寿命拔高到了一百五十岁,你还会六十岁就申请退休吗?可能那时候你的事业才刚起步。为不可控的未来追加可控的定量是非常有必要的,这些可控的量可以帮助人们更好地理解、对待和规划自己不可控的生活(毕竟死亡是真的不可控制)。它让大多数人都不会活在对未来的恐慌里,而是有既定的流程和按部就班的轨迹可循,比如一个十八岁的孩子是无论如何也不会平白害怕死亡的,因为依据我们制定出的各种可控的轨迹(高考、大学毕业、结婚、生小孩、生第二个小孩……),主观上这个人的人生已经变得非常、非常可控了。我不知道这算不算是一场集体麻醉,但我觉得这样带有贬义的形容会让真正的社会学家不太开心。毕竟我们的社会就是依靠这些"可控"的部分运转的,它给了所有社会成员一张"终生有效"的会员卡。

　　而我关心和想要讲述的故事，大体都是在这些可控和不可控的未来中发生的。

　　这么说有些不好理解，但一直到我截稿前，我美丽优雅温柔娴静可爱动人（所有这些形容词都发自我的真心，完全没有人威胁我）的编辑提到过不下十次关于我写的到底是不是科幻小说的问题。我确实读过很多科幻这一类型的小说，从国外到国内都有，我和编辑第一次聊天的时候，就买了一本她参与编订的小说。我收到书，抱着"让我来看看我和科幻小说家还差多远"的心态翻开了第一页。十分钟后，我发现，这个距离大概要按光年来计——他在开篇的几页纸里就发明了一个数学（也有可能是物理或者化学）公式，并且还条分缕析地讲解了这个公式的运算方法，专业得就像是高考数学最后一道十四分大题的参考答案（在此声明，我小说里所有提到的试剂、原理、技术名词都是瞎编的，完全经不起推敲）。所以请让我从一个"不那么科幻"的角度来说明我书写这部（可能引起你兴趣的）小说的初衷——在那些可控或者不可控的未来中发生的事。

　　人和机器人共生和杂交（这个词有点龌龊，但你们懂我的意思）的主题充斥在各类动画、小说、电影、电视剧中，不论是人与非人的机器哲学，或缤纷绚丽的机械武打，都可以全方位满足观众或读者的需求。但我关注的事情可能会稍稍近一点，我关心这些"机器人"和"植入设备"起作用的那天发生的事情，当如今人们口中的"也许有一天机器人会替我们解决一切"真的变成现实，那样的现实又是否如我们所愿？这就是写Neith的初衷。我不想去描述一个遍地都是机器人、轮子电线满天飞的"科幻世界"，而更好奇，当人类和人工智能刚开始共生时，那一刻人的变化。至于《上帝的鸿沟》，我不想聊人人都长生不老的理想国，只想试着去还原，当不老不死开始变得可行时，人类会做出何种反应。《极光之夜》中，我没去描述等级森严的阶级社会和社会底层的残酷命运，而是聚焦等级变成一个明目张胆的存在的那一天，人和人之间会发生什么。这些即将到来的"不可控"和可控的"即将发生"，这些人类未来的弯道和赛点，我都格外关注。

这些弯道和赛点，可能离我们真的已经很近了。

在你们看到《未来症》之前，我给很多我的朋友读过它的初稿（标点符号乱七八糟、"的""地""得"完全乱套的那一版，lucky you people），他们基本上都会产生两个观点：一、你居然会写小说？二、这些故事看起来好像都离我们不太远，人工智能、寿命延长、贫富差距，似乎都是现在就有的问题，只是还没有到你故事里的那种程度。这是我比较希望看到的回应，一和二都是。如果说我有什么非分之想，那就是想带你们去看一眼这些你们熟悉的问题变得极端之后的未来。我深知自己的能力不足以在我的脑海里构建出充满未来感和科技色彩的明日世界，没法儿在各个星际文明之间穿梭自如，没法儿意淫出一种毁天灭地的技术。（Neith：你的意思是我不够毁天灭地？）所以每每当我闭着眼睛去设想未来的时候，我的关注点永远如此之近，如此"初级"，但历史从来不轻视鸿毛，即使是一颗水滴的落入，都能让整条江河彻底变样。所以如果说这篇后记有什么目的的话，除了解释以上这些不成体系的设想，很大程度上，我希望的是你们可以把我描述的未来，当作你们的未来，不论是可控或者不可控的那部分。

正如我前面提到的两件"小"事，它们既没有登上热搜，也没有抢过某位明星生日会的头条。一个或许永远不会发生的环境问题，和一颗与我们相忘于江湖的流星，还没有一部电视剧的大结局来得振奋人心。时间是最好的缓释剂，它把那些令人忧心的和让人期待的都融进了分秒之中，就像一针直入心脏的麻醉剂，让我们的思绪永远骤停在此时此刻，让我们的目光短浅到看不清未来的远近。有多少次你在拒绝使用一次性筷子的灯箱广告前默然驻足，下一秒又用它夹起了让人无法拒绝的街边小吃。如果真的没有木头了呢？如果此时此刻你用掉的，就是地球的最后一份木制品；如果通宵熬夜的你发现全人类都已然无法安眠；如果有一天你的老板真的雇用了一个机器人来代替你的工作……如果我们把人类和地球未来的刻度从"亿"和"万亿"拉近到"年"和"世纪"，或许现在你习以为常的，就是未来避之不及的病态；或许现在你求之不得的，就是往后甘之如饴的癌。

很遗憾，我们每个人注定的未来都只有一个，但很幸运，在它来临之前，我们都有机会去设想。它或有或无，它或好或坏。

过去的敬请交给时间，未来的尽情睁大双眼。

二〇一九年八月
于湖北武汉

中国科幻银河奖，华语科幻星云奖桂冠作家

逃出母宇宙·天父地母·宇宙晶卵

王晋康

自1993年以来，王晋康发表和出版科幻小说近百篇（部），共计四百余万字，包括《叔生》《与吾同在》《逃出母宇宙》《王晋康科幻小说精选》（四卷）等。其作品沉郁苍凉，既感厄汇丁手著的科学知识，也有对宇宙及生命的诗意礼赞。

"活着"系列讲述了一场全新的宇宙级别的灾难，依据玛雅与达认可它的存在，便带领人类开始了又无反顾的命运和进亡。在此过程中，人类迷失了解到克隆的本质。

> "凌晨一点至五点，整个宇宙将为你闪烁。"

三体·纪念版

刘慈欣

刘慈欣，中国科幻小说作家代表人物，亚洲首位获科幻大文学奖两果奖得主。被普遍认为是中国科幻推上了世界的高度。《三体》英文版荣获2015年世界科幻大奖最佳长篇科幻小说奖。

"这版本为"三体"系列十周年特别纪念版。这些书特聘当顶尖插画师绘制面彩图，精美，并有相应图书周边可供配套购买，适合收藏。

星海旅人

阿缺

一场穿梭星际的传奇和冒险

成长于偏远星球的少年新川，因父母双亡而流落，也因此与心爱的女孩站在了对立面。其后新川入伍为军，历经大战，无论如何改变，都无法忘怀女孩的失踪。为了寻觅失踪女孩的医药供犊，十年过去，他只身回到地球，再次见到了空前危机，而这一切仍与疆城公司有关……

《三体》秘密

田加刚

一部《三体》迷写给《三体》迷的脑河书

少女中文雪之死背后的秘密，三体的基本社会形态，神秘组织之称……《三体》秘密》通过周密的逻辑推理，演绎《三体》系列文字背后的秘密。几乎涵盖所有关于"三体"系列的疑惑感，本书翻做了"解密"系列的博弈节可能完全顾覆你的原有认识，足以让你临洞大开。

机器之门

江波

2019年银河奖最佳长篇小说

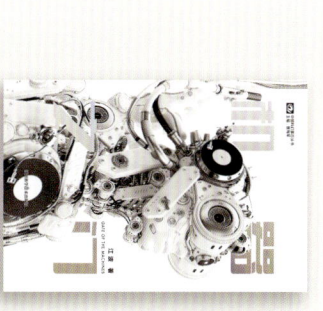

不远的未来，机器人技术的迅猛发展，在人类社会在急速独立。被一次暴徒劫持着机器人"萨拉丁"的威胁，要求他配合机器联盟的顾覆计划，然而这期间，几乎改变，"阿尔法"工智能管了机器联盟，对人类展开了全面进攻，掀起了腥风血雨。

异乡人

E.伯爵

娱乐冒险 科幻暖 流行科幻

程库员戴维·格格兰无预兆地"穿越"到一百多年前的美国，幸运他遇到了同样"穿越"到了同样星，然而在19世纪的两颗星星，他们的想找回去的方法并不不容易。

"提升"系列太空歌剧
太阳潜入者·提升之战·星潮汹涌
[美]大卫·布林

大卫·布林，美国当代著名科幻作家，加利福尼亚大学空间物理学博士。除创作科幻小说外，大卫·布林还作为一百多家政府和企业担当顾问，并一直活跃在各种科普电视与广播节目中。

一个横跨银河系的庞大文明，一场星际与种族之间的混战，文化、语言关系错综复杂的宇宙社会图景……在"提升"宇宙中，究竟是谁提升了人类？宇宙的终极秘密——最初的文明如何将智慧散布于群星之间，又如何将缓缓拉开序幕？自生命诞生以来，进化与超级生成就从未停止。

Netflix热播剧集 "武·科瓦奇" 系列
副本·坠落天使·怒火重燃
[英]理查德·摩根

理查德·摩根，英国新一代科幻作家的代表，曾参与过迪·迪克奖得主，"黑寡妇"系列剧本的撰写。他的代表作"武"系列是赛博朋克风格的科幻力作，具有鲜明的反乌托邦色彩。与此同时，又与美国20世纪30年代硬汉派侦探小说十分相似，时有冷峻、硬语，显示出批判现实的锋芒。该系列第一部《副本》已被美国Netflix公司拍摄为电视剧，获得了不俗的口碑。

老威尔的行星
[日]小川一水
诞生在黑暗宇宙的温柔火光

日本星云奖四度得主小川一水首部科幻中短篇集，讲述不同的智慧生命在极端环境下如何生存。日本科幻黄金时代的未来和宇宙人生，无边孤独……从个体，真限人生，故事主人公将在危机中寻找生机，以获得新生命，以……那么一定能与之共鸣，生出继续成长的勇气。

寻梦芦笛
[日]上田早夕里
日本科幻四大赏获奖者珍贵杰作选

《寻梦芦笛》主要包罗万象，2017年被诚者选为早川书房年度最佳科幻·日本篇……

炼金术战争:机械人
[美]伊恩·特里吉利斯
"机械人永不为双!"

在大航海时代的欧洲大陆上，发条匠用炼金术创造了机械人军……

立于桑给巴尔
[英]约翰·布鲁纳
写给二十一世纪的疯狂之书

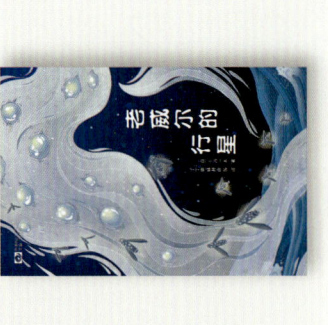

2010年，人口过剩和资源枯竭让绝大多数国家……1969年雨果奖……

四时歌：骑桶人自选集

骑桶人

"中国卡夫卡"奇幻选

骑桶人，幻想文学作家，笔名来自卡夫卡的短篇小说《骑桶者》，两度获得星云奖最佳作者称号，代表作《归墟》《夜谈》《春之祭》等。《四时歌》此书同时收录了作者的最佳短篇，是骑桶人唯一幻想小说自选集。此书将汉字的朴实、空灵、美丽和诡谲融于一体，东方的韵意、荒诞想象力在此达到极致。

紫与黑

[英] K.J.帕克

一个全新的奇幻流派

这是K.J.怕克的短篇小集，作者迄今三十余部小说，曾连续三年入围世界奇幻文坛并两次捧冠，他的真实身份是奇幻文坛的一大迷案。继托尔金、尼尔·盖曼、特里·普拉切特之后，英伦奇幻又新一代不容错过的大师，为你带来无比伟大的作品。

中国科幻出版领域最专业、最具影响力的机构

期刊：

《科幻世界》（邮发代号：62-96）

《科幻世界·译文版》（邮发代号：62-270）

《科幻世界·少年版》（邮发代号：62-607）

《科幻世界画刊·小牛顿》（邮发代号：62-11）

图书：

"世界科幻大师丛书"

"世界流行科幻丛书"

"世界奇幻大师丛书"

"中国科幻基石丛书"

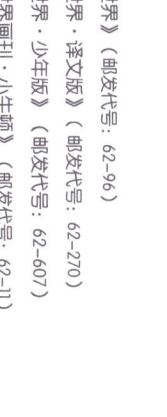
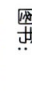

社长/总编：刘成树

副总编：姚海军 拉兹

发行主任：张宇 吴风

发行经理：（028）66771377 66771380 66771382

社址：四川省成都市武侯区人民南路四段11号

邮编：610041

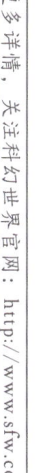

[英] 阿瑟·克拉克

英国科幻作家，与阿西莫夫、海因莱因并称为“世界科幻三巨头”。他一生创作了一百多部作品，多次获得星云奖、雨果奖等科幻至高奖项。1986年，他获得美国科幻与奇幻作家协会终身成就奖——大师奖。

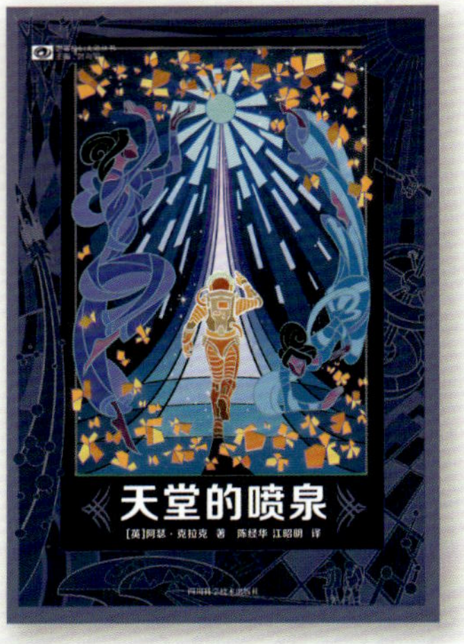

天堂的喷泉

硬科幻 宗教人文

两千年前，岛国塔普罗巴尼的暴君卡利达萨向天神挑战，建造了“天堂的喷泉”。两千年后，人类迈向太空时代。为方便快捷地进入太空，工程师摩根选择在“天堂的喷泉”旧址建造登天电梯。

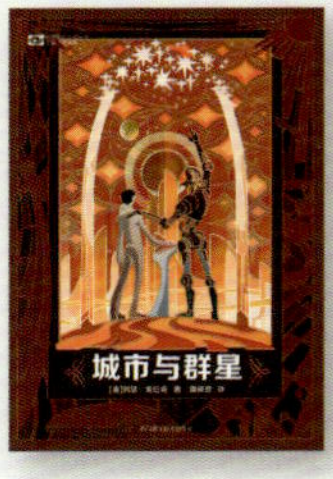

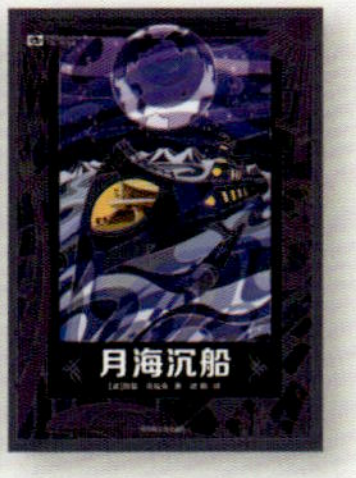

城市与群星

城市与文明 生命进化 探索冒险

月海沉船

太空灾难 技术流

*所有精装版作品都对应有简装版，封面、价格等不同，请按照个人需求选择购买。

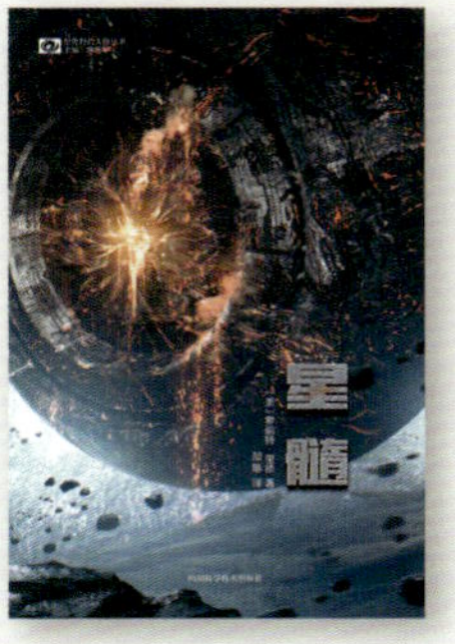

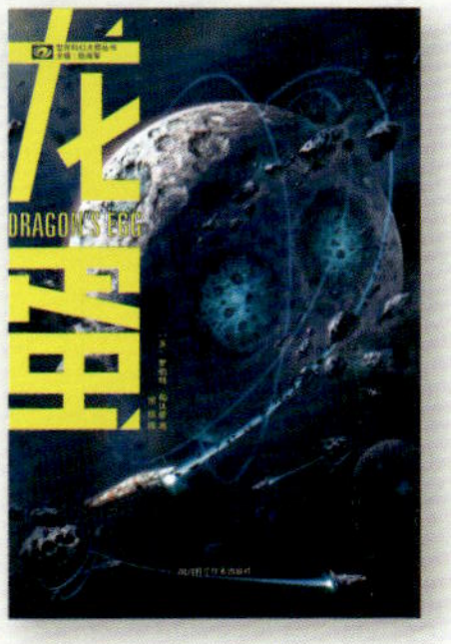

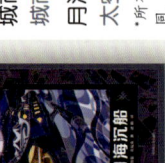

星 髓

[美] 罗伯特 · 里德

用优雅克制的文字承载构筑世界之船的惊人想象

人类发现并占有了在宇宙中飘浮的一艘大船。所谓“船”，其实是加装了推进设备的巨大行星。经过不断探索，人类发现这艘大船的内核悬浮着一颗金属行星——髓星。一支精英探索队秘密前往髓星。但在抵达之后，和大船的联系被突然切断。探索队被孤立在髓星上，数千年后，形成了一种截然不同的文明。这个文明只有一个目标：复仇。

龙 蛋

[美] 罗伯特 · L. 福沃德

每一位科幻作家都梦想写出这样的作品

智慧生命奇拉生活在龙蛋上，那是一颗中子星，表面重力是地球的670亿倍，体积远小于地球，所以两者之间的时间度量也天差地别。地球上的一小时相当于龙蛋上的几百年。如此渺小的生命，却又如此伟大。奇拉用不足人类二十年的时间，走过了人类文明数以万年的整个文明史。

前承黄金时代，后启赛博朋克

[美] 菲利普 · 迪克

PKD只得过一次雨果奖、一次坎贝尔纪念奖，却被誉为“科幻作家中的科幻作家”。他一生中大多数时间都挣扎在贫困的边缘，但去世之后，他的《银翼杀手》《少数派报告》等作品被好莱坞搬上大银幕，深受大众欢迎。

科幻世界将持续发力，带你了解鬼才大师的一生。

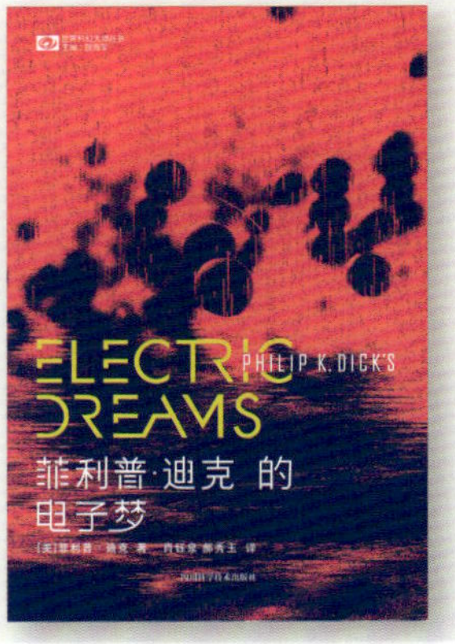

菲利普 · 迪克的电子梦

十章与剧集同名的短篇小说 十夜电子霓虹之梦

好莱坞灵感源泉 轰炸你的大脑

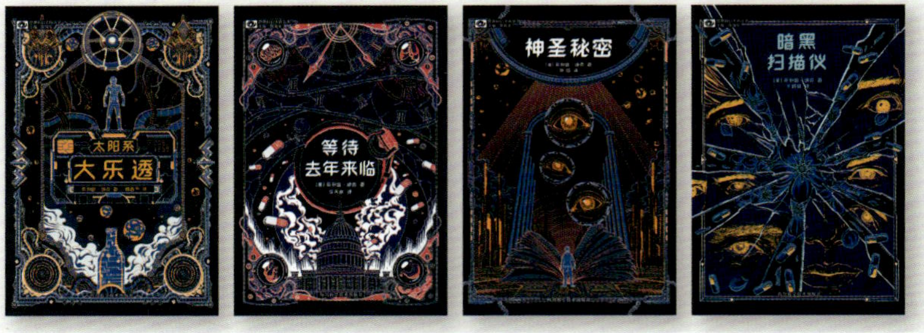

太阳系大乐透 · 2203年，人类已征服太阳系。乐透机一转，卡特赖特被指定为世界的主宰。刚一上台，他便要面对前任主宰的刺杀和挑战。与此同时，一艘飞船在太阳系中寻找传说中的行星。飞船和卡特赖特关系匪浅。他的当选，究竟是天降红运还是另有玄机？

等待去年来临 · 2055年，埃里克成了联合国秘书长的私人器官移植医师，看似平步青云，实则险象环生。一面是云谲波诡的星际政治斗争，一面是岌岌可危的婚姻关系，新型毒品JJ-180的神奇作用似乎给了埃里克一线生机。埃里克会怎样巧用JJ-180，来应对人生危机呢？

神圣秘密 · 一道激光照射后，肥特的人生改变了。他看到古罗马和现实重叠，他了解到小儿子身上回天乏术的病症，他自杀却得以存活……他需要做出一个判断：究竟是自己疯了，还是一个如神圣存在般的智能系统，正在向自己彰显这个世界的本质？

暗黑扫描仪 · 神圣入侵 · 神圣主教 · 逆时钟世界 · ……更多作品敬请期待

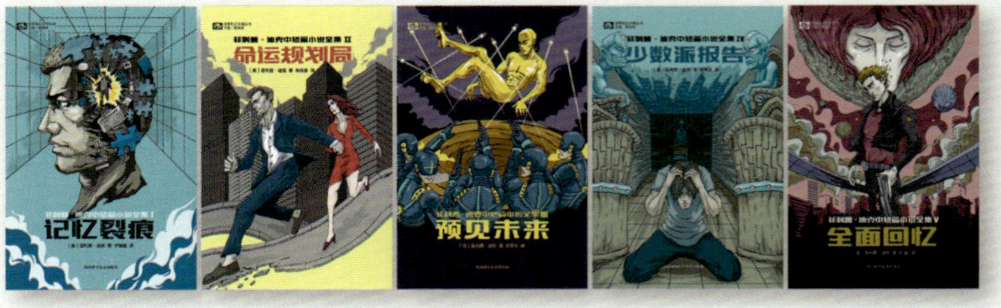

PKD中短篇小说五卷本，按年代编排，收录PKD所有中短篇小说

记忆裂痕 · 命运规划局 · 预见未来 · 少数派报告 · 全面回忆